뱀이 어떻게
날수 있지

蛇爲什麼會飛
by Su Tong(蘇童)

蛇爲什麼會飛 ⓒ Su Tong(蘇童), 2002
Korean Translation Copyright ⓒ Munhakdongne Publishing Corp., 2008

This translation is published by arrangement with Su Tong, china
through Carrot Korea Agency, Seoul.
All rights reserved.

이 책의 한국어판 저작권은 캐럿 코리아 에이전시를 통해
Su Tong(蘇童)과 독점 계약한 (주)문학동네에 있습니다.
저작권법에 의해 한국 내에서 보호를 받는 저작물이므로
무단 전재 및 무단 복제를 금합니다.

이 도서의 국립중앙도서관 출판시도서목록(CIP)은
e-CIP 홈페이지(http://www.nl.go.kr/cip.php)에서 이용하실 수 있습니다.
(CIP제어번호: CIP2008002480)

뱀이 어떻게 날 수 있지

쑤퉁 장편소설

김지연 옮김

문학동네

차례

1. 금발소녀가 기차역 여관에 도착하다

　오후 세시 오분, 당신이 우리와 함께 엿보게 될 이 도시의 모든 것은 아직 정상적이다. 비가 갑자기 그쳐 밝은 햇살이 기차역 하늘을 비춘 것도 잠시, 한숨 돌리고 났더니 이번에는 더 큰비가 흩뿌렸다. 광장에는 알록달록한 우산들이 미친 듯이 달리고 있었다. 멀리서 바라본 광경은 마치 우산들이 도망치듯 질주하는 모습이었다. 모든 것은 아직 정상이었고, 비는 금세 그칠 것 같지 않았다. 그러나 지금이 6월이라 이곳 양쯔 강 중하류 지역은 보편적으로 매화비(梅雨)*가 오는 계절로 들어섰으니, 어찌 이곳에서 맑은 하늘을 기대하겠는가? 모든 것은 여전히 일상적이고, 그저 기차역 광장에 새로 지은 21세기맞이 괘종시계만이 비일상적으로 움직였다. 며칠 동안 21세기맞이 괘종시계는 아주 열심히 울렸지만

---

* 양쯔 강 지역에서 매실이 노랗게 익어갈 무렵 내리는 비로 장마비를 가리킨다.

성질이 급해진 듯 매번 이른 시각에 울렸다. 두시 오십분이면 종소리는 땅, 땅, 땅, 세 번을 울리며 열렬히 거리로 퍼져 나갔다. 광장 관리위원회에서 사람을 보내 삼십 미터 높이에 설치된 21세기맞이 괘종시계의 빈 공간에 들어가 오전 내내 바쁘게 수리했지만 결과는 달라진 게 전혀 없음을 증명했을 뿐이다. 현재 시각은 세시 오분. 막 기차가 역에 닿을 시각이라서 사람들의 귀는 기차역의 안내 방송에 쏠렸는데, 21세기맞이 괘종시계가 이번에는 도리어 늦게 울렸다. 시계 종소리는 여성 안내원의 부드러운 안내 방송을 덮을 뿐만 아니라 빗소리와도 뒤엉켰다. 막바지에 달한 종소리는 우렁차면서도 더욱 맑고 부드러워졌는데, 마치 일부러 시각의 착오를 아름다운 소리로 보완하려는 듯 들렸다. 그러나 수많은 시계들이 괘종시계의 울림에 반기를 들고 작은 소리로 각자 소곤거리기 시작했다. 국산 손목시계와 수입 손목시계가 사람들의 손목 위에서, 여행 가방 안의 자명종을 비롯해 여기저기의 모든 시계가 21세기맞이 괘종시계의 과실을 지적이라도 하듯…… 시계 업계의 자존심을 과시하려던 21세기맞이 괘종시계가 대체 무슨 꼴이란 말인가. 21세기맞이 괘종시계라는 이름을 달 자격이 있는가. 아름다운 네 소리가 이젠 사람들 귀에 거슬리고, 게다가 베이징 기준의 표준시각보다 오 분이나 늦다.

세시 오분, 21세기맞이 괘종시계의 여음이 웅웅웅 퍼져 나갔다. 그때 금발소녀가 기차역 여관의 로비에 들어서는 것을 우리 모두 보았다. 저토록 아름다운 소녀가 기차역 여관에 투숙하는 것은 매우 드문 일이어서, 우리는 모두 시선을 떼지 못했다. 그 누구도 자신의 삐딱한 편견을 감추지 않았고, 그런 사람들의 눈빛은 경박하면서도 흐릿했다. 어째서 이유도 모른 채 서로를 바라보고 시선을 교환하면서, 다들 히죽거리며 웃는 것일까?

금발소녀는 비에 젖는 것을 두려워했는지 머리 위에 비닐봉투를 얹고 있었는데, 비닐봉투의 네 귀퉁이를 모두 매듭지어 갈무리한 독창적이고도 귀여운 방수 모자였다. 여행길이 비바람에 씻겼기 때문인지 금발소녀는 마치 광고에 나오는 카피처럼 깨끗하고 새롭고 상쾌하고 간결하며 긴장감이 없었다. 소녀는 거의 벗은 듯이 옷을 걸쳤지만 꼭 가려야 할 곳은 가리고 있었다. 리바이스 반바지는 가위로 잘라낸 듯했으며, 자세히 들여다보면 가닥가닥 풀린 올들이 꽤 예술적으로 처리되어 있음을 알 수 있었다. 소녀의 사정을 제대로 이해하지 못한 당신이 소녀의 모습을 보고 비웃는 일은 제발 없기를. 소녀의 자주색 면 티셔츠는 비를 맞아 젖어 있었고, 그 옷 안쪽에 검은색 두 줄 끈이 드러나 보였지만, 비웃지 마라. 소녀의 차림새가 남들과 다르다는 것을 탓하지 마라. 옷이 얇다고도 탓하지 마라. 그저 비가 내린 것이 잘못이었을 뿐이니. 상쾌하고 건조한 곳에서 온 소녀가 급히 비를 피하지 못한 것뿐이다. 행운이란 사람이 아무리 계산해봐야 하늘의 계산만 못한 법. 금발소녀가 선택한 티셔츠는 정말 신중히 고른 듯, 무척이나 아름다웠다. 그 옷 정면에는 한 쌍의 귀여운 고양이가 알록달록 새겨져 있었다. 고양이가 총명하게도 소녀의 가장 중요한 부분을 말끔히 가리고 있어서 로비 안에서 한가롭게 오가는 당신 같은 건달들이 아무리 열심히 본들 은밀한 부분을 훔쳐볼 수는 없었다.

최신 유행으로 치장한 모습은 모든 사람들의 시선을 강하게 사로잡는 법이다. 금발소녀는 확실히 눈길을 끄는 몸매였지만 결코 그렇고 그런 부류의 여자가 아니라는 것을 분명히 드러냈다. 소녀는 접수계에 가까이 가더니 조급하게 서둘렀다. 소녀는 짐상자를 계산대 앞에 내려놓았는데, 짐상자가 그만 벌렁 넘어져버렸다. 소녀는 다시 그것을 제대로 돌려놓고는 다리에 기대어 움직이지 않도록 단단히 버티려 했지만 짐상자는 여전히 간당간당거리며 말을 듣지 않았다. 다들 주목하고 있는 가운데 소녀는 아주 어렵게 짐상자를 한쪽에 제대로 세웠다. 로비 안의 사람들은 짐상자를 버티고 있는 그녀의 다리에 관심을 기울이며 그 다리를 두고 값을 매기듯 평점을 매겼다. 이윽고 금발소녀가 비닐봉투를 머리에서 벗겨 내렸다. "무슨 날씨가 이렇게 재수 없어?" 금발소녀가 말했다. "해가 났나 했더니 되레 엄청난 비라니." 그녀가 등을 비스듬히 구부린 채 가볍게 머리카락을 털자, 황금빛 그 자체인 듯 찬란하고 선명한 소녀의 머리카락이 더욱 분명히 보였다. 그 머리카락은 황금빛 그대로일 뿐만 아니라 황금이 가진 고귀함마저 가진 듯했고, 일부분은 짧았고 일부분은 길고 일부분은 곡선을 이루며 매끄럽게 흘러내렸다. 분명히 최신 유행 스타일이었는데, 그 스타일을 뭐라 부르는지 이름을 알 길은 없었다. 당신들이라면 무슨 수로 이렇듯 불량한 스타일을 소녀처럼 화끈하게 해보겠는가?

렁옌(冷燕)에게 한번 물어보자. 그날 오후는 렁옌이 근무하는 날이었는데, 렁옌이 금발소녀를 맞이하는 모습은 흑발소녀나 백발소녀를 맞이하는 것과 조금도 다를 바 없이 평범했으며, 소녀의 머리에 대해서 어떤 평가도 하지 않았다. 렁옌의 남동생이 미용실에 다니고 있었기 때문에, 어떤 색깔의 염색머리에도 그녀는 놀라지 않았다. 렁옌은 그저 소녀의 머리카락을 흘낏 한 번 보았을 뿐, 어떤 말도 하지 않았다. 새로 반포된 숙박업소의 서비스 수칙에 따라 렁옌은 안녕하세요, 라고 말했다. 그녀는 금발소녀가 예의 바르게 응답하기를 기다리지 않았다. 소녀가 갑자기 급하게 손을 놀려 짐상자를 열어 뒤지자, 짐상자 안에서 물건들이 시끄럽게 소리를 냈다.

"이 고장엔 항상 이렇게 비가 오나요? 해가 나도 비가 오나요?" 소녀는 몸을 굽힌 채 매우 바쁘게 짐을 뒤지면서 우리 고장의 날씨를 불평했다. "이런 괴상한 날씨라니. 여행하기 좋은 곳이라더니, 완전히 사람을 골탕 먹이네."

"지금은 우기라서요. 우리 고장에 오셔서 여행할 때는 반드시 우산을 챙기셔야 합니다." 렁옌이 말했다. "발음을 들어보니 북쪽 분인데, 둥베이(東北)가 고향인가요?"

"난 베이징(北京) 사람이에요." 소녀는 몸을 일으키며 색색의 유리구슬이 어지럽게 수놓인 지갑을 손에 꺼내 들었다. 그녀는 벽에 걸려 있는 객실의 투숙요금표를 보면서 한 줄 한 줄 손으로 짚어 내려가더니 맨 마지막 줄을 가리키며 말했다. "저거, 제일 싼 방으로." 그러고 나서 수선스럽게 말을 덧붙였다. "그냥 하룻밤만 머물더라도, 한 푼도 낭비할 순 없어요."

금발소녀는 가장 싼 방을 원했지만 렁옌은 별로 의외라는 느낌을 받지 못했다. 돈이 많은지 적은지 아니면 그 중간인지, 손님의 얼굴을 한 번 보기만 하면 한눈에 척 알아보는 이가 렁옌이었으니까. 렁옌은 금발소녀가 신분증을 보여주고 싶어하지 않는다는 것을 분명히 예상할 수 있었으며, 게다가 그녀가 체크인 수속을 어떻게 하는지도 모른다는 것을 단번에 알아차렸다. 렁옌은 잠시 난처하고도 미묘한 기분에 사로잡혔다. 그저 분명한 것은 이 어여쁘고 최신 유행 헤어스타일을 한 금발소녀가 이제까지 여관에 투숙해본 적이 없다는 사실이었다.

"난 신분증을 당신에게 보여주고 싶지 않아요." 금발소녀가 말했다.

"신분증을 제시하지 않는다면 내가 어떻게 수속을 하고 방을 내드리죠?" 렁옌이 물었다.

"내 이름을 말해드리죠." 금발소녀가 말했다. "집 주소를 알려줄 테니 안심하세요, 난 당신을 속이지 않을 거니까. 난 나쁜 사람 아니에요."

"나쁜 사람이라서 안 된다는 게 아니에요." 렁옌은 웃는 듯 마는 듯 묘한 표정을 지었다. "보아하니 손님은 처음으로 여행을 하는 모양이군요. 숙소를 잡을 때는 반드시 수속을 밟아야 해요. 이건 어딜 가든지 거쳐야 하는 규정이에요."

"무슨 얼어죽을 규정? 그저 타지 사람이라면 무조건 의심부터 하고 보는 거지." 금발소녀는 낮은 음성으로 궁시렁거리며 내뱉었다. "내가 사는 곳에서는 숙소를 잡을 때 당신네처럼 머리에 쥐나게 하지 않아요. 촌스러운 짓이야. 돈만 내면 묵을 수 있는데. 정 뭣하면, 집 전화번호라도 대줄까요?"

"전화번호는 필요 없습니다. 신분증만 있으면 됩니다." 렁옌이 손에 쥔 볼펜으로 톡톡 탁자를 두드렸다. 목소리에는 명백하게 화난 기색이 실렸다. "이곳은 국가에서 운영하는 여관입니다. 화물차 터미널이 아니에요." 그러고 나서 그녀는 갑자기 눈을 찡긋거리며 말했다. "너 아직 열여덟 살이 안 되었지? 신분증 없지? 만으로 열여덟이 넘지 않으면 혼자 숙소에 묵을 수 없어."

금발소녀는 절망한 눈으로 렁옌을 바라보았다. 소녀는 렁옌이 고의로 자신을 난처하게 하려고 했던 건 아니라고 믿는 듯 잠시 대치 상태를 유지했다. "골치 아프군." 소녀가 내뱉었다. "정말 재수 없어." 그러고는 그 현란한 몸을 굽혔다가 씩씩거리면서 일어섰다. "자, 봐요." 소녀는 신분증을 내밀고 로비의 천장널을 향해 눈을 뒤집어 희번덕 뜨며 말했다. "여기 사람들은 다른 지방 사람들을 환영하고 싶은 마음이 있는 거야?"

렁옌은 신분증을 손에 들고 얼굴 가득 의혹을 실은 채 앞뒤로 꼼꼼히 살펴보더니 믿지 못하겠다는 듯이 신음 소리를 내면서 다급히 물었다. "어라? 이거 정말 손님이에요?"

"그럼 내가 아니란 말이야? 내가 아니라면, 귀신이야?" 금발소녀가 노기등등한 눈으로 렁옌을 노려보았다. "이 끔찍한 꼴을 보고 싶어한 거 아냐? 실컷 들여다봐." 그녀는 머리를 돌렸고, 독기 서린 표정으로 창밖의 비 내리는 우울한 풍경을 바라보더니 최신 유행하는 샌들을 신은 다리를 움직여 접수계에서 물러났다. 소녀는 몇 걸음 걷다 말고 불쑥 멈추더니 말했다. "난 당신을 속이지 않았어, 나는 베이징에서 왔어. 베이징에 머문 지 벌써 삼 년이 다

되어가는데 어떻게 내가 베이징 사람이 아니라는 거야."

렁옌은 소녀의 행동에 개의치 않았다. 그녀는 이런 손님을 응대한 적이 단 한 번도 없었지만, 호기심을 숨긴 채 소녀의 이름을 보고 사진과 주소를 보고 나자 소녀의 모순된 태도가 합리적으로 해석되었기 때문이다. 그녀는 갑자기 입술을 삐죽거리며 웃었다. 그녀는 이제 소녀가 왜 신분증을 건네주기 싫어했는지를 이해했다. 신분증은 소녀가 감추고 싶어하는 모든 것을 폭로하고 있었다. 신분증의 사진은 아주 못생겼다고밖에 할 수 없는 모습이었다. 눈은 매우 작은 데다 외까풀이었으며, 코는 낮았다. 렁옌은 직업적으로 신분증의 사진과 실제 인물을 자세히 대조해왔고, 그것이 직업상의 의무였기에 그녀의 눈썰미는 날카로웠다. 그녀는 금발소녀가 얼굴 전체를 고쳤다는 것을 알아보았다. 곧고 예쁜 콧날은 뭔가 모르게 조금 당겨진 감이 있었고, 크고 시원한 쌍꺼풀이 자리 잡은 눈매는 조금 딱딱해 보였다. 금발소녀는 비록 렁옌의 눈길을 피해 몸을 돌렸지만, 인내심을 잃고 초조하게 오가는 태도를 통해 그녀가 렁옌에게 품은 반감을 명백히 드러내고 있었다. 그러나 렁옌은 상대방이 반감을 보이든 말든 상관하지 않았다. 어떤 손님이든 신분증을 검사해온 그녀는 이 일이 그녀의 업무임을 알고 있었다. 렁옌은 단숨에 그녀의 이름을 장부에 기록했다. 마펑전(馬鳳珍). 촌스럽기 그지없으며 세련미라고는 전혀 없는 이름이었다. 이름은 부모가 주는 것이니 그녀 자신과는 아무런 상관도 없겠지만. 그렇지만 이 소녀는 어쩌면 이렇게도 말버릇이 고약하고 난삽하게 거짓말을 하는 것일까. 신분증에 분명히 집 주소가 랴오닝

(遼寧)의 와팡뎬(瓦房店)으로 되어 있었다. 와팡뎬과 베이징이 대체 무슨 관계가 있다는 것일까? 대체? 그녀는 스스로를 베이징 사람이라고 속이려 하지 않았는가!

금발소녀가 짐상자를 챙겨 들고 엘리베이터 앞으로 가다가 고개를 돌려 렁옌을 일별했다. 렁옌은 소녀의 눈빛에 괴로움이 서려 있음을 읽어냈다. 렁옌은 변함없이 소녀에게 의례적인 공허한 미소를 지어 보이며 말했다. "열쇠는 각 층의 담당 직원에게 있습니다." 금발소녀의 모습이 엘리베이터를 향해 꺾어져 가서 보이지 않게 되자, 렁옌은 허리를 접은 채 웃기 시작했고, 로비 안의 사람들은 렁옌의 웃음을 오해한 채 덩달아 웃기 시작했다. 그들은 눈썹을 씰룩거리고 눈짓을 하며 그녀에게 "너 왜 웃어?" 하고 물었다. "저 여자애는," 렁옌은 자신이 웃는 건 사람들과 다른 이유에서라는 것을 표시하고자 엘리베이터를 향해 눈짓을 보내며 말했다. "완전히 코미디야. 저 여자애, 성형수술을 한 거야. 입에서 나오는 말은 전부 다 뻥이고. 웃겨 죽겠어, 웃겨 죽겠어, 이런 계집애는 생전 처음이야, 머리끝부터 발끝까지 전부 가짜라고."

2. 공용 목욕탕에 어떻게 뱀 두 마리가 나타났을까

기차역 여관은 지난봄에 수리를 했다. 그때 로비 바닥에 대리석을 깔았는데, 검고 붉은 대리석이 번갈아 놓여 있어서 사람들이 그 위를 걸어가면 마치 국제체스대회에서 거대한 체스판 위의 체스 말이 옮겨지는 것처럼 보였다. 이어지는 벽에는 수정(水晶) 시계가 네 개 걸려 있었는데 각각 베이징 시간, 뉴욕 시간, 도쿄 시간과 카이로 시간을 가리켰다. 카이로 시간이 꼭 필요한 것은 아니겠지만 왜 달려 있는가 하는 문제에 대해서는 나중에 토론하도록 하자. 지난 삼십 년간 자리했던 접수계는 비록 없어졌지만, 지금의 접수계는 위엄이 넘쳤다. 백상목(白象木) 계산대 벽 위에는 화리목(花梨木)으로 아로새긴 도안이 걸려 있었는데, 중앙에 기차의 머리 부분이 조각되어 있어서 이 여관이 촨구이 철로회사(權歸鐵路會社)의 계열사라는 것을 대변해주었다. 접수계 위에는 밝게 빛나는 촛불이 있어서 손님들이 들어오면 자신의 구두가 말끔하게 닦여 있는지, 바지가 구김새 없이 깔끔한지 한눈에 알 수 있었다. 로비 중앙에 있는 수정 샹들리에는 대부분의 전구가 밝게 빛나고 있었지만 어쩌다 몇 개는 꺼져 있거나 혹은 접촉 불량이거나 해서 밝지 않았다. 새 전구와 헌 전구가 섞여 장식된 것들은 모두 은은한 밝기로 조절되어 마치 꽃술이 피어난 듯 광원의 조절이 빚어내는 아름답고 묘한 음영을 드리우고 있었다. 또한 붉은 양탄자가 깔린 모양새만 봐도 여관 관리자들이 구태(舊態)를 벗고 완전히 새롭게 태어나고자 결심했다는 것을 충분히 알 수 있었는데, 이 붉은 양탄자는 양모가 삼십 퍼센트나 섞인 고급품이었다. 이렇게 좋은 양탄자를 로비에서 이어지는 1층 계단부터 시작해 5층에 이르기까지 조금도 아끼지 않고 넉넉히 깔았다. 층계 곳곳에는 스테인리스 합금의 신제품 쓰레기통을 두었다. 이 둥근 모양의 다기능 휴지통은 쓰레기를 넣는 부분과 분리된 윗부분에 오가는 손님들이 침을 뱉거나 담배꽁초를 버릴 수 있었다. 그렇지만 윗부분의 용도는 오로지 쓰레기를 버리는 쓰레기통이라는 것을 보여주는 데 그쳤다. 렁옌의 말에 따르면 기차역 여관에 머무는 손님들의 목구멍은 너나할 것 없이 엄청나게 지저분한데, 도대체 어찌된 영문인지 모르겠지만 모두들 아무 데나 가래를 뱉었다. 길 가다가도 뱉고, 자다가도 뱉고, 투숙비를 계산하면서도 뱉는 바람에 투숙객의 것이 투숙객이 아닌 사람이 뱉어내는 것보다 훨씬 많아 렁옌은 투숙객들을 아주 재수 없어 했다.

금발소녀는 쓰레기통 옆을 지나가다 멈춰 서서 배낭에서 꺼낸 어떤 물건을 코밑에 대고 냄새를 맡았다. 소녀는 연이어 찐빵을 크게 한 입 베어 물었다. 찐빵은 아직 상하지는 않은 듯했지만 조금 딱딱하게 굳어 있었다. 소녀는 계단 위아래를 훑어본 다음 반쯤 남은 찐빵의 반을 다시 베어 물었고, 나머지는 쓰레기통에 던져 넣었다. 비록 마지막 남은 조각을 쓰레기통에 버리긴 했지만 우리는 이것으로 금발소녀가 매우 절약정신이 투철한 소녀라는 것을 알 수 있다.

복도의 벽은 백색 유성페인트로 칠해져 있었다. 지난봄까지는 흰색 수성페인트로 칠이 되어 있었지만 그 뒤에 유성페인트를 사용해 잡티 하나 없이 깔끔하게 새로 발랐다. 그러나 지금은 흰색 벽 위로 검은색, 황색, 갈색, 붉은색 등 온갖 얼룩이 묻어 있었고, 2층 공용 목욕탕의 문은 파도치는 형태로 각양각색의 신발 자국들이 찍혀 있었다. 누가 이따위 망할 짓을 했는지 알 수 없었다. 더러워진 벽은 여관 측으로서는 큰 골칫거리였다. 매번 페인트를 이리 칠해보고 저리 칠해봐도 아무 소용이 없었다. 이렇게 되자 페인트를 다 쓴 다음에도 새 페인트를 사러 가는 이가 아무도 없게 되었다. 손님들은 계속 벽을 더럽혔고, 결국 괴상망측한 꼴로 변해버렸다. 대다수의 손님들은 오물이 묻지 않은 깨끗한 이불만을 요구할 뿐 벽의 청결에는 관심도 없었다.

금발소녀는 일반적인 손님들과 다른 존재였으므로 두리번거리며 무엇이든 다 눈여겨보았고, 이 여관의 장점과 단점을 빼놓지 않고 낱낱이 살폈다. 소녀의 방은 3층에 있는데도 금발소녀는 2층 계단에서 복도로 이어지는 입구의 벽에 붙은 큰 모기를 보고 멈춰 섰다. 모기는 소녀를 물지 않았고 소녀에게 어떤 해도 끼치지 않앉지만, 소녀는 뭐라 설명하기 어려운 기묘한 동작으로 짐을 내려 놓고 샌들 한 짝을 벗어 든 다음 폴짝 뛰어 모기를 때렸다. 그녀의 손동작은 매우 정확하게 모기를 때려죽였고, 벽에는 작고 신선한 혈흔이 새로이 남겨졌다. 널 때려잡았다. 소녀는 신발을 신으면서 득의양양하게 모기가 남긴 혈흔을 보다가 불현듯 투덜거렸다. "뭐 이런 다 무너져가는 여관이 있어? 이 많은 모기를 키우는 것 좀 봐. 그러고도 요금을 비싸게 받아 처먹네."

기차역 여관의 각 구역에는 아직도 낡은 곳이 있다. 낡은 구역 의 복도는 매우 길었다. 한쪽은 양지쪽이라서 빛이 밝게 비쳐 들 어왔고, 다른 한쪽은 어두컴컴해서 거무튀튀한 물건들을 쌓아두 었다. 밝은 쪽에서 어두운 쪽에 이르기까지는 마치 영화관 안의 밝은 곳에서 암흑에 이르는, 혹은 암흑으로부터 빛이 내뿜어지는 광경처럼 보였는데, 그것은 복도 막다른 곳에 있는 창이 철도를 향해 있기 때문이었다. 그래서 기차가 들어올 때면, 복도 끝이 갑 자기 밝아지는 것을 볼 수 있는데, 그때는 증기기차의 머리에서 쏟아지는 강렬한 조명이 네 개의 바퀴와 철로 위의 침목(枕木)까 지 밝게 비춘다. 그다음에는 광선이 천천히 약해지면서 기차가 유 유히 역사로 들어온다. 기차가 진입하면서부터는 속도를 줄이기 때문에 기차의 머리와 몸체의 실루엣이 한 량 한 량씩 천천히 창 으로 들어오는 모습은 꼭 마지못해 끌려 들어오는 듯하다. 사람이 든 기차든, 그렇게 무언가에 의해 속수무책으로 조종되는 듯한 모 습을 보는 것은 매우 흥미로운 일이었다. 이 복도를 지나가는 대 부분의 손님들은 분주했기 때문에 이 복도의 막다른 곳에 있는 창에서 드러나는 특수한 은막 효과에 눈길을 줄 틈이 없었으며, 더군다나 이 괴이한 은막에서 상영되는 여러 모습을 모르고 지나쳤다. 금발소녀가 3층에 올라와서 복도를 걸어갈 때가 대략 세시 사십분쯤이었고, 모든 것이 다 일상적이었다. 바로 그때가 기차가 들어오는 시간이었기에 금발소녀는 복도 끝의 그 괴이한 은막을 보게 되었는데 소녀의 얼굴에는 호기심과 놀라움이 동시에 드러났다. 소녀는 손으로 이마를 짚은 채 기차가 밝음과 어두움을 번갈아 만들어내며 통과하는 창문을 보았다. 기차 바퀴와 여관 창문이 멍멍하게 진동하는 것을 느끼면서, 소녀의 입에서는 대단한 놀람에 젖은 작은 괴성이 흘러나왔다. 어머나, 어머나, 세상에 맙소사.

세시 사십분쯤 밖에서 내리던 비는 서서히 그쳤고, 기차역 사방에서 들려오는 거리의 소리는 마치 확성기를 크게 틀어놓은 듯 순식간에 조잡해지기 시작했다. 모든 것은 여전히 일상적이었다. 기차역 여관의 복도는 방음이 잘 안 되어 무슨 소리든 다 들렸다. 바깥 거리에서 나는 소리는 물론이고, 부근의 객실 안에서 요강에 오줌 누는 오줌발 소리까지 들렸고, 텔레비전에서 나는 소리는 더욱 분명히 들렸으며, 어느 객실에서는 여러 남자들이 포커를 치는 듯한 소리가 들리더니, 서로 욕을 해댔다. 한 남자가 말했다. "네미좆까." 다른 남자가 되받았다. "네미나 좆까." 세번째 남자가 원만히 중재하려는 듯 끼어들어 말했다. "놀자고 치는 거야, 까기는 뭘 까." 금발소녀는 발을 옮기며 비웃었다. 소녀는 자신의 방이 있는 복도의 막다른 곳까지 이르렀다. 그리고 바로 그 괴이한 네모꼴로 된 은막의 창을 보았다. 그 창은 보통 창과 다를 바 없었고,

기차가 달려갈 때 말고는 창 안의 풍경은 정지되어 있었다. 플랫폼의 일부분과 레일의 일부분이 보였다. 신호등이 녹색등을 밝히고 있었으며, 먼 곳에서는 어스름하게 시멘트 공장이 보였다. 창문 아래에 놓인 물건들도 지금은 선명하게 보였다. 검게 옻칠한 네모난 탁자가 하나 있고, 탁자에는 어떤 사람이 엎드려 있었는데, 여자였다. 흘러내린 머리가 흐트러져 있었다. 금발소녀는 탁자 위에 잠들어 있는 풀어헤친 머리를 노려보다가 냉소를 터트리고는, 손을 내밀어 여자의 머리카락을 틀어쥐고 잠시 망설이다가 이렇게 하는 것은 곤란하다는 생각에 손을 다시 풀었다. 땅! 출근 시간에 말뚝잠이나 자다니. 소녀는 말했다. "어이, 일어나. 아직도 자는 거야? 그만 일어나, 당신네 여관에 불이 났어!" 슈훙(修紅)은 바로 깨어났는데 얼굴에는 졸리고 귀찮은 표정이 역력했다. 그녀는 멍한 눈길로 고개를 들어 금발소녀를 보았다. 접수계 주 담당인 렁옌과는 달리, 슈훙은 금발소녀를 보는 표정에 호기심과 놀라움을 그대로 드러냈다. 그녀의 흐리멍덩하던 눈빛이 금발소녀의 금발에 머물자 순식간에 생동감이 일었다. "아가씨 혼자인가요?" 슈훙은 일어서며 금발소녀를 살피는 한편 장부를 들췄다. "아가씨가 방을 잡은 거예요?"

"그래요, 뭐 이상해요?"

금발소녀는 냉담한 눈으로 슈훙을 바라보았다.

"내가 방을 잡으면 안 될 일이라도 있어요?"

슈훙은 자신이 말실수를 했다는 것을 깨닫고는, 금발소녀를 괴상한 구경거리로 여겼다는 것을 들키지 않으려고 변명했다.

"난 그냥 아무 생각 없이 말한 거니까 오해하지 마세요. 나이 어린 여자분이 혼자 투숙하는 건 매우 드물기 때문에 그랬어요."

슈훙은 금발소녀에게 죄지은 웃음을 멋쩍게 지어 보였다. 그녀의 손은 시종 열쇠로 가득한 플라스틱판을 주물럭거렸다.

"손님 방에는 욕실이 없어요. 목욕은 맞은편의 공용 목욕탕에서 해야 해요. 저녁 아홉시 전에는 뜨거운 물이 나오지만 그 뒤엔 안 나와요."

"안 나오면 그만이죠."

금발소녀가 말했다.

"누가 뜨거운 물에 샤워하는 게 대단하대요? 게다가 난 뜨거운 물에 샤워하는 걸 좋아하지 않는다구요."

"제 말은 그런 뜻이 아니에요."

슈훙의 얼굴에 어색한 웃음이 흘렀다. 그녀는 소녀의 방문에 열쇠를 꽂고 돌리면서 말했다.

"이 방은 열기가 힘들어요."

슈훙이 뻑뻑한 열쇠를 이리저리 힘겹게 돌렸다. 있는 힘껏 문을 밀자, 문이 끼기긱 소리를 내며 간신히 열렸다.

"들어가세요."

슈훙은 소녀의 머리카락을 응시하면서 말했다.

"손님 머리카락 말인데요, 어디서 물들인 거예요?"

"베이징."

금발소녀가 가볍게 대답했다. 그러면서 그런 유의 질문에 많이 시달려온 듯한 표정을 지어 보였다. 금발소녀의 얼굴에는 귀찮아

하는 기색이 역력했다. 물들인 머리 가지고 왜 그리 말이 많아. 여기 사람들은 참 남의 일에 관심도 많네, 라는.

처음에는 모든 것이 정상이었다. 슈홍이 뜨거운 물을 담은 보온병을 가지고 방으로 갔을 때, 금발소녀는 창가에서 기차역 광장에 세워진 21세기맞이 괘종시계를 바라보면서 저도 모르게 감탄사를 쏟아내며 말했다.

"엄마야, 저렇게 큰 시계가 다 있다니!"

슈홍이 뒤이어 말했다.

"21세기맞이 괘종시계예요. 그래서 위풍당당하죠. 높이가 삼십 미터나 된답니다."

금발소녀는 슈홍에게 어떤 호감도 느끼지 않는 듯했고, 아예 사람의 호의를 비굴한 것으로 치부하는 듯이 굴며 갑자기 하얀 얼굴을 슈홍에게 들이대며 말했다.

"삼십 미터가 뭐 대단하다고? 탑처럼 높아봤자 그냥 시계일 뿐이지. 21세기맞이 괘종시계라고 시계가 아닌가 뭐."

금발소녀의 말이 점점 격해지더니 갑자기 이 도시의 지역문화에 관한 것까지 비약했다. 소녀가 냉소적으로 말했다.

"당신네들 사는 이곳 말인데요, 하나도 실용적이지가 못해요. 신문에 뭐라고 나오는지 알아요? 가짜, 큰 것, 빈 것, 당신네들 지역은 이런 허세스럽고 실용성도 없는 것들을 세트로 묶어서 좋아한다고요. 허세나 떨고 규모가 큰 것만 논하려거든 계속 그렇게 하라고요."

소녀는 계속해서 상관도 없는 도시의 이름들을 열거하면서 이 도시의 흉을 잡았다.

"당신네 도시가 몇 째나 가길래요?"

소녀가 계속 말을 쏟아냈다.

"선진적이다, 부유하다, 해가면서 베이징이나 홍콩하고 비교하며 자화자찬이나 하는 도시죠. 그럴 거면 왜 뉴욕이랑은 비교 안 하나 몰라?"

슈훙은 혀를 내둘렀다. 그녀는 이 소녀가 매우 싸가지가 없어서 정신수양과 가정교육을 다시 시켜야 할 버릇없는 아이라고 생각했다. 이런 종류의 손님은 아무리 이야기해봐야 연기(煙氣)에 대고 말하는 격이고, 조금만 말실수를 하면 바로 엄청난 빈정거림이 돌아올 뿐이니 무시하는 게 상책이다. 슈훙은 부리나케 자기 자리로 돌아가 앉아 비몽사몽 졸기 시작했다.

오 분쯤 지났을까, 그녀는 금발소녀가 주머니를 들고 공용 목욕탕으로 가는 것을 보았다. 뜨거운 물에 샤워하는 게 별거 아니라면서? 안 씻기는 뭘 안 씻어? 슈훙은 참지 못하고 소녀의 등을 향해 흰자위가 드러나게 눈을 흘기며 욕을 중얼거렸지만 소녀는 듣지 못했다.

소녀는 분주히 목욕탕 안으로 들어갔고, 문이 잠겼다. 조금 지나자 물 흐르는 소리가 욕실 안에서 흘러나왔고, 소녀가 흥얼거리는 노랫소리도 복도를 울리기 시작했다.

모든 것은 여전히 정상적이었다. 약 오 분 정도 지났을 때, 슈훙은 금발소녀가 지르는 비명을 들었다.

"뱀, 뱀, 뱀!"

중국어에서 '뱀'이라는 음절은 매우 불쾌하고 명확하지 못하다는 것을 누구나 알고 있다.* 사실 설명이 따르지 않으면 명확하게 알아들을 수 있는 단어가 아니니까. 슈훙이 비명을 들었을 때 그 것이 정말 '뱀'을 가리키는 것인지 명확히 인식하지 못했다. 그녀는 목욕탕 문 앞에 서서 물었다.

"물**이 어떻다고요? 데었나요?"

소녀는 여전히 소리를 지르고 있었다.

"뱀! 뱀! 빨리 와서 뱀을 때려잡아!"

슈훙은 그제야 알아들었다. 그녀는 말했다.

"무슨 뱀? 뱀이 어디 있다는 거예요?"

알아들었을 때는 이미 늦었다. 6월에 뱀 재난이 폭풍처럼 밀어닥쳐 기차역 여관에 이른 것이다. 슈훙은 정신을 차리려고 했지만 멍해진 머릿속이 정리되지 않았다. 금발소녀는 목욕탕에서 뛰쳐나왔다. 그녀의 얼굴에는 공포가 가득했다.

"뱀, 뱀, 안에 뱀 두 마리가 있어!"

슈훙은 멍하게 되물었다. "무슨 말이에요? 어떻게 뱀이 있겠어요?"

슈훙이 그 순간 놀란 것은 사실 뱀과는 전혀 관계가 없었다. 그녀는 눈을 크게 뜨고, 소녀가 비누거품이 채 가시지도 않은 맨몸

---

* 뱀(蛇)의 중국어 발음은 '서'인데, 음절이 짧고 혀를 말아 올리는 발음이라 다른 단어와 혼동되기 쉽다.
** 물(水)의 중국어 발음은 '수이'인데, 슈훙이 뱀이라고는 생각하지 못하여 물에 문제가 있다고 잘못 들은 것이다.

으로 실오라기 하나 걸치지 않고 뛰쳐나온 모습을 바라보았다.

"손님 왜 이래요? 왜 이러는 거예요?"

슈훙의 눈빛에는 질책이 가득했지만, 금발소녀는 그녀의 시선 안에 담긴 책망의 빛에는 관심도 없었다. 소녀는 다리를 후들거리며 울면서 외쳤다.

"빨리 내 방 문 열어, 빨리 열어!"

절규하는 외마디 소리가 3층 각 방에 투숙해 있던 손님들을 놀라게 했다. 먼저 '21세기 재신(財神) 복권' 판매소의 몇몇 사람들이 뛰어나왔는데, 그들은 복도 중간에 서서 이쪽을 바라보며 아야야, 아야야 소리를 질러댔다. 그 옆방에서는 완상(萬向) 타이어 수리소의 기능공이 뛰쳐나왔는데, 그는 기겁하여 정신이 온데간데없는 상태에서 찢어지는 음성으로 소리를 지르며 뭐라고, 뭐라고? 하고 물어댔다. 일반 객실에서도 사람들이 뛰쳐나왔다. 아이를 데리고 온 외지의 구매 담당 직원은 기능공의 뒤통수를 바라보며 서 있었는데, 아이가 머리를 쑤욱 빼며 소동이 난 쪽을 똑바로 바라보았다. 그 아이는 철이 들 만큼 자란 나이로 보였는데도 교육이 부족했는지 나체라는 단어를 아주 노골적으로 사용했다. 아이는 손뼉을 크게 치며 아주 큰 소리로 미친 듯이 내질렀다.

"나체다, 나체다, 나체를 봐!"

금발소녀는 슈훙의 뒤로 몸을 숨겼다. 자신이 이성을 잃고 과도하게 난리를 피웠다는 것을 깨닫고는 손으로 슈훙의 어깨와 등을 마구 두드렸다.

"빨리 문 열어, 빨리 문 열어!"

금발소녀는 손을 쉬지 않고 계속해서 슈훙을 재촉했다.

"빨리 열어, 빨리 문 열어!"

그러나 사정이 왜 이리 괴상하게 돌아가는지, 슈훙은 의심할 여지 없이 전심전력으로 최선을 다했지만 방문에 귀신이라도 붙었는지 열쇠는 돌아가다 말고 걸려버렸다. 열쇠는 꼼짝도 하지 않았고, 슈훙이 아무리 용을 써도 방문은 도무지 열리지 않았다.

"손님, 나 좀 때리지 말아요, 걷어차지도 말고. 이렇게 때리면서 나더러 어떻게 문을 열란 말이에요?"

슈훙 역시 소리를 질러댔다. 금발소녀는 다급한 김에 슈훙의 옷을 걸칠 생각을 했다.

"빨리 벗어, 당신 옷을 나한테 벗어달라구!"

슈훙이 말했다.

"손님 말대로 내 옷을 벗어주면, 난 뭘 입어요?"

금발소녀의 손은 벌써 슈훙의 윗옷 자락을 잡고 있었는데, 거절당하자 그 손이 옷 위로 미끄러져 내려갔다. 슈훙은 소녀의 절망을 감지할 수 있었다. 소녀는 그녀의 몸을 방패로 삼은 듯이 좌우로 밀고 당겼다. 그녀는 소녀가 등 뒤에서 울부짖는 소리를 들었다.

"당신들, 시, 시, 실컷 봐, 내일 모두 청맹과니가 될 거야! 모두 백내장에 걸릴 거라고!"

그때의 광경을 과장해서 묘사하기엔 적당치 않으나, 분명 기본적인 상황은 이러했다. 복도에 있던 사람들은 떠나려 하지 않았고, 누구도 그들을 방으로 들어가게 할 수 없었다. 슈훙은 조급해질수록 혼란스러워서 쩔쩔매며 문을 열지 못했다. 이런 황당한 상황은 원래 일어날 수 없는 것이었다. 더구나 복도 입구는 본래 침침할 만큼 조명이 은은했지만 금발소녀가 목욕탕의 등을 켜둔 채여서 환한 빛이 복도로 쏟아져 나왔다. 만일 목욕탕의 등을 끄기만 했다면, 누군가 가서 일백 와트의 백열등을 끄고 그 빛이 조명처럼 금발소녀의 몸을 비추는 것을 막는다면, 아무리 눈을 부릅뜨고 봐도 모든 것이 뭉개진 흐릿한 실루엣만 보였을 것이다. 그러나 목욕탕 안에는 뱀이 두 마리나 있는데, 누구더러 가서 등을 끄라 하겠는가? 돌발성 사건은 사람의 대처 능력을 떨어뜨리고 당연히 생각해냈어야 할 것들을 일이 다 끝난 다음에야 떠오르게 한다. 아무튼 남자는 그래도 담대한 편이라 뱀을 덜 두려워할 테니 복도에 있는 남자들에게 목욕탕에 들어가서 불을 끄라고 해야 했다. 그러나 그때 슈훙과 금발소녀는 똑같이 목욕탕의 등에 대해서는 전혀 생각하지 못했고, 남자들 역시 아무것도 생각하지 않았다. 이 같은 부도덕한 사정을 당신은 어떻게 평가할 것인가? 그들은 복도에 서서 모든 것을 보았다. 복권 판매소 사람은 조금 보다가 계면쩍었는지 황급히 안으로 들어갔으며, 나이 지긋한 사람은 조금 멀찌감치 선 채 손가락질을 하면서 말했다. "슈훙, 허둥거리지 말고 얼른 옷을 가져와서 그녀에게 입혀." 완샹 타이어 수리소의 기능공은 대걸레를 가지고 나왔는데, 그의 눈은 번들번들 빛났다. "내가 가서 뱀을 때려잡지, 내가 가서!" 기능공의 눈에서는 전력을 다하겠다는 진심이 뿜어져 나왔지만, 대개 이런 일은 어떤 식으로 마무리 지어질지 분명히 예상하기가 어려운 법이다. 모두들 기능공이 열심히 뱀을 때려잡고 있긴 하지만 이런 일에는 능숙하지 못하다는 것을 알아보았는데, 결국 한 마리는 놓치고 한 마리만 때려죽이는 솜씨를 보였다.

반복해서 말하지만 책임은 사람이 아니라 뱀에게 있었다. 이런 복잡한 사건이 몇 마디 말로 깨끗이 해결되는 게 아니라는 것쯤은 다들 잘 알 만큼 똑똑한 사람들이었다. 기차역 여관의 이 사건이 일어난 것은 사람이 아니라 전부 뱀 때문이라는 것을.

아마도 이때 다들 묻고 싶었으리라. 여기는 여관이지 동물원이 아닌데, 어디서 뱀이 나온 거지?

3. 뱀과 아름다운 성의 관계

오후 세시 사십오분, 기차에 실려 있던 화물 상자에서 쏟아져 나온 엄청난 수의 뱀들이 기차역 주변으로 흘러들었다. 억수 같은 비가 엄폐물이 되어준 데다가 해당 차량인 화물칸이 1호 승강장에 걸쳐 있었기에, 장거리 여행을 마친 출처를 알 수 없는 엄청난 수의 뱀 떼가 물결을 이루며 정거장 난간을 넘어갔다. 무법 폭동을 일으킨 뱀 떼의 모습은 마치 텔레비전 뉴스에서나 보던 남아메리카에 있는 어떤 나라의 감옥에서 벌어진 죄수들의 폭동과도 같은 기세였다. 지금 생각해보건대 기차역의 난간 역시 책임이 있었다. 뱀들은 선천적으로 발이 없다. 난간은 오로지 사람을 막아서기만 할 뿐 그 밖의 것들을 막는 데는 속수무책이었다. 하늘에서 날아와 지상에 닿는 것 역시 당해낼 수 없었고, 그저 터진 구멍으로 뱀들의 진입을 자유로이 허용했다.

그 일이 벌어진 순간부터 지금까지 풀리지 않는 미스터리가 하나 있다. 여행용 신발을 가득 실은 곳에, 운동화와 간편화가 가득 실린 화물칸에 어떻게 뱀으로 가득 찬 상자가 세 개나 섞여든 것일까? 기차역에서 책임을 지고 직접 화물을 나른 인부들은 대다수가 시골에서 온 농민 출신이라서 뱀을 드렁허리로 잘못 볼 리도 없었다. 그러니 그들이 뱀 떼가 분분히 뛰쳐나오자 본능적으로 손에 잡히는 각종 기구로 뱀을 때려잡았던 것은 당연한 일이었다. 그러나 뱀이 너무 많아 다 때려잡지는 못했고, 게다가 그중 두 명은 뱀에게 물리기까지 했다. 뱀에게 물리고 나서야 그들은 비로소 겁에 질려 상처를 붙들고 기차역으로 보고하러 갔다. 하지만 뒤늦은 보고가 무슨 소용이 있겠는가? 뱀 떼는 세시 사십분쯤 기차역에 대부분 풀려 나와 화물칸에 남은 뱀은 이미 얼마 없었다. 그놈들이 화물칸을 빠져나온 이유는 두말할 것 없이 긴 여행에 지쳤기 때문일 것이다. 어떤 것들은 이미 숨이 끊어질 듯 입에 흰 거품을 물고 있었고, 몸은 괴상망측한 짙은 남빛을 띠고 있었다. 바로 이런 짙은 남빛이 철도역 관리자들의 경각심을 불러일으켰고, 그들은 이것이 식용으로 쓰는 보통 뱀과는 다른 종류라는 단정을 내렸다. 화물 운송 인부들을 조사해보았지만 인부들 역시 하나를 물어도 셋을 모른다고 할 뿐, 그들도 믿어지지 않는 일이고 여행용 신발이 어떻게 길에서 계속 쉭쉭거리는 소리를 멈추지 않는지 알 수 없다고 답했다. 역무원들은 화물에 적힌 수신 주소를 자세히 살펴보았다. 주소는 매우 분명한 듯 보였지만 자세히 보면 대충대충 적힌 것이었다. 기차역 광장 4호 애완동물 하이테크놀러지 유한회사 귀중.

역무원들은 모두 이 주소가 이상하다는 것을 알아보았다. 어디가 기차역 광장 4호란 말인가? 모두가 기차역 광장의 살아 있는 지도와 같은 사람들이고, 모두 이 부근에 어떤 회사와 어떤 상점이 있는지 훤하게 알았다. 대체 어디서 튀어나온 애완동물회사란 말인가? 듣기에는 마치 상하이(上海)나 선전(深圳) 시의 시장에나 있을 법한 회사 이름이 아닌가. 하물며 기차역 광장은 노천 경관이 그대로 보이는 광장이며, 일반인을 위한 공간이지 시장이 열리는 상업적인 광장이 아니라서 사무소도 없고 거주 지역도 없는데, 대체 어떻게 된 4호란 말인가? 어느 똑똑한 사람이 재빨리 답을 제시했다. 그는 기차역 정면에 자리한 건물인 '아름다운 성(美麗城)'을 매우 단정적으로 가리켰고, 가장 빨리 뒤져봐야 할 목표로 정했다. 그들은 '아름다운 성'에 애완동물회사가 있다는 말을 들은 적이 없었다. 그러나 아름다운 성은 세워진 뒤에 굉장히 많은 사람들이 임대해 사무실을 차린 곳이다. 게다가 요즘처럼 손에 돈 몇 푼만 있어도 너나없이 회사를 차리려는 시절이라면 애완동물회사가 입주한 것을 모르고 지나쳤을 수도 있었다.

　어째서 그날 일어난 뱀 재난이 아름다운 성과 관련이 있다고 여겼을까? 지금에 와서야 전부는 아니어도 어느 정도는 사실성을 토대로 진술할 수 있게 되었는데, 이 사실은 기차역 화물 운송부의 몇몇 사람들이 찾아낸 것이다.

4. 기차역 직원들이 분주히 움직이다

　기차역 직원들은 거대한 아름다운 성 안에서 애완동물 유한회사를 찾아내기 위해 엘리베이터를 타고 분주히 움직였다. 찾아내는 과정은 매우 어려웠는데, 아름다운 성의 건물관리센터가 문을 연 지 얼마 안 되었기 때문이다. 곳곳마다 크고 작은 혼란이 있었으며, 도처에 금연 팻말이 붙어 있었다. 꽤 돈을 들여 만든 팻말이었지만 금연을 선언한 것 말고는 국제관리 규범에 맞지 않는 것이었다. 각각의 회사 팻말은 아직 제대로 만들어지지 않아서 모든 회사들은 아름다운 성의 비밀한 구석에 저마다 숨어 있는 듯했고, 반드시 들어가서 물어봐야만 그 이름을 알 수 있었다. 기차역 직원들은 꽤 애를 먹으며 엘리베이터를 타고 오르내리기를 반복했으나 애완동물회사를 발견하지 못했다. 발음이 비슷한 회사가 있었지만 그곳은 중국과 홍콩이 합작한 패션 매장이라 살아 있는 동물을 취급하는 곳과는 무관했으며, 하이테크놀러지 기술과는 더

더욱 무관했다. 11층에서 생물제약회사를 발견했는데, 이름이 백세성(百歲星)이었다. 그곳의 약을 먹으면 백 세까지 장수한다는 내용을 선전하기 위한 특이한 명칭이었다. 이 회사의 담당자는 매우 유능한 사람이어서 역무원들이 뱀과의 관계를 추궁하는 것에 답하는 데에만 급급해하지 않았다. 그들은 찾아온 사람이 역무원이라는 것을 알고는, 때를 놓치지 않고 그들의 생산품을 소개했다. 그들은 역무원에게 약을 한 통씩 안겨주며 돌아가서 먹으라고 권하고는, 어떤 것은 뇌를 건강하게 하고 집중력을 높여주는 약, 어떤 것은 혈관을 깨끗하게 해주고 동맥경화를 방지하는 약, 어떤 것은 특정한 병에 효과가 있는 것이 아니라 장수에 도움이 되는 약, 어떤 것은 특정한 병에만 효과가 있는 약이라고 설명을 했다. 그러나 담당자가 권한 것은 제약 시장에서 가장 인기가 있다는, 남성을 위한 특별한 용도의 약이었다. 역무원은 바보가 아니라서 그 물건을 냉큼 받았지만, 공무로 온 몸이라는 사실을 내세워 애완동물회사가 어디 있는지 물으려고 했다. 백세성의 담당자는 다시 한 번 머리를 굴린 다음에 우리 회사는 총대리점이 있는 큰 상회라서 가격 흥정이 가능하지만 그런 작은 회사는 우리 같은 곳과 경쟁이 안 된다, 거래를 오래 하게 되면 결국 그 점이 명백해질 것이라고 설명했다. 그리고 위층을 가리키며 위층에 루터 회사라는 곳이 있는데, 그들이 무슨 영업을 하는지 불분명하니 혹시 그들이 뱀을 팔고 있을지도 모르겠다, 올라가서 확인해보라고 말했다.

역무원들은 13층에서 왜소하지만 옷차림은 깔끔한 사람을 발견했다. 그는 새파랗게 질린 얼굴로 턱수염을 손으로 꼬옥 움켜쥔 채 창문틀을 발판 삼아 기차역 광장 아래서 일어나는 상황을 보고 있는 중이었다. 엘리베이터에서 사람들이 나오자 그는 고개를 돌려 일별했다. 그의 눈썹은 덜덜 떨리고 있었고 눈빛은 알 수 없는 적의를 품고 있었다. 역무원들은 모두 그를 알고 있었다. 그는 예전에 역에서 함께 근무하던 커위안(克淵)이었다. "커위안, 여기서 뭐 하나?" 그들은 물어본 것을 바로 후회했다. 커위안은 이렇게 친근하게 대해선 안 되는 사람이었다. 커위안은 그들을 다그쳤다. "당신들 여기서 뭐 하는 거야? 근무시간에 이렇게 여기저기 다니다니! 돌아가면 내가 상관에게 말해 당신들을 잘라버리겠어." 역무원들은 모두 커위안이 어떤 사람인지 잘 알고 있었기에 그에게 왜 이렇게 돌아다녀야만 하는지 이유를 설명할 필요를 느끼지 못했다. 그들에겐 애완동물회사를 찾는 것이 급선무였다. 도리어 방해가 되는 것은 커위안이었다. 그들은 10층에서도 커위안을 만났고, 11층에서도 커위안을 만났는데, 만날 때마다 커위안은 노기등등하게 그들을 힐난했다. 12층에 닿았을 때, 그들은 또다시 엘리베이터 앞에서 커위안을 만났다. 역무원들은 그저 갑갑해 미칠 지경이었다. 이 인간은 어찌 된 영문으로 골 빈 파리처럼 아름다운 성 안을 정신없이 날아다니는 거냐? 그들은 아무 말도 하지 않았다. 커위안은 앞서 달려가 계속 역무원들을 막아서면서 추궁했다. "이것 봐! 너희 전부 미친 거 아니야? 어떻게 골 빈 파리처럼 경거망동하며 돌아다닐 수가 있어?"

남자 주인공 커위안이 이제 정식으로 등장했다. 등장 시간이 공교롭게도 조금 늦어진 터라 독자들에게 이 인물의 배경을 찬찬히 전달해줄 수가 없다. 역무원들 역시 그의 근황에 대해서는 무지했기에 커위안이 현재 루터 회사의 직원이라는 사실을 전혀 몰랐고, 게다가 좀 전에 그가 루터 회사의 사장인 더췬(德群)과 한바탕 싸웠다는 사실은 더더군다나 몰랐다.

5. 더췬이 커위안을 교수로 임명하다

　오후 세시 사십분, 모든 것은 아직 정상이었다. 뱀 떼가 광장 동쪽의 기차역 여관에 출몰했던 시각, 서쪽의 아름다운 성은 모든 것이 지극히 정상적이었고, 사람들은 각자의 사무실에서 밖에서 내리는 비가 잦아드는 소리를 듣고 있었다. 13층 루터 회사의 협소한 사무실에는 담배 연기가 꽉 차서 커위안은 창을 열었다. 그는 마지막 한 방울의 비가 루터 회사의 유리창 위에 뚝 떨어지는 것을 보았다. 그리고 빗소리는 사라졌다. 그 시각, 더췬은 커위안과 마주하고 있었다.

　커위안이 더췬에게 말했다. "비가 그쳤어."

　더췬은 창밖을 내다보고는 말했다. "비가 그친 줄은 이미 알고 있었어. 가려거든 가도 좋아."

　"난 안 가. 내겐 아무 일거리도 없거든." 커위안이 말했다. "한 달 넘게 근무했지만 아무 일도 없었어. 아무 일도 하지 않고 매일

이곳에 앉아 있느라 엉덩이에 굳은살이 박였어. 그것도 두 군데나. 왼쪽에 하나, 오른쪽에 하나. 이게 거짓말이면 난 사람도 아냐."

"그럼 일어서 있어." 더천이 말했다. "앉았다가 일어났다가 하기만 해도 한 달에 천삼백 위안(元)을 주는데, 부족한 건 아니잖아."

"그런 뜻이 아냐." 커위안이 말했다. "난 이렇게 앉아만 있었지 일한 건 하나도 없어. 우린 형제간이라고 해도 과언이 아니지. 하지만 이렇게 계속 앉아만 있고 일은 없으니, 돌아버릴 것 같아."

"돌긴 뭘 돌아? 일이 있으면 네게 하라고 줄 거야." 더천이 말했다. "넌 루터 회사를 자선단체로 잘못 알고 있는 거냐?"

"그런 뜻이 아니야." 커위안이 말했다. "사실 싼싼(三三)의 일은 나도 할 수 있어. 산시(山西) 일대는 내게 가장 익숙한 곳이야. 그놈이 엉덩이에 불이 나도록 뛰어다니는 동안 나는 그저 바라보고만 있었어. 내가 가면 그가 돈을 갚지 않을까봐 겁나는 거야? 그가 감히 돈을 주지 않을까봐?"

"장담할 수 없지." 더천은 가볍게 웃으며 말했다. "너희 두 사람이 어떤 일을 잘하고 어떤 일을 잘 못하는지는 내가 제일 잘 알아. 입을 놀려야 하는 영업 업무는 싼싼이 가장 잘해. 네가 뭘 가장 잘 할 수 있는지는 내가 잘 알아, 너도 속으로는 이미 잘 알고 있을 거라 생각하는데."

커위안은 바보가 아니었다. 그의 두 다리는 계속 바닥을 어지럽게 울리며 떨고 있었는데, 지금은 그의 두 다리가 딱 붙은 채 서로를 의지하듯 맞닿아 있었다. "내가 뭘 가장 잘하는데?" 커위안이 물었다. "칼 쓰는 거? 칼 쓰는 걸 잘하나?"

더췬은 커위안을 일별했다. "언제 너더러 칼 잘 쓴다고 했어? 내가 언제 그런 말을 했지?"

커위안은 눈을 크게 떴다. "네가 말하지 않아도 짐작할 수 있어. 내 입으로 말하도록 한 거지. 젠훙(見紅)의 일은 내가 했지. 너희는 입을 놀리고 나는 손을 놀려. 너희는 칼을 뽑고 나는 피를 핥는 거야."

"그건 네가 말한 거지 내가 말한 게 아냐." 더췬은 잠시 웃더니 말했다. "피를 핥는다. 네가 그렇게 말하다니, 대체 몇십 년대 어법이야? 커위안, 넌 공부 좀 해야겠어. 지금은 아무도 이런 말을 쓰지 않는다고. 알려줄게, 광둥(廣東)에서 수리한다고 하는 걸 우리 고장에서는 지금 수업한다고 해."

유리창 밖에서 무언가가 부딪히며 쏴아쏴아 하는 바람 소리를 냈다. 커위안은 창밖으로 고개를 돌렸다. 밖에는 아무것도 없었고 비는 이미 그쳐 있었다. 그저 바람일 것이다. 모든 고층건물은 바람 소리가 아주 겁날 정도로 들리게 마련이니까. "난 드디어 이해한 것 같아." 커위안이 창밖을 보며 말했다. "더췬, 넌 정말 개 같은 새끼야. 이런 깊은 성 안에서 푹 꺼져 들어가고 있는 그런 인물이라고."

"너 역시 같은 모습이지." 더췬이 말했다. "루터 회사에 들어온 사람들은 모두 한가락 하는 인물이야. 그런 인물이 아니면 루터 회사에는 들어올 수 없어."

"좋아." 커위안은 손뼉을 치며 말했다. "좋아. 나 쑹커위안(宋克淵)은 아무것도 못하는 사람이고, 그저 윗자리에 앉아서 수업이나 하지, 빌어먹을, 수업이라니? 대체 뭘 하라는 거야? 그럼 내가 교수가 되는 거야?"

"넌 특별한 교수지, 진짜 교수는 너처럼 싸우는 사람이 아니니까."

"개소리 같은 교수. 난 교수를 보면 무작정 때리고 싶어. 그들은 의견만 많고, 기차역 안에서 밥만 처먹지. 그들의 밥그릇을 깨버려야 해. 그들은 여기서 불러대고 저기서 불러대고, 이걸 정리하라고 야단이고 저걸 정리하라고 야단이지. 나는 그들이 스스로를 정리해야 한다고 봐." 커위안이 말했다. "나한테 그들과 만나라고 하지 마. 우연히라도 싫어. 교수? 보는 족족 패줄 테니까!"

"너 많이 흥분했어. 네가 흥분하면 나름대로 좋은 점이 있지. 수업 효과가 아주 빨리 나타나거든."

"개소리 같은 효과지." 커위안이 말했다. "더췬, 넌 진짜 나쁜 놈이고, 나를 교수로 만들었어. 전에 넌 내게 이런 식으로 말하지 않았어."

"내 말이 틀렸다고?" 더췬이 말했다. "틀렸으면 지적해서 바로잡아. 가르쳐줘. 네가 교수가 아니면 뭐야?"

"나는 교수가 아니야." 커위안은 부릅뜬 눈에 빛을 발하며 더췬을 노려보았다. 그는 자기 주먹을 바라보다가 식지의 손톱이 긴 것을 보고는 이빨로 손톱 끝을 뜯어내더니 뱉었다. "나는 교수가 아냐." 그는 말했다. "싼싼 패거리가 교수지. 마(馬) 녀석도 교수야. 마 녀석은 아버지가 환경위생소 오물처리부에 있으니까 똥오줌이 좋겠어. 똥오줌 교수야."

"네미 씨발, 너무 지독한데." 더췬은 웃었다. "너는 회사의 밥을 먹는 교수야. 기차역 일대에서 쑹커위안을 모르는 사람은 없어. 넌 기차역의 정원 외 역장이야. 네가 가르치지 않은 놈이 어디 있었나? 왜 갑자기 나와 싸우려는 거야? 내가 회사를 세우면서 사람을 채용한 게 대충대충 한 거라고 생각해? 쑹커위안, 머리를 잘 굴려서 한번 생각해봐. 너도 세상사를 제법 알잖아. 어떤 이는 권주는 피하다가 벌주를 마시고, 실속 있는 것과 헛것을 분별할 줄 모르고 오로지 불법만 두려워하지. 그런 사람은 공부를 해야 해!"

"맞아, 나는 불법 수업만 전문으로 할 거야." 커위안이 말했다. "온종일 싸웠지만 결국 불법 교수가 되었군. 좋아, 불법 과목을 가르치게 해줘. 그렇게 일을 마무리 짓지. 누가 날 대신해서 굳은살이 박이도록 엉덩이를 문지르고 앉아 있을까? 누가 나를 대신해서 모든 일을 바로 하겠어?"

"나 더췬이 너를 대신하지, 네 형제는 올해 마흔한 살이지 열네 살이 아니니까. 내가 네게 뭘 어쩌랬어? 이런 막말이나 하고. 어디서 엉덩이를 문지르니 마니 하는 불평을 하는 거야?" 책상을 내려치는 더췬의 표정이 약간 험악해진 듯했다. "커위안, 내가 보기에 너는 정말 엉망진창이지만, 후회하더라도 아직은 기회가 있어. 너는 나가서 그 대단한 주먹을 휘두를 수 있겠지. 그러나 나는 좀더 물어보고 싶어. 커위안, 네가 뭘 할 수 있어? 뭘 할 수 있냐고? 그래, 너 커위안의 특기를 내가 모를 수도 있지. 한번 말해봐, 들어나보자."

커위안은 고개를 내저었다. 그는 더췬이 제기한 자신의 특기에 관한 문제를 회피한 채 긁어모을 수 있는 모든 담력을 꽉 끌어당겨 더췬을 다시금 공격했다. "내가 담이 작아?" 그는 눈을 크게 뜨고 말했다. "내가 담이 작다는 문장을 어떻게 쓰는지 모르는 것 같아? 내 담이 얼마나 작은지 어떤 일이 일어났는지를 설명해야 하는 거야? 대답해, 그날 하이셴스제(海鮮世界)에서 누가 먼저 맥주병을 들어 탁자를 내려쳤지? 그날 정류장에서 누구 입술이 움직여서 정비공을 얻었지?"

더췬은 침착하게 커위안을 바라보았다. 그는 말없이 탁자 아래에서 일정한 박자에 맞춰 다리를 까닥거렸다. 모든 것이 정상이었다. 밖에서 갑자기 우렛소리가 울리더니 하늘이 순식간에 어두워졌다. 커위안은 창가로 가서 광장의 괘종시계를 바라보았다. "너 그렇게 사람 쳐다보지 마." 커위안이 말했다. "나 역시 전문가로서 장사하는 거고, 주먹으로 먹고사는 놈은 아니야." 괘종시계는 고독하면서도 교만한 자세로 고고히 회색 하늘 가운데 서 있었고, 시계의 아래쪽 발판과 지지대는 깜빡이는 은빛 광채를 뿌리고 있었다. 그때 우리가 창의적이라고 부를 만한 생각이 커위안의 머릿속을 섬광처럼 스치면서 그의 눈이 빛났다. "21세기맞이 괘종시계를 사들이자, 더췬. 괘종시계를 사들이자고." 그는 충동에 못 이겨 크게 외쳤다. "저 괘종시계를 사자. 우리의 사업은 바로 그렇게 시작하는 거야!"

"21세기맞이 괘종시계를 사자고?" 더췬이 물었다. "차라리 나더러 베이징에 가서 인민대회당*을 사오자고 하지그래, 응? 그걸 사서 뭘 하겠다는 거야?"

"뭘 하든 다 될 거야. 저런 높이 솟은 물건 위에 식당을 차리는 거야. 그것도 회전 식당을. 장사가 안 될 거라고 걱정하지 마. 관공서의 몇 사람을 내가 아주 잘 아니까. 가서 말해볼게. 대략 몇십만 위안이면 얻어낼 수 있을 거야."

"네가 돈 댈래?" 더췬은 눈살을 찌푸린 채 커위안을 흘낏 보고 나서 바로 그를 무시했다. 하늘은 어두웠다. 더췬은 책상 위의 스탠드를 켜고 주머니에서 검은 수첩을 꺼냈다. 독자들은 긴장하지 말기 바란다. 나는 여러분을 홍콩 영화나 미국 영화 같은 상황으로 끌고 들어가서 황당한 사건으로 놀라게 하지는 않을 것이다. 이른바 검은 수첩이라는 것은 그저 평범한 전화번호 기록부로서 보통 크기의 다이어리였지만 검은색 합성피혁 겉장에 일본어가 금박으로 찍혀 있어서 소유주가 일본에 다녀온 적이 있다는 것을 알려주기에 충분했다. 다이어리의 내용은 루터 회사의 특수 업무와 관계가 있었는데, 주로 이름과 전화번호와 주소와 다량의 채무액이 적혀 있었다. 금액은 대강 계산된 인민폐와 엔화와 한화 같은 외환으로 병기되어 있고, 태국의 주식에 관한 업무내용 또한 적혀 있어서 루터 회사가 얼마나 국제화된 기업인지를 짐작케 했다. 더췬은 고개를 숙여 자신의 다이어리를 바라보았다. 그가 보고 있는 것은 자기 사업의 기밀이었다. 어떻게 보아도 모든 것이 정상이었다. 커위안 또한 옆에서 다이어리에 담긴 내용을 집중해 보고 있었는데 내용이 복잡해 머릿속이 터져나갈 듯 참기 어려운

---

* 중국의 국회의사당.

두통이 치밀었다. 모든 것이 정상이 아니었다. 더췬이 갑자기 한 팔을 들어 아이나 혹은 손자를 훈계하는 자세로 커위안의 목덜미를 한 대, 다시 또 한 대 쳤다. 더췬은 무시무시한 얼굴로 커위안을 향해 소리쳤다. "쑹커위안, 그래도 너한테 회사 밥을 먹여주려 하는데, 여전히 가장 중요한 규칙도 못 지키는 거야!"

커위안은 목덜미를 어루만졌다. 손찌검은 기절할 정도로 매웠다. "보지도 못해? 기밀인가?" 그는 갑자기 울부짖으며 미친 듯이 욕을 퍼부었다. "큰이모랑 붙어먹을 놈, 네미 씹할 놈, 개 같은 더췬, 네가 감히 내 목덜미를 때려?" 커위안은 앞으로 한 발 다가가 더췬을 바라보며 무의식적으로 발돋움해 손을 치켜들었다. 뻣뻣하게 굳어 못 박힌 듯한 커위안의 정지된 모습은 방어 동작 같기도 했고, 어찌 보면 매우 침착하게 할 말을 하려는 태도 같기도 했다. 그는 책상을 걷어찼다. "네가 내 목덜미를 때려? 나는 여태껏 살면서 누구에게 목덜미를 때리도록 허락한 적이 없어. 빌어먹을 새끼, 네가 날 때려?" 커위안이 말했다. "보지 말라면 안 봐. 한마디 하면 될 걸 갖고 씹새끼, 내 목덜미를 왜 때려?"

"내가 네 목덜미를 때렸어? 손바닥으로 친 거 가지고 헛소리하지 마." 더췬은 손바닥을 세로로 들어 올렸으나 곧 진정하더니 커위안을 똑바로 응시했다. "좋아, 내가 목덜미를 때렸다 치자. 네 목덜미는 맞으면 안 되는 곳이냐? 날 때려보겠다 이거야?"

커위안은 더췬의 목덜미를 보았다. 더췬의 목덜미에는 사슬 목걸이가 걸려 있었다. 지금 그 황금 목걸이는 커위안을 향해 반짝반짝 빛을 내며 고귀하고도 은은한 광채를 내뿜었다. 사슬 하나하나의 광휘가 커위안에게는 압박과 불공평을 말해주었다.

"내가 말해두겠는데, 네가 돈 좀 벌어서 사장이 된다고 뭘 어떻게 할 수 있을 거라고 착각하지 마." 커위안이 말했다. "빌어먹을 새끼, 네가 천만금을 쥔 부자가 될지라도 내 앞에서 주인장 행세하지 마. 내가 기차역에서 벅벅 기면서 일할 때 너 역시 나를 따라서 미련스럽게 살았어. 옛날을 잊지 마. 네가 일본에 갈 때 어떻게 했지? 내가 너를 위해 차를 마련했고 상하이 공항까지 모셔다줬어."

"그 차 이야기는 그만둬. 길에서 세 번이나 고장이 났고 비행기를 놓칠 뻔했잖아." 더췬이 말했다. "넌 네가 엉망으로 만든 일들을 덮어버리고 싶겠지? 넌 나를 완전히 실망시켰어." 커위안이 되받았다. "모르는 운전기사를 부르면 삼백, 아니, 반드시 사백은 부른다고."

"그 백 위안은 네가 가져갔지." 더췬이 말했다.

"그렇게 말하면 재미없어." 커위안이 말했다. "애들 장난도 아니고, 무슨 개 같은 말을 꺼내는 거야?"

"네가 정확히 계산을 하겠다고 나선다면 나도 이럴 수밖에 없어." 더췬이 말했다. "커위안, 오늘 말이 나온 김에 한마디 하겠는데, 앞으로 밖에다 말 옮기지 마. 안 그러면 나 더췬은 반드시 너와 한판 벌이게 될 테니까. 말버릇 좀 고쳐. 그런 말 쓰는 게 네겐 아무렇지 않을지 몰라도 난 아니니까. 너와 한판 붙어야 되겠어? 그럴 수는 없는 거야. 담배나 한 대 하지. 네가 주지 않겠다면 사 올 테니 오 마오* 내놔. 아니면 담배꽁초라도 주거나."

커위안의 얼굴은 붉으락푸르락했다. 그는 의심이 가득한 눈으로 더췬을 바라보았다. "농담하자는 거야?" 그가 말했다. "물론 농담이겠지. 나 커위안은 언제나 의기로 가득한 사람인데, 어떻게 담배꽁초를 너한테 피우라고 하겠어? 나도 담배꽁초 따윈 피운 적이 없는데……"

"그만둬." 더췬이 날카롭게 웃기 시작하더니 말했다. "내가 볼 때 네 기억력은 정말 문제가 있어. 옛날 일을 생각해봐, 옛날에 네가 어떤 몰골이었는지. 네 자신조차 기억하지 못하잖아. 우리가 널 대신해서 기억해주고 있지."

커위안의 머릿속이 한순간 하얗게 비워졌다. 그러나 그는 더췬이 자신에 대해 이죽거리는 과거의 편린에 대해 어떻게 대응할 것인지 바로 결정했다. 커위안은 분노한 채 몸을 돌려 문 쪽으로 가려다가 문득 한 가지를 기억해내고 고개를 더췬 쪽으로 돌렸다. "넌 내 실수는 다 기억하면서 내가 잘한 것들은 기억하지 않지? 설마 내가 잘한 게 하나도 없다고 할 텐가?"

"잘한 것도 물론 있었지. 그저 바로 떠올리지 못할 뿐이야." 더췬은 괴이쩍게 웃으면서 말했다. "사람이 어떻게 잘한 것이 하나도 없을 수가 있겠어? 네가 만약 잘한 것이 하나도 없었더라면 바로 쓰레기 처리장에 집어넣고 말지 널 내 회사에 들어오게 했겠어? 네 장점은 네 스스로 찾아내야지, 왜 내게 말하라고 하는 건데?"

커위안은 더췬이 자신에 대해 이런저런 분석을 늘어놓는 것을

---

* 1마오(毛)는 십분의 일 위안.

참고 들을 생각이 없었다. "재미없어." 커위안이 머리를 내저었다. "말하는 거, 무의미해!" 커위안이 휴지통을 걷어차자 휴지통 안에서 코카콜라 캔이 튀어나왔다. 그는 캔을 계속 걷어차면서 문밖으로 나갔다. "재미없어!" 커위안이 문밖에 서서 와락 고함을 지르자 그 소리에 문이 쿵쿵 울렸다.

불쾌한 하루야. 커위안은 새파래진 얼굴로 엘리베이터를 향해 갔다. 그는 더촨이 그의 목을 때렸다는 것을 되씹고, 자신의 의지가 감정을 이겼다는 것 역시 되씹었다. 뺨을 한 대 후려갈기고 싶은 것을 얼마나 참고 또 참았던가. 그러나 그의 귀에는 계속해서 숱한 목소리들이 경고를 울리고 있었다. 때리면 안 돼, 때리면 안 돼, 사장을 때리면 안 돼. 사장은 당연히 때리면 안 되는 것이다. 별 거지발싸개 같은 일이 있더라도. 사장을 때리면 누가 월급을 줄 것인가? 커위안은 누가 누구 뺨을 싸대기쳤는지를 염두에 두지 않으려 했다. 그는 숨 쉬는 것처럼 자연스럽게 지난 삼십 년간 언제 어디서든 더촨을 때렸지만, 지금은 더촨이 그의 목을, 그것도 때리면 빡 소리 나도록 때린다. 사촌누이랑 붙어먹을 놈 같으니라구, 지가 무슨 대단한 어른이라고 날 때려!

아름다운 성은 재스민 향기로 가득했는데 매일 아침 일찍 청소부들이 방향제를 뿌리면서 환기를 시키기 때문이었다. 복도를 걸으면 배경음악으로 귀가 얼얼할 지경이었는데, 분명 어디선가 들어본 음악이지만 어떤 곡인지 잘 생각나지 않는 그런 흔한 음악이었다. 여러분은 커위안이 어떤 사람인지 알게 되었으니, 그가 음악이나 향기에 대해서는 소귀에 경 읽는 수준이리라는 것도 짐작할 것이다. 그러나 지금 일이 터진 상황에서, 모든 것이 달라졌다. 커위안은 엘리베이터 문 앞에 서서, 갑자기 매우 신선하고 향기로운 공기와 음악이 충만해 있는 이곳을 차마 떠날 수 없다는 것을 깨달았다. 그는 엘리베이터 앞에 나타난 한 사람을 보았다. 옷을 말끔하게 차려입고, 머리카락은 검게 반들거리고, 검은 바지에 검은 신을 신은 키가 작은 사람, 다른 사람이 아닌 커위안 자신을. 커위안은 엘리베이터 문에 비친 자신의 모습을 보면서 머리카락을 단정히 눌렀다. 헝클어진 머리카락은 원래 모양새로 얌전하게 돌아갔다. 커위안은 이 탑 모양의 건물을 떠나기가 몹시 서운했다. 그가 어딜 가겠는가? 엘리베이터를 타고 내려가서 어디로 간단 말인가? 순펑(順風) 거리로 나가서 머리를 감는 것 외에, 그가 어딜 가서 무슨 일을 할 수 있겠는가? 그러나 그는 최근에 벌써 미용실에서 머리를 감았다. 그는 일주일에 딱 한 번만 감았으며, 그 이상은 절대로 감지 않았다.

오후 다섯시 정각. 커위안은 아무 목적 없이 아름다운 성 안을 오르락내리락 오갔다. 그는 19층의 더얼쓰(德爾斯) 회사에 갔다. 더얼쓰 회사는 이곳에서 가장 잘나가는 회사로, 전화벨 소리와 타자기 소리가 끊일 새 없고, 사무직 여직원들은 하나같이 젊고 예쁘고 우아하고 교양이 넘쳤다. 그녀들은 사투리는 물론이고 비속어도 쓰지 않았다. 그녀들이 말하는 표준어는 홍콩이나 타이완 억양이 배어 있었고 엘리베이터 안에서는 영어, 불어, 일어를 섞어 쓰곤 했다. 커위안은 배운 게 없는지라 그녀들이 쓰는 외국어가 어떤 수준인지 알 수도 없었다. 그는 그저 그녀들의 생김새만 가지고 이 사람은 괜찮고 저 사람은 별 볼일 없다는 식으로 판단을 내렸다. 자신을 속되지 않고 품위 있는 사람으로 보이고자 애썼지만 커위안은 원래 그런 유의 얕은 눈을 가진 사람이었다. 그러나 샤오(蕭) 씨에 대해서만큼은 지적이고 빼어난 여성이라고 인정할 수밖에 없었다. 샤오가 엘리베이터로 들어오면 엘리베이터 안이 온통 깨끗해지고 엄숙해지는 듯했다. 남자들은 이 아름다운 아가씨를 설령 보지 못했다 할지라도 코로 스며드는 향기에 눌려 숨마저 조심스럽게 쉬었고, 배가 뒤틀려도 방귀를 꾹 참으면서 몸을 옆으로 돌렸다. 커위안은 매번 샤오를 엘리베이터 안에서 볼 때마다 그만 어쩔 줄 모르면서 더천 쪽만 쳐다보곤 했는데 더천이란 놈은 거드름을 피우면서 절대로 샤오를 똑바로 보지 않고 딴청을 피웠다. 그러나 그의 눈빛에는 이상한 기운이 번들거렸다. 커위안은 더천이 내뿜는 눈빛에서 그가 속으로 무슨 생각을 하는지 알고도 남았다. 커위안이 그의 생각을 넘겨짚자 더천이 말했다. "너 여자의 치마 속으로 들어가고 싶냐? 저 여자 자빠뜨리고 한번 하고 싶어? 한번 하고 싶으면 하러 가라고." 더천은 말뽄새가 이따위로 되어먹은 사람이었다. 커위안은 그의 속사정을 알고 있었다. 더천이 샤오에게 데이트 신청을 했지만 샤오는 그를 본 체도 하지 않았다는 것을 싼싼이 다 말해주었다. 게다가 싼싼이 더천 대신 샤오에게 데이트 신청을 하러 간 적도 있었지만, 그녀는 싼싼마저 모른 척했다.

커위안은 자신이 어디서 이런 착상을 했는지 알 수 없었다. 그는 더얼쓰 회사의 접수대 앞에 서서, 내내 반복해서 생각을 가다

들었다. 접수대 여직원이 커위안에게 물었다. "무슨 일로 오셨는지요?" 그가 대답했다. "무슨 용무는 없고요, 샤오 씨 있나요?" 여직원이 물었다. "샤오 씨와 약속이 되어 있나요?" 커위안이 말했다. "뭐가 이리 복잡해? 지금 약속하려는 거요. 당신이 가서 그 여자를 불러오면 그게 바로 약속 잡는 거 아니오?" 여직원이 차갑게 말했다. "당신 참 똑똑하군요. 어디 소속인가요?" 커위안이 엄지손가락을 들어 바닥을 가리키며 말했다. "13층의 루터 회사 소속인데요. 우리는 같은 건물을 쓰는 형제지간 회사 아니오. 아가씨, 이편저편 가르지 않는 게 좋지 않겠어요? 가서 불러와요, 빨리 부르라고요. 당신이 안 부르면 내가 가서 불러올 테니."

샤오가 나왔다. 흰 윗옷에 검은 치마를 입고, 가늘고 나긋한 허리에 은색 허리띠를 매고 있었다. 아름다운 성 안에 이런 아름다운 여인이 있다니…… 뒤에서 보았을 때는 패션 모델 같고 앞에서 보았을 때는 텔레비전에 나오는 스타 여배우 같았다. 샤오 아가씨의 우아한 자태는 유명 인사만큼이나 멋있었다. 그녀는 미소를 담뿍 담은 시선으로 커위안을 보면서 팔짱을 끼고는 커위안이 말하기를 기다렸다. "우리 사장님이 당신을 저녁 식사에 초대한답니다. 어떤 식당을 좋아하시는지 여쭤보라고 보내셨습니다." 커위안의 말에 그녀가 대꾸했다. "어디든 다 싫어요. 돌아가서 당신 사장에게 전해요. 이 도시에 내가 좋아하는 식당은 단 한 곳도 없다고." 커위안이 말했다. "그게 무슨 소립니까? 이렇게 큰 도시에 어떻게 당신이 좋아하는 식당이 단 한 곳도 없을 수가 있어요? 한궁(漢宮)은 가봤습니까? 다관시(大觀喜)는 가보셨나요? 국제 호텔

은요?" "국제 호텔이 어딘데요?" 커위안은 샤오의 말에 바로 대답하지 못하고 주춤했는데, 샤오가 그녀의 동료에게 눈을 찡긋해 보이는 것을 보았기 때문이었다. 그러나 그녀가 자기를 데리고 놀고 있다고는 믿고 싶지 않았기 때문에 계속 열정적으로 설득하려 했다. "그럼 이탈리안 레스토랑으로 정할까요? 여섯시 반? 일곱시도 좋아요." 그가 말했다. "우린 차가 있어요. 주차장에서 당신을 기다리지요." 샤오는 이 커위안이라는 남자가 유머 감각이라고는 손톱만큼도 없는 사람이고, 이런 사람을 대할 때는 직설적인 것이 가장 좋다는 것을 분명히 느꼈는지 안면을 굳혔다. 사람을 설레게 하던 미소는 온데간데 없어졌다. "순평 거리로 가서 머리 감고 속 차리지그래. 우리 회사에 와서 무슨 행패야!" 그녀는 이 한마디를 남기고 몸을 휙 돌린 채 가라는 말 한마디 없이 하이힐을 거칠게 울리면서 안으로 들어갔다. 냉정하기 그지없는 우승자가 패배자를 버려두고 사라지는 기세와도 같았다.

커위안은 순식간에 한기를 느꼈다. 그는 접수대의 여직원이 입가에 조소를 가득 담은 채 잔인한 시선으로, 매우 즐거워하며 흘겨보고 있는 것을 발견했다. 커위안이 말했다. "에잇, 저 아가씨 성깔머리하고는…… 우리 사장님이니까 저런 여자를 초대한다고 하지, 세상에 어떤 놈이 식사에 초대하겠어? 리지아청(李嘉誠)*이라도 기다리는 거야? 네미, 저런 여자를 리지아청이 데리러 오겠어?"

---

* 홍콩의 청쿵 그룹 회장. 아시아 1위, 세계 5위의 갑부로 알려져 있다.

커위안은 황황히 더얼쓰 회사를 나와 엘리베이터 앞에 섰다. 그는 엘리베이터 앞에 와서야 어리둥절해졌다. 대체 왜 자신이 그런 일을 저질렀는지. 이런 식으로 내 능력을 증명하려 했단 말인가? 그 새끼가 아까 내 싸대기를 날렸는데. 그동안 아무도 샤오에게 데이트 응답을 받아내지 못했으니 만일 이번에 약속을 잡아내는 데에 성공해서 뭔가 보여주려 한 걸까? 그랬다면 더췬이 나를 어떻게 평가하게 될까. 이 커위안이 아주 훌륭한 종놈라는 걸 깨달을 것이 아닌가. 더췬이 아무리 그를 때려도 그가 자신을 위해 샤오를 불러내려 갔다는 사실을 알면, 다음에는 더 많이 때릴 것이고, 날마다 때릴 것이고, 때리면서 매일매일 그녀를 불러내도록 시킬 텐데. 커위안은 엘리베이터 입구에 서서 불분명하게 반사되는 자신의 얼굴을 바라보았다. 그는 자신의 얼굴을 때렸다. 짐승만도 못한 놈, 짐승만도 못한 놈, 아예 엎드려 기어라. 그는 자학했다. 종놈 새끼, 종놈 새끼, 그 자식이 싸지른 오줌을 대신 닦으려던 잡종, 그 새끼가 싼 오줌을 대신 받아주는 요강 단지. 넌 감히 더췬에게 대들 용기가 없어. 넌 더췬에게 잘못해놓고 후회막심인 거지. 공을 세워서 죄를 면책받으려고 용을 쓰다 못해 그 새끼의 엉덩이를 빨아. 미친 놈, 미친 놈…… 커위안은 자신에게 욕을 했다. 그 새끼가 감히 나를 묵사발로 만들어? 감히 나를? 쑹커위안이 어떤 사람인데…… "당신들 뭐 하는 거야? 머리 없는 버러지같이 우왕좌왕 이리 갔다 저리 갔다, 이건 그저 층을 표시하는 표지판으로 있는 거야. 누가 당신더러 들어오라고 했어?" 그때 애완동물회사를 수소문하는 웅성거림이 두서없이 그의 귀에까지 들려왔다. 커위안이 말했다. "당신들 간판 볼 줄 몰라? 찾는 회사가 어디야? 미국 회사야, 아니면 일본 회사야, 그도 아니면 홍콩 합작회사야? 합작회사는 위층에 있어. 위로, 위로 가라고." 화물 운송부의 사람이 아름다운 성의 직원에게 한 소리 듣고서는 다시 황황히 엘리베이터에 올랐다. 커위안은 그중 한 사람의 신발을 보게 되었다. 그 신발은 한참 오래된 인민해방군용으로, 뒤축은 이미 닳아빠져 섬유의 올이 다 풀려 양말까지 훤히 보일 지경인 데다가 양말마저도 구멍이 나 있었다. 커위안은 충동을 억제하지 못하고 고개를 숙여 자신의 구두를 쳐다보았다. 늙은이들이나 신는 가죽 구두였다. 더취은 각진 모양이 맵시 있는 명품 구두를 신고 다니는데. 커위안은 자신의 구두 속에서 울려 퍼지는 노랫소리를 분명히 들을 수 있었다. 커위안, 커위안, 훌륭한 멍청이, 훌륭한 멍청이.

커위안은 돌아가기로 결심했다. 그는 루터 회사의 문 앞에서 우연히 쓰옌(四眼)과 그의 애인을 보게 되었다. 커위안이 말을 걸었다. "쓰옌, 무슨 일로 온 거야?" 애인이 옆에 있었기 때문에 쓰옌은 그에게 약간 쑥스러워하면서 대답했다. "무슨 일로 왔냐고? 그야 사업 이야기지!" 커위안은 쓰옌의 애인을 뚫어져라 보았다. 그는 이 여자가 순펑 거리에 있는 어느 미용실에서 머리 감겨주는 직원으로 근무하고 있다는 것을 알아보았다. 커위안은 괴상하게 웃으면서 말했다. "쓰옌, 너 돈 좀 벌겠다. 앞으로 머리 감을 때 돈이 안 들 것 아냐." 쓰옌의 애인은 잠시 시선을 내리깔았고, 쓰옌 역시 성난 얼굴이 되었다. 그는 불만이 꽉 찬 목소리로 말했다. "커위안, 나한테 이렇게 모욕을 준다면, 앞으로 어디서 널 보든 네 체면을 세워주지 않겠어. 네가 뭐길래? 가서 더촨의 잔돈이나 챙겨."

　모든 것이 엉망이었다. 쓰옌 역시 그와 맞대놓고 싸울 용기는 없었다. "좋아, 좋아, 쓰옌 네 입 참 험하다." 커위안은 삐딱하게 고개를 기울여 그들이 허둥허둥 사라지는 뒷모습을 조소하며 바라보았다. 그때 갑자기 한 왜소한 그림자가 그 남녀 한 쌍을 향해 가로질러 가는 것이 보였다. 그 그림자는 남자를 일단 한 대 치고, 여자라고 봐주는 것 없이 여자의 따귀를 때렸다. 너희를 가르치는 거야, 가르치는 거라고, 내가 너희에게 가르침을 내리는 거라고! 네미 붙을 욕을 하는 건 누구 보고 하는 욕이야? 커위안은 이 그림자가 환영이라는 것을 깨달았다. 그는 아주 오랫동안 사람을 패고 치는 짓을 하지 않았다. 이제는 아주 교양 있는 사람이고, 커위안의 교양은 회사의 교양을 반영하고 있었다. 당신들은 입만 놀릴 줄 알지 손을 놀릴 줄 모르게 되었다. 예전에 비해 지금은 별 볼일 없게 된 것이다. 그전에는 신나게 다 때려 부술 줄 알았는데, 이제는 한 명도 때리지 못한다. 돈 있는 사람이라야 권력을 휘두를 수 있다. 돈이 결국 힘을 만든다. 돈이 없으면 때릴 수도 없다. 돈이 없다면 골치 아픈 일이 생겨도 분노를 터트릴 수 없다. 당신이 그를 한 대 때린다면 그는 당신을 한 칼에 베어버릴 것이다. 당신이 있는 힘을 다해 그를 동굴로 끌고 들어가 함께 깔려 죽는다고 해도 결국은 그가 승리하리라. 커위안 역시 지금이 예전만 못했다. 혈기는 있으나 위는 나빠졌고, 십이지장궤양에 걸렸다. 관절은 염증이 심해져 도망갈 수도 없고, 심박도 안 좋아졌으며, 가슴에 열이 나면 바로 기침에 시달린다. 지금 커위안은 쓰옌과 그의 애인의 그림자를 보면서 심한 흉통을 느꼈다. 그는 가슴을 쥐어뜯며 그들을 향해 외쳤다. "쓰옌, 넌 네가 미녀를 데리고 다닌다고 착각하고 있지? 내가 그 여자가 누군지 모른다고 생각하지? 순평 거리에서 그 여자를 뭐라고 부르는지나 알아? 바지 끈이 헐렁하다고 해, 바지 끈이 헐렁한 년이라고!"

커위안은 한쪽 다리는 밖에, 한쪽 다리는 문 안쪽에, 반씩 걸친 채로 고개만 안으로 들이밀고 동태를 살폈다. 그는 밭은기침을 토했고, 이런 기침은 더췬에게 어려운 의사표시를 할 때면 전부터 종종 쓰던 것이었다. 들어가도 될까요? 당신이 들어오라면 들어가겠어요, 들어오지 말라면 안 들어가고 그냥 갈게요, 라는 질문을 대신하기 위해서. 안에서 더췬은 반응이 없었는데, 이런 태도는 마치 군자는 소인배의 과오를 기억하지 않는다는 투의 너그러움의 표시였기에 커위안은 들어갔다.

더췬은 책상 위에 다리를 올려놓고 차갑기 그지없는 시선으로 커위안을 보았다. "넌 교양이 하나도 나아지지 않았어." 그가 말했다. "내가 몇 번을 말해야 하겠어? 여긴 교양 있게 사업하는 장소야. 순평 거리도 아니고 기차역도 아니라고."

"좀 전에 쓰옌을 우연히 봤는데 지금 내 기분이 별로 좋지 않아." 커위안이 말했다. "그는 큰돈을 벌 수도 있을 것 같은데, 그 자식이 어디서 무슨 사업을 벌여서 우리를 따라하려는 걸까? 손가락으로 똥구멍이나 후비는 새끼가 돈 몇 푼을 풀어서 만금을 쓸어 담을 거야."

"내가 사장이냐 아니면 네가 사장이야? 만금을 버는 장사는 안

해, 넌 내게 백만금을 벌어다 바쳐야 해."

"나는 그런 장사는 못해." 커위안이 말했다. "나는 쓰옌 같은 종자랑 교류하기 싫어. 어떤 이득도 없다고."

"돈 벌기는 원래 어려운 거야. 고기와 가죽에서 기름을 짜내는 거지." 더췬이 말했다. "내가 일본에 있을 때 사장이 내게 해준 말이야. 회사를 차린 그날, 나 역시 쌴쌴과 아이들에게 이 이야기를 해주었지. 지금은 네게 다시 한 번 말하는 거야. 반드시 외워둬. 내 말 듣는 거야? 쓰옌의 일이 어떻게 된 건 줄 알아? 그는 내게 제대로 서비스를 한다고. 그는 누구든 아부를 해야 할 때는 아부를 해. 내가 손가락 하나 까딱 안 해도 알아서 내가 한 말을 그대로 실행해."

더췬은 이번에는 냉혹하지 않은 태도로 말했다. "커위안, 잘 알아두라구. 이건 네가 자발적으로 부탁해서 시작한 거야, 내가 널 핍박한 게 아니고. 쓰옌이 가져온 일은 삼만 위안짜리야. 물품도 괜찮아. 하지만 그는 우리와 반씩 나누기를 원하고 있어."

"누가 그래? 누가 그런 말도 안 되는 억지를 부려, 그게 그 자식 돈이야?"

더췬의 미소는 약간 복잡해 보였고, 조금은 비밀스러워 보였다. 그는 장부를 열어서 숫자를 합산했다. "나는 이 명단을 붉은색, 흰색, 검은색*으로 나누었어. 붉은색 부분은 모두 샤오위(小于)와

---

* 붉은색은 이익이 많은 일, 흰색은 이익이 적은 일, 검은색은 불법적인 일을 가리킨다.

샤오바이(小白)와 함께 하는 것이고, 국영기관과 거래하는 거지. 그들은 경험이 많아. 샤오바이가 돌아가서 싼싼네 사람들과 일을 할 거고 나 역시 그에 대해서 잘 알고 있어." 더췬은 커위안에게 시선을 고정한 채 그의 반응을 관찰하면서 말했다. "너도 잘 알고 있겠지만, 나는 아주 조심스럽게 일을 해. 불법적인 일은 보통은 안 하지. 쓰옌의 이번 업무는 나도 잘 몰라. 그가 어디서 누구와 무엇을 할 것인지 전혀 몰라. 그가 뭔가 불법적인 곳에서 움직인다는 것만 알아. 불법적인 것도 역시 업무의 일부이긴 하니까."

"도대체 누가? 넌 뭘 팔고 있는 거야?" 커위안이 말했다. "난 네가 뭘 하는지 알아. 지금 내게 불법적인 교수가 되라고 하는 거지? 이런 교수 노릇 참 좋겠군, 칼을 들고 수업할 테니. 말해봐, 나한테 누굴 죽이라고 시킬 거지?"

"커위안, 너 명심해. 누굴 죽이든 안 죽이든, 내가 결정할 일이야. 넌 책임지지 않아." 더췬은 커위안을 향해 손가락을 흔들면서 정색을 하고 말했다. "그러나 네 자신이 회사에서 밥을 먹길 원하지 않는다면, 무엇을 하든 네 스스로의 일을 하면 되겠지. 이런 안 좋은 이야기를 나에게 듣는 건 한 번이면 족해. 두 번 말하게 하지 마."

"한 번이면 되겠지." 커위안은 눈을 커다랗게 뜨면서 말했다. "어디 사는 누굴 가르치라는 거야? 누구야, 이 씨부랄 놈아, 빨리 말해!"

"누굴 가르치겠어? 암시장 사람이지. 본바닥 불량배가 아니라면 해치울 이유도 없고. 관(棺)을 보지 않았다면 눈물 흘릴 사람도 없는 게 분명하지." 더췬은 경쾌한 어조로 이런 엄청난 말을 가볍게 내뱉었다. 그는 말했다. "네가 아는 사람, 량졘(梁堅)이야. 그 사람 잘 알지? 렁옌의 남편이잖아."

커위안은 눈앞이 뿌옇게 흐려졌다. 커위안이 루터 회사의 제1 책임자로서 해야 하는 첫번째 업무가 얼마나 손을 더럽히는 것인지, 서너 구절의 말로는 도저히 설명할 수 없을 정도의 일이며 지독하게 위험한 일이라는 것을 우리는 방금 알게 되었다. 그때 기차역 광장의 괘종시계가 종을 울리며 시각을 알렸다. 더췬은 무의식적으로 손목시계를 들여다보았다. "여섯시 반. 너 가봐야겠다. 나도 가야겠고." 더췬은 바삐 사무용품을 정리하고 전등을 하나하나 껐다. 커위안은 어둠 속에 망연히 앉아 있었다. "너 량졘이 겁나?" 더췬이 말했다. "아니면 렁옌에게 잘못을 저지르는 것 같아서 두려워? 그들은 이미 이혼 수속을 밟는 중이야." 커위안은 어둠 속에 앉아서 밖에서 울리는 종소리에 귀를 기울였다. "그가 두려워?" 더췬이 물었다. "내가 그 골목대마왕을 무서워한다면 귀신까지 무섭다고 하겠다." 커위안이 말했다. "무섭기는 젠장, 결국 누굴 해치우든 다 해치울 거고, 누굴 해치우든 다 한 칼이니까." 더췬이 말했다. "량졘이 아주 미남이긴 하지만 다른 사람들이 그를 칭찬한다고 질투하지는 마라. 사람들을 궁지에 몰면 너를 물어뜯을 거라구." 커위안은 밖에서 울리는 종소리를 들으며 어둠 속에 앉은 채 무릎을 떨었다. "미남은 무슨, 개뼉다구 같은 소리를." 커위안은 말했다. "지금 회사는 돈밖에 모르지. 시계가 왜 저 모양이야, 저거 어떻게 멈추지?"

멀리서 21세기맞이 괘종시계가 새로운 문제를 내기라도 하듯이 계속해서 웅장한 소리를 자아냈다. 종이 여섯 번을 쳤는데도 멈추지 않았다. 커위안은 문득 생각이 미쳐 벌떡 일어나서 창으로 두세 걸음 다가가 광장의 시계를 먼눈으로 바라보았다. "엉망이야, 시계까지 미쳤어!" 21세기맞이 괘종시계는 그래도 여전히 견고한 울림을 만들어냈고, 더췬이 창가로 다가왔을 때 그들의 눈에 비친 것은 엄청나게 많은 사람들이 시계 아래에 몰려들어 고개를 바싹 치켜들고 발광하는 괘종시계를 경악하여 보고 있는 모습이었다. 더췬이 말했다. "얼어죽을 21세기맞이 괘종시계? 개수작이지, 삼백만을 들여 시계 하나 만들었는데 뭐 하나 제대로 된 구석이 없군. 완전히 돈만 버렸어." 무겁게 가라앉은 실내 공기가 조금 떠오르기 시작했다. 커위안은 약간 황망함을 느꼈다. 그는 귀를 막고 창에서 물러나며 말했다. "미쳤어, 시계까지 미쳤어." 시계 소리는 가늘어지기는 했지만 멈추지는 않았고, 그들은 숫자판 위의 바늘과 장치들이 미미하게 요동치는 소리를 들을 수 있었다. 더췬이 말했다. "어서 가자, 가자구. 지진이 곧 일어날지 우리가 어떻게 알겠어. 내가 일본에 있을 때 지진이 났는데, 꼭 이런 기미를 보이다가 일어나더라니까."

그들은 미쳐 돌아가는 종소리의 압박 속에서 홀홀히 회사를 벗어났다. 기차역 화물 운송부에서 나온 세 사람은 여전히 온통 땀에 젖은 머리 꼴로 사람을 찾으며 돌아다니고 있었다. 그들은 늑대처럼 울부짖으면서 복도 여기저기를 돌아다녔다. 아예 귀먹은 사람인 양 밖에서 미쳐 울려대는 시계 소리가 들리지도 않는 것처럼, 루터 회사의 두 사람이 어떤 악한 모의를 했는지도 개의치 않은 채 공무를 수행하는 모습 그대로 쉬지 않고 돌아다녔다. 그중 한 명은 어깨에 멘 가방에서 죽은 뱀 한 마리를 꺼내 들고 마주치는 사람마다 붙들고 이 뱀과 같은 뱀을 아는지 물었다.

당신들은 회사 이름을 바꾼 것인가?

당신들은 정말 애완동물 하이테크놀러지 유한회사가 맞는가?

당신들의 회사는 뱀을 팔아서 돈 버는 곳이 맞는가?

6. 뱀 떼의 난동

뱀 떼는 갑자기 기차역에 출현했다. 모두들 알다시피, 모든 업무가 종료된 뒤에 기차역과 그 인근의 위생 문제를 담당하는 곳은 훙치(紅旗) 부서였다. 항상 깨끗하게 청소를 하고 있었지만 그들이 일 년 사계절 내내 치워본 것은 쥐가 흘린 부산물 정도였다. 따라서 그들은 갑자기 뱀 떼가 나타난 상황에 대해서는 짐작조차 하지 못했다. 그렇게 많은 뱀이 장마가 시작되는 계절에 혼란스럽게 나타나 사람들을 경악에 빠트리다니. 뱀들은 댐 근처에서, 녹지와 담벼락에서, 몇몇 경험 많고 온갖 풍상을 겪어본 늙은 뱀의 영도 아래 사방으로 각개 분산하여 도시의 모든 방향으로 퍼져 들어가는 것에 성공했다. 결국 나중에는 화물 상자에서 늙고 병든 몇 마리만 발견되었을 뿐이고, 다른 지역의 뱀은 이미 그림자조차 없이 종적을 감춰버렸다.

나는 매우 우연한 상황에서 몇 마리 뱀을 보게 되었다. 그 시각에 여러분은 이미 이런저런 상황 아래서 뱀을 보았을 것이다. 내가 보게 된, 그 기차역에서 튀어나온 몇 마리 뱀들은 보기에도 벌써 다 자란 것이었다. 뱀들의 모습은 배가 불룩하니 큼직했고, 욕심 사납고 쾌락에 굶주린 티가 역력했다. 그것들은 기차역 앞에 불법적으로 준공한 화려한 빌라 앞에서 뒹굴다가 잠시 동안 진흙탕 위에서 바글바글대고 있었는데, 그 모습이 마치 요즘 유행하는 몸에 아주 좋다고 소문이 자자한 감탕찜질을 하는 것 같은 모양을 연상시켰다.

좀더 시간이 흐르자 그것들은 헤엄쳐 마른 땅 위로 올라가 일광욕을 즐겼는데, 그 모습은 나와 내 친구들이 매년 여름마다 해변 모래사장에 누워 태양을 즐기며 지내는 한때를 생각나게 했다. 나는 그때 몽둥이 하나를 챙겨 들고 있었다. 그러나 이런저런 연상이 결국에는 측은지심을 일으켜, 내 손은 힘을 잃고 몽둥이를 떨어뜨렸다.

나는 의문에 사로잡혔다. 그 뱀들은 보기에도 서로 전혀 다른 고장에서 온 듯했는데 어째서 빨리 도망쳐 멀리 갈 생각을 하지 않는지. 마치 편히 쉴 능력이 된다는 듯이 뱀들은 일광욕이며 감탕찜질을 즐기고 있었다. 길가는 온통 뱀굴이 되었다. 당신이 가서 뱀을 한 마리 때리기라도 한다면 어둠 속에 숨어 있는 다른 뱀이 당신을 냉큼 물 수도 있고, 당신이 물려 넘어지기라도 하면, 누구라도 그다음에는 무슨 일이 일어날지 짐작할 수 있을 것이다.

기차역에서 나온 뱀은 대략 천 마리가 넘는 듯 보였고, 그것들은 집단적으로 위험 지역으로부터 벗어난 다음 분분히 흩어져 여기저기에 출몰했다. 우기에 접어든 기차역 광장은 뱀 떼의 눈에는 갑자기 나타난 기이하고 화려한 세상이었다. 숲도 없고 관목도 없고 강변도 없으며, 세상의 모든 것이 그저 밝고 넓고 선명한 데다 지면은 평평했다. 갑자기 출현한 뱀들은 숨을 만한 구멍을 샅샅이 뒤져 숨어들 기미가 보일 듯도 했지만, 구멍이란 구멍은 엄밀히 봉쇄되어 있었다. 인류가 항상 직면하게 되는 엄숙한 결단과 선택처럼, 뱀 떼 역시 결단과 선택을 해야만 했다…… 당신은 어디로 갈 것인가? 사람은 각자의 의지가 있지만, 뱀은 그렇지 못하다. 큰비가 다시금 기차역 앞을 덮치자, 뱀 떼는 울타리를 넘어 오르는 단거리 경주를 시작했다. 그것들은 가족이나 혈연 단위로 조를 이루어 작은 군단을 만들어나갔다. 또한 각처에 개별적으로 떨어져 있던 뱀 중에 열렬한 연애에 빠져 있던 젊은 뱀은 어떤 것도 염두에 두지 않고 포옹하고 있는 상대의 품에 머물러, 천당에 가는지 혹은 지옥에 가는지 이미 이승을 넘어선 경지에 이르러 있었다.

나중 일이지만, 동쪽으로 옮겨간 뱀은 매우 불행한 길을 택했다는 것이 증명되었다. 그것들은 21세기맞이 괘종시계 쪽으로 갔는데, 그 거대한 물건이 그들에게 피난처를 제공할 것이라고 판단했던 모양이다. 여러분이 새로 건설된 기차역 광장을 잘 알고 있듯이 21세기맞이 괘종시계가 있는 곳은 그 주변에 형성된 작은 초지 외에는 어떤 엄호물도 없는 황량하기 짝이 없는 장소로서, 이런 황무지에 가까운 곳을 선택한다는 것은 좀도둑이 경찰서로 직행하는 것과 같은 꼴이었다. 만일 당신이 이날 6월 9일에 기차역 광장에 닿았다면, 아마도 사람들이 뱀을 때려잡는 장엄한 장면을 감상할 수 있었을 것이다. 동서남북 각지에서 온 사람들이 모두 뱀을 때려잡고 있었다. 대부분은 남자였는데, 그들은 당신이 상상할 수 있는 모든 종류의 공구와 도구를 동원하여 뱀을 때려잡고, 뱀을 때려잡고, 뱀을 때려잡았다. 나무작대기로 때려잡고, 우산으로 때려잡고, 코카콜라 병을 들어 때려잡고, 하이힐을 벗어 들고 뱀을 때려잡았다. 때려잡았다. 때려잡았다. 그 통에 아이를 데리고 있던 젊은 아버지는 아이에게 용기와 담력을 길러주겠다는 목적으로, 아이로 하여금 썩썩거리며 다 죽어가는 뱀에게 최후의 일격을 가하도록 몽둥이를 쥐여주었다. 훌륭한 교육이었고, 용감하기 그지없는 행동이었다. 나는 이렇게 우아하면서도 질박한 외모의 안경을 쓴 젊은 아버지가 이렇듯 훌륭하게 아이를 교육시키는 것을 보고는 그 아이가 대중들이 만들어내는 아우성 속에서 용감무쌍하게 뱀을 때려잡는 전문가가 될 거라고 생각했다. 아이는 힘이 달려 피로에 젖은 머리를 땀으로 함빡 적신 채 21세기맞이 괘종시계 부근에서 이리저리 오고 있었다. 사람들을 경악시킨 이 아이는 뱀을 때려잡는 일에는 천부적인 자질을 지닌 듯했는데, 우리는 그 아이가 뱀을 때려잡는 성공률이 칠십 퍼센트에 이른다는 것까지도 알게 되었다.

사람들로 하여금 수만 가지 생각이 오가게 한 이 불가사의한 현실 아래서 뱀은 탈출로를 달리 선택하게 되었다. 그것들은 기차역 휴게실로 몰려들었다. 그때 나는 휴게실의 휴지통 안에서 뱀을 발견했는데, 그 두 마리 뱀은 이미 사람들에 의해 반동강이 난 상태였고, 연회석의 화려한 식탁 위에서 실컷 먹어치운 맛있는 생선요리의 잔해처럼 보였다. 그 두 마리 뱀은 이 휴게실에 와서 무엇을 했을까? 설마 그것들이 잡역부 기관에 진입하여 광둥(廣東) 지역에 가서 건설업에라도 종사하려 한 것인가? 뱀이 무엇을 건설하려 한 걸까? 설마 광둥에 가서 광둥 사람들에게 자신들의 배를 열어 피와 내장을 제공해 보양식으로 만들게 하고, 자신의 피를 제공해 한 입 한 입 사람들이 마시게 하고, 자신의 가죽을 제공해 최신 유행 가방을 만들게 하여 귀부인의 어깨에 매달릴 생각이었을까? 그게 아니라면, 두 마리 뱀은 어둡고 축축한 지하 생활에 지친 나머지 황색 모자를 쓴 여행단에 들어가 싼야(三亞)*에 닿아 햇빛 찬란한 여행을 하고자 했던 것인가. 그렇다면 더욱 황당하지 않은가. 수많은 도시의 시민들이 아직 도달하지 못한 꿈의 장소, 그저 텔레비전에서 한번 보고 지나갈 수밖에 없는 황금 배가 정박한 싼야의 해변에 너희가 가고자 했더라도, 그 모든 쾌락과 향락은 사람들을 위한 것일 뿐, 사람들이 다 누리지 못한 탐닉은 너희 뱀들에게까지 순서가 돌아가지 못할 것이다. 부탁하노니, 너희는 제발 휴게실을 떠나달라. 우리가 너희에게 자비를 베풀 수 없음을 탓하지 마라. 때려죽인다, 때려죽인다. 어디 가서 너희들이 우리를 고소할 텐가?

휴게실 안에는 사람들이 많았지만 분위기는 매우 평온했다. 그저 몇몇 아이들이 휴지통을 둘러싸고 죽은 뱀의 잔해를 관찰하고 있을 뿐이었다. 당신이 만약 한눈에 그 두 마리 뱀이 한 쌍의 부부

---

* 중국 남부 하이난 섬의 유명한 휴양지.

임을 알아챌 만큼 민감하다면, 그것들이 사랑에 빠져 도망가지 못하고 함께 맞아 죽었음을 알 수 있었을 것이다. 또한 이 광경은 아마도 어떤 낭만적이고 순수한 한탄을 자아낼 수 있을 만한 사건이라는 것을 알 것이다. 그러나 애정과 사랑이 거세된 사람들의 세계에서는 이렇게 말하리라. 서로 사랑하는 두 마리 뱀 따위는 가소로운 것이라고. 뱀의 애정을 비웃는 그들의 머릿속은 온갖 유추와 연상으로 충만할 것이고, 사랑에 빠진 뱀의 잔해를 두고 갖은 욕설을 뇌까릴 것이다…… 너희들은 사랑하러 가라, 사랑하고 바로 죽어라. 무슨 얼어죽을 사랑 타령인가!

확실히, 대부분의 뱀은 머리를 썼다고 볼 수 있었다. 그것들은 매우 영리해서 사람들의 흔적이 없는 곳을 찾아낼 줄 알았다. 어느 뱀 가족은 교통이 번잡한 철로 선을 넘는 위험을 감수했는데, 그 참에 길 위에 있는 관목을 향해 올라갔다. 비록 근처의 둑에서 올라온 진흙탕이 주변을 온통 더럽혔지만 여러분이 알다시피 뱀은 거주 환경에 민감하고 정결한 곳을 찾는 행동은 하지 않는다. 이 뱀 가족은 운이 좋았고, 지혜와 용기를 가지고 구사일생의 상황에서 새로운 생명의 길을 찾았다. 당신은 검고 더러운 연못 역시 뱀의 소굴이 된다는 것을 알고 있을 것이다. 만일 행운의 별이 있어 이 사태를 관망한다면, 그것들은 의심 없이 복권에라도 당첨된 꼴이었다.

아직도 많은 뱀이 있었는데, 철로를 넘지 못한 뱀들은 사람들의 족적이 밀집된 곳을 피해 조심스럽게 밝고 평탄하고 위험한 장소를 피해 기차역 광장을 벗어나 담을 넘었고, 초지와 수도관을 넘어서 우리가 전혀 생각지 못한 지역으로 도망치기 시작했다. 너무나 엄청난 재난 앞에 뱀과 사람은 서로가 비슷하게 행동했다. 도망갈 곳을 찾았고, 떼를 지었고, 선택을 해야 했고, 결정을 내려야 했고, 밝은 길이나 외나무다리를 건너야 했다. 이 모든 것이 당신이 보았을 때의 상황이었다. 뱀이 도망치는 모습과 그에 따른 득실을 분석하기 위해, 나는 기차역 부근의 지형과 이 도시의 구획을 간단히 소개하도록 하겠다.

7. 옛 지도 위의 기차역 지구

우리는 성의 북쪽 지역에 버드나무가 거리를 가득 채우고 있다는 것을 기억해냈다. 우리는 버드나무가 버들가지를 바람에 날리는 생동감 있던 모습을 떠올렸고, 바람이 버드나무를 불어 날리듯이 우리 기억 속에 남아 있던 거리 역시 세월 속에 날아가버렸음을 떠올렸다. 우리가 익히 알고 있던 집과 전신주와 시멘트 쓰레기통과 간이 공중 화장실은 매우 견고해 보였기에, 당신은 그것들이 영원히 그곳에 머물러 있을 것이라고 생각했겠지만, 21세기를 맞이하여 불어닥친 건설의 광풍은 그것들을 모두 가볍게 날리는 버들가지처럼 날려버리고, 익숙했던 풍광은 바람 따라 사라졌다.

옛 지도 위의 기차역에 있었던 세 개의 거리와 열여덟 개의 골목길이 이미 역사 속으로 사라져버렸다. 그 세 개의 거리와 열여덟 개의 골목은 무엇이었던가? 세 거리는 순평 거리, 두창 거리(肚腸街), 상춘수 거리(香椿樹街)였다. 열여덟 개의 골목을 다 말하기에는 혀가 조금 피곤한데, 어떤 골목은 이름이 없었고, 어떤 유명 인사를 배출한 적도 없으며, 비교적 쉽게 돼지 잡듯 사람을 때려잡을 수 있는 골목도 있었고, 사기꾼이 가득한 곳도 있었다. 골목 깡패들과 철공 장인들이 이 지역에서 활동했는데, 사실을 말하면 불쾌감을 살 수도 있겠지만 지난 십여 년간 이 지역에서 모두 사형수가 나왔다. 따라서 성의 북쪽 일대는, 사람들이 습관적으로 말하듯이 원혼이 출몰하는 지역이었다! 역사적인 관점으로 보았을 때 기차역 지구의 세 거리 열여덟 골목은, 매우 오래되고 유서 깊은 곳이었다. 그러나 누가 감히 오래된 것이 좋다고 하겠는가? 세 거리 열여덟 골목은 낡고 무도한 지역이었다. 언제나 사람을 위험에 빠트리는 지역이었으니 결국은 21세기를 맞는 시점에서 그만 없어져야 할 천식과 기침 소리나 마찬가지였다. 시 정부는 한 쌍의 거인 손을 무기로 새로운 설계에 들어갔는데, 왼손은 불도저였고 오른손은 기중기였다. 그것들은 이곳에 와서 도덕을 바로 세워 하늘의 뜻을 얻고 민심까지 얻은 데다가 합법적이기까지 했다. 이 거대한 손은 깔끔하고 산뜻하게 세 거리 열여덟 골목에 산소관을 설치해나가며 새로운 공기를 불어넣었다. 오로지 들리는 것은 폭파 소리였고, 세 거리 열여덟 골목의 회색 연기와 먼지는 깔끔히 소멸되었다. 도시 지도 위에 가장 혼란스럽고 더럽던 지역이 소멸되자, 시 정부와 거주민은 크게 기뻐했다. 앞 장에서 이미 등장했던 렁옌, 더췬, 커위안 같은 사람들은 원래 이 세 거리 열여덟 골목의 주민으로, 지금은 도시의 시민으로 편입되어 북단의 21세기 거리의 주택지 거주민이 되었다.

이 엄청난 공사에 대한 주민들의 반응은 평온했으며, 변화를 당연하게 받아들였다. 집이나 거리나 다리나, 물, 전기, 가스 등 모든 것이 정상적이었다. 비정상적이었던 것은 나무였다. 공사가 시작되던 그날 순평 거리는 21세기를 앞두고 거센 개발 광풍에 휩싸였는데, 특히 버드나무는 타격이 컸다. 북을 두드려대는 듯한 폭파음 속에서 거리의 버드나무는 모두 허리를 뒤틀면서 웃었고, 각기 옆 나무의 미친 모습을 얼싸안으면서 하루 종일 곁눈질하고 곁눈질했다. 천성이 나약한 버드나무들은 이날 하루 동안 익숙하게 봐왔던 사람의 그림자를 발견하면 박수를 쳤고, 버들가지는 힘을 다해 부딪치며 주민들의 얼굴과 목덜미를 때렸다. 사람들은 아이의 기저귀, 여인의 속옷, 남자의 양말이 버드나무에 걸려 있는 것을 볼 수 있었다! 버드나무는 이렇게 외치는 듯했다. 슬프도다, 내 나뭇가지를 다시는 빨래걸이로 사용하지 마라. 내 나뭇가지를 꺾어 당신 아이의 엉덩이를 때리지 마라! 슬프도다, 당신들은, 빌어먹을 거지 같은 남자를 한밤중에 내쫓아서 한 명은 울고 한 명은 탄식하게 하지 마라. 다시는 내 잠을 방해하는 짓 따위는 하지 마라! 슬프도다, 너 이 못된 아이야. 결국은 진학을 제대로 하지 못했지. 작은 칼을 꺼내 내 몸에 글자나 새기더니, 네가 공부한 내용을 매일매일 나에게 새겨 고통 속에 인내하게 하더니. 그런데 정작 네가 새긴 것이 대체 어떤 말이었던가. 이 사람과 저 사람이 붙어먹었다, 저 사람과 이 사람이 붙어먹었다는 내용이 아니었던가. 버드나무가 대체 뭐라고 생각하는가. 무슨 도색잡지라도 되는 줄 아는가?

버드나무는 그날 분노의 고함을 하늘 가득 뿜어내며 미친 듯이 가지 끝을 흔들었다. 버들가지는 길 위에서 기뻐하는 사람들 위로, 트럭의 가전제품 위로 침통하게 떨어져 내렸다. 그러나 유감스럽게도 사람들은 떨어진 가지들을 금세 떨어냈다. 크고 가벼운 버들가지는 치욕적으로 정리되었고, 누구도 버들가지의 분노 따위는 개의치 않았으며, 큰 경사를 맞은 날 이런 식으로 주민들에게 항의하고 있다는 것을 그 누구도 알아채지 못했다. 지금 우리는 아무런 유감도 없이 버드나무가 그날의 비극성을 표현한 것에 대해 생각한다. 사람은 정책을 행했지만 버드나무에게는 어떤 요구도 하지 않았다. 순펑 거리의 그 버드나무들이 하늘을 가득 메우고 분노한 것을 깨닫지 못한 사람들이 개발과 변화의 쾌락을 맛본 것은 며칠 되지 않는다. 우리 자신들 역시 불행히도 시 정부가 추진한 정책을 이행하는 큰 손에 잡혔을 뿐이고, 버드나무가 있던 자리가 거리로 변하고 새로운 가로수를 심게 되었을 때, 우리는 그저 전기톱으로 너희 버드나무를 전부 잘라낼 수밖에 없었다. 미안하다, 순펑 거리의 버드나무들이여.

버드나무는 문제 밖의 일이니, 다시는 그에 대해 말할 일이 없을 것이다. 다시 기차역 지구의 그 뱀 떼로 화제를 돌리도록 하자. 6월 9일 기차역 상공을 포위한 위험하고도 두려운 분위기에 대해 말하도록 하겠다. 밤에는 기차역의 동서 양측에 있는 세 군데의 짐 보관소에서 모두 뱀이 발견되었다. 뱀은 은빛 실 같은 분비물을 내뿜으면서 보관소 안의 상자에 가득 갇혀 있었다. 각종 모양새의 상자들, 즉 인조피혁, 스웨이드, 양가죽, 소가죽으로 만들어진 상자 표면의 재료들은 모두 뱀 떼가 배를 채우려고 물어뜯은 타액으로 흥건했다. 그것은 식욕을 참지 못한 뱀 떼가 난동을 부린 흔적이었고, 왕성한 식욕은 그것들로 하여금 상자에서 벗어나고픈 욕구에 휩싸이게 했다. 세 보관소에는 뱀들이 과일과 절인 고기가 담긴 대나무 통과 함께 보관되어 있었는데, 뱀들은 마치 개구리며 곤충을 먹는 미식가인 양 상자를 탈출해서는 온갖 것을 먹어치웠다. 남방에서 온 리치나 롱옌 같은 과일, 북쪽에서 온 품질 좋은 배, 이곳 현지에서 나는 식용 조류 역시 뱀들의 위장 속으로 들어갔다. 그것들은 다른 사람의 물건임을 아랑곳하지 않고 깨끗이 먹어치워 정리했으며, 다 먹어치우고도 부족한 듯 먹을 것을 두고 서로 치열한 전쟁을 벌여 서로 먹겠다는 기세로 덤벼 뱀 떼 전체가 다른 뱀을 다 먹어치운 큰 뱀으로 돌변해버린 것만 같았다. 짐 보관소는 각종 상자들이 뭐라 말할 수 없이 기묘하게 내뱉는 소리로 엄청나게 시끄러워져서 여직원들의 주의를 끌었다. 그녀들은 첫번째 상자를 열자마자 바로 비명을 질렀는데, 갈색의 기다랗고 온통 검은색 꽃무늬가 아로새겨진 사람만큼 큰 뱀이 몸을 일으키며 긴 혀를 내밀면서 여직원들을 향해 똑바로 시선을 보냈기 때문이다.

뱀 떼가 가져온 공포 분위기는 또한 기차역에 새로 낙성한 공중 화장실 안에도 맴돌았다. 6월 9일 황혼 이후의 혼란스러운 시간 동안, 화장실 이용료를 받는 사람마저 자리를 비워 공중 화장실은 텅텅 비어버렸다. 여자 화장실에는 많은 아가씨들과 부인들이 있었는데, 부인들은 뱀을 발견한 상황에서 어디로 가야 할지 모른 채 황황히 뛰쳐나와 이런 비정상적인 영업 환경에 대해 질문과 의혹과 항의를 쏟아냈다. 남자들은 담력이 강한 편이어서, 어떤 이는 몽둥이를 집어 들고 안으로 들어가 한참 때려잡다가 나와서 다시 새 몽둥이로 바꾸어 들어갔다. 남자들은 뱀이 많기는 하지만 사람을 물지 않으니 빨리 때려잡자, 당신들도 어서 와서 일손을 보태라, 하고 말했다.

일곱시 전후에 기차역에서는 방송으로 뱀 떼의 난동을 알리는 긴급 통지를 날렸고, 아름다운 목소리의 여성 방송요원은 긴급 상황을 비명에 가까운 소리로 한참 떠들었다. 그녀의 목소리는 기차역의 혼란을 그대로 대변해주었다. 대체적으로 뱀 떼 소동이 기차역 정상 영업에 영향을 주긴 했으나, 뱀 재난은 신속하게 처리되고 있었다. 때문에 밤늦게 큰비가 다시 내리기 시작한 뒤에 기차역에 닿은 사람들은 6월 9일의 뱀 재난에 대해서는 당연히 알 수가 없었다.

순평 거리의 사람들은 더더군다나 이 같은 정황을 알지 못했다. 여러분은 기차역의 세 거리와 열여덟 골목이 이미 빽빽한 털처럼 뱀으로 뒤덮인 것을 알고 있으리라. 순평 거리는 삼분의 일이 머리를 감고 이발을 하는 점포로 가득해 도시의 어디서건, 멀리서건 가까이서건 이발을 하러 오는 곳이다. 머리를 감기 위해 오는 이 거리는 기차역과 그다지 멀지 않았지만, 방송으로 전달되는 긴급 통보가 닿기에는 조금 멀었고 방송이 모호하게 들리는 곳이다. 따라서 순평 거리의 모든 이발애호가들과 머리 감겨주는 아가씨들은 뱀 재난 경고 방송을 전혀 듣지 못했다. 여러분도 순평 거리에 머리를 감으러 간 적이 있지 않은가? 머리를 감을 때에는 누구라도 머리 감는 일에만 집중한다. 누가 바닥에 뱀이 있는지 없는지 살피겠는가? 머리를 감겨주는 아가씨는 미용에 종사하는 이들이니만큼 손님의 머리카락과 면도에만 신경을 썼는데, 이 두 가지는 그녀들의 일한 결과가 그대로 드러나는 것이기 때문이었다. 이발 애호가들은 더군다나 마음속에 어떤 경계심도 갖지 않았는데, 그들은 시종일관 편안함에 잠겨 긴장을 풀고 있었다. 그들은 아가씨와 한담을 나누면서 그저 이발에만 집중했다. 누가 이런 괴물들이 길거리를 나다닐 거라고 생각이나 하겠는가?

이런 사실을 밝히는 것에 대해 여러분은 너무 이상하게 여기지 말았으면 한다. 어째서 6월 9일 그날에 고독한 기차역 북방의 순평 거리가 가장 심각한 뱀 재난의 영향을 받은 지역이 된 것인가? 전부 스물세 사람이 뱀에게 물렸고, 초기의 통계로는 물린 사람 중에서 머리 감겨주는 아가씨와 이발애호가들이 그 반을 차지했다. 만일 물린 부위의 통계를 낸다면 사정은 더욱 복잡해져서 대부분의 사람들이 정강이나 종아리 쪽에 상처를 입었다. 그런데 몇몇은 허벅지도 물렸고, 간혹 허벅지 안쪽 혹은 바깥쪽은 물론 엉덩이를 물리기도 했다. 왼쪽 엉덩이 혹은 오른쪽 엉덩이인지, 더욱이 허리를 물렸는지는 분명치 않고, 뜻밖에도 아주 재수 없게 이발애호가 쿵(孔) 씨는—어떻게 이발을 하는 중이었는지 하늘만 알겠지만—머리를 감을 때 어떤 새로운 체위와 자세를 취했는지 도무지 알 수 없는 상황에서, 그 아랫도리의 어떤 물건을 뱀이 한 입 무는 기회를 준 것이다!

지금 비교해보면, 순평 거리를 방문했던 그 뱀들이 가장 사람을 당황하게 했다. 공적인 문제를 일으킨 것도 그 뱀들이었다. 그것들은 마치 사람인 양 아주 영악하게도 서민들이 사는 지역에서 분홍색으로 빛나는 은밀한 등불만을 찾아냈다. 큰비가 내리는 밤에, 순평 거리 입구에서 거대한 전자 광고판을 넘어서. 그것들은 또한 뱀 특유의 타고난 후각을 이용해 그곳을 찾아냈다. 우리가 이 뱀들의 심리를 분석해본다면, 요염함과 식욕은 괴상한 상호작용을 하는 것이 분명했다. 머리 감겨주는 아가씨가 뱀의 머리까지 감겨주고 싶은 생각은 전혀 없었겠지만, 뱀들은 기세가 당당했다. 우리가 머리를 감지 못하면 너희도 감지 못한다, 너희 모두 감지 말라, 네가 감겠다고? 네가 감겠다고? 그렇다면 내가 자비를 베풀지 않는 것을 탓하지 말거라. 나는 물어뜯을 테다. 나는 너를 물어뜯을 테다. 너를 물어뜯겠다. 맛이 어떤가?

　재수 없는 쿵 씨는 기차역 여관의 장기체류 손님이었다. 6월 9일 밤에 여관으로 돌아왔을 때 로비의 사람들은 모두 그를 비웃었다. 그는 부끄러움에 못 이겨 발광을 하면서 외쳤다. "지금 뭐가 웃기다는 거야, 내 얼굴에 뭐라고 쓰였어?" 한 사람이 그에게 말했다. "당신 얼굴에 글자는 안 쓰여 있는데, 어디에 글자가 쓰여 있는지 우리는 이미 다 들었어." 쿵 씨는 뻔뻔한 편이었기에 더이상은 부끄러워하지 않고 손을 흔들면서 말했다. "아무 일 없어, 주사 맞았으니까." "우리가 궁금한 건 뱀의 독성이야. 독사였나?" 쿵 씨가 다시 말했다. "독은 없었어. 치료하는 사람이 말해주었지. 그 뱀은 본 적이 없는 것이었지만 분명히 독이 없다고 했어." 대체 어디서 온 뱀인지, 어떤 종류의 뱀인지 쿵 씨는 자세히 알지 못했다. 우리 역시 다시 묻지 못했다.

처음에 몇몇 이들은 뱀독 해독제를 팔아 큰돈을 벌 수 있는 기회라고 생각했지만 지금 와서 보니 그것은 꼭 장담할 수 없는 일이었다. 과학기술의 발전은 이루어졌지만, 그 약이 어떤 뱀에 대해 효과를 나타낼지 누가 알겠는가? 보증한다고 해도 허황한 광고일 뿐이며, 이를 믿는 사람은 아무도 없었다.

8. 이 사람도 없고, 저 사람도 없다

금발소녀는 계속 방 안에서 무료 시내통화를 시도하고 있었다. 슈훙은 그녀가 알 수 없는 어떤 세 사람의 행방에 대해 묻는 것을 듣게 되었다. 한 사람의 성은 류(劉), 또 한 사람의 성은 야오(姚), 다른 한 사람의 이름은 기억하기 쉬운 양광(楊光)이었다. 소녀가 전화하는 소리는 매우 분명했다. "그 양광이 아니야, 어디 그런 양 씨 성이 있다는 거야? 나무 목 변의 양 씨야, 양광!" 슈훙은 그녀가 조급하게 상대방의 착오를 바로잡으려는 소리가 들리자 물건으로 탁자를 두드렸다. 그러나 소용이 없었다. 탁자를 두드리는 것도 소용 없이 소녀의 전화 내용은 다 들렸다. 양광이라는 사람은 없었고, 다른 두 사람 역시 자리에 없자 소녀는 갑자기 방 안에서 소리를 지르기 시작했다. "어떻게 해, 어떻게 해…… 이 사람도 없고 저 사람도 없어, 모두 날 속였어!" 슈훙은 호기심이 일어 계속 귀를 기울였다. 그녀는 금발소녀가 찾는 세 사람이 모두 남자라는 사실은 알았지만 금발소녀가 왜 그 사람들을 사기꾼이라고 욕하는지는 알 수 없었다. 그 사람을 찾는 전화를 하면서 왜 그 사람을 욕하는 것일까? 슈훙은 마침내 문을 두드리고 그녀에게 알렸다. 방을 빼달라, 정오 열두시까지 방을 빼야 한다. 금발소녀는 당연히 어제의 일로 분노했던 슈훙임을 알았고, 갑자기 들고 있던 빗을 슈훙에게 던지며 말했다. "당신이 날 내쫓아? 어제 일로 아직 당신과 따질 게 남았는데, 몇 시에 방을 빼든 내 자유야. 당신이 무슨 상관이야?" 슈훙 역시 화가 났지만 그저 참으면서 이치를 따지는 수밖에 없었기에 말했다. "나는 손님 좋으라고 한 소리예요. 가만 보니까 당신은 아무것도 모르는군요. 그래서 가르쳐주러 온 거예요. 열두시가 넘어서 방을 빼면 하루 방값을 더 내야 한다고요." 금발소녀는 자신이 슈훙을 오해했음을 그 순간 깨달았지만 입에서는 여전히 좋은 말이 튀어나오지 않았고 억지를 썼다. "그건 무슨 규칙이야?" 그녀는 눈을 부릅떴다. "말해, 내가 만일 열두시 일분에 방을 뺀다면, 그래도 하루 방값을 더 내야 한단 말이야? 이런 날도둑이 어디 있어?" 슈훙이 말했다. "여기는 국가에서 운영하는 여관이에요. 날도둑이라니, 국제적으로 모두 똑같이 이렇게 해요. 이건 국제 상거래상의 관례라고요!" 슈훙은 본래 성격이 좋은 사람이지만 좋은 성격에도 한도는 있었다. 그녀는 씩씩거리면서 방을 나왔고, 떠나면서 탁자 위와 탁자 아래, 침대 위와 침대 아래를 눈으로 계속 훑었다. 그러나 제대로 보이는 것은 별로 없었고, 그저 모든 곳이 매우 어지럽다는 것만 알 수 있었다. 탁자 위에는 빈 컵라면, 황색 배 씨앗 몇 개, 한눈에 봐서는 무슨 내용인지 제대로 알 수 없는 잡지가 놓여 있었다. 어제 입었던 여름옷을 빨았는지 의자 등받이에 걸려 있는 옷에서 아직도 물이 뚝뚝 떨어졌으며, 브래지어가 아무렇게나 창문턱에 걸려 있었는데 그것 역시 물을 뚝뚝 떨어뜨렸다. 모든 것이 주인의 성격대로 배치되어 있었고, 슈훙은 한 번 훑어본 것만으로 이 금발소녀가 침대 위에 어떤 물건을 늘어놓았는지 알 수 있었다. 금발머리가 어여쁜 바비인형이 침대에 잠들어 있었다. 인형의 주인이 섬세하게 담요 위에 올려놓은 모습이 그지없이 아름다워 보였다.

금발소녀는 나중에 다시 전화를 걸었다. 창밖의 도시는 모호하고 잡스러운 기운으로 가득했다. 광장에서는 몇몇 사람들이 21세기맞이 괘종시계를 수리하고 있었고, 21세기맞이 괘종시계는 갑자기 소리를 울리다가 금세 조용해졌다. 괘종시계가 수리되었다고 착각했던 시계 수리공들은 또다시 소리가 울리자 그만 지쳐 나가떨어지고 말았다. 슈훙은 이미 21세기맞이 괘종시계의 비정상적인 울림에는 습관이 되어 있었다. 그녀는 창밖으로 보이는 기차의 동정을 통해 시간을 가늠하곤 했다. 기적 소리가 울리자 기차바퀴가 움직이기 시작했다. 여관 복도에는 은은한 빛이 깔리기 시작했으며, 베이징으로 가는 남빛 줄무늬의 특급열차가 천천히 창을 지나쳐 가는 모습이 보였다. 슈훙은 정오 열두시임을 알았다. 그리고 금발소녀가 방을 빼지 않으리라는 것도 알았다. 슈훙은 이제 구내식당에 밥을 먹으러 갈 생각이었다. 그때 금발소녀가 방을 나서는 것을 보았는데, 금발의 머리가 먼저 나와 복도를 내다보더니 그 뒤에 몸이 나왔다. 방문 앞에서 서성이는 그녀의 그림자는 매우 가늘었는데, 어제에 비해 더 노출이 심해지고 유행의 극을 달리는 소매 없는 검은 조끼가 그녀의 풍만한 상체에 걸쳐져 있었다. 슈훙은 밥그릇을 들고 탁자 앞으로 돌아가 소녀의 뒷모습을 바라보았다. 머릿속에서 갑자기 몇몇 부적절한 투숙객에 관한 이야기가 떠올랐다. 건달 보스, 건달 보스. 이런 재래식도 현대식도 아닌 말과 그 말뜻에 생각이 미치자 슈훙은 웃음을 멈출 수가 없었다. 그녀는 금발소녀가 복도를 걸어서 복권 판매소 앞으로 가는 것을 보았다. 그녀는 갑자기 발소리를 죽이고 경비병 같은 모습으로 안을 조심스럽게 들여다보았다. "손님, 지금 뭐 하는 거예요?" 슈훙은 그만 웃음을 터트리며 물었다. 그녀는 금발소녀가 멍하니 고개를 돌려 자신을 쳐다보자 무안해졌다. 소녀의 눈에 힐난이 담긴 것을 충분히 알 수 있었다. 이것은 명백히 슈훙이 잘못한 것이었다. 어제 사람들 앞에서 추태를 보였던 소녀의 마음에 남아 있을 상처를 그녀는 헤아렸어야 했으며, 어제 사람들의 시선에 그녀가 상처받았다는 것을 알아야 했다. 돌연 슈훙의 마음속에서 동정심이 샘솟아, 아무런 계산 없이 가볍게 소녀를 향해 손을 흔들고 고개를 흔들었는데 그 의미는, 당신은 대담하게 앞으로 가야 한다, 상관하지 말아라, 갑자기 문이 열린다고 해서 사람들이 일부러 널 쳐다보지는 않을 것이다, 라는 뜻이었다. 당신은 떳떳하게 길을 가야 한다, 두려울 것이 무엇인가? 금발소녀는 슈훙의 뜻이 무엇인지 제대로 파악하지 못했고 아직도 공포와 고통을 표출하며 복권 판매소 문 앞에서 한참 동안을 머물렀다. 결국 소녀는 어디로 가지도 못하고 슈훙을 향해 다시 돌아섰다.

슈훙은 금발소녀의 눈에 눈물이 맺혀 있는 것을 보았다. 그녀는 금발소녀의 마음을 알고도 남았지만 입에서는 그저 한마디 말만 나왔다. "손님, 왜 그래요?" 금발소녀는 등을 돌린 채 눈물을 쏟았다. 이것은 슈훙에게 자신이 사춘기 소녀였을 때를 떠올리게 했다. 그녀도 어렸을 때 사람들에게 창피를 당하면 마찬가지로 철철 울었다. 슈훙은 참지 못하고 손을 들어 소녀의 등을 토닥였다. 본 뜻은 위로하기 위해서였지만 결과적으로는 또다시 아무 상관없는 말을 내뱉었고, 그래서 또 소녀를 화나게 했다. "이 조끼는 면직물인가요? 나는 비단인 줄 알았네요." 금발소녀는 슈훙의 팔을 뿌리치며 말했다. "무슨 면직 견직을 따져? 나 안 입어, 안 입어, 아무것도 안 입어. 눈을 크게 뜨고 와서 보란 말이야!" 슈훙은 자신이 뱉은 말과 생각 없음을, 그래서 오해를 불렀음을 크게 후회했다. 그녀는 내심 언짢아하면서 금발소녀를 바라보았다. "어제 일은 지나간 거예요. 너무 걱정하지 마세요." 슈훙이 말했다. "남자의 눈은 모두 번들거리는 법인데, 손님이 무슨 수가 있었겠어요? 손님은 이 일에 대해 아무 말 하지 말아요. 그래요, 모든 게 그 방 문이 잘못 되어서 그랬던 거예요. 방문만 빨리 열렸으면 괜찮았을 텐데." 금발소녀는 작은 가방에서 종이를 꺼내 콧물을 훔쳤고 슈훙의 선의를 충분히 느낀 듯이 보였다. 그녀의 눈에는 후회와 형용할 수 없는 슬픔이 엿보였다. "문을 탓하지 않아요, 당신도 탓하지 않아요." 금발소녀가 말했다. "그 뱀이 문제죠!" 슈훙은 금발소녀의 말에 맞장구쳤다. "죽일 놈의 뱀, 어떻게 우리 여관에까지 온 거냔 말이죠. 나도 무척 놀랐어요." 금발소녀는 고개를 끄덕였고,

망연히 창밖의 철로를 보며 말했다. "뱀도 탓하지 않을래요. 뱀을 탓하는 것도 좋지 않아요."

"그 사람은 누구예요? 그 사람 나쁘다고 했는데 누굴 말하는 거죠? 그 양광이라는 사람이 나쁘다면서요. 아니면 그 야오 성을 가진 사람이 나쁜가요, 혹은 또 다른 성을 가진 류가 나쁜가요?" 슈훙은 질문을 주워 담고 싶어 쑥스러움에 입을 다물었지만 한편으로는 궁금함이 담긴 시선을 금발소녀에게 보냈다. 그러나 금발소녀는 침묵을 지켰고, 곧게 뻗은 고운 다리를 들어 올려 작은 가방을 다리 위에 걸쳐놓고는 무언가를 열심히 찾았다. 슈훙은 그녀를 보면서 물었다. "손님, 외출할 건가요? 외출할 준비를 하는 거예요?" 금발소녀의 얼굴에 처연한 미소가 돌았다. "아주머니." 그녀는 갑자기 슈훙에게 아주머니라는 호칭을 썼다. "아주머니, 나 아주머니에게 사실을 말하고 싶어요. 난 밖에 나가도 어디로 가야 할지를 몰라요. 내가 찾으러 온 세 사람이 모두 자리에 없어요. 지리도 익숙하지 않고, 무턱대고 찾으러 다닐 자신도 없어요." 슈훙은 입을 열어 대답했다. "그래요, 지리가 익숙하지 않다면 함부로 나다니지 않는 것이 좋겠지요." 그녀의 귓가에는 금발소녀가 전화를 하며 쏟아냈던 마지막 말들이 윙윙거렸다. 사기꾼, 사기꾼…… 그래, 넌 아마도 사기꾼을 만났던 거야. 슈훙은 은연중에 마음속으로 중얼거렸다. 사기꾼과 마주쳤군요, 아가씨! 그리고 금발소녀는 슈훙에게 명함 한 장을 건넸는데, 명함은 금발소녀가 여러 번 만지작거린 듯 지저분하게 더럽혀져 있었지만, 윗면에 화려한 글씨체로 쓰인 글자는 아직 알아볼 수 있었다. 슈훙은 명함 앞머리에 있는 세계일주 광고주식회사라는 글씨와 양광이라는 이름과 사장이라는 직함과 괄호 안에 있는 학력과 신분을 읽을 수 있었다…… 미국 유학 박사.

"당신, 혹시 이 세계일주 광고회사를 알아요?" 금발소녀가 물었다.

슈훙은 고개를 저었다. 얼떨결에 고개를 저었지만 마음속으로는 이렇게 말했다. 세계일주라니, 그리고 사장이라니, 게다가 미국 유학 박사라니, 분명히 사기꾼일 거야.

"그 사람이 나한테 광고 모델을 해보라고 했어요." 금발소녀가 말했다. "그래서 집을 나오기 전에 한 번 연락했어요. 바로 이 번호로요. 여기 오고 나니 모든 게 이상해졌어요. 전화를 했더니 잘못 걸었대요. 혹시 이런 광고회사에 대해 들은 적 있어요?"

"없어요." 슈훙은 여전히 고개를 저었고, 무의식적으로 동정 어린 눈빛을 금발소녀에게 보냈는데, 그 시선이 그녀의 대답을 보충하고 있었다. 아가씨, 당신은 당한 거예요, 당신은 속았어요. 게다가 광고 모델이라니. 당신이 비록 아름답게 생기긴 했지만 그렇다고 모델을 할 정도로 빼어나진 않아요. 사기꾼이 아니라면 누가 당신에게 광고 모델을 하라고 하겠어요? 철없는 아가씨, 당신은 이름을 날릴 기회를 잡았다고 믿었겠지만, 당신이 잡은 것은 그저 사기꾼의 명함일 뿐이에요.

"야오 씨는 출장을 떠났대요." 금발소녀가 명함을 받아 넣으면서 혼잣말처럼 뇌까렸는데, 슈훙에게 그가 사기꾼이 아니라는 것을 나무에 목을 매다는 듯한 절박함을 담아 암시하는 것 같았다.

그녀가 말했다. "야오 씨는 아주 많은 텔레비전 연속극을 만들었대요. 나보고 오라고 했어요. 그 사람은 사기꾼이 아닐 거예요, 그가 돌아오기를 기다려서 다시 의논해봐야겠어요."

기차역 광장의 21세기맞이 괘종시계가 열두시를 알렸다. 그들은 마침내 그 시계가 제대로 수리되었음을 알았다. 비록 십오 분이 늦어지기는 했지만 말이다. 슈훙과 금발소녀는 들려오는 웅장하고 아름다운 시계 소리에 귀를 기울였다. 화물차 한 량이 기차역 여관의 창문 밖으로 날 듯이 지나쳐 갔고, 슈훙은 끝없이 내리는 듯한 암흑 속에 선 채 엷게 화장한 금발소녀의 앳된 얼굴이 갑자기 어두워졌다가 밝아지는 모습을, 빛과 그림자가 소녀의 얼굴에 오락가락 정신없이 교차하는 것을 바라보았다. 그것은 마치 수정을 엮어 만든 짧은 목걸이처럼 보였다.

9. 금발소녀의 외출

금발소녀는 오후 두시경에 마침내 외출을 했다. 그녀는 소년이 쓰는 야구 모자를 썼는데, 긴 모자챙이 그녀의 얼굴을 가려주었다. 이 모습은 명백하게 그녀가 다른 이의 관심을 원치 않는다는 것을 드러냈다. 그러나 기차역 여관의 로비 밖에 있던 사람들은 우리가 이미 다 알듯이, 금발소녀와 같은 여자를 보면 바로 눈빛에서 탐욕의 불꽃을 튀기며 당장 한 마리 꿀벌로 변하고 한 마리 박쥐로 변해 이리저리 꼬이게 마련이다. 일일 관광상품을 파는 이들, 복권을 파는 이들, 지도를 파는 이들부터 별 시답잖은 것을 파는 이들에 이르기까지, 무언가를 이미 팔아치운 몇몇 소수를 제외하고는 모두 소녀를 주목하게 되어 있었다. 그들은 금발소녀를 주시하고 있다가, 그녀가 여관 회전문을 빙글빙글 돌아 나와 살금살금 도둑처럼 피해 나가려는 모습을 발견했다. 한 소년이 먼저 다가가서 이름 붙이기 어려운 기묘한 웃음을 지으면서 말을 걸었다.

"외출하나요?" 지도를 파는 사람은 손에 든 지도를 흔들면서 말했다. "이 아가씨 바보네, 지도를 한 장 사야지. 지도를 안 사다니, 지도도 없이 어떻게 볼만한 곳을 찾는단 말이야. 어디 가서 일자리를 찾겠어?" 다른 사람이 껄껄 웃어젖히더니 말했다. "아가씨가 당신보다 백배는 더 영리해요. 무슨 지도 따위가 필요하겠어, 사람이 눈으로 보면 그게 바로 지도나 진배없지. 우리 내기할까, 저 아가씨는 분명 동쪽으로 갈 거야. 순평 거리로 갈 거라고!"

내기를 할 사람들이 나서기 시작했고, 걸 곳을 정해 사람들이 갈라졌다. 그때 어떤 사람이 여관 안으로 들어가려고 애를 썼는데 힘이 무척 세서 자연스럽게 돌던 문이 거꾸로 한 바퀴 돈 뒤에야 들어갔다. 미남자 량젠이었다. 사람들은 량젠을 알아보고는 얼굴을 돌려 접수계를 바라보았고, 링옌이 무표정한 얼굴로 서 있는 것도 보았다. 링옌은 소리 없는 언어로 군중들이 보내는 시선을 끊어냈다. 날 보지 마, 다리로 돌아가, 길로 돌아가, 나는 그가 내 남편이라는 것을 인정하지 않으니까.

그럼에도 모두들 미남자 량젠이 링옌의 남편이라는 것을 알고 있다. 그는 접수계로 가서 서류 가방을 접수대 위에 올려놓았지만 링옌은 서류 가방을 그에게로 다시 밀어냈다. 링옌은 낮게 말했다. "꼴도 보기 싫어. 널 보면 구역질이 치밀어." 한 여인이 자신의 잘생긴 남편을 보고 구역질이 치민다면 두 가지 가능성이 있는데 하나는 교태를 지나치게 가장하는 것이고, 다른 하나는 이 잘생긴 남자가 사실은 겉만 멀쩡하고 뭘 하든 악한 행실만 저지르면서 제대로 일할 줄은 모르는 사람이라는 뜻일 것이다. 기차역 일대를 지나는 사람들은 모두 량젠이 도박을 좋아할 뿐만 아니라 판을 언제나 크게 벌인다는 사실을 들어본 적이 있었고, 또한 창녀와 놀아나는 것도 너무나 좋아한다는 사실을 잘 알고 있었다. 량젠은 가게를 하나 열었다 싶으면 얼마 못 가 그 점포를 말아먹었는데, 그것도 모자라 끔찍한 꼴로 계속 도박을 하고, 계속 창녀와 놀아나다가 순펑 거리에 가서 무슨 이발관을 차렸다. 그러니 렁옌의 증오는 절대로 농담이 아니었다. 그녀가 품은 증오는 도의적이고 감정적인 것이었다. 렁옌은 고개를 숙이고 영업 장부에 무언가를 적어나갔다. 량젠이 그녀의 손에 든 볼펜을 낚아채고 말했다. "돈 좀 빌려줘, 아주 급하다구."

렁옌은 볼펜을 다시 빼앗으려고 했지만 성공하지 못했다. "빌어먹을, 이리 내, 빌어먹을." 그녀는 욕을 하면서 다른 볼펜을 꺼내 계속해서 영업 장부를 적어나갔다. 량젠은 두번째 볼펜을 빼앗을 작정이었지만, 여관 안의 모든 사람이 자신을 보고 있는 것을 발견하고는 손을 그저 공중에 천천히 몇 번 휘저은 다음 목적 없이 자신의 머리카락을 쓰다듬고 말았다. 량젠의 잘 다듬어진 머리카락은 칠흑처럼 검고 윤기가 돌았는데, 한 번 쓰다듬으면 그 방향으로 넘어가면서 착착 가라앉았다. 그 모습이 꼭 공연장에서 노래하는 로큰롤 가수처럼 멀끔해 보였다. "삼만 위안만 빌려줘. 다음 주에 바로 갚을 테니." 량젠은 복권 판매소의 아는 사람을 향해 손을 흔들어 보였다. "빚쟁이 꼴이니 언제 당신에게 술 한잔 살까!" 렁옌은 고개를 들어 량젠을 바라보았고, 그 빚쟁이를 바라보면서 그녀는 마치 량젠에게 말하는 것이 아니라 그저 혼잣말을 하는 것처럼 뇌까렸다. "빌어먹을, 널 보면 구역질이 나." 량젠이 말했다. "삼만 위안만 빌려줘, 내일 갚는다니까." 렁옌이 말했다. "빌어먹을, 빌어먹을, 널 보면 난 어제 먹은 밥까지 다 올라와." 량젠이 말했다. "대체 빌려줄 거야 말 거야?" 렁옌이 갑자기 소리를 지르기 시작했다. "안 빌려줘, 안 빌려줘, 안 빌려줘! 우린 이미 합의서까지 썼잖아. 난 당신과 분명히 선을 그었다구! 네 둘째 마누라에게나 가서 빌려달라고 해. 아니면 셋째 마누라한테 가든지. 그것도 아니면 순평 거리의 아가씨들에게 빌려. 나는 한 푼도 줄수 없어. 내 돈을 전부 거지에게 퍼주는 한이 있어도 당신한텐 일전 한 푼 빌려주지 않아!" 이때 여관 안의 사람들은 공명정대하게 그들이 싸우는 것을 듣고 있었는데 그중 한 명이 말했다. "집안일은 집에 돌아가서 말해야지, 왜 여기 와서 시끄럽게 떠드는 거야?" 렁옌은 기세가 올라 사진 현상소 점원 샤오지앙(小江)을 가리키며 말했다. "누가 우리더러 부부라는 거야! 어?" 렁옌은 이성을 잃고 마구 삿대질을 하더니 갑자기 샤오지앙을 향해 외쳤다. "저 인간이 좋아 보이면, 네가 가서 부부하면 될 거 아냐!"

사람들은 순식간에 로비가 떠나가라 웃어댔다. 량젠 역시 웃고 있었지만, 그의 웃음은 어딘가 체면치레에 가까워 보였다. 그들은 량젠이 볼펜을 가지고 접수계 탁자 위에 뭔가 쓰는 것을 보았는데, 넘겨다 보니 한 줄의 선전 선동 구호 같은 글귀였다.

렁옌은 곪아터진 매춘부다.

량젠은 볼펜을 가지고 놀다가 렁옌의 눈을 찌르는 척했고, 그러고 나서야 서류 가방을 들고 문밖으로 나갔다. 렁옌은 그를 향해 계산기를 집어던졌지만 량젠은 마치 등 뒤에 눈이라도 달린 것처럼 몸을 옆으로 날리며 폴짝 뛰어 날아오는 재난을 피했다. 렁옌은 다시 탁상 달력을 던졌는데, 웃고 떠들던 다른 사람을 맞출 뻔했다. 량젠이 회전문 안에 서서 손으로 문을 밀며 렁옌을 잠시 바라보았다. 그의 잘생긴 얼굴에는 만족스러운 미소가 번들거리며 어려 있었다. "곪아터진 매춘부." 그가 말했다. "곪아터진 매춘부, 절대 빌려주지 마라. 너도 빌릴 수 없을 테니까." 여관 로비는 갑자기 정적에 잠겨들었다. 누군가 미남자 량젠의 얼굴에 흘러내리는 수정 같은 눈물방울을 보았다. 분명히 눈물이었다. 모두가 그것을 보았다. 그날 이후 모두가 그 일로 량젠을 욕했다. 욕을 심하게 하는 바람에 집 밖으로 나오지 못할 정도였다. 량젠은 법을 모르는 깡패였다.

10. 순펑 거리에서 선잠을 자는 사람들

대략 아침 일곱시 무렵이었다. 기차역 광장에 버스가 드나들기 시작했고, 사람들은 남쪽에 있는 지역을 향해 황망히 길을 나섰지만, 커위안은 혼자서 순펑 거리에 도착했다. 밤새 비가 내렸고, 보도블록이 깔린 거리는 진흙과 쓰레기로 더러웠다. 네온은 이미 화려한 눈을 감고, 휴식을 취하고 있었다. 네온이 계속 켜져 있는 것은 전력 낭비일 뿐이었다. 하늘이 점차 환해져 이발애호가들은 밝아오는 빛에 이끌려 집으로 돌아갔다. 거리 양쪽의 마흔일곱 개 이발소는 여전히 암흑에 잠겨 있었다. 어두워졌다는 것은 곧 소란이 없어지고 모두들 머리에 머리를 맞대고 한숨 자기 시작했다는 의미이며, 그 모습은 마치 밥을 먹고 나서 잠시 휴식을 취하는 한 무리의 인부들 같았다. 커위안은 고인 물과 널린 쓰레기를 뛰어넘어가며 길을 걸었다. 자꾸 눈이 감기려고 했지만 그는 눈을 감거나 재주넘기를 해가면서도 이 거리를 걸을 수 있을 정도였다.

그러기에 아무리 순펑 거리 부근이 새롭게 조성되어 변한다 해도 커위안은 순펑 거리 입구에 도착할 수 있었고, 첫번째 가로등에 가겠다고 생각하면 바로 다리가 가로등 앞에 설 정도였다. 아주 어렸을 때부터 그는 그렇게 다녔고, 지금도 역시 그렇게 할 수 있었다. 첫번째 가로등은 이미 어두워졌고, 등갓은 넓게 펼쳐져 안에 든 고독한 전구를 보호하고 있었다. 커위안은 잠시 새 가로등을 훑어보았다. 자신의 생각이 난투극을 벌이면서 싸우고 있는 가운데 그는 이미 예전의 커위안, 순펑 거리의 커위안이 아님을 깨달았다. 걷어찰 것인가 말 것인가? 그러나 그의 발은 머릿속의 고민과는 달리 습관에 따라 움직였고, 결국은 가로등을 걷어차고 말았다.

거리에는 아무도 없었다. 그저 가죽 치마를 입은 소녀가 길 잃은 개와 함께 있을 뿐이었다. 소녀는 어느 이발소 앞 문턱에 눈부시게 하얀 다리를 꼬고 앉아 있었다. 커위안이 소녀의 곁을 지나칠 때 갑자기 그의 집이 예전에 훈제육을 파는 가게의 위층이었다는 것과 바로 이곳에 있었다는 것이 기억 났다. 빌어먹을, 이 소녀는 사실 그의 집 문 앞에 앉아 있는 것이었다. 커위안은 바로 고개를 돌려 소녀를 향해 웃어 보이며 말했다. "거기 앉아 있는 게 편해요?" 그 소녀는 묻는 의도를 전혀 알아채지 못했다. "뭐라고요? 뭐라고 했어요?" 커위안이 말했다. "당신 어느 나라에서 왔어요? 중국어 알아들어요?" 소녀가 말했다. "정신병자네." 커위안은 털이 북실북실한 작은 개가 앉아 있는 곳으로 가서 개를 쓰다듬으며 말했다. "이 개는 얼마에 팔아요?" 소녀는 그를 무시했다. 커위안이 개를 살펴보고는 개를 향해 사납게 으르렁거리자, 털북숭이 개는 담이 작았는지 겁을 먹고 달아나버렸다. 소녀 역시 일어서더니 개를 따라 걸어가면서 쉬지 않고 중얼거렸다. "정신병자, 정신병자." 커위안은 더이상 재미가 없어져서 소녀를 향해 두어 걸음 나섰다. "너 새로 온 거야? 고향이 어디야?" 그는 뒤에서 계속 말했다. "너 새로 온 거 맞지? 순평 거리의 아가씨들은 다 알고 있는데, 내가 모르는 아가씨가 있을 리가 있나?"

커위안은 곧장 환희의 성(歡喜堡)으로 가서 량젠을 만날 생각이었다. 환희의 성 또한 지금은 어두컴컴할 것이다. 그곳엔 안락한 소파와 거울은 있겠지만 사람은 없을 것이다. 커다란 유리창을 통해 거리도 보고, 담 밖에 내걸린 눈이 번쩍 뜨이는 광고판도 볼 수 있고…… 이 가게는 절대로 음란 안마를 제공하지 않습니다. 손님 여러분의 아량을 바랍니다…… 큰 병풍 한 폭이 커위안의 시선을 가로막았다. 커위안은 량젠을 볼 수 없었지만, 그렇다고 크게 문제될 건 없었다. 이발소의 문은 잠겨 있었지만, 그렇다고 겁날 것도 없었다. 커위안은 순평 거리의 모든 출구와 입구를 잘 알고 있었기에 담을 넘어서 건물 안에 들어가 성병치료센터의 약품 창고를 지나 환희의 성 뒤쪽 창문을 두드렸다. 잠시 후에 창문이 열리면서, 환희의 성 3호 아가씨가 창문 아래에 있는 커위안을 귀찮은 듯 바라보더니 말했다. "지금은 머리 못 감아요. 오후 세시 이후에 오세요." 커위안이 말했다. "3호야, 너 나 모르겠어? 빌어먹을, 네가 날 몰라보냐?" 3호 아가씨는 머리에 비닐 캡을 쓰고 있었는데, 아마도 자면서 새로 다듬은 헤어스타일이 망가질까봐 그런 것 같았다. 그녀는 비닐 캡을 벗어 손에 들더니 말했다. "당신을 알아도 세시가 넘어야 머리를 감겨줄 수 있어요. 우리도 사람이에요, 기계가 아니니까 잠을 자야죠." 그 말을 들은 커위안은 화가 치밀어 올랐다. 그는 말했다. "좋아, 3호. 네가 날 모른단 말이지. 그럼 돈은 알아보겠지?" 3호 아가씨는 방문객이 선한 의도를 가지고 온 사람이 아니라는 것을 깨닫고 급히 창을 닫으려 했지만 그럴 수 없었다. 그 순간 커위안이 몸을 들이밀었던 것이다. 그는 말했다. "네 숙부랑 붙어먹을 년. 내가 돈을 줘야 알아보겠고, 지금은 날 몰라보겠다는 거지!"

3호 아가씨는 공포에 질린 목소리로 량젠을 불렀다. 량젠은 창백한 얼굴로 창문 앞을 흘깃 보더니 재빠르게 어둠 속에서 튀어나왔다. "어떤 물건이 창문에서 이렇게 시끄럽게 지랄이야." 커위안은 량젠의 음성을 낮춘 당황한 목소리를 들었다. "내 가죽 신발은, 가죽 신발은?" 커위안은 량젠이 도망치려 한다는 것을 알아차리고, 다급하게 창턱을 넘어 뛰어 들어갔다. 커위안이 량젠의 목덜미를 잡아채고 말했다. "달아나려고, 어디로 달아나려고?"

누군가 불을 켰다. 3호 아가씨가 소리를 질렀다. "경찰에 전화해!" 그러고는 안마 침대에 주저앉더니 자신의 손을 들어 올리고 갑자기 냉소를 지으며 말했다. "당신들이 알아서 해결해요. 나는 어떤 일에도 끼어들지 않겠어요."

등불 아래서 미남자 량젠의 얼굴에 은은한 청백색의 빛이 묻어났다. 그의 턱과 입술에는 3호 아가씨가 남겼을 붉은 립스틱 자국이 있었는데, 그 자국은 량젠의 얼굴을 더욱 우스꽝스럽게 만들뿐

더러 깊은 혐오감을 안겨주었다. 커위안은 그를 벽에 밀어붙이면서 말했다. "이 개랑 붙어먹을 새끼야, 개방귀 새끼야. 빚을 져놓고, 그러고도 여기서 아가씨랑 놀다가 도망을 가, 네가 도망을 가, 네가 가면 어딜 가?"

"누가 도망을 간대?" 량젠은 커위안을 밀어내며 말했다. "도망가면 내가 네 손자다. 네가 올 걸 알고 있었어. 널 기다리고 있었다고."

량젠은 반나체였는데 왼쪽 어깨 위에 문신과 복부의 작은 칼자국이 등불 아래서 선명하게 보였다. 커위안은 량젠을 놀리면서 말했다. "바지 뒤집어 입었어." 량젠은 바지를 내려다보더니 바지를 벗어 다시 제대로 입기 시작했다. 그는 입다 말고 멈추더니 3호 아가씨에게 물었다. "침대 위에 놔둔 내 핸드폰은?" 3호 아가씨는 벽을 향해 얼굴을 돌리고는 간이 헤어드라이어를 들어 머리를 다듬으며 되물었다. "핸드폰이라니?" 량젠이 다시 한 번 물었지만, 3호 아가씨는 대답하지 않았다. 커위안이 그녀 대신 말했다. "헐값에 팔았잖아?" 커위안이 대답할 거라고는 생각지 못했던 량젠은 당황하여 머리를 문지르면서 말했다. "내가 잊었군. 그만둬, 그만둬."

두 사람은 한 사람이 앞서고 한 사람이 뒤선 채로 환희의 성을 나섰다. 커위안의 손이 량젠을 꽉 붙들고 있었다. 량젠이 말했다. "구역질 안 나냐? 누가 너를 나한테 보낸 거야?" 커위안은 손을 약간 풀면서 말했다. "좋아, 네 스스로 말했지. 도망가면 내 손자라고. 네가 도망간다면 내가 무자비해져도 탓하지 말라고." 그들은 성병치료센터의 긴 창문 옆을 지났는데, 치료센터 안의 등은 모두 켜져 있었고 어둑한 불빛이 반짝반짝거리면서 협소한 진찰 침대를 비추었다. 높은 스탠드가 하나 있었다. 량젠은 안쪽을 힐끔거리다가 갑자기 어둠 속에서 웃더니 말했다. "내가 며칠 전에 싼쯔(三子)의 아버지를 안에서 봤는데, 늙은이가 선글라스를 끼고 와서 다른 사람은 모르겠거니 하더라고. 난 한눈에 그가 온 것을 알아봤지. 씨부랄 새끼, 그는 아는 사람을 만날까봐 겁을 내고 있었어. 나는 틈나는 대로 밖에서 그를 불렀어." 커위안은 그를 밀치며 말했다. "날 자꾸 험악하게 만들지 마라. 다른 사람 일엔 신경 끄고 네 일이나 잘 봐. 준비는 어떻게 되어가는 거야?"

량젠은 커위안을 한번 보고는 두 손을 어쩔 줄 모르고 허우적대면서 커위안의 바지춤을 잡고 늘어졌는데, 무엇을 잡으려고 의도한 건 아니었던 것 같았다. 그의 얼굴 위로 능글거리는 미소가 흘러내렸다. "준비되었느냐고?" 그는 히죽거리면서 말했다. "준비는 네가 칼 한 번 휘두르면 되겠지. 네가 손을 쓴다면 나 역시 쓸 거야."

"칼을 휘두른다고? 내 이름이 칼잡이라도 되냐?" 커위안이 말했다. "좋아, 나 역시 헛말은 하지 않아. 보아하니 내가 나타나기만 하면 너희는 그저 칼을 한 번 휘두르고 만다고 생각하나본데, 나 쑹커위안이 이 한 걸음을 내딛게 되면, 피할 수 없을 거야."

"어차피 난 돈 없어." 량젠이 말했다. "다음 달에 돈이 생겨. 그렇지만 쓰옌은 안 믿어, 안 믿으니까 나 역시 방법이 없어. 칼을 휘두르라니까, 칼을 휘둘러서 상황을 다 끝장내자고."

"그렇게 쉽게는 안 되지." 커위안이 냉소하며 말했다. "너는 아직도 우리가 어렸을 적을 생각하는 모양인데, 너라면 칼질 한 번으로는 돈을 돌려주지 않겠지. 그럼 만사형통일까? 지금은 돈이 최고야. 칼질 한 번이면 삼만 위안이 들어와." 량젠이 대꾸했다. "그럼 네가 나를 해치우면 되겠네. 삼만 위안어치를 휘둘러. 난 이미 사람다운 구석이라고는 없으니까. 그러니 네가 칼을 두 번 쓰라구. 아니 칼을 두 번 쓰는 것보다 세 번 쓰는 것이 더 좋겠지. 한 칼에 일만 위안씩. 비슷하겠네."

"오줌 싸는 소리 한다." 커위안은 량젠의 다리를 걸어차면서 말했다. "칼 두 번, 칼 세 번 하는 소리 하지 마. 너 같은 개가 기른 잡종을 해치우는 덴 칼 한 번으로 충분하다고."

"끝장내려면 얼른 끝장내." 량젠은 잡았던 커위안의 다리를 놓으며 얼굴을 돌려 커위안을 바라보았다. 그는 말했다. "끝장내버리면 빚은 면책되는 거야. 화장터에서 빚을 받아낼 수는 없을 테니까."

"너 정말 진심이냐?" 커위안이 눈을 크게 뜨며 심각하게 량젠의 표정을 관찰했다. "아니면 말로 어떻게 때워보려는 거냐?" 그가 말했다. "내가 너한테 가르침을 주는 게 좋겠어, 아니면 네가 나한테 가르침을 주는 게 좋겠어? 내가 교수야 네가 교수야? 넌 여자도 아니면서 말로 사람을 공갈 협박하려는 거냐."

"내가 널 공갈 협박하면 내가 사람 새끼가 아니야." 량젠이 말했다. "내가 오늘 만약 네 손에 가지 못한다면 사람 새끼가 아니야. 나를 해치워서 네 면목을 세워줄 수 있도록 해줘. 사람이 적은 곳을 골라, 누가 보면 안 되니까. 한 칼, 두 칼, 삼십 번의 칼질이라도 내가 겁낼 거 같아? 모두 네가 해치우는 건데. 량 씨 살려, 나오 씨 살려라는 소리 한 번 안 지르고 깨끗하게 죽어줄 테니까."

"입 닥쳐." 커위안은 갑자기 진지하게 량젠을 보더니 말했다. "며칠 안 지나서 넌 결말을 볼 거야. 지금 나를 바보로 알고 속이는 거지? 네 목숨이 겨우 삼만 위안이야? 삼만 위안이 겨우 네가 저승길 가는 값이라고? 안 먹고, 안 마시고, 계집질 안 하고, 도박 안 하고?"

"먹고 마시고 계집질하고 도박하는 것 모두 좋아해. 하지만 돈이 없으면 놀 수가 없어." 량젠은 으르렁거리며 커위안의 주변을 맴돌면서 웃었다. "아니면 네가 나한테 돈 좀 빌려줘. 내가 다시 며칠 놀 수 있도록. 며칠 더 놀고 하늘에 가면 안 될까?"

커위안은 정신이 약간 혼란스러워졌다. 량젠의 처량한 눈빛과 극에 달한 비정상적인 미소가 그의 마음에 경고를 울렸…… 이 수업은 결코 좋은 과목이 아니야. 저 녀석 마치 노망난 것 같잖아. 그는 내가 칼을 꼭 세 번 쓰도록 준비시키고 있어. 커위안은 갑자기 목적을 잃었다. 그는 이런 황당한 지경을 당해본 적이 한 번도 없었다. 당사자가 모든 각오를 다하고서 칼을 세 번 휘두르라고 하는데, 어떻게 그에게 수업을 진행할 수 있겠는가? 커위안은 갑자기 생각나는 것이 있어서 눈을 크게 뜨고는 량젠을 다그쳤다. "나를 바보 취급하지 마. 넌 나한테 사실을 말해야 해. 빚을 얼마나 진 거야?"

량젠은 질문에 대답하지 않았다. 그의 눈빛은 이른 아침의 거리를 부정확하게 훑고 있었다. 잠시 후 량젠은 이발소의 앞쪽 유리창을 향해 달려가다가 우뚝 멈춰 서더니, 커위안이 유리창에 비친 그의 하반신에 분필로 장난을 치고 있는 것을 발견하고는 웃으며 말했다. "이봐, 난 엄청나게 빚을 졌어." 량젠이 얼굴을 반쯤 들고서 분필로 자신의 얼굴 위에 아라비아 숫자를 적었…… 37. 커위안이 바로 알아차리고는 엄청나게 놀랐다. "삼십칠만을 빚졌다고?" 량젠은 고개를 끄덕이며 말했다. "어떻게 하겠어, 삼십칠만이야. 내 생명을 팔면 충분하겠지?" 커위안이 말했다. "나머지 돈은 다 누구에게 빌린 건데?" 량젠이 말했다. "수첩이 지금 없는데, 너한테 말해주고 싶어도 다 못해. 대략 기억하는 건, 처음엔 당구장을 열면서 양(楊) 씨에게 칠만을 빌렸고, 그 뒤엔 식당을 열면서 낙타에게 십일만을 빌렸지. 양모(羊毛) 장사를 할 때 외지인한테 구만을 빌렸고, 그 밖에 소소한 금액은 다 기억도 못해." 커위안이 갑자기 그곳에 주저앉더니 잠시 후에 정신을 차리고 말했다. "씨발, 늙은 양 씨는 더췬을 찾아오지 않았어. 더췬이 만약 이런 큰 빚이 더 있는 걸 알았다면 절대 나서지 않았을 거야." 량젠이 실없이 웃으면서 말했다. "누가 나서든 다 쓸데없어. 넌 내게 기회를 줄 수 없고 나도 네게 기회를 줄 수 없어. 그냥 사람을 해치우는 게 낫잖아? 너희가 날 해치웠으면 좋겠어."

태양이 진흙탕으로 뒤덮인 순펑 거리를 비추었다. 매화비가 내리는 계절의 이른 아침 중에 이렇게 찬란한 날은 아주 적었다. 거리 입구에 닿았을 때 커위안은 자신의 행동이 매우 시답잖게 느껴졌다. 그는 웃옷을 벗고, 미친 듯이 내달렸다. 자신의 팔뚝에 그려진 문신을 바라보면서, 량젠의 손등에 푸른 뱀이 그려져 있는 것을 발견하고, 그의 문신이 허다한 세월을 거치면서 조금 퇴색했음을, 그리고 량젠 역시 퇴락했음을 깨달았다. 그들은 그 문신을 새길 때 성의 남쪽으로 함께 갔었다. 커위안은 량젠의 뒤를 따라가며 갑자기 이 미남이 만들어낸 한 줄기 그림자가 그의 등 뒤에 따라오는 것을 느꼈다. "정말 미안하게 됐어. 난 다른 방법이 없어. 그저 너를 따라가는 거야. 우리 루터 회사에 다른 업무는 없어, 그저 이런 일밖에는." 커위안이 량젠을 때리며 말했다. "씨발, 너 이 새끼 미남이면 뭐 해. 렁옌의 손에 얼마나 많은 짐을 쥐여준 거야? 이 빚더미 길로 들어선 이상 빚을 다 갚을 때까지 널 놓아줄 수 없어. 넌 화장실 똥구덩이에 처박힌 거나 다름없는 꼴이라구. 우리 루터 회사에서 사람을 가르친다는 건 바로 이런 것뿐이라구." 량젠은 낮게 머리를 숙인 채 걸었다. 그가 말했다. "그렇게 힘 뺄 필요 없어. 난 널 데리고 목재 창고로 갈 거야. 거긴 사람이 없거든. 내가 죽고 망가지면 너희 같은 물건은 볼 일이 없겠지." 커위안이 말했다. "넌 정말 바보인 척하는구나. 내가 왜 널 해치우겠어. 널 해치우면 돈이 나오겠냐. 난 네가 다 갚지 못하면 해치울 수 없어. 내가 염병 네미 씹할 자식이냐?"

이 6월 10일의 이른 아침, 두 남자는 순펑 거리를 나와 기차역 광장에 닿았다. 어떤 사람이 두 남자 중 한 명이 수려하게 잘생긴 얼굴에 아라비아 숫자를 써놓은 것을 보았다…… 37. 모두가 무슨 뜻인지 알 수 없었다. 이 도시에 놀러 온 여행객 무리에 섞여 있는 몇몇 여자애들은 몰래 량젠의 얼굴을 훔쳐보았고, 그중 한

아이가 같이 온 일행에게 말했다. "저 사람 재밌네. 틀림없이 행위
예술가일 거야."

11. 당신들을 겁내면 내가 렁옌이 아니다

 6월 10일 오전, 기차역 여관 직원은 커위안이 급하게 들어오는 것을 보았다. 그는 마치 사람이라도 죽일 듯했다. 접수계에 있던 사람은 새로 온 직원이어서 커위안을 알지 못했고, 그냥 어떤 사람이 쳐들어오는가보다 하면서 무의식적으로 전화기를 들고 보고할 준비를 했다. 커위안이 한마디 하자 직원은 그가 악당이 아니라는 것을 알았다. 그는 렁옌을 불러달라고 했다. "빨리 가서 렁옌 좀 불러와, 내가 급한 일이 있어." 그는 관광학교에서 실습 나온 두 여학생의 눈이 휘둥그렇게 커지는 것을 보고 말했다. "너희 나 몰라? 너희들 어디서 왔어? 렁옌을, 빨리 그 여자 불러오라니까!"
 렁옌은 이미 와 있었다. 그러나 아직 교대 시간이 아니라서 두 소녀는 그녀가 어디에 있는지 알지 못했다. 한 소녀는 건물 위를 가리키며 말했다. "3층 목욕탕에 있을지도 모르는데, 당신이 직접 가보세요." 커위안이 아락바락 소리를 지르며 말했다. "너는 뇌가 없는 거냐, 여자 목욕탕에 나보고 어떻게 가라는 거야? 얼른 가, 가서 그 여자 내려오라고 해! 집구석이 다 망하게 생겼는데, 목욕은 무슨 얼어죽을?" 기차역 여관의 짐 보관대를 닦고 있던 사환이 내려왔다. 사환은 커위안을 알고 있어서 그에게 복권 판매소로 가보라고 알려주었다. 커위안이 링옌이 거기 확실히 있는지를 묻자, 사환은 눈을 계속 깜빡거렸다. 커위안은 바보가 아니었으므로 사환이 무슨 소리를 하려는지 알아듣고, 환전소의 유리창을 향해 눈길을 주고는 량젠과 함께 어떤 약속이라도 있는 것처럼 밖의 과일 바구니 앞에서 수박을 먹기 시작했다. 커위안은 아무렇게나 주워섬기면서 물었다. "복권 판매소는 뭐 하는 곳이야, 복권을 바꿔서 오토바이를 준다는 게 정말인가?" 사환의 목소리가 갑자기 낮아졌다. "오토바이가 열여덟 대예요. 누구든 당첨만 되면 바로 가져가서 몰 수 있다구요!"

커위안이 복권 판매소의 문을 두드렸다. 잠시 후 금색 안경을 쓴 샤오천(小陣)이 문을 열고 내다보며 물었다. "누구세요, 무슨 일이시죠?" "바람난 년을 잡으러 왔다!" 커위안은 문을 한 방에 열어젖히고는 돌격하듯 들어갔다. 사무실 안의 창은 반쯤 열려 있었고, 커위안은 창가에 링옌이 앉아 있는 것을 보았다. 붉은색 제복 치마를 입은 링옌은 두 손을 굳게 잡은 채 말했다. "커위안, 당신 입 좀 깨끗하게 해야겠군. 이후에 또다시 헛소리를 할 때는 혓바닥을 조심해야 할 거야!" 커위안은 주먹을 쥐고 사무실 안을 훑어보았다. 세 벽이 모두 통지문과 장부들로 가득했다. 그가 말했다. "바람난 년을 잡으러 왔다는 건 농담이었어. 네가 나한테 시집

온 것도 아닌데 내가 바람난 년을 잡으러 올 일이 있겠어?"

렁옌이 말했다. "맞아. 난 너에게 시집간 적이 없는데 왜 자꾸 치근덕거리는 거야?" 커위안이 말했다. "뭘 치근덕거린다는 거야? 넌 어째 말하는 게 교양이라고는 손톱만큼도 없냐. 좋아, 내가 마구 치근덕거린다고 쳐. 그래도 이번엔 너한테 치근덕거리려고 온 게 아냐. 렁옌 들어봐, 이번엔 사람 생명이 달린 일이라서 온 거야. 너 나랑 좋게 얘기 좀 해보자."

렁옌은 커위안이 온 이유를 잘 알고 있는 듯했다. 그녀가 큰 소리로 차갑게 웃었다. "난 쉴 시간이 없어. 일하러 가야 해." 렁옌은 문을 나서며 말했다. "커위안, 난 네놈들이 루터 회사에서 어떤 일을 해서 돈을 버는지 알아. 누가 빚을 졌을 때 누가 가서 잡아오는지도. 내게 부탁하지 마. 내가 머리끝까지 화가 나면 당신들을 봐주지 않는다고 나를 원망할 수 없게 될걸. 너희 같은 개새끼 쪄 먹을 회사는 양 머리를 걸고 개고기를 팔지. 전보와 전화 한 통이면 너희 회사에 불을 낼 수도 있어." 커위안은 히히히 웃었지만 루터 회사가 그렇게 많은 위법행위를 하고 있는 줄은 몰랐기 때문에 렁옌에게 기세가 눌려서 말했다. "당신 잠깐 가지 말아봐, 이렇게 가버리면 우리가 어떻게 이야기를 할 수 있겠어? 사람의 목숨이 달린 일인데, 어떻게 그런 태도를 보일 수 있는 거야?" 렁옌이 말했다. "나는 이런 태도를 취할 거야. 말해두겠는데, 량젠과 나는 부부가 아니야. 갈라서든 아니든 이미 부부가 아니라구. 내 돈은 모두 피땀 흘려 번 돈이야. 난 그에게 한 푼도 빌려줄 수 없어." 커위안이 말했다. "지금 돈 얘기를 하려는 게 아니라 생명이 걸린 일을 말하려는 거야. 일단 당신이 삼만 위안을 빌려주면 량젠이 먼저 쓰옌의 돈을 갚고 바로 도망갈 수 있다구. 그렇게만 되면 죽을 길로 사람을 몰아넣지 않고도 난 업무를 완수할 수 있어. 렁옌, 당신이 좀더 생각해줘. 그저 삼만 위안이야. 량젠이 당신 수중에 칠팔만 위안은 족히 있다고 했어!" 렁옌이 말했다. "헛물켜지 마. 두 번 생각할 것도 없어. 그를 죽이든 살리든 당신 마음대로 해. 난 한 푼도 낼 수 없으니까." 커위안이 이때 한 발 뛰쳐나가면서 얼굴을 렁옌에게 바짝 들이대고 손가락질을 했다. "렁옌, 나는 너한테도 책임이 있다고 말하는 거야. 살리든 죽이든이라니, 그따위로 말하면서 나한테 입을 험하게 놀리지 말라고? 이렇게 루터 회사의 이름을 더럽힌다면 더췬이 널 찾아서 끝장을 보려 할 거다." 렁옌의 얼굴색이 창백하게 바뀌었다. 그녀는 커위안의 검푸른 먼지투성이 손가락을 바라보았다. 잠시 후 그녀의 눈에서 눈물이 솟기 시작했다. "끝장을 보려면 끝장내라고 해." 렁옌은 화장지를 한 장 뽑아서 눈물을 훔치고는 말했다. "나 역시 기차역과 함께 자라온 사람이야. 내가 너희 같은 종자들이 어떤지 모른다고 생각해? 너희 같은 새끼들을 무서워할 거라고? 내가 너를 무서워하면 렁옌이 아니야."

그들은 앞서거니 뒤서거니 여관의 로비로 나왔다. 로비에는 사람들이 늘어나 있었고, 몇몇 사람들은 막 기차역에서 내려 접수계를 찾아 방을 요구했으며, 그중 돌아온 여행객은 렁옌을 알고 있었다. 그는 렁옌에게 열렬한 반가움과 색정적인 웃음을 보였는데, 커위안은 뒤에서 렁옌이 붉은 제복 치마의 맵시를 찬찬히 정리하는 것을 보았다. 렁옌은 태도를 화사하게 바꾸어 그 여행객과 악수를 나누며 말했다. "안녕하세요?" 이번에도 렁옌은 직업상의 용어를 썼고, 커위안은 어째서 그 소리가 귀에 찌르는 것처럼 느껴지는지 알 수 없었다. 그는 엘리베이터를 기다리는 사람들의 맨 뒤에 서서 그 남자에게 말했다. "안녕하시냐고? 씨발, 안녕하기는."

기차역 여관의 사람들은 이 무도하고 잔인한 욕지거리를 내뱉는 남자가 로비를 벗어나는 모습을 놀란 눈으로 바라보았다. 관광학교에서 실습을 나온 두 여학생이 렁옌에게 물었다. "저 인간 뭐예요? 너무 무서워요." 렁옌은 잠시 고민했다. "말하기가 좀 곤란해. 나 역시 그가 어떤 사람이라고 말해야 할지 모르겠어. 하지만 기차역 일대에서 유명한 자야. 쑹커위안, 어렸을 때부터 지금까지 정상적인 일이라곤 한 적이 없지. 너희들 기억해둬. 앞으로 그가 와서 너희에게 치근덕거리면 그냥 무시해버려. 그냥 공기처럼 대하도록 해." 두 여학생이 웃어댔고, 렁옌도 웃었다. 그녀는 몸을 반쯤 돌려 은밀하게 눈을 깜빡여서 눈에 남은 마지막 눈물을 짜내면서 말했다. "저런 인간은 사실 아주 희극적이지. 그는 자신이 뭔가 대단한 인물인 줄 알아. 하지만 사람들은 그를 그저 공기처럼 대할 뿐이지."

12. 그는 우산을 어디에 팽개쳤을까

6월 10일 오전 커위안은 더췬에게 전화를 한 통 넣어서 량젠을 잡았다고 보고했다. 더췬은 그때 막 주식 정보를 듣는 중이라서 얼른 전화를 끊어야 했다. 전화로 들려오는 주변의 소음이 너무 시끄러워서 더췬은 커위안이 어디 있는지 제대로 듣지 못했지만 커위안은 전화를 끊었다. 커위안의 핸드폰은 더췬이 사용하던 아주 낡은 것으로, 더췬은 그걸 커위안에게 선물하고는 자신은 외제를 새로 샀다. 그는 그 낡아빠진 핸드폰의 배터리가 금세 나간다는 걸 알고 있었기 때문에 커위안을 탓할 수 없었다. 6월 10일 오전 더췬은 계속 아름다운 성에서 장부를 쓰며 앉아 있었다. 그는 커위안이 량젠과 함께 기차역 광장에 앉아 있다는 사실을 몰랐으며, 나중의 사정 역시 아름다운 성에서 불과 백 미터 거리에서 발생했다는 것을 몰랐다.

그들은 그 뒤에도 계속 기차역 광장에 앉아 있었다. 량젠과 커위안은 6월 10일 오전 아홉시에서 열한시 전후에 광장의 21세기 맞이 괘종시계 소리가 울리는 곳에 있었다. 시계 옆에는 작은 매점과 벤치 몇 개가 있었는데, 커위안과 량젠은 매점에서 맥주를 사다 벤치에 앉아서 마셨다. 우리는 량젠의 목전에 어려운 상황이 닥쳤다는 것을 알고 있으므로 반복해서 말할 필요는 없으리라. 맥주 값은 커위안이 냈다. 세 차례에 걸쳐 맥주 열네 캔을 사느라 커위안은 적잖은 돈을 썼지만 이를 대수롭지 않게 여겼다. 커위안이 량젠에게 말했다. "내가 사는 거야, 넌 그냥 마시기만 하면 돼. 넌 원래 정자에서 맥주를 왕창 마셔 없애곤 했잖아. 우린 그때 맞은 편 슈퍼에서 맥주를 샀지."

잘생긴 량젠의 얼굴에는 아직도 37이 쓰여 있었다. 커위안은 그에게 그 사실을 알려주고 분필로 쓴 글자를 문질러 지우라고 했지만 량젠은 말을 듣지 않았다. "안 지울 거야, 이건 내 유서니까." 량젠은 도리어 의기양양해져서 글씨가 새겨진 쪽의 얼굴을 이리 돌리고 저리 돌려가면서 마치 기차역 광장의 모든 사람들에게 이 상황을 실컷 보여주고야 말겠다는 듯이 굴었다. 커위안이 말했다. "이 빌어먹을 놈의 자식아, 날 선량한 사람으로 만들어 놓아주게 하려는 거야? 내가 널 놓아준다고 해도 더췬은 널 놓아주지 않을 거야." 량젠이 말했다. "왜 자꾸 그따위 개 같은 헛소리를 하는 거야? 내가 이미 말했잖아, 이건 내 유서라니까. 유서를 어떻게 문질러서 지우냐?" 커위안은 량젠의 눈길이 시시때때로 기차역 여관 안쪽으로 옮겨가다가, 안쪽을 바라본 뒤에는 깜짝 놀란 듯이 되돌아오는 것을 눈치 챘다. 멀리 떨어져 있는 여관의 유리창을 통해 커위안은 로비를 돌아다니는 사람들의 그림자를 볼 수 있었다. 붉은 옷을 입은 그림자가 접수계 뒤로 들어가버려서 얼굴을 제대로 알아볼 수 없었지만, 그 그림자가 바로 렁옌임을 알았다.

"그녀는 돈밖에 몰라." 커위안이 말했다. "여자의 머리카락이 길면 지식이 짧다던데, 게다가 안중에 돈밖에 없다면 더더욱 방법이 없지. 그녀에게 무슨 말을 해도 소귀에 비파 뜯기야."

량젠이 말했다. "맥주나 마시자. 그 여자 얘기는 해서 뭐 해?"

"그 여자가 이렇게 돈만 밝히는 사람으로 변할 줄은 상상도 못했어." 커위안이 말했다. "하지만 네가 지난 몇 년간 지나치게 놀아난 것은 반성해야 해. 부인의 마음을 다치게 했다고."

량젠이 말했다. "맥주나 마시자. 다 마시고 나면 목재 창고로 가는 거야. 거기서 일을 해치우는 거지."

"여자의 변화는 정말 빨라. 렁옌이 지금은 좀 늙은 거 같아." 커위안이 말했다. "지금 그녀를 보니까 예쁘다는 생각이 안 들더라. 어찌 된 일일까? 어디도 예쁜 곳이 없어. 네가 렁옌에게 손을 댔던 그해에 말이야, 다들 식초를 삼킨 듯이 얼굴을 찌푸리며 질투했지. 지금 저 모양이 될 걸 좀더 일찍 알았다면 빌어먹을 질투 따위를 했겠어? 생긴 것도 별로야, 마음도 포악해졌어. 이런 여자는 아주 끔찍하기 짝이 없어."

량젠이 말했다. "너 아가리 닥칠래 말래? 아가리 안 다물면 나 먼저 간다. 먼저 목재 창고에 가서 기다리고 있을게."

커위안은 량젠을 거칠게 잡아당겨 주저앉혔는데, 량젠의 눈에서 눈물이 흘러내리고 있는 걸 보고는 깜짝 놀랐다. 커위안은 하마터면 환희에 찬 함성을 지를 뻔했다. "너 우는 거야, 씹새끼, 이거 완전히 오리알을 품은 수탉 꼴인데. 너 량젠도 울 줄 안단 말이지?"

"내가 울면 네 손자다." 량젠은 커위안의 손을 뿌리치고 고개를 들어 하늘을 보면서 말했다. "비가 오잖아, 너는 비가 오는지도 모르는구나. 너는 그냥 여기 앉아서 그따위 개소리나 지껄이고, 나는 빚이나 지고, 네 그 개소리를 빌리지 않은 게 다행이다. 목재 창고에 갈 거야 말 거야? 안 갈 거면 난 집에 가서 잠이나 잘 거야."

"좋아, 내가 렁옌의 일을 말해주지 않았는데, 그 여자는 칼로 네 심장을 저며낼 거야." 커위안은 량젠의 등을 한 대 쳤다. "목재 창고에 가자는 말 하지 마. 내가 목재 창고에 갈 용기가 없다고 오해하지 말고, 내가 널 해치우지 못할 거라는 오해도 하지 말고. 널 해치우게 되면 내 손으로 장소를 찾을 거고 더췬이 내 대신 개소리를 하게 될 거야."

"그렇게 당당하거든 여기서 해치워. 넌 누가 보는 걸 무서워하지 않나본데, 나라고 뭐가 무서울 거 같아?" 량젠이 말했다. "맞은편 슈퍼마켓에서 커터나이프를 팔아. 쓰기 좋으니까 가서 사와. 난 여기서 기다릴 테니까. 내가 도망가면 사람 새끼가 아니다."

커위안은 량젠을 바라보았고, 그의 눈빛에서 조롱당한 뒤에 드러나는 노기를 분명히 읽었지만, 그것을 눈치 챘다고 일부러 알릴 필요는 없다고 생각했다. 그는 맥주 캔을 발로 걷어차 하늘 높이 날려 올렸다. 맥주 캔은 낭랑한 소리를 내며 광장에 떨어졌고, 커위안은 몸을 일으켜서 다시 그것을 차면서 되돌아왔다. 그는 빈 캔을 가지고 이리저리 놀면서 알루미늄이 손 안에서 푸쉬쉭 찌그러드는 소리와 동시에 빗방울이 후드득 떨어지는 소리를 들었다.

6월의 비는 뜨겁고, 공기 중에 떠도는 먼지와 매연을 머금고 있었다. 일몰의 태양이 석양을 한 번 비추면 모든 더러운 것들은 깨끗하게 시야에서 지워졌고, 광장은 전기가 나가버린 무대처럼 천천히 어두워졌다. 그때가 되면 사람들은 우기의 소박한 달빛을 경험할 수 있었다. 짧은 황혼이 지나가면 사람들은 저마다 재빠르게 실내나 처마 밑으로 들어가서 벤치가 있거나 가로수와 휴지통이 있고 반반하게 남겨진 평지에 내려와 다시금 비로 젖는 풍경을 감상하곤 했다. 그들 외에, 이 두 사람은 마치 머릿속에 어떤 문제가 있어서 그저 내리는 빗속에 계속 앉아만 있는 것으로 보였다.

량젠은 움직이지 않았다. 이것은 6월 10일 이날 량젠의 두번째 비정상적인 행동이었다. 평소 같았으면 이 잘생긴 량젠이 가죽 구두에 먼지 한 점 묻는 것도 질색한다는 사실을 모두가 잘 알았다. 그러나 이날 그는 마치 비루먹은 개처럼 그냥 광장에 앉아 있었고, 커위안이 그를 일으키려 갖은 애를 써도 전혀 움직이지 않았다. "나는 그냥 여기 앉아 있을 거야. 어디도 안 가. 목재 창고에 가자니까 안 가고 왜 계속 여기 있는 거야. 그럼 나도 여기 앉아 있겠어." 량젠이 말했다. "너는 비가 내리면 비 맞는 걸 싫어해서 가곤 했잖아." 커위안이 말했다. "난 안 두려워. 내가 칼을 가져와서 해치우랬지? 곧 끝장날 텐데 비는 피해서 뭐 해."

커위안은 량젠을 일으켜 세우려는 노력을 포기했다. "너 정말

날 힘들게 할 거야? 씨발, 지금 날 한번 고쳐보겠다는 거야? 비를 맞게 해서 날 고쳐보겠다고?" 커위안은 옆에 있는 벤치에 놓인 비닐봉지 하나를 살펴보더니 그걸로 핸드폰을 감쌌다. 그러자 량젠이 천천히 주저앉았다. "네가 비 맞는 게 좋다면 기꺼이 이 빗속에 같이 머물러주지. 넌 아마 돈을 돌려주지 않고 날 넘어뜨리려는 거겠지만." 커위안이 말했다. "그 벌레 죽이는 광고를 들어봤겠지. 우리는 버러지야, 버러지라구. 나는 우리 루터 회사에 거짓말을 노래하면서 속이고 있고. 우리는 말거머리에 불과해, 말거머리. 듣고 있는 거야?"

량젠은 커위안을 아예 무시한 채 꼼짝 않고 앉아 있을 뿐이었다. "이렇게 비를 맞아보는 건 처음이야. 정말 편안하네. 온천보다 훨씬 편안해."

"편안은 얼어죽을." 커위안이 말했다. "말거머리가 네 몸에 들러붙어 있는데 편하기도 하겠다. 너는 정말 매를 빌려오는 놈이야. 만약 이 세상에서 뭔가를 빌리고 빚지기 대장을 뽑는 대회가 있다면 네가 왕관을 쓰게 될 거다."

량젠은 광장에 쏟아져 내리는 비를 경이롭게 바라보았다. 그때 그의 다리에 갑자기 뭔가가 휘감기자 본능적으로 그 물건을 차버렸다. 그리고 일어나서 그것을 집어 들고 돌아왔다. 커위안은 량젠의 다리를 감으려고 했던 뱀을 쳐다보았다. 량젠은 그것을 손 위에 올려놓고 둥글게 말면서 놀았다.

"이건 죽은 뱀이야. 어린, 죽은 뱀. 뱀의 등은 어두운 갈색이고 화려한 꽃무늬는 많지 않아. 보니까 죽은 지 얼마 안 된 거야." 량젠은 손 위에 말아놓은 뱀을 보고 말했다. "작은 뱀 꼬리가 부드럽게 늘어져 있어."

"온갖 곳에 뱀이 있군. 요 이틀간 내가 예닐곱 마리는 때려잡은 것 같아. 욕실에도 뱀이 있고, 아가씨가 벌거벗은 채 죽었으니까." 량젠은 죽은 뱀을 무릎 위에 올려놓고 뱀 껍질을 쓰다듬었다. "뱀 껍질 상태가 괜찮네. 꼭 얼음과자처럼 매끄러워. 만져볼래?" "날 놀리지 마, 얼음과자보다 더 매끄럽다니…… 이 뱀은 대체 어디서 온 거지?"

"네가 나한테 물으면 난 누구한테 물어보냐? 석간에 보도되지 않았겠어? 이건 이 도시의 옛 천년을 보내면서 맨 마지막을 장식하게 되는 미스터리야."

량젠은 죽은 뱀을 안고 입 안을 자세히 보았다. 독니는 보이지 않았다. "난 삼보사(三步蛇)*, 칠보사(七步蛇)**, 안경뱀 할 것 없이 다 한 마리씩 봤거든. 삼보사와 칠보사는 다 없어져서 지금은 볼 수 없겠지만. 이 뱀이 어디서 왔는지 알겠어?"

"뱀은 어떤 것이든 다 싫어." 커위안이 말했다. "그것들은 기이한 종류랬어. 기이한 종류라고 했으니, 뭔가 잡종 뱀이겠지."

량젠은 결국 웃었다. 그는 잠시 소리 죽여 웃다가 말했다. "너두창 거리의 장님에게 점 본 적 있어? 난 본 적이 있는데, 그가 나한테 이상한 뱀 안에 내 운명이 있다고 했어. 나보고 뱀에게 절대

---

* 물리면 세 걸음을 떼기 전에 죽는다는 독사.
** 물리면 일곱 걸음을 떼기 전에 죽는다는 독사.

물리지 말랬지. 그때는 믿지 않았는데, 지금 보니 그 장님의 입이 진짜 신령스럽구면."

"너도 뱀에게 물리려고? 어딜 물리려고?"

커위안은 당연히 그 재수 없는 이발애호가 쿵모 씨를 생각하고 있었다. 그는 장난스럽게 웃으면서 물었다. "어딜 물리고 싶어?"

"어딜 물리고 싶은 게 아니라 내 뇌를 물어뜯게 하고 싶어." 량젠이 대답했다. "요 며칠 나는 아가씨랑 열렬히 즐겼지. 꿈을 꾸면 꿈속에서 모든 게 다 뱀이었어. 아가씨의 다리가 나를 감아 안은 게 아니라 뱀이 내 허리를 끈덕지게 감는 줄 알았어. 아가씨는 내게 입 맞추지 않았지. 그녀는 내가 입 맞추면 뱀이 와서 나를 물거라고 믿었어. 지금 나는 그 맹인의 말을 믿어, 뱀은 내 운명을 쥐고 있어."

커위안은 그 뜻을 제대로 풀 수 없어서 혼란스럽게 량젠을 보았다. 빗방울이 량젠의 머리와 얼굴, 그리고 37이라는 글자 위로 떨어져 모든 것을 깨끗하게 씻어주고 있었다. 량젠의 얼굴에는 회백색 빛이 드리워져 있었다. 량젠이 말했다. "쳐다보기만 하면 어쩌자는 거야? 내가 일본 말 하고 있어?"

빗방울이 갑자기 굵어졌다가 갑자기 가늘어지면서 광장 위로 떨어졌다. 광장 위에 피어나는 희뿌연 물안개, 빗소리를 뚫고 돌연 21세기맞이 괘종시계의 종소리가 울렸다. 높고 커다란 괘종의 모습은 비로 된 장막 속에서 반사되어 새로운 형태의 금빛 광채를 뿌렸다. 시계 받침 위의 홍백색 시곗바늘이 눈에 확 띄었다. 시계는 잘못된 시각인 오전 열한시를 알리면서 멈추었고, 기차역 부근의 사람들은 다 함께 그 전자음악으로 울리는 종소리가 내뿜는 소리를 들었다.

"열한시라고?" 량젠이 말했다. "이제 겨우 열한시라고? 난 이미 오후가 된 줄 알았는데."

"열한시 이십오분이야. 못 믿겠으면 시계를 봐." 커위안이 말했다. "시간이 너한테만 빠르게 흐르는 건가? 나는 널 알아. 순평 거리에서 놀 때 네 시간은 쾌락으로 가득 차 있었지. 나 역시 일부러 널 데리고 시간을 질질 끄는 게 아냐. 난 오늘 계산을 마치기로 약속했어. 지금이 좋아. 난 빚을 받아내고, 제기랄 마작을 하러 갈 거야."

"오후에 약속이 있다고?" 량젠이 말했다. "오후? 오후라면 가능해. 네가 마작하러 갈 수 있도록 도울 수 있어."

"무슨 소리야? 돈을 돌려줄 방법이 있다는 거야?" 커위안이 물었다. "방법이 있었는데도 빨리 말하지 않은 거야? 어휴, 너 어딜 보는 거야? 이 부근엔 은행이 없어. 시계나 보면 어쩌자는 거야? 21세기맞이 괘종시계에 네 돈이라도 붙여놨냐? 네미, 어쩐지 저 놈의 개 같은 물건이 자꾸 시각을 못 맞추더라니, 네 돈이 매달려서 그랬구나?"

21세기맞이 괘종시계의 품질 문제는 우리 모두가 알고 있는 것이다. 6월 10일 이날 이른 아침 21세기맞이 괘종시계 관리위원회는 수리공을 보내 다시 한 번 고치도록 했지만, 성실한 수리공도 이 진자를 어떻게 할 방법은 없어서 그저 글자판 주변을 살피기만 했다. 관리위원회 사람은 계속 전화를 해서 다시 수리하라고 재촉했다. 비는 계속해서 지지부진하게 내렸고, 광장 위의 풍경은 점차 밝고 처연해졌다. 보통 때는 잿빛으로 몽롱하게 보이던 건축물도 비에 충분히 씻겨 깨끗하고 산뜻한 모습을 드러냈다. 잘생긴 량젠은 한참 동안 21세기맞이 괘종시계 위의 줄사다리에서 시선을 떼지 못했다. 줄사다리가 무슨 미녀도 아닌데 볼 것이 있었겠는가? 그러나 량젠은 그것에서 눈을 떼지 못했다. 그는 마치 길을 잃고 헤매던 사람이 익숙한 표지판이라도 발견한 듯 행동했다. 량젠의 이상한 언행 중에 무엇이 있는가를 살피면서 그 답을 찾는 수밖에 없으리라. 가려 해도 빠져나갈 곳이 없는 미남자 량젠, 그는 줄사다리 위에서 출구를 발견했다.

"오후에 마작하러 가도 돼." 량젠이 말했다. "커위안, 내가 널 속이면 사람이 아냐. 우리는 예전에 우정이 깊었지. 내가 널 도와서 큰일을 하나 해치울 테니, 너도 나를 좀 도와줘. 지금 바로 일을 해치워줘, 그러면 오후에 마작하러 갈 수 있어."

커위안은 진지하게 량젠의 얼굴에 시선을 못 박고 말했다. "무슨 말을 하는 거야? 나보고 유언을 들으라고? 도대체 시계만 계속 보면서 뭘 하려는 거야? 설마 21세기맞이 괘종시계에서 뛰어내리려는 거야? 그래봐야 소용없어. 난 죽은 사람을 많이 봤어. 건물에서 뛰어내리고, 절벽에서 뛰어내리고, 큰 다리에서 뛰어내리고. 그렇지만 시계에서 뛰어내렸다는 얘기는 아직 못 들어봤어. 말해줄게, 21세기맞이 괘종시계는 삼십 미터가 조금 넘어. 가서 뛰어내려, 뛰어내리라고. 뛰어내려서 빚도 깨끗하게 만들어버려. 나도 골치 아픈 일 없어지도록 더췬에게 말할 테니까. 돈은 받아낼 길이 없고 재촉도 못할 개 같은 목숨 하나 건져왔다고 말이야."

량젠이 말했다. "욕하지 마. 내가 모자란 짓만 하는 위인이라는 건 나도 알아. 내가 너랑 맥주를 마셨으니까 너도 하나 도와주면, 오후에 마작하러 갈 수 있을 거야. 나 량젠은 죽어도 재미있고 신나게 죽고 싶어. 너 봐라, 나 량젠이 살아 있을 때 얼마나 신나게 놀았는지. 죽을 때도 멋지게 신나게 놀듯이 죽어야지. 내가 편한 대로 하도록 놔줘. 거꾸로 화끈하게 뛰어내려본 적 있어?"

커위안이 말했다. "거꾸로 곤두박질치는 건 아마 안 될 거야. 앞면이 둥글게 된 거 안 보여? 제대로 설 수도 없을 거라고." 량젠이 말했다. "난 이미 생각해뒀는데, 물처럼 흘러내릴 거야. 제비처럼 날갯짓하면서 말이야. 제비처럼 날갯짓하면서 뛰어내리면 아주 좋을 거야."

"너 머리가 어떻게 됐구나." 커위안이 말했다. "돈 빌린 사람이 세상에 얼마나 많은데, 그 사람들 뇌가 모두 망가져 있진 않아. 근데 네 뇌는 망가져버렸구나. 뇌가 망가졌으니 난 그따위 말도 안 되는 일에 신경 쓰지 않겠어. 네 뇌엔 신경 쓰지 않아. 난 그저 네 다리를 잘 지키고 있을 거니까."

"그래, 네가 내 다리를 관리하고 있지, 오전 내내 관리했어. 조금만 기다리면 관리할 필요가 없을 거야. 가서 마작이나 해." 미남자 량젠이 고개를 들어 하늘을 보고 나서 말했다. "비가 곧 그칠 거야. 비가 그치면 또 광장엔 사람이 많아지겠지. 사람이 많아지면 난 바로 올라갈 테야."

커위안은 나중에 토로했다. 계속 량젠이 시계탑에서 뛰어내리겠다고 하는 것을 반신반의했다고. 그가 봤을 때 그 순간 량젠의 태도가 아주 이상하긴 했지만, 량젠은 어릴 때부터 허풍을 많이 떨고 거짓말을 잘했기 때문에 이런 상황에서 정말로 유언을 남기리라고는 전혀 생각지 못했다고. 만일 높은 곳에 올라가 시계에 매달리는 량젠을 봤다 하더라도 아무런 마음의 준비를 하지 못했을 것이라고. 량젠이 말했다. "나는 몸 좀 풀어야겠어. 아주 오랫동안 높은 곳에 올라가본 적이 없으니 말이야." 그는 웃기까지 하며 말했다. "그저 몸을 좀 풀려는 거야. 금방 올라갔다가 반 시각 안에 내려올 거야. 죽을 확률은 반쯤 될 테지. 삼십칠만 위안을 한 장 한 장 너에게 돌려줄 거야."

커위안은 량젠이 다리를 풀고 발목을 털면서 21세기맞이 괘종시계 앞을 왔다 갔다 하는 것을 보았다. 그가 일어서서 말했다. "너 아직 당원회비 안 냈어." 량젠은 커위안이 노기로 가득 차 버럭 고함치며 하는 말을 아예 듣지 못했다는 듯이 21세기맞이 괘종시계 앞에 섰다. 비가 그치고, 사람들이 여러 방향에서 광장 쪽으로 걸어오고 있었다. 커위안은 량젠이 손뼉을 치며 구걸하는 사람처럼 마구 사람을 불러 모으는 것을 보았다. "어서 와서 보세요, 누가 21세기맞이 괘종시계에서 떨어진답니다!" 량젠은 몇 차례 기차역 여관 쪽을 흘끗거렸지만 여관의 커다란 유리창에서는 그저 붉은색 실루엣만이 반사되어 보일 뿐이었다. 커위안은 그것이 링옌이라는 것과 링옌이 지금 일하는 중이라는 사실을 알고 있었다. 바로 이때 커위안은 비명을 질렀다. 갑자기 량젠의 눈 속에 어떤 거짓도 없고 어떤 음모도 없다는 것을 발견했던 것이다. 그의 눈에는 오로지 그 죽은 어린 뱀의 눈이 들어 있었다. 그 눈에는 절망과 무료함과 더불어, 아무것도 아냐, 재미있게 살았으니 죽으면 그냥 죽는 거야, 아무것도 아니야, 라는 뜻이 담겨 있었다. 커위안은 온몸에서 식은땀을 흘렸다. 그는 마침내 량젠을 말리기 위해 다가갔다. 이 반응은 셈이 빠르고 메마른 사람들 손에서 각박하게 자란 쑹커위안이라는 인물 속에 내재한 순수에서 나온 행동이었으나, 이미 때를 놓친 일이었다. 미남자 량젠은 재주를 넘는 영리한 원숭이처럼 위로 올라갔다. 차근차근, 쉬지 않고. 미남자 량젠은 올라가면서 내내 미친 듯이 고함을 질렀다. "빨리 와서 봐! 21세기 기념 추락! 21세기 기념 추락! 21세기맞이 괘종시계가 추락한다!"

6월 10일 그날, 기차역 광장에서 대략 스무 명이 넘는 사람들이 미남자 량젠이 종에서 뛰어내려 세상을 떠나는 기이한 광경을 목격했다. 처음에 사람들은 21세기맞이 괘종시계에 올라가서 춤추고 노래하는 어떤 소극이 벌어질 것으로 기대했다. 고개를 들어 량젠이 머리 위로 우산을 펼친 다음 내던지는 것을 본 사람들은 의견이 분분했다. 그가 우산을 어디로 떨어뜨리려는 거지? 사람들은 전혀 생각지 못했다. 그에겐 이제 우산이 어디 떨어지는지 중요하지 않다는 것을. 그는 마치 다이빙 선수와도 같은 자세를 갖추었지만 광장에 있던 스무 명이 넘는 사람들은 보통 사람일 뿐 심판이 아니었다. 그들은 놀라 소리를 지르는 동시에 눈을 감았다. 그러나 귀는 너무 늦게 막았기 때문에 죽은 자가 마지막으로 지른 소리를 들었다. "빚을 청산했다!" 그와 동시에 그들은 21세기맞이 괘종시계의 울림을 다시금 듣게 되었다. 정오 열두시를 알리는 가장 열렬한 소리는 강하게 계속되었는데, 그것은 한편으로 죽은 자가 지른 소리처럼 들리기도 했다. "빚을 청산했다! 빚을 청산했다! 빚을 청산했다!"

13. 화병에 꽂힌 한 송이 꽃 같은 금발소녀

　금발소녀는 사흘 뒤면 시들어버리는, 화병에 꽂힌 한 송이 꽃과도 같았다. 기차역 여관의 여자들은 그녀의 아름다움이 하루하루 전만 못함을 은연중에 눈치 챘다. 여자들은 금발소녀가 성형수술을 했다는 렁옌의 판단에 대한 토론을 몰래 시작했다. 그녀의 콧방울은 갑자기 날개를 펼친 공작의 꽁지깃 같았고 초특급 스타 리밍(黎明)과 엇비슷하게 생긴 눈두덩은 마치 제비 둥우리처럼 솟아 있었는데 이 두 부분이 여자들의 눈길을 끈 약점이었다. 여러분은 성형수술 여부를 판단하려면 콧방울의 선이 자연스러운지, 쌍꺼풀이 자연적으로 만들어졌는지 의사가 칼을 댔는지를 관찰해야 한다는 걸 잘 알 것이다. 그러나 모든 여자들이 렁옌처럼 풍부한 경험을 가지고 결론을 낼 수 있는 것은 아니었기에 그녀들은 금발소녀의 콧방울을 연구하고 그 부분이 조금 지나치게 올라가 있다는 것을 염두에 두면서, 어떤 물건을 넣어서 솟아오르게 한 것인지를 고찰했다. 그러나 또 어떤 여자는 자기의 사촌 누구의 콧방울도 저런 식으로 치켜 올라가 있다는 것을 구체적인 예로 들어가면서 원래 사람의 콧방울은 완벽하지 않다고 주장했다. 이것은 토론으로 결론 낼 일은 아니었던 것이, 그녀들은 성형수술에 대한 토론을 했지만 이런 토론에 필수적인 성형수술에 대한 지식과 경험은 거의 없는 터라서 마지막에는 기기묘묘한 이론들까지 나오게 되었다. 그녀들은 금발소녀의 직업과 신분에 대해서도 쉬지 않고 추측을 나눴는데 대개 두 가지 의견으로 압축할 수 있었다. 그중 한 가지는 표면적으로는 달라 보였지만 종합적으로는 결국 같은 의견이었는데, 비교적 순수하게 보는 쪽이었다. 그녀들은 소녀가 연인을 찾으러 왔지만 연인을 찾지 못하게 되어서 혼자 여관에 머물고 있는 것이라고 했다. 그러나 다른 의견은 금발소녀가 전화로 어떤 어떤 연출가를 찾고 있다는 것과 금발소녀의 외모를 근거로 들어서 그녀가 삼류 연예계, 아니면 사람들에게 내놓고 말하기 어려운 종류의 무대 생활을 하는 사람이라는 것이었다. 이 추측은 앞의 의견에 동의하지 않는 다른 여자들의 공감을 얻었으나 그것을 표현하는 방식은 같지 않아서 어떤 이는 매우 혐오스럽게, 어떤 이는 매우 담담하게, 어떤 이는 매우 돌려서, 어떤 이는 매우 분명하게 말했다. 그러나 우리는 그녀들이 금발소녀의 직업을 추측하는 것에 대한 다른 한쪽의 소리에도 귀를 기울일 필요가 있는데, 그녀가 매춘업에 종사한다는 주장이었다. 그러나 이것은 뒤에서 수군거릴 수 있을 뿐, 금발소녀에게서 직접 들을 수는 없는 것이었다. 그녀들은 금발소녀가 창녀가 틀림없다고 단정 지었다.

사흘 동안 금발소녀는 이런 식으로 행동했다. 아침 일찍 아름다운 나비처럼 기차역 여관의 문을 나섰고, 다들 그녀가 도시 어느 곳에 새로운 생활 근거를 만들었다고 생각했다. 그러나 해질 녘이면 머리 잘린 파리처럼 다시 돌아왔는데, 그녀의 은빛 가방에는 광천수 병이 하나 꽂혀 있었고 온몸은 노기로 가득했다. 당신은 그녀의 부들부들 떨리는 입술과 피로와 분노에 젖은 눈빛을 통해 알 수 있으리라. 정신없이 돌아다닌 이 하루가 소녀에게 어떤 결실도 없었고, 그 류 씨라는 작자도, 무슨 야오 씨라는 연출가도, 양광이라는 작자도 결국엔 찾아내지 못했다는 것을. 설령 누군가를 찾아냈다 해도 그 누군가가 그녀를 위해 아름다운 새 인생을 준비해놓지는 않았다는 것을. 금발소녀가 밖에서 분주히 돌아다닌 사흘 동안 어떤 사람을 만나서 어떤 일을 했을지 누가 알겠는가? 기차역 여관의 사람들은 각기 개인적인 흥미는 가지고 있었지만 금발소녀에게 직접 물을 용기는 내지 못했다. 어떻게 물어볼 것인가? 지금의 사회는 사생활이 보장되는 사회인데.

기차역 여관의 여자들은 그녀의 인공적인 금발이 사자 갈기 같다고 했는데, 바보라도 그 말을 들으면 이죽거림이라는 것을 알 수 있는 말투였다. 6월 10일 금발소녀는 새로 산 듯한 나막신 스타일의 샌들을 짐상자에서 꺼내 신었다. 그녀는 또각또각 소리를 울리며 복도를 걸어가다가 세탁물 건조 서비스를 제공하는 사무실 앞에서 잠시 멈추었다가 빠른 걸음으로 지나쳐 갔는데, 안에서 사무원이 머리가 깨질 것 같은 소리를 지르면서 그녀를 불러 세웠다. "엿보는 게 누구야? 정정당당히 들어와서 앉아!" 금발소녀는 그에게 조롱을 담아 위협하듯 되받았다. "앉으라고? 네 언니나 불러와서 앉혀!" 금발소녀가 열기 넘치는 복권 판매소를 지나칠 때 마침 샤오친이 나오는 바람에 두 사람은 거의 부딪힐 뻔했다. 금발소녀는 말했다. "눈은 어디다 두고 다니는 거야?" 샤오친이 대꾸했다. "무슨 말을 그렇게 해요? 내가 지금 당신에게 양보했잖아요." 샤오친이 뒤로 물러서면서 고의는 아니었겠지만 소녀의 상반신을 훑어보듯 했는데, 소녀는 마치 자신의 상반신이 전기에라도 감전된 듯 버럭거렸다. "어딜 보는 거야? 뭐 덜 본 거 있어? 더 봐야 해? 이 여관에 사는 사람치고 제대로 된 인간이 없어!" 소녀의 과잉반응은 되레 기차역 여관에서 벌어졌던 며칠 전의 일을 샤오친에게 상기시켰다. 샤오친은 참지 못하고 웃음을 터트렸는데, 괴상한 웃음소리 때문에 결국 또 금발소녀는 고개를 돌려 샤오친에게 욕설을 해댔다.

여관 복도를 잠시 걷는 것만으로도 금발소녀는 두 명의 비위를 건드렸다. 금발소녀는 분노한 사자의 갈기 같은 머리카락을 날리며 계단 쪽으로 가서 걸려 있는 작은 거울을 보았는데, 그 거울 앞을 그냥 지나치려다 말고 갑자기 코를 심하게 씰룩거리더니, 거울 앞에 서서 눈물을 흘렸다. 슈훙은 그때 위층에 있다가 거울 근처에서 금발소녀를 발견했다. 슈훙은 그렇게 서 있는 소녀를 보자 매우 화가 났다. 슈훙이 선 곳은 금발소녀보다 높은 곳이어서 소녀의 머리카락이 분명히 보였다. 그녀의 금발은 다른 사람의 머리카락보다 빨리 자라기라도 하는지 두피에 가까운 부분은 검은색이 선명했다.

"아가씨, 뭐 하고 있어요?" 슈홍이 말했다. "내가 접수계에서 말해줬잖아요, 방값을 팔십 퍼센트만 받겠다고. 접수계에서는 안 된다고 했지만 내가 잘 말해두었어요. 소녀가 집을 나와서 외지에 와 있는 것은 어려운 일이니까 당연히 조금이라도 보살펴줘야 한 다고."

"아주머니, 머리핀 있어요?" 금발소녀가 거울 앞에 선 채 말했 다. "이 머리카락이 날 성질나게 해요. 어떻게 해도 말쑥하게 되지 않으니. 지금 내 모습이 엉망진창이겠죠. 내가 머리를 할 여유가 있겠어요? 지금 이 모양으로 외출한다면 사람들의 웃음거리가 될 거예요."

"아니에요, 아니에요. 그 머리는 아주 최신식이라고 했잖아요." 슈홍은 머리 스타일에 대해서는 잘 몰랐다. 그녀는 뭔가 잘 모를 때면 항상 아첨을 하곤 했으며 그것이 슈홍의 철학이기도 했지만, 금발소녀가 머리 모양에 대해 하는 말은 슈홍을 몹시 난해한 심정 에 빠뜨렸다. 그녀는 손으로 자기 머리를 매만졌다. "사 위안짜리 가 있어요, 사 위안짜리 머리핀이. 그냥 평범한 것이지만 머리를 정돈할 수는 있을 거예요." 그녀가 말했다. "내 서랍에서 하나 꺼 내줄게요. 아가씨는 절대 이상하게 보이지 않아요. 내가 하나 꺼 내줄게요."

금발소녀가 거울 앞에서 슈홍이 머리핀을 가지고 오기를 기다 리고 있을 때 기차 한 대가 기차역 여관 창문을 통해 복도 안에 빛 을 뿌리고 지나갔다. 여관 4층은 큰 배가 흔들리듯 요동쳤다. 슈홍 은 복도에서 금발소녀가 입은 윗옷에 은사로 수놓은 은빛 무늬들이 빛을 발하는 것을 보았다. 그 무늬들은 어둠 속에서 모호하게 반짝였다. 슈훙은 두 손가락으로 평범한 검은색 머리핀을 집어 들며 금발소녀의 손에 바비인형이 들려 있는 것을 보았고, 어떤 예감을 느꼈다…… 그녀의 손은 무의식적으로 사 위안짜리 머리핀을 집었는데, 그 동작은 매우 느렸다.

"아주머니 딸에게 줄게요. 전에 아주머니 딸이 바비인형을 사달라고 했다고 말했지요?" 금발소녀가 그녀의 인형을 슈훙의 품에 넘기며 말했다. "아주머니, 사양할 필요 없어요. 아무 말 안 해도 돼요. 당신은 참 좋은 사람이에요. 난 지금 돈이 없어요. 돈이 있다면 새로 마릴렌을 사서 드릴 텐데, 헛소리겠죠. 아주머니 딸에게 주세요."

슈훙은 뭐라 해야 할지 몰랐고 말도 제대로 안 나왔지만 말했다. "아가씨는 어렸을 때부터 인형과 같이 잠들었다고 하지 않았어요? 옆에 인형이 없으면 잠을 잘 수 없다고 했잖아요. 난 받을 수 없어요."

"받으세요, 아주머니. 아무 말도 말고요." 금발소녀는 말했다. "아주머니가 인형을 받아주고 기억해준다면 그걸로 됐어요. 머리카락이 단정치 못하면 안 되니까, 그건 나도 알아요. 머리가 사자갈기처럼 엉망이네요."

"받을 수 없어요. 내가 가져가면 아가씨는 밤에 어떻게 자려고요?"

"그걸 갖고 있어도 밤에 잠 못 들기는 마찬가지예요." 금발소녀는 손을 뻗어 바비인형의 아름다운 머리카락을 잠시 만지작거리고, 쓰다듬은 다음 눈가의 눈물을 닦고 나서 갑자기 정신이 나간 듯이 웃음을 터트렸다. "나는 스물넷이에요. 인형과 잠을 청하다니 말도 안 돼요. 남자랑 자야죠. 아주머니, 안 그래요?"

사람의 심금을 울리는 매우 감동적인 한 편의 연극과도 같던 이 장면은 마지막에 가서 금발소녀의 농담으로 인해 상당히 부도덕하고 어색한 분위기로 마무리되고 말았다. 금발소녀가 한 말은 듣기에 비록 불건전했지만 슈훙은 뭐라고 말해줄 수가 없었다. 슈훙은 결국 딸이 가장 사랑하게 될 선물을 안고 계단을 내려가는 금발소녀를 눈으로 전송했다. 나중에야 그녀는 소녀가 방값을 팔십 퍼센트로 깎아준 것에 대한 선물로 인형을 주었다는 사실을 깨달았다. 난 접수계에 말해줬어, 방값을 팔십 퍼센트로 해주라고! 그리고 정말 물었어야 할 말을 잊어버렸다는 사실이 퍼뜩 떠올랐다. 그녀는 묻지 않았다. 아가씨, 양광이라는 사람은 찾았나요? 그 뭐라는 연출가는 찾았어요? 슈훙은 묻는 것을 잊었다. 기차역 여관을 나가면 어디로 갈 거예요?

기차역 여관을 떠날 때 금발소녀는 아마도 악에 받쳐 있었을 것이다. 대강 일 분 정도 지났을 때, 위층에 있던 슈훙은 그녀가 큰 소리로 악을 쓰면서 다투는 소리를 분명히 들었다.

난 창녀가 아니야. 네 엄마가 창녀고 네 언니가 창녀일 거고 네 부인이 창녀겠지. 난 창녀가 아냐!

네 할머니가 창녀고 네 여동생이 창녀겠지, 너희 집안 여자들은 전부 창녀겠지만, 난 창녀가 아냐.

네가 창녀야! 난 아니야!

126

로비에서 누가 그녀에게 악담을 퍼부었는지 알 수 없었다. 슈훙은 누군가가 결국 금발소녀를 향해 손가락질을 했다는 것을 알았다. 더러운 외지 사람, 더러운 계집애, 한 번 해볼까? 동시에 슈훙은 금발소녀가 돼먹지 못한 소녀라는 것도 재삼 확인했다. 네가 창녀가 아니면 그만인 거야. 창녀가 아니라면서 이렇게 악을 쓸 이유가 없잖아, 얼마나 추하게 들려.

슈훙은 3층 복도에서 기차역 광장으로 난 창 앞에 서 있었다. 처음엔 그 창에서 소녀에게 손을 흔들어 이별을 고할 생각이었지만 기차역 광장은 엄청난 혼란에 잠겨 있었다. 누군가는 21세기맞이 괘종시계 쪽으로 미친 듯이 달려갔고, 또 누군가는 21세기맞이 괘종시계 쪽에서 다른 방향으로 도망쳤으며, 어떤 이는 기차역 여관을 향해 달려왔다. 그녀는 그 키 작은, 미친 듯이 달리는 사람이 커위안임을 알아보았다. 발동한 호기심이 금발소녀에게 작별 인사를 해야 한다는 생각을 이겼다. 슈훙은 커위안을 향해 손을 흔들었다. "커위안, 광장에서 무슨 일이 일어난 거야?" 커위안은 고개를 들어 슈훙을 보았지만, 마치 그녀가 그 자리에 있지도 않다는 듯이 고개를 돌렸다. 슈훙은 창문으로 몸을 내민 채 21세기맞이 괘종시계 근처에서 무슨 일이 일어났는가를 열심히 알아내려 애썼다. 그녀는 커위안이 모른 체한 것에 화가 치밀었다. 슈훙이 말했다. "죽일 놈의 커위안, 네가 출세를 했나 재산을 모아뒀나. 허세만 잔뜩 들어가지고는!"

14. 죽은 자는 인생철학을 가르쳐준 가장 훌륭한 스승

　화장터로 가는 세 대의 자동차는 기차역 광장 서쪽에 멈춰 있었다. 한 대는 관광회사에서 빌린 일제 차였고, 다른 두 대는 국산 봉고차였다. 일제 차는 이미 사람들로 꽉 찼고, 국산차 두 대가 량젠의 장례식에 참석하려는 손님들을 기다리며 빈 좌석을 내놓고 있었다. 날씨는 별로 도와주지 않았다. 이른 아침부터 계속 비가 내렸고, 그치는가 싶으면 또 내리기 시작해 도대체 준비를 해야 할지 말아야 할지 헷갈리게 만드는 괴상한 날씨였다. 다른 각도에서 날씨를 보면, 하느님이 가련한 죽은 생명에게 애도의 뜻을 표하는 것이라고도 해석할 수 있었다. 일제 차에 오른 사람들은 대부분 나이가 많았는데, 대다수는 바뀌기 전의 성 북쪽 세 거리 열여덟 골목에 살던 이들로 량 씨 집안과 친분이 있거나 혹은 이웃이었다. 그들은 예전에 량젠이 어떤 사람이었는지와 관계없이, 사람이 죽었으니 이제 남긴 평판은 상관없다는 식으로 말했다. 량젠이 자랄 무렵을 지켜보았던 늙은이들은 죽은 이에 대해 추억하면서 그의 생애를 말해주었는데, 마치 한 편의 기록영화라도 찍는 듯이 생생하게 이야기를 엮었다. 량젠의 고모가 일제 차가 서 있는 곳에 예전에는 화물차를 취급하는 부서가 있어서 항상 노천 창고에 물건이 많이 널려 있었다는 것을 기억해냈다. 늙은 부인은 눈물을 흘리면서, 운송해야 할 화물이 집보다 더 크고 높았는데, 량젠은 항상 그곳에 올라갔고 다 올라가서는 뛰어내려서 사람들을 소스라치게 놀라게 했다고 말했다. 그녀에게는 어린 량젠이 뛰어 내려오는 모습이 아직도 눈에 선해 마치 어제 일과도 같았다. 노부인이 량젠의 어린 시절 이야기로 사람들을 심란하게 만들어 차 안에는 엄숙한 침묵이 흘렀다. 죽은 이가 인생철학과의 가장 훌륭한 스승이었다는 사실을 알게 되고 또한 생사의 무상함을 돌연 깨닫게 되었다. 한 손님은 크게 한숨을 쉬면서 말했다. "인생은 다 헛것이야. 살았을 때는 그래도 이렇게 생각하지. 좋은 옷을 꼭 입어야 하고, 맛있는 것을 꼭 먹어야 하고. 자신을 절대로 돌아보지는 않으면서!" 사람들은 모두 고개를 끄덕였고, 무슨 말이 더 필요하겠는가 하는 표정이었다. 다들 미남자 량젠을 잘 알고 있었고, 누구나 량젠이 짧은 인생에서 인자하기 그지없는 모범적인 사람이었다고 했다. 그러나 그 사람은 이제 죽었다. 그는 인생은 한 번 가면 돌아올 수 없다는 것을 보여주었다. 마치 모두들 화장터에 가는 것이 죽은 이를 애도하기 위해서가 아니라 공로 축하회라도 열기 위해서인 듯한 태도였다. 다들 다른 것은 말하지 않았고, 다른 것을 말할지라도 크게는 말하지 않았고, 오로지 낮은 목소리로 죽은 자의 집안 환경에 대해서만 말했다. 그들은 삼만 위안의 빚에 대해서 말했다. 그 숫자는 모든 사정을 명백하게 보여주는 것이었다. 계속 울리는 창밖의 빗소리가 마치 박자를 맞추며 되뇌는 어떤 소리처럼 귀를 파고들었다. 삼, 만, 삼, 만, 삼, 만, 삼, 만, 삼만삼만삼만.

커위안은 검은 양복을 입고 국산 봉고차 문 앞에 서 있었다. 오른손에는 담배를 한 대 들고, 왼손에는 흰 삼각 깃발을 들고서. 멀리서 커위안의 모습을 보면 여행사의 관광 안내원이 아닌가 하는 착각이 들었고, 가까이 와야만 커위안의 손에 들린 삼각 깃발에 쓰인 글자를 볼 수 있었다. 량젠 상사(喪事). 요즘 사람들은 모두 세상 물정에 밝고, 만일 운세학에서 피해야 한다고 꼽는 날만 아니라면 대체로 결혼식이나 장례식을 성대하게 해야 한다고 알고 있었다. 때문에 성대하지 않은 장례식을 대하는 손님들은 모두 우울해 보였다. 커위안의 손에 들린 삼각 깃발은 마치 모든 사람들이 내린 상장(賞狀)과도 같았다. 누구라도 이 삼각 깃발을 가진 사람이 장례식의 우두머리라는 것을 알았기에 그들은 비를 맞으며 차량으로 들어갈 때 커위안에게 아첨하듯 말했다. "몰라봤어요, 커위안. 당신은 일을 참 잘 진행하고 있군요."

커위안은 좋은 낯으로 간단히 손님을 응대했다. 량젠의 집안 사람들은 그가 준비한 것에 만족했고, 상당히 예의를 갖추고 절차를 따른 것에 감사했다. 예전 순평 거리에 살던 몇백 세대의 사람들 중에서 커위안의 가족이 가장 많이 죽었고, 결국 커위안 한 사람만 남았다. 커위안은 그 점에 대해 언제나 거리낌 없이 말했는데,

화려한 입담으로 자신이 장례식을 치른 경험이 많다는 것을 떠벌리곤 했다. "나야말로 장례식 전문가인데, 왜 나를 찾아와 도와달라고 하지 않는 거야?" 커위안은 자동차 문 앞에 서서 차 안에 있는 사람들에게 말했다. "누가 나 쑹커위안만큼 복이 있겠어? 응? 서른 살에 친지가 모두 죽고 없으니까! 씨발, 나는 삼대 독자야. 하늘에 날아가는 비둘기나 마찬가지지. 한 마리가 앞서 가면 그다음에는 다 따라가잖아, 한 마리도 남김없이!" 이때 차 안에서 한 사람의 목소리가 작게 울려 나왔다. "남은 게 뭐가 있나, 커위안이 죄를 받은 건가?" 그는 원래 순펑 거리에서 정육점을 하던 뚱뚱한 왕(王) 씨였다. 커위안은 뚱뚱한 왕 씨를 한 번 쳐다보았는데, 처음엔 눈물이 한 방울 맺히더니 갑자기 마구 웃어댔다. 왕 씨 같은 사람의 견해에는 어떤 응대도 하지 않겠다는 듯한 태도였다. "우리 집 늙은이는 그래도 호상이라고 할 수 있었어. 육십을 넘겼거든." 커위안은 계속해서 현란한 말솜씨로 자기 집에서 초상을 치른 슬픈 역사를 주워섬겼다. "우리 어머니는 퇴직하시고 이 년째에 돌아가셨지. 쉰한 살이었어. 네미, 쉰한 살에 죽다니! 누나는 말이야, 더 애석하게 돌아갔어. 차를 몰고 가다가 트럭에 받혀서 하늘로 갔지. 누나는 그때 겨우 서른두 살이었다구!"

누나의 죽음에 이르렀을 때, 커위안의 생동감 있던 표정은 순식간에 냉랭히 얼어버렸다. 그러나 이 이야깃거리는 상당히 흥미를 끌어서 마치 돌멩이가 연못에 떨어지듯 자동차 안에 있던 사람들이 다들 입 달린 대로 한마디씩 보태면서 시끄럽게 떠들어댔는데, 대부분이 여성 조문객이었다. 그들은 순펑 거리의 그 여성 미용사

커전(克珍)의 아름다운 모습을 기억하고 있었다. 누군가는 참지 못하고 차 문 밖에 서 있는 커위안의 굳어버린 눈을 보면서 말했다. "량젠이 당신 누나에게 계속 호의를 가졌던 거 알지! 그가 큰길에서 수박 칼로 사람을 찔렀을 때 커전이 경찰차에 올라탔어. 우린 그걸 아주 분명히 기억해. 그가 그 일을 잊었을지라도!" 옆에 있던 사람이 바로 이 정감 넘치고 부유한 이웃에게 눈치를 주면서 가볍게 말했다. "조심해. 커위안이 들으면 살인도 마다않는 그 개 같은 성깔이 나올지도 모르니까." 순평 거리의 이웃에 살던 사람들이 커위안을 어떻게 보고 있는지를 잘 알 수 있는 대목이었다. 그러나 커전에 대한 화제가 일단 입에 오르자, 여성 조문객들이 한 좋은 여성에 대한 기억을 반추하는 것을 막을 수 없었고, 량젠의 장례 차량 안이었는데도 여성 조문객들은 분분히 커전이 생전에 했던 일들을 꺼내면서 눈물지었다. 그녀들은 먼저 커위안과는 너무나 다른 커전의 성격을 커위안과 비교하기 시작했다. 한 부모 아래서 태어나 한솥밥을 먹고 자랐는데, 어떻게 한 명은 그리 여보살처럼 자라났고, 한 명은 이런 악귀가 되었단 말인가? 그녀들은 커전이 죽은 뒤에도 여러 해 동안 그녀의 미용 기술을 찬양했다. 그녀가 말아준 머리가 시내 중심가의 브랜드 미용실과 비교해도 전혀 뒤처지지 않을 만큼 얼마나 아름다웠는지 이야기했다. 한 여성 조문객은 자신의 아이가 어릴 적에 머리 자르는 것을 매우 무서워해서 의자에 앉히면 시끄럽게 울었는데 정말 희한하게도, 어린아이도 좋은 사람은 금방 알아보는지 커전이 와서 쓰다듬어주자 바로 울음을 멈추더라고 이야기했다. 눈이 젖은 그 조문

132

객의 말은 슬픔이 담겨 조금 두서없었다. 그녀는 나중에 아이가 다시 머리를 자르러 갔을 때 다른 미용사가 오자 의자에 앉지 않으려 했고 커전 누나가 오기만을 기다렸다고 말했다. 그러나 그 아주머니의 말이 여기에 이르자 더 말을 잇지 못했고, 듣는 사람들도 더 듣기 힘들어졌다. 그때 옆에서 다른 조문객이 슬픔에 잠긴 아주머니들에게 눈치를 주자 비로소 지금은 화장터로 가는 량젠을 조문해야 하는 때라는 걸 깨달았다. 어쩌자고 커전의 일을 꺼냈단 말인가? 량젠의 가족들이 듣기에 얼마나 기분이 안 좋겠는가? 아주머니들은 그저 입을 다물었지만, 조금은 불만족스러운 듯, 다들 약속이라도 한 듯 눈을 돌려 차문 앞에 있는 커위안을 쏘아 보았다. 반쯤은 꾸짖음을, 반쯤은 한을 담은 눈빛이었다. 커위안, 네 누나는 정말 좋은 사람이었어. 죽은 지 이렇게 오래 지났는데도 여전히 모두가 그녀를 애도하고 있어. 넌 어째서 아직도 철이 안 든 거야? 넌 커전의 친동생이잖아. 그걸 모르는 거야? 사람들이 널 애석해하는 걸 모르는 거야? 라는 뜻을 담은.

밖에는 비가 내렸고, 다른 봉고차에는 사람이 다 차지 않았다. 커위안은 광장의 몇몇 젊은 아이들이 머리에 비닐봉투를 뒤집어쓰고 신문을 든 채 두리번거리는 것을 보았다. "샤오싼(小三), 똥구멍새끼, 여기로 와!" 커위안이 삼각 깃발을 흔들면서 소리 지르자 몇몇이 달려왔지만, 그들은 샤오싼도 똥구멍새끼도 아니라 그냥 다른 지방에서 온 사람들이었다. 그들이 커위안에게 물었다. "이거 일일 관광차인가요?" 커위안은 사람을 잘못 보았지만 사과하기도 싫어서 짐짓 사람들을 밀어내며 말했다. "무슨 일일 관광이야, 화장터에 가서 일일 관광할래? 당신들 안 갈 거야?"

광장의 21세기맞이 괘종시계가 여덟 번 울렸고, 베이징 시각으로 여덟시인지는 모르겠지만 대충 여덟시 전후라고 생각되었다. 자동차 안의 사람들이 큰 소리를 질렀다. "왜 아직도 출발 안 해? 난 겨우 반차휴가를 내고 왔단 말이야." 기사 역시 운전석에서 일어나 커위안에게 다가가서 그의 차량은 겨우 네 시간 동안 임대한 것이며, 오후 한시에는 반드시 여행사로 돌려보내야 한다고 말했다. 커위안이 후안무치한 태도로 대답했다. "차 두 대도 비었어. 네가 빠지겠다면 다른 사람과 상의해보지. 그들이 더 기다릴 수 있는지 아닌지 물어보겠어." 커위안은 삼각 깃발을 들어 빗방울을 막으며 국산 봉고차로 갔다. 그는 달리면서 욕을 했다. 커위안의 욕은 샤오쌴과 똥구멍새끼를 향한 것이었…… 사람들 참 뻔뻔하군, 그 녀석 돈으로 먹고 마시며 매일 함께 놀아놓고는! 사람이 지금 죽었는데, 화장터에 한번 가는 것도 안 오다니, 창녀가 기른 물건!

렁옌은 뒤쪽 차량에 앉아 있었다. 물방울이 맺히는 유리를 통해, 커위안은 렁옌의 창백하고 굳은 얼굴을 보았다. 그가 유리를 두드렸지만 렁옌은 어떤 반응도 보이지 않았다. 커위안은 차 안으로 들어가서 물었다. "도대체 몇 명이나 모이기로 한 거야?" 렁옌이 말했다. "올 사람 없으면 지금 출발해." 커위안은 렁옌의 냉담한 눈빛을 보고 독설을 날렸다. "너 이래 가지고 량젠의 장례식에 참석할 면목이 있다고 생각하는 거야?" 그러나 렁옌은 지혜로운 여자였다. 그녀는 커위안에게 다시는 잔소리할 자격을 줄 생각이 없었다. 렁옌이 말했다. "내게 묻지 마. 난 모르니까. 저쪽 차에 가봐. 거기 그의 가족이 전부 타고 있어. 이런 소소한 일에 누가 앞장을 서겠어? 문제 삼을 일도 없잖아." 커위안은 불만스럽게 렁옌을 째려보았고, 손을 내저으며 말했다. "가족에게 묻느니 그냥 내가 결정하는 게 낫지. 안 기다려, 출발한다!"

차량들은 비가 내린 광장에서 방향을 돌렸다. 완장을 두르고 손에는 조의금을 든 몇몇 사람들이 딱 늦지도 이르지도 않게 나타났고, 차는 그들을 태우고 우체국을 돌아 나갔다. 커위안은 머리에서 쥐어짜듯 그들을 향해 담배연기를 뿜었다. 그리고 담뱃불을 끄면서 투덜거렸다. "제 누나랑 붙어먹을 세상 같으니, 지금은 모든 게 다 값이 올랐어. 담뱃값도 올랐어. 예전에 여기 정거장에 서 있을 땐 한 대면 충분했는데, 지금은 한 갑을 다 피워야 해!"

15. 미남자 량젠의 생전 평판

　차량들은 빗속을 뚫고 기차역 지구의 새로 깔린 길을 따라 달렸다. 길을 따라가다가 탑처럼 생긴, 원통형의, 마치 땔감 통나무를 놓은 듯한, 뭐라고 딱 잘라 말하기 어려운 건축물을 보게 되었는데, 마치 거인이 웅장하게 성의 북쪽을 굽어보는 것 같았다. 차 안의 몇 사람이 그 건물이 텔레비전의 일기예보에서 배경화면으로 나온 적이 있다고 말했다. 이곳은 과연 무엇을 하는 곳일까? 차에 탄 사람들 대부분은 세 거리 열여덟 골목에서 온 사람들이었다. 그들은 아무리 비가 오는 날씨라고 해도 태생적으로 타고난 방위 감각과 말초신경으로 처음 보는 거리도 어느 거리로 이어지는지 짐작할 수 있었다. 옛 지구에서는 모든 표지판이 샹춘수 거리, 순펑 거리, 두창 거리, 바이쥐런눙(白舉人弄), 슈화팡(繡花坊), 넝런리(能仁里), 톄장눙(鐵匠弄), 양웨이바샹(羊尾巴巷)으로 연결되었다. 청력이 나빠진 노인들은 빗속에서 들리는 소리가 마치 비밀스러운 소곤거림처럼 들렸다. 장 씨, 왕 씨, 차에서 내려서 이야기해요, 이야기해요, 이야기해요, 성의 북쪽 지구 사람들의 사교 생활에 관해서 이야기해요, 사람 사는 이야기를, 와서 이야기해요, 이야기해요. 단단한 기왓장 역시 이렇게 말하는 법을 배운 듯했고, 나무 역시 이렇게 말하는 법을 배운 듯했고, 하수도관 역시 이렇게 말하는 법을 배운 것만 같았다. 그것들은 한목소리로 낮게, 매우 음습하게 말했고, 새 시가지 북쪽의 지하와 그림자들이 모두 이렇게 말했다. 지나간 것과 만나는 것이 좋지 않다니, 모두 다 틀려먹었어요. 예전 것이라고 다 지나가도록 내버려둬야 하다니, 지금 우리 이야기해요, 와서 이야기해요. 나이가 상당히 된 사람들 대부분은 차창 밖의 이런 은밀한 목소리에 충동질되어 차에서 내려 땅을 밟고 이 모호한 소리 안으로 들어가고 싶었다. 그러나 사람이 오랜 세월을 겪고 나면 감정이 너그러워지기 마련이었다. 몇몇 노인은 시선을 창밖으로 향한 채 몇십 년을 걸어왔던 작은 거리가 요동치면서 변한 모습을 바라보았다. 이미 사 차선 도로로 변해버려 붉은 선과 흰 선이 가득 그려진 대로를 보면서, 그들이 가진 낡은 지식과 침침해진 눈과 예전에 배웠던 상식으로 시 정부가 행하는 변화의 결과를 그저 좋게 받아들일 뿐이었고, 한편으로는 무한한 감상에 취해 이렇게 말할 수 있을 뿐이었다. 불쌍하고 불쌍타. 좋았던 집, 좋았던 길, 모든 것이 지하로 묻혀버렸어. 이곳 역시 불행했던 죽은 이 량젠이 나고 자란 곳이었다. 장례에 참석하러 가는 조문객 일행은 특정한 환경과 사건 속에 있었고, 누가 먼저 시작했는지 알 수 없지만,

사람들은 창밖에서 옛 시가지의 모습을 찾아내면서 량젠과 관련 짓기 시작했다. 이것은 떨어진 낙엽을 놓고 봄의 새순 같았던 시절을 따져 묻는 것이나 진배없는 행동이었다. 한 나무에 달린 잎은 모두 함께 떨어져 낙엽이 되었지만, 부근에 같이 어울려 있던 나무와 멀리 떨어진 곳의 나무에 붙어 있던 잎들은 아직 나뭇가지에 붙어 있는 형국이니, 아직 낙엽이 되지 않은 나뭇잎이 이미 낙엽이 된 나뭇잎을 이해할 수 없듯이, 사람들이 옛 시가지의 모습을 통해 량젠을 회고하려는 것은 무리가 있는 일이었다. 차 안의 입들은 계속 떠들어댔다. 차가 파초로 가득한 녹지 옆을 지날 때 뚱뚱한 왕 씨가 말했다. "여긴 예전에 7번 버스가 서던 정류장이었잖아. 량젠은 처음에 여기서 음료수를 팔았지." 옆 사람이 반박했다. "어디서 음료수를 팔았다고? 아니, 수박을 팔았어. 그가 여기서 수박 칼로 사람을 해치웠잖아." 뚱뚱한 왕 씨는 자존심이 특히 강한 사람이어서 다른 사람의 이견을 절대 받아들이지 않았다. "개똥구멍이라도 알면서 하는 말이야? 량젠이 수박을 판 건 기차역의 백화점 정문 근처였어!" 뚱뚱한 왕 씨는 방금 입을 열었던 이를 경멸하며 바라보았다. "너 어디서 눈을 그따위로 뜨는 거야? 해보겠다는 거야? 너 같은 거 단칼에 해치울 수 있어. 잘 들어, 그가 음료수를 팔았던 곳은 분명히 여기야. 그가 천막을 거는 것을 내가 도와줬다고! 전원이 나갔을 때는 자동차 배터리를 이용해서 수리해줬고." 자세하고 구구절절한 기억이 뚱뚱한 왕 씨에게서 흘러나오자, 먼저 입을 열었던 수다쟁이는 그저 입을 다물 수밖에 없었다.

조문객들은 모두 죽은 량젠이 분투해온 역사, 비록 텔레비전 연속극에는 못 미치지만 허랑방탕하게 살아온 역사는 물론이고 남녀관계를 둘러싼 말썽들도 결코 적지 않았음을 알고 있었다. 지금 돌아보면, 량젠이 어렸을 때 벌인 일들 중 대부분은 여자를 꾀어 데리고 다니면서 벌인 것들이었다. 그가 수박을 팔던 때에 두창 거리에 사과라는 여자가 있었는데, 격조는 좀 떨어졌지만 아주 예쁘고 헤어스타일도 세련된 아가씨였다. 그녀는 량젠의 감정을 받아들였고, 수박 장수라는 직업도 받아들였다. 사람들은 갑자기 그 사과라고 불리던 여자가 섬세한 손가락으로 수박을 가리키면서 자신 있게 짓던 표정을 선명히 떠올렸다. 맛 없으면 돈 안 내도 돼요, 라고 말했던 그녀. 모두가 거리의 이웃인데 당신을 속일 리 없잖아요. 만약 잘 익지 않았으면 내 머리를 열어봐도 좋아요. 사람들은 그 여자가 매끄러운 혀로 장사를 하고 있을 때 미남자 량젠이 나무 아래서 사람들과 포커 치던 것을 기억해냈다. 량젠이 음료수를 팔던 때의 애인은 셴뉘(仙女) 골목의 메이란(美蘭)이었는데, 메이란의 용모는 사과보다는 덜했지만 대부분 부인네들의 평가에 따르면 여우귀신이었다. 그녀의 몸매와 매력적인 눈썹에는 요염함이 어려 있었고, 눈빛과 입술 등에서는 음란한 기운이 배어났는데, 마치 달빛이 태양빛을 받아야만 반사를 해서 빛나듯 메이란은 남자 옆에 서야만 요염한 기운이 발산되었다. 또한 외모를 지나치게 꾸며서 거울을 한 번 보면 삼십 분씩 끌었다. 메이란은 음료수 파는 일을 못마땅해했고, 사과와는 비교할 수 없을 정도로 불성실했다. 메이란은 량젠과 이 년 정도 관계를 유지했는데, 량젠이 기차역에서 회사 밥을 먹기 시작하자 갑자기 뒤꽁무니에 붙은 거머리처럼 량젠을 따라다녔다. 누군가는 량젠이 메이란을 데리고 산부인과에 가서 진료실 밖 의자에 앉아 있는 것을 보았다는 소문을 냈다. 한 쌍의 미혼 남녀가 그곳에서 무엇을 했겠는가? 다들 생각은 비슷했다. 짐작할 수 있는 과정을 거쳐 량젠과 메이란은 결국 헤어졌다.

지금 차 안의 사람들은 량젠과 메이란이 이별할 때 벌인 갖가지 불쾌한 사건에 대해 구구절절 떠들어댔는데, 이 조심스러운 화제는 당연히 그때의 목격자들로부터 흘러나왔다. 남녀의 연분이 끝장나는 배경에는 반드시 숨겨진 비밀이 있기 마련이라는 것이었다. 량젠이 메이란을 떼어놓고 구리(谷麗)에게 가버린 것은 분명한 사실이고, 구리의 화물 창고로 갔다는 말은 분명 믿을 만한 사람이 전한 것이 아니었던가. 구리에게 신세 지지 않았다면 량젠이 어떻게 화물 창고에서 운송업을 해 돈을 벌 수 있었겠는가? 그렇게 크게 물동량을 움직이고, 들고 나는 화물이 모두 량젠의 손을 거쳐서 운반되었으니 얼마나 많은 수입을 올렸겠는가. 량젠은 결국 구리 덕분에 나중에 돈을 많이 벌 수 있었던 것이다. 다른 나이든 사람이 우물거리면서 말했다. 그의 기억에, 그날 메이란이 화물 창고에서 난리를 치면서 체면이고 체통이고 다 버리고 행패를 부렸다는 것이다. 메이란이 구리를 찾아가서 때리자 량젠이 다시 쫓아가서 메이란을 때려 내쫓았는데, 그 광경은 마치 지방 전통극 삼인전(三人傳)*을 새로 공연하는 것 같았다. 원래 메이란의 공격 목표는 구리였지만 량젠이 부주의하게 메이란의 옷을 찢어서 일이 커졌다. 브래지어까지 다 보일 지경이었고, 나중엔 브래지어의 걸쇠까지 벌어져 메이란은 결국 완전히 알몸이 되어버렸다. 그때 창고 안의 배달원들은 대부분 타지에서 온 잡역부였는데 영화관이 아닌 일상생활에서 그렇게 여자가 벌거벗은 모습을 볼 기회가 있었겠는가? 어떤 이는 바보처럼 웃었고, 어떤 이들은 무슨 일이 났는지 궁금해서 몰려든 바람에 메이란은 완전히 뚜껑이 열리고 말았다. 메이란이 벗겨진 브래지어를 들고 무슨 무기나 채찍이라도 되는 듯이 휘두르면서 량젠을 이빨로 물어뜯고 두들겨 패자, 량젠은 머리를 감싸고 달아나면서 메이란에게 손가락질을 하며 외쳤다. 올라와, 올라와서 다시 말해! 그러나 메이란은 따라가지 않았다. 메이란은 미친 사람처럼 흐느적거리면서 브래지어를 량젠에게 던졌고, 량젠을 웃음거리로 만들고도 남을 여러 가지 사적인 이야기들을 떠벌렸다. 량젠, 네가 뭐가 그리 대단해, 넌 세상의 모든 여자가 네가 안아주기를 바랄 거라고 생각하나본데, 잘생긴 얼굴 따위 똥값이나 할 것 같아? 네 아랫도리의 그 물건 꺼내서 사람들에게 보여줘, 보여주란 말이야. 개구리만큼이나 클까!

차 안의 사람들이 량젠 생전에 일어났던 이 희극을 듣게 되었다. 몇몇은 예전에 들은 적이 있었고, 어떤 이는 처음 듣는 이야기였지만 들은 적이 있든 없든 모두가 한바탕 웃을 수 있었다. 비록 량젠을 보내는 장례 차량 안이었지만, 량젠이 생전에 엄숙하게 굴

＊중국 전통극인 이인전(二人傳)을 개량해 만든 신(新) 전통극. 세 명의 등장인물이 나와 음악과 춤을 곁들여 희극적인 대사로 연기한다.

던 사람이 결코 아니었기에 사람들이 자신의 남녀상열지사를 운운하더라도 그의 영혼은 하늘에서 즐겁게 들었을 터였다. 그러나 일제 차의 앞줄에 그의 친숙부가 앉아 있었으므로 조심해야 했다. 모두들 갑자기 조용해지더니, 뒤에서 따라오는 두 대의 봉고차를 돌아보았다. "사과가 왔나 안 왔나?" "안 왔어." "그 메이란은 왔을까?" "안 왔어, 그 여자가 어떻게 오겠어. 량젠에게 한이 맺혀서 시체라도 물어뜯을 기세던데." "그럼 정류장의 화물 창고를 운영하던 구리는 왔나?" "그 여자도 안 왔지. 그녀와 량젠은 오래 이어진 연분이 아니었잖아. 사람이 죽었지만, 혼외정사로 이어진 인연들이야 올 수가 있나." "그래도 마지막 가는 길은 봐주는 게 예의인데, 어떻게 안 올 수 있어?" 모두들 뒤를 한 번 돌아보았지만, 역시 량젠의 여자들은 보이지 않아 그저 계속 말을 이어갔다. "요즘 사람들이라니!" 갑자기 한탄이 터져 나왔다. "렁옌은 안 올 수 없었겠지?" 옆에 앉은 뚱뚱한 왕 씨가 가라앉은 분위기를 바꾸려는 듯 말했다. "자넨 머리가 없나? 그녀가 안 오면 누가 온다고?" 옆에 있던 사람이 뚱뚱한 왕 씨의 말에 핀잔을 주면서 량젠과 렁옌의 부부관계에 대해 자신이 더 잘 안다는 투로 말했다. "그들이 무슨 얼어죽을 부부 사이야? 원한으로 엮인 한 쌍의 원수 집안이었지. 렁옌은 속은 거야. 량젠이 결혼 후에 렁옌을 데리고 미국에 가겠다고 말했어. 량젠은 아는 아저씨가 미국에 있다고 말했지만, 있기는 뭐가 있어? 사실 량젠도 연회석에 앉아서 개고기 같은 친구에게 속은 거지. 량젠은 렁옌을 속였지만, 자기도 친구에게 속을 줄은 전혀 몰랐던 거고. 그 친구라는 사람은 외국에 한 번

142

도 나가본 적이 없는 구이저우(貴州) 사람이었어. 어휴, 말하자니까 이것도 또 한 편의 삼인전이군!" 량젠의 친숙부가 와 있는지 없는지도 모르고 뒷줄의 조문객들은 죽은 이에 대한 황망한 이야기를 떠들었다. 계속 귀 기울여 듣고 있던 한 여자 조문객이 갑자기 고개를 돌려 뒷자리를 보면서 으르렁거리며 말했다. "당신들이 알기는 뭘 알아, 어디서 헛소리를 지껄이는 거야. 당신들은 량젠이 렁옌에게 죽을죄라도 지은 줄 알지? 당신들 생각엔 렁옌이 무슨 선녀라도 되는 것 같지? 알려줄 테니 잘 들어. 렁옌은 오로지 량젠의 돈에만 관심이 있었고, 그들이 결혼할 때 량젠은 사십만 위안을 가진 부자였어. 사십만 위안이 있었을 때 그들은 아주 사이좋은 부부였다고. 사십만 위안이 없어져버리니까 모든 게 끝난 거야!"

뒷줄에 앉아 있던 사람은 갑자기 입장이 난처해졌다. 사실상 그들 역시 량젠과 렁옌의 관계에 대해서 잘 알고 있었다. 그들의 모든 발언은 경솔하기 짝이 없이 그냥 생각나는 대로 지껄인 것이었고, 어디서 얻어들은 소문에서 나온 말들이었다. 그저 자기들 재미있자고 하는 말이었기에 모든 것이 그들 스스로를 해치는 말뿐이었다. 사람들의 안색이 급격하게 굳어졌다. 뚱뚱한 왕 씨는 얄팍한 윤리의식이라도 샘솟았는지 갑자기 크게 외쳤다. "렁옌이 감히 안 와? 내가 만약 량젠의 가족이라면, 그 여자를 오랏줄로 묶어서 끌고 왔을 테다."

이때 커위안이 앞에서 걸어왔다. 커위안은 손에 검은 상장을 들고 와서 조문객들에게 나눠주면서 애통에 넘치는 인사를 건넸다.

"모두 일찍부터 와주셨습니다. 와주셔서 감사합니다." 그들이 화장터에 닿은 것은 오전의 대부분을 허비한 다음이니, 모두 시간이 급했다!

16. 너희는 어떤 들새인가

    나이 많은 조문객들에게 화장터는 결코 낯선 곳이 아니었다. 한 해 두 해 지날수록 이곳에 올 일은 많아지는 법이다. 성의 북쪽 지역에서는 몇 세대의 사람들이 풍속 예절에 따라 그들의 일을 해왔고, 이웃이나 친지가 세상에 이별을 고하면 하늘에 간 사람을 붙들지 못한 산 사람으로서 유체에 이별을 고하고 수습하는 일을 맡아야 했다. 피해 갈 수 없는 일이다. 예컨대 샹춘수 거리 량 씨 집안의 오랜 이웃인 더지(德基)처럼 감기에 걸려 열이 펄펄 올라도 반드시 와야 한다. 그는 병원에 가기 전에 급히 와서 예를 차렸는데, 그의 딸 추홍(秋紅)도 같이 따라왔다. 왕더지(王德基)는 끊임없이 기침을 했다. 사람이 늙으니 생리현상도 좀 기괴해진 듯 에취 한 번 하면 바로 콧물이 흘러내렸다. 추홍은 매우 긴장한 상태로 아버지의 코를 보고 있다가 손에 든 휴지로 콧물을 닦아주었고, 그러면서도 량 씨의 친척들과 이야기를 나누었다. 더지는 지금 열이 심한 독감에 걸렸지만, 예의를 매우 중시하는 사람인지라 다른 방법이 없었다.

일제 차에서 내린 이들은 낡은 거리의 오랜 이웃들이었다. 그들은 마치 같은 통근 버스를 타고 출퇴근하는 인부들처럼 무리를 지어 앉아 커위안이 준비한 음식을 먹고 마시면서 고인에게 보내는 고별 인사를 열렬히 표현했다. 어떤 사람들은 옷차림이 이상해서 흠을 좀 본다고 해도 나무랄 수 없을 정도였다. 예전에 슈화팡에 살던 쌴미(三米)의 누나가 그런 경우였다. 그녀의 남편이 량젠과 호형호제하는 사이였기에 그들 부부도 장례식에 참석했다. 그녀가 비쩍 마른 몸에 걸친 남색 작업복은 너무 커 보였지만 그다지 문제될 건 없었다. 또 샹춘수 거리의 주(朱) 씨와 약방의 푸성(福生) 씨도 작업복을 입고 왔다. 그러나 주 씨와 푸성 씨는 전혀 이상하게 보지 않았는데, 쌴미의 누나는 사람들의 눈총을 받았다. 그녀가 작업복 위에 두툼한 면직으로 된 긴 토시를 덧입고 있었기 때문이다. 이건 대체 무슨 의미였을까? 아예 마스크까지 쓰고 오는 게 더 그럴싸하지 않았을까? 마치 그녀는 무슨 위험 물질이 들어 있는 창고에 출근하는 듯한 차림새였다. 커위안이 그녀의 복장에 제일 많은 눈치를 주었다. 그가 그녀의 토시를 잡고는 말했다. "당신 뭐 하는 거야? 여기 와서 고기라도 발라낼 참이야?" 쌴미의 누나 역시 커위안에게 눈을 뒤집어 뜨면서 빈정거렸다. "개같이 거친 네 입에서 상아가 나올 리 없지. 그래 나 고기 썰러 왔다, 너를 썰어버리려고. 널 썰어서 고깃덩어리를 만들어봤자 사실 헛짓이지, 어디다 팔겠어!" 커위안은 기실 여자와 다투는 일에는 소질이 없었고, 장례식 책임을 맡은 몸임을 상기하여 한번 매섭게 쏘아본 뒤에 돌아섰다. 그러나 쌴미의 누나는 커위안을 놓아주지 않고 말했다. "량 씨네에 사람이 없구나, 저런 죽어 마땅할 물건에게 우리를 접대하게 하다니. 저 자식에게 가당키나 해?" 옆에 있던 사람이 중재하려고 말했다. "커위안이 제대로 된 사람이 아닌 건 맞지. 그래도 심사가 나쁘지는 않아, 마음은 진심이라고." 쌴미의 누나는 커위안의 인품과 도덕성을 깎아내리는 말을 했다. 그녀는 원래 남자를 몹시 무시하는 사람이었다. 뒤에서 누군가가 그녀를 붙들었다. "당신이 토시를 벗어." 쌴미의 누나는 고개를 돌려 자신을 나무란 량젠의 친척을 알아보고는 토시를 벗었다. 쌴미의 누나는 고지식했지만 말주변이 좋은 사람이었다. 그녀는 손을 바삐 놀리면서 량젠의 친척인 그 여자 조문객의 단정한 차림새를 칭찬했다. "최근에 어땠는지 모르셨어요? 죽은 사람이 많아요! 몇 주 동안이나 여기 한 번 올 때마다 옷을 세탁해야 했어요. 얼마나 귀찮았겠어요? 그래서 상복을 따로 마련하지 않고, 여기 와야 할 일이 있으면 입던 그대로 와요." 쌴미의 누나는 자신의 남편을 가리키며 낮은 목소리로 말했다. "저 사람의 옷도 사실 입을 수 없는 거죠, 작거든요. 입은 꼴이 어떤지 좀 보세요. 저 모양으로 입은 것도 그렇지만, 세탁도 안 하고 항상 북쪽 차양 아래에 걸어둔 옷이라고요."

커위안은 친지와 조문객을 나누어 자리를 배정했다. 직계가족을 앞에 앉히고 다른 친척과 조문객들은 묶어서 한 조로 만들었다. 귀에 보청기를 꽂은 량젠의 늙은 부친은 커위안에게 계단 위로 올려달라고 했다가 조금 지나서는 아래로 다시 내려달라고 했다. 그러자 량젠의 고모와 여동생이 도저히 참지 못하고 말했다. "커위안이 재빠르게 잘 모시는구나. 저분 나이가 많으시니 다리가 불편해서 그래." 커위안은 못 들은 척했다. 그는 영결식을 하는 로비의 단 위로 올라갔다 내려갔다 하면서 눈으로 사방을 훑어본 뒤에 말했다. "렁옌은, 왜 여기에 그 여자가 안 보여? 씨발, 장례식은 금방 지나가는 거야!" 어떤 이가 렁옌이 화장실에 가는 걸 보았다고 말하자 커위안은 바로 욕을 하기 시작했다. "아무튼 빈틈이라도 좀 나면 말이야, 네미 씨발, 장례식은 금방 지나가는 거야, 장례식은 사람을 기다려주지 않아. 당신들 중에 누가 빨리 가서 그 여자 좀 데려와!" 렁옌의 평소 행실을 나쁘게 보던 사람도 이런 중요한 때에 없는 사람을 욕하는 것을 좋게 보기는 어려웠다. 커위안은 계속 급하게 삼각 깃발을 흔들면서 량젠의 고모한테 빨리 화장실로 가서 데려오라고 외쳤다. 렁옌은 바로 그 순간에 화장실에서 나왔다. 커위안은 항상 이런 식이었다. 그는 쉽게 이성을 잃는 편이라서 한번 흥분하면 눈을 부라리고 사방을 휘적거리면서 보는데 그 모습이 매우 흉악하고 끔찍했다. "너 어디서 뭐 한 거야? 이렇게 많은 사람이 널 기다리고 있는데, 어디 가서 뭐 한 거야?" 커위안이 발악하듯 소리 질렀다. "렁옌, 너는 정말 인간이 아니야!" 렁옌은 천성적으로 커위안 같은 인간을 참아 넘기지 못하는 성품이었기에 검은 치마를 단정히 매만지면서 말했다. "네일이나 잘해. 여자가 화장실에 가는 것까지 상관할 거야?" 커위안이 말했다. "너 당장 안 올라오면 앞으로도 못 올라와." 렁옌은 천천히 단 위로 올라갔다. "량젠이 지금 널 기다리고 있어. 너 이따위로 할 거야? 정말 인정이라곤 조금도 없니?" 커위안이 씩씩거리면서 말도 제대로 못하자, 렁옌도 참지 않았다. 렁옌 역시 조문객들이 보고 있다는 사실 따위에는 신경 쓰지 않고 커위안의 코를 똑바로 가리키면서 말했다. "쑹커위안, 말해두는데, 넌 어렸을 때부터 여기서 오르락내리락하면서 자란 사람이지. 량젠이 어떻게 죽었는지, 그들이 어떤 식으로 그를 괴롭혀서 몰아세웠는지 난 아주 잘 알고 있어. 내가 사람들 앞에서 너를 다 까발릴 테니, 조심해. 내가 너를 용서해도 경찰은 널 용서하지 않을 거야!" 커위안은 뒤로 한 걸음 물러섰다. 그는 렁옌이 말한 의미를 잘 알고 있었다. 자신의 입에서 제대로 된 말이 나올 것 같지 않았지만 그는 말했다. "무슨 소리 하는 거야?" 렁옌이 말했다. "네가 잘 알고 있을 텐데." 커위안이 말했다. "도대체 무슨 소리인지 모르겠군." 두 사람은 이런 식으로 영결식장에서 대립했다. 커위안이 말했다. "지금 나를 위협하는 거야? 삼만 위안만 있었으면 그의 목숨을 건졌어. 그런데 네가 내주지 않았잖아." 렁옌이 말했다. "삼만 위안 가지고 그의 생명을 구할 수는 없었을 거야. 그저 하루나 이틀 정도 벌었겠지. 그의 목숨 어디가 그렇게 비싸지?" 커위안이 말했다. "그래도 네가 나빴던 거야." 렁옌이 말했다. "내가 나쁜 사람일지는 몰라도 죄는 짓지 않았어. 넌 사람이 죽어나갈 정도로 빚을 독촉한 죄인이야!" 커위안이 말했다. "두려워하지 마. 나는 네가 삼만 위안을 내놓지 않아서 그의 목숨을 구하지 못했다고 아무한테도 말하지 않았어. 절대로 말하지 않았어, 더천에게도 말이야."

렁옌은 여전히 누그러들지 않은 채 말했다. "너야말로 두려워할 것 없어. 나 역시 네가 그를 21세기맞이 괘종시계 위로 올라가게 떠밀었다고는 말하지 않았으니까." 커위안은 숨을 몰아쉬었다. "좋아, 좋아. 우리 더 싸우지 말자. 지금은 싸울 때가 아니야." 커위안은 렁옌이 입은 검은 옷 밖으로 드러난 어깨와 팔뚝을 보다가 렁옌의 팔뚝에 있는 이상한 붉은 자국을 발견했는데, 그것은 잠시 복권 판매소에서 일하는 샤오친의 도드라진 입술과 희디흰 치아를 상기시켰다. 커위안은 머리를 흔들면서 지금 여자와 노닥거릴 때가 아님을 스스로에게 각인시키려 했다. 그는 렁옌의 팔에 둘러진 검은 상장(喪章)을 잠시 응시하다가 그 상장의 올이 풀린 것을 보았다. 커위안은 또다시 이성을 잃고 흥분했지만, 다행히 이번에는 렁옌에게 화를 폭발시키지는 않았다. 비록 그의 입에서는 으르렁거리는 숨소리가 새어 나왔지만, 말로 하지 않을 정도의 정신은 있었다. "렁옌, 내가 한 가지만 부탁할게." 커위안이 말했다. "평생에 딱 한 번, 고인에게 이별을 고하는 시간이니까 당신이 울었으면 좋겠어. 눈물이 안 나온다면 그냥 훌쩍거리는 소리라도 내. 알아들었어?" 커위안은 이때 저쪽에 사람들의 열이 흐트러진 것을 보고 욕을 내뱉었다. "어떻게 된 거야? 빨리 줄 안 서면 내가 가서 세울 테다!"

커위안은 혼란스러워진 대열을 수습하기 위해 잠시 자리를 비웠다. 이미 줄은 반듯하게 원래의 모습으로 돌아가 있었다. 조문객 가운데 몇몇 남자들은 중얼거리면서 떠들고 있었는데, 그들은 죽은 이를 보내는 장례가 너무 익숙한 듯 무덤덤해 보였다. 그들은 호기심을 가지고 자신이 속한 줄을 오가면서 싸움이나 소란이 일면 구경을 했다. 장례식 전에 분위기를 엄중하게 만드는 음악이 잠시 울리다가 금세 멎었고 이어서 관을 나르는 인부들이 모두 나왔다. 그들은 머리를 내저으며 말했다. "이 집구석의 장례는 어떻게 돼먹은 거야? 이런 건 본 적이 없어. 봐, 곧 쌈박질이 나겠군, 쌈박질이 나겠어. 화장터에서 쌈박질이라니!"

다섯 사람이 한 줄로 서서 량 씨 집안의 조문객들을 막아서고 있었다. 무슨 수를 써도 그들을 로비로 몰아낼 수 없었다. 이 젊은 남자들은 이곳 사람이 아니었다. 그중 세 명은 짧은 바지에 나막신을 신었는데 한 명은 뚱뚱하고 어깨에 가운을 두르고 있었다. 가운을 두른 남자는 마치 머리만 떠 있는 것처럼 보였다. 그의 손에는 종이 한 장이 들려 있었는데 고함을 지르면서 여기서 빌린 돈을 갚아야 하며, 돈을 갚지 못하면 뒤집어 엎겠다고 으름장을 놨다. 사람들은 이런 황당한 사태를 난생처음 구경했다. 화장터에 와서까지 빚 독촉을 하는 이런 기괴한 상황은 연속극이나 신문이나 저녁 뉴스에서나 봤지 현실에선 본 적이 없었다. 커위안은 그의 앞을 가로막는 분노하고 놀란 조문객들을 밀쳐내면서 가운을 입은 사람을 한쪽으로 몰아냈다. "당신들 어디서 온 새야?" 커위안이 그 사람의 팔뚝을 꽉 움켜쥐며 말했다. "누구 사주를 받은 거야? 어? 어떤 새가 감히 이곳에 와서 행패야?" 한눈에 봐도 커위안은 사납게 보였기에 옆에 섰던 네 명은 바로 물러났다. 그들은 커위안을 응시하면서 말했다. "폭력은 쓰지 마쇼. 모두 회사 밥을 먹는 처지인데, 의논을 해서 해결하자구. 당신들 안에 들어가야 하지 않겠소?" 커위안은 손을 흔들더니 그 사람을 한 대 쥐어박았다. "누가 회사 밥을 먹어, 내가 너희처럼 만만해 보여? 당신 나모르지? 도대체 어디서 온 새야? 눈을 엉덩이에 달았나, 내가 누군지 똑바로 봐!"

소란이 몇 차례 오갔다. 손을 먼저 쓴 것도 커위안이었고 낭패를 본 것도 그였다. 아무도 움직이지 않았고 커위안 혼자서 네 명을 상대해야 했다. 그의 몸이 공중에 패대기쳐졌다. 커위안은 공중에서 두 팔을 뻗어 아래에 있는 한 사람의 턱을 갈겼다. "해결은, 네미나 붙어먹어." 커위안이 말했다. "내가 너희를 어떻게 해결하는지 보라고!"

커위안이 그들을 상대로 싸운다는 것은 낭만적이긴 했지만 현실적이지는 않았다. 당연히 량젠의 가족 중에서도 몇이 나서야 했겠지만, 그들은 싸움에 전혀 소질이 없었다. 량젠의 늙은 아버지가 일어났지만 버티지를 못했다. 노인은 바닥에 앉아 덜덜 떨며 몽둥이로 쉬지 않고 계단을 쳤다. 그러나 그의 분노는 조문객들이 보기에 어처구니없는 것이었고, 다섯 빚쟁이 중 한 명도 맞추지 못했다. 게다가 로비에 울려대는 무서운 저주는 도리어 로비에서 쉬고 있는 아들만 욕되게 할 뿐이었다. 죽일 놈, 죽일 놈. 노인의 몽둥이는 미친 듯이 더러워진 계단을 때렸다. 여기서 빌리고 저기서 빌리고! 화장터에까지 사람이 쫓아오게 만들어, 네가 안 죽고 배겨? 죽일 놈, 세 번 죽어 마땅한 놈, 네 번, 백 번 죽어 마땅한 놈! 량젠의 누나는 소리 없이 울면서 아버지를 부축했다. 그녀는 죽은 이에게 어떤 말도 하지 않았고 그저 조용히 말했다. "화가 나

죽겠구나, 화가 나서 미치겠어." 일가가 모두 그에게 분노했다. 량젠의 고모는 이때야 정신이 들었다. 그녀는 그 다섯 명에게 밀리고 있던 남자 조문객들에게 외쳤다. "당신들 구경만 할 거야? 올라가서 커위안을 도와! 가서 도와!" 노부인의 재촉은 남자 조문객들에겐 매우 불공평한 것이었고, 옆에 서서 구경만 하던 몇몇은 이런 채근을 당하고도 용기와 분노가 부족해 커위안을 도우러 가지 못했다. 그들은 올라가려고 했지만 결국 밀려 내려왔다. 머리가 벗겨진 뚱뚱한 남자는 갑자기 차고에서 자전거를 꺼내더니 자물쇠를 풀고는 마치 서커스 단원처럼 춤을 추면서 자전거를 들고 달렸다. "아무도 오지 마." 그는 절규하듯 말했지만 목소리에 진심은 담겨 있지 않았다. "누가 다치든 말든, 난 상관 안 해."

커위안은 세 사람이 쏟아내는 여섯 개의 주먹질에 맞섰지만 한 번도 제대로 반격하지 못했고, 강렬한 공격이 커위안의 얼굴에 쏟아져 숨을 쉴 수가 없었다. 커위안은 이미 말을 할 수 없는 상황이었다. 그의 머리로 다섯 사람의 주먹이 난투하듯 쏟아졌다. 그는 렁옌을 불렀다. 검은 옷을 입은 렁옌이 계단에 서 있는 것을 보자, 무슨 까닭인지 렁옌이 이 상황을 정리해줄 유일한 조력자라는 생각이 들었다. 그는 쏟아지는 주먹 속에서 가까스로 외쳤다. "렁옌, 전화해, 기차역에서 사람 불러와!"

조문객들은 모두 고개를 돌려 렁옌을 보았다. 렁옌은 머리를 숙여 이별을 고하고는 로비 문으로 나갔다. 그녀는 한 손으로 그녀 주변에 몰려드는 하루살이를 휘저으면서 다른 손으로는 자신의 최신형 핸드폰을 꺼내 들었다. 쌴미의 누나가 따라 나와 렁옌을 일깨웠다. "지금 기차역에서 누굴 불러올 건데요? 소용없어요. 여긴 거기와 멀어요. 남자들보고 나가서 한 사람씩 맡으라고 해요. 지금 우리는 전부 여기에 와 있어요. 누굴 부르겠어요?" 링옌은 그녀가 하는 말에 정신을 차린 듯 말했다. "내가 왜 그의 말을 따라야 하죠? 110에 전화해서 경찰을 부를 거예요."

바람이 들불을 일으키듯이 링옌은 결단을 내리고 조문객을 향해 소리를 질렀다. "110, 경찰! 110, 경찰!" 이 정의로운 외침이 사람들을 놀라게 했다. 그들은 무의식적으로 커위안에게서 손을 뗐고 커위안은 땅에 내팽개쳐졌다. 곧 그는 자신의 임무를 상기하고는 조문객들에게 말했다. "내가 여기 있어, 누가 감히 시끄럽게 굴어. 당신들 빨리 가서 영결식을 해. 시간이 늦었어, 얼른 장례를 치르게 해. 빨리 장례를 치르라고!"

량젠의 고모와 뚱뚱한 왕 씨가 용감하게 로비를 가로질러 들어오자 조문객들이 뒤를 따라 슬금슬금 들어왔다. 그들은 급히 성 북쪽의 유명한 미남자였던 량젠의 유체를 찾아 조의를 표했다. 어떤 사람은 로비에 화환을 들여놓았고, 어떤 사람은 조심성 없이 망자의 유리관 위로 엎어지고는 소리를 질렀다. "순서가 전부 엉망이야." 다들 커위안이 들어오지 않았다는 사실을 깨달았다. 그러나 지금 모든 사람의 주의는 망자 량젠의 죽은 얼굴에 쏠려 있어서 순서 같은 건 개의치 않았다. 사람들은 이렇게 살아 있는 듯 아름다운 망자의 얼굴은 처음 보았다. 21세기맞이 괘종시계같이 높은 곳에서 떨어졌는데도 그 아름다운 용모가 전혀 변하지 않았음에 놀라며, 장례 미용사의 솜씨가 훌륭하다고 칭찬을 했다. 그녀가 망자의 얼굴에 화색이 돌게 하고 입술에 자연스러운 미소를 짓게 했는데 이는 량젠의 가족에게 그의 품위를 알게 하기 위해서였다. 그들은 성 북쪽의 전통에 무지했고 망자가 어떤 수의를 입어야 하는지도, 복록을 기리는 무늬의 장삼과 마고자를 입어야 하는지도 잘 몰랐다. 량젠의 유체는 렁옌과 결혼할 때 입었던 흰 양복을 입고, 역시 결혼식장에서 둘렀던 이태리에서 들여온 고가의 허리띠를 두르고 누워 있었다. 이 모든 것이 함께 어우러져 망자 량젠의 준수함을 돋보이게 했고 그 모습은 섹시하게 느껴지기까지 했다. 사실 그가 살아 있을 때는 이보다 더 아름다웠다. 젊은 여자 조문객들은 찬탄을 금치 못하면서 두런거렸다. 량젠이 길을 갈 때면 잘생긴 외모로 연예인 못지않은 시선을 끌었고, 인기 역시 하늘을 찌르는 대스타 못지않았다. 어떤 여자 조문객은 망자의 모습에 흔들리기도 했다. 그녀들은 누가 가장 상심했는지, 누가 가장 냉담한지를 보면서 여자 조문객과 살아생전 량젠과의 관계에 얽힌 진면목을 알 수 있었다. 누가 진심으로 우는가, 누가 열렬히 우는가, 누가 울음마저 잃었는가, 누가 가장 슬퍼하는가, 이런 세밀한 것들을 알아보는 통찰력은 여성들에겐 자연스러운 것이라서 그녀들은 렁옌의 냉담함을 두고 수군거렸다. 그녀들은 망자를 보면서 한편으로는 눈짓으로 렁옌의 검은 치마를 흘깃거렸다. 한데 렁옌이 갑자기 보이지 않았다. 죽은 이의 미망인인 렁옌이 보이지 않았다.

쌴미의 누나는 이 일을 두고 질투 많고 악랄한 천성을 드러냈다. 그녀는 이쪽 저쪽을 보며 쉬지 않고 욕을 해댔다. "엉망이야,

말도 안 돼!" 쌴미의 누나는 그녀의 시각으로 렁옌을 욕하기 시작했다. "어떻든 간에 당신들은 아직도 부부야. 량젠이 죽었어. 그런데 넌 어떻게 울음소리 한 번 안 낼 수가 있어. 울지 않는 것만도 욕먹어 싼데 그저 옆에서 지켜보고 서 있는 것도, 그것도 못한단 말이야?"

쌴미의 누나는 총총걸음으로 밖에 나가, 커위안은 계단에 올라가 있고 렁옌은 핸드폰을 들고 있는 것을 보았다. 그녀는 바로 자신이 사람을 잘못 욕했음을 깨닫고는 몇 마디 듣기 좋은 말을 하려고 했지만 조사를 읊을 수도 없었고 발언권도 없었다. 그녀는 얼굴이 온통 피로 물든 커위안이 손으로 얼굴을 문지르면서 눈을 부라리고 하늘을 응시하는 것을 보았다. "어디서 온 들새야, 누나랑 붙어먹을 것들." 커위안은 원래 이렇게 욕을 하는 사람이었다. "감히 나랑 맞장을 떠? 나랑 해보겠다는 사람은 아직까지 없었어."

렁옌은 핸드폰으로 통화를 하고 있었다. 그녀의 핸드폰에서 한 쌍의 자주색 나비가 대롱거렸는데, 그 인조 나비는 주인보다 더 황망하고 불안스레 보였다. 렁옌은 120 구급전화와 통화하고 있었다. "120인가요? 구급센터예요?" 렁옌의 음성은 개처럼 으르렁거렸는데 처음엔 괜찮다가 뒤로 가면서 갑자기 무서워졌다. "화장터에서 사람이 다쳤어요. 이 아가씨가 무슨 말을 하는 거야? 상처가 심하냐고? 심하지 않으면 내가 120에 전화했겠어? 머리가 깨져서 구멍이 났단 말이야!"

쌴미의 누나는 커위안의 손을 살펴보고 곧 이마에 구멍이 나서 피가 줄줄 흐르는 것을 알았다. 쌴미의 누나가 소리를 질렀다. "어떡해, 어떡해. 일이 끝난 게 아니야. 여기 또 일 났네!" 쌴미의 누나가 엄청난 소리로 고함을 지르자 영결식장 로비에 있던 사람들이 밖을 내다보았다. 렁옌은 험악한 눈으로 그녀를 보았다. "부탁하겠는데, 소리 지르지 마세요." 그녀가 말했다. "당신이 조용하면 아무 일도 없거든요."

쌴미의 누나는 문득 자신이 실수했다는 것을 깨닫고 후회했지만 렁옌의 명령을 듣고 싶지는 않았다. "나는 자존심이 없는 사람이라서 원래 목소리가 이렇게 커. 내가 저 사람들 못 나오게 하면 그만 아냐." 그녀는 굳은 얼굴로 렁옌을 보다가 갑자기 우뚝 섰다. 어디선가 농염한 향수 냄새가 났다. 향수? 쌴미의 누나는 코를 벌름거리면서 렁옌의 팔을 킁킁거렸다. 렁옌이 뭐라 하기도 전에 쌴미의 누나는 눈을 크게 뜨고 소리를 질렀다. "너 향수까지 뿌렸어?" 렁옌은 이 난감한 질문에 대답하지 않았다. 쌴미의 누나 역시 답을 기다리지 않았다. 이 정직한 여인은 세상이 무너지는 듯한 공포를 담은 채 로비를 향해 뛰어가서 과장된 한숨과 함께 망자의 미망인에 대해 떠벌려댔다.

"남자가 죽었는데 향수를 뿌려, 아이고, 어머니."

17. 그를 탓하지 마라, 그는 사람을 죽였다

　구급차는 사이렌을 울리면서 커위안을 제6인민병원에 내려놓았다. 제6인민병원은 성 근교에 있었는데 병원 내부와 외부가 모두 어지러웠고 병원 문 앞에는 자연적으로 형성된 농민시장이 있었다. 시장의 작은 노점상들은 그날 구급차에 실려온 환자를 보고 이상하다고 생각했다. 얼굴이 온통 피범벅으로 누군가에게 맞아서 다친 것 같은데 그의 표정에는 방금 사람을 죽이고 온 듯한 살기가 넘쳤다. 노점상들은 그가 손가락질하면서 사람들에게 욕을 퍼붓는 소리를 들었다. "너희는 다 개뼈다귀야. 내가 대신 쓸어주면 한 방에 끝이라고. 날 여기에 데려다놓으면 내가 좋아할 줄 알아? 네 에미랑 붙어먹으면서 좋아해. 난 너희 머리꼭대기에 있어. 너희 놈들은 한 방에 볶은 생선으로 만들어줄 수 있어!"
　그들은 커위안이 머리를 감싸고 발광하며 병원으로 들어가는 것을 보고는 세상에 도덕과 정의가 없음을 한탄했다. 그들의 좌판

158

은 병원 응급실 문 앞에 깔려 있었는데 커위안은 지나가면서 신발 깔창을 파는 여자의 좌판을 엎어버렸고, 복숭아가 그득한 상자를 뒤집으며 두 눈을 부라렸다. 사람들이 커위안을 쫓아가자 옆에 있던 속옷 파는 중년 남자가 커위안을 알고 있는지 말했다. "그 사람 탓하지 마, 절대로 그 사람 탓하지 마! 그 새끼가 커위안이라는 거 모르고 뭔 일 벌이면 뼈도 못 추려. 그냥 내버려두는 것이 좋아." 그는 커위안에게 살인자라는 누명을 씌웠다. "물건은 수습하면 그 만이잖아? 그 사람 탓하지 마. 그는 기차역의 깡패야, 사람을 죽였어!"

병원에 들어간 뒤로 커위안의 성질은 천천히 죽었다. 그는 그가 주관한 장례가 오점으로 뒤덮였다는 것을 알았다. 이날 오전은 너무 바빴다. 눈앞에서 벌어졌던 업자들의 행패 역시 너무나 순식간에 벌어진 일이었다. 내내 죽을 것처럼 힘들게 준비했는데, 그렇게 바삐 오가는 와중에 량젠의 얼굴조차 못 보고 말았다. 그러나 보면 또 뭐 할 건가? 망자의 얼굴이 뭐 볼 게 있다고 서너 번씩 본단 말인가. 사람들이 모였고, 모인 이들은 대부분 여자였다. 커위안은 화장터의 일에 다시금 생각이 미쳤다. 그가 없어도 량젠은 재로 변할 것이다. 애석한 것은 화장 후의 만찬 자리에 참석치 못한다는 것이었다. 공짜로 먹고 마실 수 있는 자리인데…… 커위안은 원래 이런 계산에 빨랐다.

병원 안은 다른 곳보다 조금 쾌적했다. 커위안은 응급실에서 잠시 달콤한 낮잠을 잤다. 두 개의 큰 모빌이 응급실 천장에서 달랑달랑 움직이는 소리가 마치 사람을 흔드는 전동기에서 나는 효과음 같았다. 날씨도 좋고 볕도 좋은 오후의 단잠이었다. 커위안은 꿈속에서 물이 가득한 응급실 바닥에 뱀 한 마리가 기어가는 것을 보았다. 커위안이 뱀에게 말했다. 이리 와 이리 와, 날 물면 널 물어주지. 그는 뱀에게 손짓했다. 뱀은 기어와 혀를 날름거리더니 그의 손목을 물었다. 네가 진짜 날 물어. 그럼 한 손으로 때려잡아주지! 커위안은 응급실에서 분노의 고함을 지르며 깨어났다. "무슨 일이에요? 거기 누우면 중풍 걸려요, 주사 맞으세요. 또 놔야 해요!" 커위안은 눈을 뜨고 간호사가 팔뚝을 걷어 주사를 놓는 것을 보았다. 커위안은 꿈속에서처럼 간호사에게 순순히 팔뚝을 맡겼다. "뱀, 뱀이 있어." 그의 입에서 잠꼬대가 흘러나왔다. 그리고 량젠의 얼굴이 불분명하게 보였다. 그는 꿈에서 자신이 량젠처럼 준수한 어떤 사람의 흰 얼굴 위에 쓴 글자를 보았다. 삼십칠만, 삼십칠만. 그는 친숙한 세 거리 열여덟 골목에 서 있었다. 소리도 지르지 못하고 고개를 돌려 수많은 사람들이 자신을 보고 있는 것을 보고는 손에 든 분필을 던지며 말했다. 내가 쓴 거 아냐, 그가 스스로 썼어. 그리고 응급실의 간호사가 큰 소리로 말하는 것을 들었다. "주사 맞아야 해요, 주사 맞아요! 이 인간은 어떻게 된 사람이야?" 커위안은 이때 앉아 있었는데 스스로 팔뚝을 내놓았다. "내가 어쨌는데요?" 커위안이 말했다. "당신 어떻게 된 사람이야? 무슨 기술이 이따위야? 한 번 놓았으면 되는 거지." 커위안은 일어나서 걸었다. 그러자 옆 침상에 있던 몇몇 사람들이 그를 보고 몸을 움츠렸는데, 낯익은 남자가 눈에 띄었다. 커위안은 그 남자에게 화를 내면서 무섭게 노려보았다. 과연 아는 얼굴이었다. 예전에 기차역에서 표를 팔던 펑다린(瘋大林)이었다. 다시 눈을 들어 보니 펑다린의 부인 야오구(腰鼓)가 엉거주춤 앉아서 뜨개질을 하는 것이 보였다. 커위안이 불렀다. "펑다린, 여기서 뭐 해?"

펑다린은 조금도 놀라지 않고 그를 바로 보면서 말했다. "넌 여기 어쩐 일이야? 네가 자면서 춤을 추길래 응급실이 무도장이 된 줄 알았지." 커위안은 펑다린의 시선이 자신의 이마에 고정된 것을 보고 쑥스러운 사정을 토로했다. "말썽을 일으켰어. 네미, 최근엔 정말 재수가 없었어. 길을 가다가 공사장에서 떨어진 물건에 맞았어!" 펑다린이 웃으며 말했다. "석재가 단단할 거 같아, 사람이 단단할 거 같아? 지금 이 세상에는 모든 힘이 돈에서 나오지. 넌 여전하구나! 화를 그렇게 크게 내서 뭐해. 그냥 편안히 해." 커위안은 조금 쑥스럽게 이마 위의 붕대를 매만졌다. "쉽게 설명하기 어려운데, 간단히 말하자면, 너 량젠 알지? 량젠이 일 낸 거 알아?" 펑다린이 말했다. "왜 모르겠어? 그림처럼 죽었지. 석간신문에서 봤어."

야오구는 남편 옆에 앉아서 흰자위를 드러내며 말했다. "당신 눈이 빨개, 눈이 빨개지면 뛰지 말아야지."

빌어먹을, 그는 기억해내고야 말았다. 그 21세기맞이 괘종시계! 펑다린은 반쯤 앉으면서 말했다. "나 21세기맞이 괘종시계에 가서 뛰어내릴 거야. 무슨 일이든 처음 한 걸음이 중요해. 내일 21세기맞이 괘종시계에 갈 거야. 석간신문에 보도되지 않을까." 야오구가 말했다. "석간에 보도되면 뭐해? 텔레비전에 생방송으로 나와야지. 내가 당신 대신 나가줄게."

커위안은 펑다린의 얼굴이 아주 못쓰게 되었다는 사실을 발견했다. 침대 옆에는 커다란 링거 병이 있었다. "어디가 안 좋은 건가?" 커위안이 야오구에게 물었다. "이 녀석 꼭 늙은이 같잖아요, 못 알아볼 뻔했네."

야오구가 말했다. "좋은 데가 없어요! 직접 물어보세요, 머리부터 발끝까지 어디 좋은 데가 있는지. 술 마시고, 술 마시고, 돈 없어도 술 마시고. 알코올중독으로 쓰러져서 며칠 누워 있었어요."

"다 안 좋아." 펑다린이 말했다. "네미, 돈을 벌 수 있을 때는 어디든 다 좋았는데 돈을 못 벌게 되니까 모든 곳이 다 나빠졌어. 네미, 난 언제나 시장님과 만날 정도로 출세할 수 있을까. 왜 우리를 기차역에 못 가게 하는 거야. 다른 지방에서는 그런 법이 없어. 어째서 항상 기차역을 공사하는 거야? 난 남자답게 비바람을 맞으면서 입에 풀칠을 하고 싶어. 누구의 거시기 털이 더 긴지 재어보고 싶다고.*"

"너 아직 잘 모르는구나. 기차역 지구는 싹 다 정리되었어. 문명사회의 규범을 이해 못하는 거야? 너희 같은 배달부나 노점상에게 도시의 명소는 열리지 않아. 누구 물건의 털이 긴지 재어보다니? 어휴, 너네 주임의 거시기 털이나 휴지통에서 찾지그래."

펑다린은 아무 말도 하지 않았다. 그는 커위안의 눈빛에서 무언가를 깨달은 듯, 갑자기 존경의 빛을 비쳤다. "커위안, 요즘 잘 지내는 거야?" 펑다린이 문득 말했다. "더취한고 사업한다고 했잖

---

* 자신이 얼마나 잘난 사람인지 적나라하게 비교해보고 싶다는 뜻의 속어.

아. 나 그때 사람을 잘못 찾아갔어. 쌴바(三覇)를 따라갔지. 미친 놈이었어. 머리를 그냥 모가지 위에 얹어놓고 왔다 갔다 할 뿐인 바보더라고. 더췬의 회사는 어때? 너 나 좀 도와주라. 더췬에게 말 좀 잘해줘, 거기 가서 밥벌이 좀 할 수 있게 말이야."

커위안은 펑다린의 부탁에 어떤 약속도 할 수 없었다. 그러나 커위안은 커위안이었다. 그는 선량하지도 않았고 이렇다 할 힘도 없었지만, 성격상 일단 펑다린에게 큰소리를 치고 보는 허영을 부렸다. "쉬운 일이지." 커위안은 펑다린의 엉덩이를 때리며 보장할 수 없는 약속을 해버렸다. "문제없어. 내 옆에 두자고 할게."

자신의 교만과 허세로 들어줄 수 없는 약속을 당당하게 해버린 커위안은 경탄으로 충만한 야오구의 눈에 담긴 존경의 빛을 보고는 만족했다. 그는 펑다린에게도 열정적으로 쾌유를 빌었다. "다리는 어떻게 되는 거야?" 커위안은 펑다린에게 다리가 나으면 옮겨 오라고 했다. "그럼 가야지. 회사에는 아직도 해야 할 일이 많아."

문 앞에 앉아 있던 간호사는 시간이 되자 커위안을 불러 말했다. "당신은 응급센터의 환자예요. 이렇게 돌아다니면 안 돼요. 가족은요? 가족이 와서 서명해야 돼요." 커위안은 문 앞에 서서 그 간호사를 바라보다가 쿡쿡 웃어댔다. "이 아가씨가 나보고 가족을 부르라는데." 커위안은 펑다린과 야오구를 보면서 말했다. "너희가 가르쳐줘. 내 가족이 지금 어디 있지?" 야오구는 아무 말도 하지 않았다. 커위안은 아주 즐거운 듯 과장하여 말했다. "알려줄게, 아가씨. 내 가족은 모두 죽었어. 내가 내 가족이야!"

간호사는 혐오하는 시선으로 커위안을 보면서 응급실 문을 열고 말했다. "정신병자." 그러고 나서 몸을 돌려 야오구에게 물었다. "당신들 서로 알아요? 저 사람 머리에 문제 있지요?" 야오구의 대답은 객관적이면서도 실제적이었다. "그는 농담을 안 해요. 가족이 정말 없어요. 한 사람 한 사람 차례로 다 죽었어요." 간호사는 조금 불쾌했지만, 그토록 불행한 사람은 본 적이 없었기에 말했다. "안 좋은 일로 가족을 잃었나요?" 야오구는 말뜻을 잘 알아듣지 못하고 말했다. "우리 동네 사람이 그러는데 일가족이 죽은 일로 그가 매우 힘들어했대요. 사주팔자가 그렇게 기박하니까, 사주팔자가 기박하니까 다른 사람을 해치고 자신도 해친대요. 그래도 저 사람 경제적으로는 아주 넉넉해 보이지 않나요? 한 달에 천 위안 넘게 번대요!" 간호사가 말했다. "미신이에요. 요즘 누가 사주를 믿어요? 저런 사람한테 무슨 앞날이 있겠어요? 조만간 사회에서 도태될 거예요." 야오구는 '도태'라는 말의 함의를 잘 이해하지 못했다. 그 같은 사람은 섣불리 건드리기가 어렵다. 우리가 도태된다면 그는 더 쉽게 도태되겠지. 그가 대답할 수 있을까? 칼잡이가 말야! 그 사람은, 말하자면…… 관두자, 관둬. 야오구는 자신이 그 간호사에게 듣기 어려운 막말을 할 수 없다는 것을 의식하고는 바로 말을 얼버무렸다. "아무튼 그런 인간은 흉악하긴 해도 사람들이 그를 무시하진 못해요. 아니 무시할 수 있는 사람도 있긴 하죠. 어쨌든 사실 그는 곧 마흔이 돼요. 아직 시집 올 아가씨도 없고, 아휴 아가씨, 내가 생각난 김에 여기 병원에 괜찮은 아가씨 없을까요? 결혼 못한 나이 든 아가씨도 괜찮을 거예요."

야오구는 아가씨의 차가운 눈을 보고는 총총히 뒤로 돌아갔다.

"없어요, 한 명도 없어요!"

야오구는 자기의 말이 간호사의 자존심을 다치게 했다는 걸 알았다. 늙은 아가씨 운운하는 말은 하지 말았어야 했다. 야오구는 남편에게 귀신 같은 표정을 지어 보이면서 그의 귓가에 대고 소곤소곤 말했다. "커위안은 참 대장부예요, 당신을 자기 옆에 두겠다고 했잖아요. 당신이 만약 더천의 회사에 들어가게 된다면 난 그를 위해 색싯감을 구할 거예요. 가다가 다리가 부러져서 입을 놀려야 할 때 옆에서 떠들어줄 사람을 그에게 찾아줄 거예요!" 야오구는 펑다린이 껄껄 웃을 줄은 몰랐기 때문에 깜짝 놀랐다. "당신이 힘쓸 일은 없어." 펑다린이 말했다. "저놈은 아주 괴상망측한 놈이라서 안 돼. 게다가 아주 무능력하지. 샤오쌴이 그러더군. 그가 기차역에서 일했을 때부터 그랬다는데, 기차가 지나가는 기적소리만 들리면 바로 싼다는 거야. 토끼가 따로 없대, 삼십 초면 끝이라구!"

어쩐지 야오구는 지금 알게 된 비밀과 그의 괴상한 웃음이 잘 부합하는 것처럼 느껴졌다. 만일 이 은밀한 이야기가 사실이라면 사람들은 가소롭게 웃을 터였다. 그러나 알고 있더라도 먼저 웃어서는 안 되며, 알고 있다는 표정 또한 지어서는 안 된다. 기차역 지구는 뜬소문으로 가득 차 있고, 그 모든 이야기는 보증할 수도 검증할 수 없는 것들이다. 솔직하게 말하면 이 같은 은밀한 사생활이 가장 증명하기 어렵고 보증할 수 없는 것이기도 하다. 하물며 한 사람의 성생활이 만일 기차와 연관되어 있다면, 그것이 어떤 문제든 이 도시에서는 덮어두어야 한다. 미국 영화 속에서의

해프닝처럼 우리가 이해하는 성의 북쪽 주민, 우리가 이해하는 순평 거리의 커위안은 미국 영화조차 거의 보지 않았다. 우리가 가서 커위안에게 물어보는 것이 어떻겠는가?

웃음거리가 되고, 맞아 죽을 것이다.

18. 금발소녀의 기다림

금발소녀는 이미 기차역 부근의 사람들에게 주목받고 있었다. 그녀는 큰 화병 같은 모습으로 기차역 출구의 난간 앞에 서 있었다. 요염한 두 팔을 난간 위에 걸친 채 점을 찍듯 이곳저곳을 건드렸다. 그녀의 섹시한 몸매의 굴곡은 하늘하늘 움직였다. 소녀는 마치 배 위에서 먼 바다를 바라보는 듯했다. 열차가 닿을 무렵이면 기차역 여관의 문은 쉴 틈 없이 열리고 닫혔다. 곁에서 냉정하게 관찰한 사람이라면 그 금발소녀의 몸이 갑자기 뻣뻣해지고 다리가 긴장된 것을 알아차렸을 것이다. 군중들 사이로 보이는 소녀의 어깨와 머리는 좌우로 심하게 흔들렸다. 한 사람이 그녀의 시선에 걸려들자 그녀는 그 사람을 잡아챘다. 잡힌 사람은 당연히 불쾌해져서 소녀를 바라보며 황당함에 소리를 질렀다. "나를 왜 잡는 거야?" 금발소녀는 가볍게 입을 삐죽거리며 말했다. "내가 당신을 잡아요? 내가 당신한테 어떻게 해줄까봐서?" 그녀는 몸을 옆으로 부드럽게 돌려 다른 장소로 옮겨가 계속 인파 속을 주시하면서 목표물을 찾았다. 소녀는 긴장한 채 바라보면서 한편으로는 화를 삭였다. 죽일 놈. 어디서 사람이 이렇게 많이 오는 거야. 빌어먹을, 사람이 파리보다 많네.

금발소녀는 메고 있던 작은 가방을 잠시 내려놓기도 했고, 때로는 모자를 쓰기도 했다. 때로는 광천수를 들고 있기도 했고, 때로는 그냥 빈손으로 출구에 서 있기도 했다. 그러나 기차역 부근의 사람들은 시종일관 그녀가 어떤 특정한 사람을 기다린다고는 생각하지 못했다. 맞을 손님도 없는 여자가 기차역 출구에서 오래 서성이는 교양 없는 모습을 본 기억이 거의 없었기 때문이다. 그들은 호기심을 가지고 소녀를 지켜보았다. 금발소녀의 출현이 일종의 무서운 신호탄, 기차역 출구에서 손님을 찾는 화류 영업의 시작을 알리는 것이 되지 않을까 근심하면서. 문명의 지표이자 규범의 상징인 새 기차역의 자랑스러운 금빛 글자가 더럽혀지지나 않을까 하는 걱정이었다. 치안 요원은 물론 출구의 매표원들조차 암묵적으로 동의하는 가운데 조심스럽게 금발소녀를 관찰했다. 만일 풍기문란을 야기하는 행동을 했을 때 주고받을 신호도 준비했다. 그 목적은 오직 하나, 신분도 제대로 알 수 없는 의문의 금발소녀가 새로이 건설된 자랑스러운 기차역을 어지럽히지 않도록 하기 위해서였다.

6월 23일, 일기예보는 장화이(江淮) 지역에서 장마가 끝났다고 알렸다. 그러나 6월 23일 밤부터 하늘이 갑자기 검게 변하고 비가 쏟아지자 사람들은 일기예보는 믿을 만한 것이 못 된다면서 그 무책임한 행태를 비난했다. 비가 많지도 적지도 않게 천천히 내리기 시작하면서 공기는 후덥지근하고 불쾌하게 변했고, 기차역의 군중들은 모두 짐 보관소로 달려가거나 지붕 아래를 찾아 몸을 피한 채 출구 쪽을 바라보았다. 베이징에서 달려온 특급열차가 곧 역에 들어올 터였다.

금발소녀는 분홍색 우산을 쓰고 잠시 그대로 서 있었다. 기차역의 사람들은 그녀가 불안하게 움직이는 것을 지켜보며 말했다. 이렇게 서 있는 건 안 좋은데, 저렇게 서 있는 것도 안 좋은데. 그녀가 우산을 들고 화가 난 채 이곳저곳을 쑤시고 다니며 치근덕거리면 성가실 거라고 여겼다. 도처에 그녀를 노리는 남자들이 있었다. 우비를 걸쳐 입은 어떤 남자가 금발소녀와 도를 넘는 불필요한 접촉을 꾀하면서 지나쳐 가기도 했지만 금발소녀는 허깨비처럼 부딪치는 대로 흔들렸고, 그녀의 무릎과 허벅지는 이쪽으로 한 번, 저쪽으로 한 번 부딪치면서 우산마저 제대로 주체하지 못하고 사람들의 얼굴을 자꾸 때렸다. 그녀의 정신 나간 모습은 분명 일종의 항의였다. 그녀의 팔과 우산은 지나가는 모든 사람들을 때렸고 그녀 혼자 남았을 때에야 진정되었다. 어떤 중년 남자가 운도 없이 그녀를 밀치면서 우산을 쳤는데 기차역의 사람들은 그 우산이 마치 새처럼 날아오르는 것을 보았다. 우산은 막 날아오르자마자 다시 낙하했고, 금발소녀는 우산을 잡으려고 악을 쓰며 빗속을 돌아다녔다. 그리고 그들은 금발소녀의 야만적인 성격과 시골 사람이나 할 법한 행동을 목격하게 되었다. 소녀는 우산을 친 중년 남자를 우산으로 마구 때리면서 마치 분노한 자객이나 된 듯 검법을 휘두르고 발길질을 해댔다. 그러나 그녀의 분노가 이기기에는 힘이 달렸다. 그 키 작고 늙은 쥐처럼 얍삽하게 생긴 남자는 보기 와는 달리 주먹질에 일가견이 있는 듯했다. 그는 한 손으로 소녀 의 어깨를 잡고 다른 한 손으로 자신의 배를 감싸며, 금발소녀가 휘두르는 분노의 발길질을 역시 발길질로 막았다. 이에 금발소녀 는 민첩하게 손발을 놀려 빗속으로 몸을 날렸다. 이때 그녀는 고 향 사투리를 썼는데, 사람들은 바로 어떤 반응을 보이지는 않았지 만 중년 남자가 있는 곳까지 물러선 다음 뒤돌아서서 중년 남자가 그녀에게 어떻게 반응하는지 기다렸다. 그러나 그 남자는 진심으 로 한판 겨룰 생각은 없었던지 시작된 전투를 마무리 짓지 않고 물러섰다. "남자가 여자와 싸워서야 되겠나. 이 계집은 창녀로군, 한눈에 알아봤어. 이 여자는 겉과 속이 달라." 중년 남자를 둘러싼 사방의 구경꾼들은 감탄을 금치 못했다. 그는 말했다. "너희는 그 래 알아보지도 못해? 저 계집애는 여기서 하루 종일 왔다 갔다 하 면서 사람들을 살피고 있었다고. 무슨 장사를 하려는 거겠어?"

아마도 금발소녀는 군중의 분노를 산 것 같았다. 방관자들은 모 두 중년 남자가 도색잡지에나 실릴 만한 색스러운 말과 욕으로 소 녀를 평하는 것을 들었는데, 그들도 각자 입장과 관점이 있었겠지 만 중년 남자가 제공하는 흥미로운 발언에 은연중 동의했다. 맞 아, 창녀야. 아마 창녀일 거야. 좀 창녀같이 생겼어. 그들은 지금 금발소녀의 모습과 행실을 꼼꼼히 관찰하면서 드러난 팔의 곡선 과 가늘면서도 볼륨 있는 엉덩이와 허리를 자세히 훑어보고는 네 가지 이상의 의견을 종합해 결론을 내렸다. 여기에 다른 의견을 제시한 이도 있었지만 그런 목소리들은 비교적 작고 파악하기 어려웠다. 대부분 중년 남자의 분석이 맞으리라 동조하는 분위기였다. "누구 마중할 사람이라도 있어? 손님을 맞으려는 거겠지!" 그는 득의만만하게 눈썹을 꿈틀거리면서 말했다. "네미 붙어먹을, 아마 창녀촌에서 자라서 뛰쳐나온 창녀겠지. 우리 동네에 와서 돈을 벌어가겠다는 거야? 우리 동네는 매일 엄격하게 단속해. 제일 먼저 단속당하는 건 너 같은 창녀라구."

몇몇 치안 요원들은 이런 돌발성 사건에 대한 준비가 제대로 되어 있지 않았다. 원래 기차역과 그 주변에서 일어나는 난동을 진압하는 게 그들의 일이었기 때문에 이런 특수한 경우에서는 어떻게 해야 하는지를 몰랐다. 첫째는 싸움이 일어난 곳이 그들의 관할 영역을 넘어서 있었고, 둘째는 이론적으로 올바르게 들리는 남자의 말을 가로막을 요령이 없었다. 군중의 눈은 반짝거렸다. 사람들은 진짜와 가짜를 구분할 줄 안다고 믿는다. 모인 군중들은 한눈에 그녀의 문제를 알아보았다. 기차역의 치안 요원들은 전혀 움직이지 못하고 그냥 서 있었는데, 무엇보다 그들 중 누가 가해자이고 누가 피해자인지 구분하기가 어려웠기 때문이다.

금발소녀는 비를 맞으며 서서 몰려든 군중들이 자신에 대해 하는 말을 들었다. 6월의 마지막 비가 그녀의 금발 위로 떨어졌고, 금발은 그래도 금발인지라 빗방울이 맺히자 소녀의 희고 고운 얼굴로 굴러 떨어졌다. 그 얼굴은 빗물에 젖어 은은한 빛을 뿜었다. 비는 공평하게 내렸다. 빗줄기들은 저마다 빗속에 있는 사람들을 향해 말을 걸었다. 비를 피해서 가라, 비를 피해서 가라. 병이 나도 나는 상관치 않겠다. 그러나 금발소녀는 비를 피하지 않았고 우산마저 필요 없다는 듯이 짐 보관소 앞에 있는 사람들을 향해 악을 쓰며 그녀의 첫번째 탄환을 발사했다. 그녀의 우산을.

너희야말로 창녀야. 너희 모두 창녀야. 너희 집안사람들은 모두 창녀야. 나는 창녀가 아니야!

너희 성에 그득한 사람들 모두 창녀야. 너희 이백만 명이 전부 창녀야. 난 창녀가 아니야!

기차역 인근의 사람들은 이때 이미 금발소녀를 해치울 결심을 했다. 그녀가 이런 욕설을 마구 퍼붓는 것을 보고 생각했다. 이 여자애는 정말로 돼먹지 못했어. 어떻게 이렇게 싸워댈 수가 있어? 세상에 별의별 욕하는 방법이 있다지만 이애처럼 욕하는 건 처음 듣네. 한마디로 도시 전체를 욕하다니, 한마디로 이백만 인구를 욕하다니, 한마디로 모두의 부인과 누이와 늙으신 모친까지 묶어서 욕하다니, 그들이 모두 창녀라니, 그들이 모두 창녀라니, 네미 붙어먹을, 이렇게 경우 없이 굴고도 네가 창녀가 아니라는 거야?

모두들 금발소녀처럼 막돼먹게 행동하는 사람은 난생처음 보았다. 그녀가 악을 쓰고 울면서 땅에서 무언가를 찾았는데, 사람들은 그게 깨진 기와 파편이라도 주워 들려는 것임을 알아차렸다. 또다시 싸움을 걸 생각인가? 이렇게 깨끗한 기차역 지구에서 그런 걸 무슨 수로 찾겠다는 거지? 다들 처음엔 혼란에 빠졌다가 곧 조용해졌는데, 이 소녀의 야만성이 대단한 수준은 아니었기 때문이다. 모두들 한 떼의 관중이 몰려가서 영화를 보듯이 그녀를 바라보았고 결국은 아무 일도 없을 것임을 알았다. 그러나 조금은 당황한 데다 자극받은 심정을 누를 수 없었기에 위험을 무릅쓰고 눈을 크게 뜨고 지켜보았다. 금발소녀가 기차역 사방을 두리번거리다가 매점에서 줄을 맞춰 모아놓은 음료수 병 위로 시선을 던지는 모습을. 아마도 그 병을 깨서 사람들에게 휘두를 생각이리라. 그러나 매점 직원 역시 눈을 부릅뜨고 그녀를 주시하고 있었다. 하루 벌어 하루 먹고 사는데, 팔려고 모아놓은 빈 병을 흉기로 제공할 것 같은가? 금발소녀는 다행히 무기를 만들지 못했다. 그저 원한이 서린 눈으로 매점을 쏘아보다 돌아섰다. 그리고 엉엉 소리 내어 울면서 내리는 빗속으로 위험하게 뛰어들었다. 출구의 직원은 그녀가 우는 것을 보았다. 그녀는 보기 흉하게 울지는 않았고 입술을 아래로 내리고 눈은 꼭 감은 채 예닐곱 살 먹은 작은 소녀가 길을 잃었을 때처럼 거기 서서 울었다.

21세기맞이 괘종시계가 일곱 번을 울렸다. 이때 베이징 시각은 여섯시 삼십오분이었고, 베이징에서 출발한 기차는 베이징 시각에 맞춰 들어왔다. 비는 아직도 그치지 않았고, 역에서 나오는 사람들을 기다리던 이들은 난간에 매달려 있었다. 그들은 금발소녀를 금세 잊어버렸다. 잠깐 사이 조금 전에 발생한 에피소드를 잊고 절실하게 기다리던 마음으로 혹은 평탄한 심정으로 돌아가 베이징에서 온 손님들을 맞았다. 사람들은 비에 상관 않고 기차역으로 나왔고, 고의는 아니었겠지만 금발소녀를 지나쳐 갔다. 그들은 손님을 맞이하기 위해 서성거릴 뿐 별다른 목적은 없었다. 쉬기 위해 여관을 찾아가는 이도 있었고, 인력거를 끌고 나와 호객행위를 하는 이도 있었는데, 모두 자기 할 일을 하고 있었다.

베이징에서 기차를 타고 온 많은 승객들이 모두 내렸다. 몇 분 지나지 않아 기차역 치안 요원들은 문을 등지고 밖을 바라보았다. 그러다 문득 금발소녀의 금발을 사람들 속에서 발견했다. 마치 해가 비바람을 끊어내는 듯한 모습이었다. 또한 소녀의 손에 작은 거울이 들려 있는 것도 보았다. 소녀는 사람들을 노려보면서 황망히 얼굴 화장을 고치고 있었다. 몇몇 치안 요원은 결혼했거나 연애 경험이 있는 남자였는데, 사람들 속에서 발광하며 고함을 질렀던 금발소녀를 새로운 시선으로 바라보았다. 한 명이 말했다. "창녀는 아닌 것 같은데, 아마 상사병이 든 처녀일 거야. 애인을 기다리나?" 다른 사람이 금발소녀에 대한 더욱 새로운 의견을 제시했는데 약간 무리가 있는 견해였다. "애인은 무슨? 누군가의 세컨드겠지. 저런 아가씨는 보기와는 다른 법이야."

금발소녀가 마지막으로 기차역에서 누군가를 기다린 사건은 이렇게 진행되었다. 기차역에서 사람들이 뿔뿔이 흩어지던 시각, 사람들은 금발소녀의 눈에 섬광이 지나가는 것을 알아챘다. 왔어, 기다렸던 사람이. 그녀는 바로 저 사람을 기다린 거야. 그들은 금발소녀의 눈빛에 광기가 어리는 것을 보았다. 긴 머리에 청바지를 입은 청년이 커다란 알루미늄 가방을 들고 개찰구를 통과했다. 모든 사람들이 다 아는 그 이유로 몇몇 치안 요원은 그 청년을 여러 번 훑어보았다. 우리는 그가 범상치 않은 신식 청년임을 인정해야만 했다. 필경 문화 예술과 관계있는 일을 하는 사람이리라. 그의 알루미늄 가방은 일반적인 여행객이 쓰는 것과 달랐고 안에는 분명 촬영기구와 같은 도구들이 들어 있을 것이었다. 혹은 로큰롤 가수가 음향 설비를 들고 다니는 것일 수도 있다. 사람들은 요즘 세상에 가장 부유한 자는 예술 계통에 종사하는 사람이라는 것을 알고 있다. 알루미늄 가방에는 분명 으리으리한 것이 들어 있을 것이다.

모든 사람들이 금발소녀가 그 청년을 향해 손을 흔드는 것을 보았다. 그러나 청년은 모르는 듯했다. 뒤를 돌아본 그의 반응은 기대 밖의 의아한 것이었다. 오래 헤어져 있다 만나는 연인 같은 태도가 도무지 아니었다. 그들은 금발소녀가 그 청년의 반응에 불만을 가지리라 생각했다. 그녀는 발을 구르면서 낭랑하게 말했다. "야오 감독님, 저 기억 못하세요? 선양(瀋陽)의 장미 메리예요!"

청년은 개찰구 밖에 서서 가방을 내려놓고 한참 동안 금발소녀를 바라보았다. "날 어떻게 알지요?" 그는 두 손가락으로 이마에 내려온 머리카락을 걸어 올리면서 말했다. "선양에서라고요? 무슨 메리? 장미 메리? 선양에서 여러 여자를 소개받았지만 장미 메리는 기억에 없는데."

"북방 브로드웨이 기억 안 나세요? 북방 브로드웨이의 장미 메리예요. 저 기억 안 나세요?" 금발소녀는 실망과 공포가 어린 눈으로 울 듯이 청년을 바라보았다. 그녀는 미니스커트의 호주머니에서 명함을 꺼냈다. "날 기억 못하다니 안 돼요, 안 돼요! 당신이 명함을 주면서 찾아오라고 했잖아요. 여기서 며칠 동안이나 당신을 기다렸다구요. 그런데 기억을 못한다니 말이 돼요? 안 돼요. 보세요, 당신이 준 명함이에요. 샹양춘(向陽村)에서 야참을 먹을 때 당신이 나한테 명함을 줬어요!"

"이건 내 명함이군요." 청년은 턱을 문지르며 금발소녀를 이리 저리 뜯어보고는 말했다. "전국을 순회하면서 작품을 찍을 때 명함을 줬나보네요. 하지만 난 당신이 기억나지 않아요. 정말 미안한데, 아무 인상도 남아 있지 않아요."

"아무 인상도 남아 있지 않다고요?" 금발소녀의 목소리는 싸우려는 것처럼 들렸다. "당신이 나한테 장만위(張曼玉)를 닮았다고 했잖아요. 그녀 대신 광고를 찍을 수 있다고 했잖아요!" 마치 북을 울리는 것 같은 비명이었다. 금발소녀는 발을 구르면서 말했다. "아, 열 받아, 당신들, 이곳 사람들, 전부 날, 분해 죽겠어!"

"당신은 장만위를 닮은 데가 하나도 없는데." 청년은 여전히 신사적으로 말했다. "당신은 아니에요." 그는 미소를 띤 채 금발소녀를 관찰하며 말했다. "장만위의 눈이 이렇게 둥글고 크겠어요? 장만위의 눈은 길어요. 코도 이런 모양은 아니에요. 난 눈썰미로 먹고 살아요. 눈으로 판단한 것은 절대로 함부로 말하지 않아요. 움직이지 말아요, 내가 당신의 코를 좀 봐야겠으니까. 이런, 코를 성형했군요?"

"난 성형수술을 했어요." 금발소녀는 당혹해하면서 두 손으로 얼굴을 가리더니 말했다. "야오 감독님, 내가 지금 장만위를 닮지 않았다는 건가요? 수술해서 오히려 장만위와 다르게 되었다고요?"

"안 닮았어요. 어디도 같은 곳이 없어요." 청년이 말했다. "나는 적지 않은 여자들이 성형수술을 한 걸 봐왔어요. 당신은 수술이 썩 괜찮게 된 편이군요. 하지만 장만위와 닮진 않았어요. 도리어 궁쉐화(宮雪花)를 닮았군요."

"난 궁쉐화를 닮고 싶지 않아요." 금발소녀는 이렇게 말하고는
울음을 터트리면서 청년의 가방 위에 쓰러지듯 주저앉았다. "난
엄청난 돈을 지불했어요. 그들에게 장만위처럼 만들어달라고 했
다구요. 그들이 날 속였어요, 가서 따져야겠어요, 따져야겠어요,
따져야겠어요."

누에고치가 실을 뽑는 과정처럼 조금 복잡해 보이기도 했지만,
상황은 매우 급작스럽게 되어갔다. 기차역의 사람들은 무슨 소리
인지 영문을 몰랐다. 치안 요원들은 자신들의 일 외에는 아는 게
별로 없었기 때문에 여자 검표원들에게 물었다. "장만위가 누구
야?" 여자 검표원이 그들에게 반문했다. "장만위가 누군지도 몰
라? 영화 스타잖아!" 그들이 다시 물었다. "궁 어쩌구 쉐화는 또
누군데?" "궁쉐화! 너희들은 텔레비전 볼 때 어딜 보는데, 장만위
도 모르고 궁쉐화도 모르고. 그렇게 유명한 홍콩과 대만의 영화
스타를 모르다니 텔레비전은 뭐 하러 샀어?"

그 젊은 청년은 결국 인내심이 바닥났다. 인내심이 바닥나자 세
련된 매너도 곧 바닥났다. 금발소녀가 그의 가방 위에서 일어날
생각을 하지 않자 그는 직설적으로 말했다. "일어나요, 일어나라
구요." 부드럽던 목소리는 점점 더 험악하게 변해갔고 마지막에는
분노가 실렸다. 사람이 분노를 폭발하게 되면 대개 이성을 잃는
다. 청년은 갑자기 금발소녀를 거칠게 잡아당겼다. "일어나, 난 너
랑 실랑이할 시간이 없거든. 이 가방을 들고 지금 가야 해." 그는
다시 말했다. "너 같은 계집애들 많이 봤어. 집 밖에만 나가면 갖

고 싶은 모든 것이 주어질 줄 착각하고, 예쁘다는 것만 믿고서 거만하고, 아름답다고 자신하다가 또 금방 자신을 잃고, 통속적이기 이를 데 없어. 충고하겠는데, 고향으로 돌아가. 네가 할 수 있는 일을 해. 집 밖에서 네 청춘을 낭비하지 말라고."

기차역의 사람들은 금발소녀가 자신의 팔을 움켜쥐는 것을 보았다. 아마도 청년 때문에 다친 것 같았다. 금발소녀는 온통 눈물에 젖은 얼굴로 청년을 쫓아 달려갔다. "야오 감독님, 야오 감독님, 이렇게 가실 수는 없어요!" 그러나 그 젊은 야오 감독은 그녀를 다시 상대해주지 않고 가방을 챙긴 다음 당당하게 택시 타는 곳을 향해 뒤도 돌아보지 않고 갔다. 그들은 금발소녀가 21세기맞이 괘종시계까지 따라갔다가 결국은 멈춰 서는 것을 보았다. 저녁놀에 물든 금발소녀의 미니스커트 위에 수놓인 금박 무늬가 희미하게 반짝였고, 금발소녀의 금발 역시 암홍색으로 물들었다. 소녀는 추위를 타는 듯 그대로 서서 어깨를 감싸 안았다. 치안 요원들은 이제 금발소녀에 대한 경계심을 풀었다. 한 명이 말했다. "창녀가 아니네. 더 지켜볼 필요가 없겠어." 그러나 다른 한 명은 저열한 흥미를 가지고 계속 그녀를 주시하며 자신의 동료를 불렀다. "빨리 와, 와보라고. 저 여자가 뭘 하려는 거 같아?"

금발소녀는 고개를 들어 21세기맞이 괘종시계를 바라보았다. 그녀는 미동도 없이 저녁놀 속에서 우리 도시의 21세기맞이 괘종시계를 바라보았다. 량젠의 일이 벌어진 지 얼마 안 되었기 때문에 치안 요원들은 걱정이 되었다. 한 명이 말했다. "줄사다리 치웠지?" 다른 한 명이 말했다. "일찌감치 치웠어. 관리위원회 책임자가 윗사람에게 개처럼 빌면서 훈계를 들었다더군. 윗사람이 그랬대. 21세기맞이 괘종시계를 제대로 수리하지도 못하더니 염세적인 사람들에게 제공까지 하다니, 참 꼴 좋게 돌아간다고." 그러나 평범한 선의를 조금은 갖춘 그 두 사람은 결국 21세기맞이 괘종시계 앞으로 갔다.

사실 오해였다. 금발소녀가 사탕수수 줄기를 어디서 샀는지는 알 수 없었다. 사람들은 사탕수수 줄기를 사서 만족스럽게 씹고 있었지만, 그녀는 사탕수수 줄기를 한 입 씹었다가 달지 않아서 화가 났다. 그녀는 사탕수수 줄기를 휘두르면서 21세기맞이 괘종시계를 향해 미친 듯이 돌격했다. 사탕수수 줄기는 시계탑의 좌측 우측 앞면 뒷면을 고루 공격했다. 그녀는 사탕수수 줄기로 이 도시의 윤리와 도덕을 공격하고자 한다는 것을 분명히 보여주었다. 만일 우리 도시의 어떤 사람이 그녀를 다치게 한다면 당연히 그녀는 21세기맞이 괘종시계에 화풀이를 할 것이다. 왜냐하면 21세기맞이 괘종시계는 우리 도시의 상징이자 문화의 기념탑이기 때문이다.

6월 23일 해질 녘, 비가 내린 뒤의 기차역 광장에 있는 많은 사람들이 한 금발소녀가 사탕수수 줄기로 우리의 21세기맞이 괘종시계를 때리는 것을 목격했다. 금발소녀의 얼굴은 눈물 범벅이고, 사탕수수 줄기는 21세기맞이 괘종시계의 화강암 받침을 때렸다. 이치대로 말하면 이런 행위는 파리가 코끼리에게 달려드는 꼴이었지만, 21세기맞이 괘종시계는 많은 괴로움을 겪었기 때문에 심기가 좋지 않아 사탕수수 줄기의 공격에도 통증을 느꼈다. 사람들이 이 소녀의 혈기 넘치는 행동에 의견을 활발히 내놓던 시각, 21세기맞이 괘종시계는 용서와 자비가 극에 달해 화산 같은 분노를 터트렸다. 땡땡땡땡땡땡…… 21세기맞이 괘종시계의 이상한 종소리는 금발소녀의 악행에 호응하여 우리에게 보내는 일종의 경고음이었다…… 비록 시각을 정확히 알리지는 못하지만, 그래도 난 21세기맞이 괘종시계야. 날 존중해줘, 날 잘 보호해줘, 날 멸시하지 마, 날 폭행하지 마! 땡땡땡땡땡땡…… 21세기맞이 괘종시계가 높은 과학기술과 강철의 의지로 이성을 잃어버린 금발소녀와 대결했다. 누가 이기고 누가 질 것인지 내 입으로 말할 필요는 없어, 다들 보란 말이야. 금발소녀는 마침내 문드러진 사탕수수 줄기를 놓치고 바닥에 주저앉았다. 그녀는 실패했다. 이 실패는 필연적인 것이었다. 사람들은 금발소녀가 21세기맞이 괘종시계 아래 앉아서 머리를 움켜쥐고 뼈아픈 울음을 쏟는 것을 보았지만, 단 한 사람도 그녀에게 다가가서 위로하지 않았다. 우리 도시를 모욕한 소녀를 위로한다고? 누가 그런 바보짓을 하겠는가?

어떤 꼼꼼한 사람들은 6월 23일 저녁 무렵 21세기맞이 괘종시계의 종소리를 세면서 들었다. 어떤 사람의 통계에 의하면 구백오십 번 울렸고, 어떤 사람의 통계에 따르면 천 번을 넘었다. 누구 말이 맞는지는 알 수 없었지만 21세기맞이 괘종시계는 2001년 새 천년이 시작했을 때 이천한 번을 울릴 능력이 있음을 의문의 여지없이 드러냈다. 21세기맞이 괘종시계를 건설한 부서가 허락하여 이 도시의 시민들은 이천한 번의 시계 소리로 2001년을 맞기로 했던 것이다. 사람들은 그동안 21세기맞이 괘종시계의 성능과 잦은 고장을 보도한 기사를 여러 번 보았기 때문에 암암리에 의심해왔다. 21세기맞이 괘종시계가 새천년맞이 축제 때 과연 제 몫을 할 수 있을까에 관한 의심이었다. 그러나 이제 사람들의 의심은 깨끗이 사라졌다. 비록 6월 23일이지만 천 번 이상을 쳤으니 양력 12월 31일에는 능히 이천한 번을 칠 수 있으리라고 사람들은 확신했다.

이 도시 사람들의 의심을 없애준 북쪽에서 온 금발소녀는 자신의 돌발 행동 뒤에 이런 예기치 않은 결과가 나왔다는 것을 짐작도 못했다. 6월 23일의 일만 두고 본다면 21세기맞이 괘종시계는 매사에 나쁜 일이 하나 있으면 좋은 일도 하나 있다는 것을 가르쳐준 것이다. 이는 우리 도시 북쪽 지구의 속담을 빌어 말하자면, 왼쪽 발이 똥을 밟으면 오른쪽 발은 가죽 옷을 밟게 마련이고, 나쁜 일과 좋은 일은 함께 올 수 있다는 뜻이다.

부정할 수 없는 한 가지 사실은…… 6월 23일 이후 21세기맞이 괘종시계 관리위원회의 능력과 대처를 비판하는 소리가 눈에 띄게 수그러들었고 마침내는 아예 없어졌다는 것이다.

19. 아름다운 성과 금발소녀

이른 아침 아름다운 성 안에 있는 두 대의 엘리베이터는 멋지게 차려입은 남자들과 유행에 민감한 여자들을 도시의 상공에 내려놓고 그들이 사무실로 갈 수 있도록 돕기 위해 오르내리느라 아주 바빴다. 고층건물에 드나드는 젊고 많이 배운 세대의 사람들에겐 익숙한 일이었다. 그들은 검은색 혹은 갈색 서류 가방을 들었고 여름에 유행한 남색 정장 스커트에 가죽 하이힐을 신고 다녔다. 가지런하기 그지없는 모습으로 엘리베이터 안에 서 있는 더얼쓰 회사의 영업 주임 샤오는 아름다운 성에 근무하는 화이트칼라를 대표하는 사람이기도 했다. 그들의 교양과 문화 수준, 개인의 용모는 물론 화장술에 이르기까지 모든 면에서 합격점을 받을 만했다. 샤오의 동료들이 조용히 엘리베이터에 붉은 등 표시가 들어오는 것을 보고 있을 때 금발소녀는 샤오의 자연스러운 외모와 꾸미지 않은 머리카락, 화려하고 고급스러운 A라인 스커트를 살펴보고 있었다. 민들레가 모란꽃을 보았을 때의 경외감. 금발소녀는 엘리베이터의 모서리에 기대서 초미니 스커트를 조금 끌어내려 허벅지를 덮으려 했다. 그러나 미니스커트는 원래가 짧은 것이어서 금발소녀의 튀어나온 둥근 두 무릎과 허벅지를 가릴 수 없다. 만일 누군가 아가씨들의 다리를 본격적으로 비교해보려 한다면 금발소녀의 바보 같은 문제를 발견할 수 있을 것이다. 그러나 엘리베이터 안에 있는 사람들은 기차역에서 쏟아져 나오는 사람들과는 부류가 완전히 달랐고, 아무도 금발소녀의 지나친 노출 의상에 신경 쓰지 않았다. 그럼에도 금발소녀의 눈에는 약간의 당황과 부끄러움이 비쳤고, 그녀는 자꾸만 샤오의 모습과 자태를 훔쳐보았다. 마치 부도덕한 남자가 여자를 훔쳐보는 것과 진배없을 정도였다. 샤오의 윗옷 소매 사이로 보이는 겨드랑이는 털이 하나도 없이 말끔히 정리되어 있었다. 마침 샤오는 누군가 자신을 의미심장하게 바라보고 있다는 것을 느끼고는 몸을 바로했고, 그 동작 역시 군더더기 없이 깔끔했다. "아가씨, 몇 층 가요?" 그녀는 금발소녀를 향해 웃어 보이며 말했다. "이곳은 19층인데 위에는 아무것도 없어요."

샤오는 문으로 향하면서 금발소녀의 주의를 일깨웠다. "이제 19층에 왔어요." 금발소녀는 엘리베이터에서 뛰쳐나와 샤오를 향해 말했다. "당신 회사에서는 새로운 직원 안 뽑나요?"

"우리 회사는 사람이 부족하지 않아요." 샤오가 말했다. "보아하니 당신은 사원모집 광고를 보면 어디든 찾아가나 보군요. 전공이 뭐예요?"

금발소녀는 금방 대답할 수 없었다. "난 전공한 게 없어요." 그녀는 엘리베이터 입구에서 더얼쓰 회사 사무실을 훔쳐보았다. "당신네 회사는 무슨 일을 해요? 사무실은 깨끗한가요?" 그녀는 말했다. "난 춤을 출 수 있어요. 무용수예요."

"어떤 무용을 하는데요?" 샤오는 무용에 관심이 많았고 소질도 있었다. "발레? 민속무용? 현대무용?" 그녀는 금발소녀의 몸매와 다리를 살펴보며 미소 지었다. "당신은 발레를 하진 않았겠군요. 몸매나 골격으로 볼 때 민속무용을 하는 것 같지도 않은데, 아마도 살사 댄스를 하나봐요."

춤에 대한 샤오의 지식은 금발소녀를 놀라게 했다. 그러나 천성적으로 강한 자존심이 치솟아 소녀는 교만하게 말했다. "전 어떤 춤이든 다 춰봤어요. 발레도 대단한 건 없던 걸요."

그러나 금발소녀의 심중을 꿰뚫어본 샤오는 약간의 경멸을 담아 말했다. "춤을 출 수 있다면 직업이나 기술을 가질 필요가 없지요. 여기 있을 이유가 없어요. 순평……" 샤오는 말끝이 여기 이르자 모든 의욕이 연기처럼 사라지고 흩어졌다. 순평 거리라는 지명을 말해버린 걸 그녀는 후회했다. 그녀는 금발소녀의 눈에서 경계와 적의를 읽었다. 외지에서 온 이 소녀는 이미 순평 거리가 무엇을 하는 곳인지 알고 있으며, 그 거리에 대해 같은 판단을 내리고 있다는 것을 알았다. "이제 그만 하죠, 내 일과는 관계없으니." 샤오는 어깨를 으쓱했는데 매우 매력적이었다. 그녀는 사무실로 걸어가다가 뒤에서 금발소녀가 던지는 한마디를 들었다. "아가씨, 미안하지만 엘리베이터 좀 열어줘요!"

얘는 엘리베이터도 열 줄 모르나? 금발소녀가 엘리베이터를 열 줄 모르다니! 이 사실이 샤오에게는 조금 재밌게 느껴졌다. "당신 엘리베이터 못 열어요? 진짜 못 열어요?" 샤오는 금발소녀를 대신해서 엘리베이터의 버튼을 눌렀는데 동작의 강약이 매우 분명했다. 금발소녀를 대하는 샤오의 태도가 갑자기 친절하게 바뀌었다. 그녀는 마치 아이를 어르는 듯한 말투로 물었다. "아가씨, 어디서 왔어요?" 금발소녀는 그녀에게서 애정이 충만한 시선을 느낄 수 있었다. "베이징이요." 소녀는 샤오의 성의에 거짓으로 대답했다. 샤오는 이해할 수 없었다. 그래서 그저 한마디 했다. "억양을 들으니까 베이징 사람 같진 않은데." 금발소녀는 민감한 화제로 돌아가게 될까봐 급히 엘리베이터의 붉은색 등을 바라보았다. "이렇게 높고 큰 건물에 이렇게 많은 회사가 있는데 어째서 사람을 고용하지 않는 거죠?" 샤오는 인내심을 지닌 교사가 불량한 학생을 지도하듯이 말했다. "고용하지 않는 게 아니에요. 전문적인 인재여야 하고 학력도 있어야 해요!" 그녀는 이렇게 말하고는 한숨을 내쉬었다. 소녀의 마음을 다치게 할 생각은 없었지만 방법이 없었다. "당신 같은 소녀는 아름답고 유행에 민감한 사람이지만 많이 부족해요." 그리고 잠시 침묵이 흘렀다. 성실한 엘리베이터는 바쁘게 올라오고 있었다. 금발소녀는 절망했고 그녀의 몸은 내면의 실망을 그대로 드러냈다. 그녀는 눈을 빛내며 샤오를 보았다. "당신은 참 아름답네요. 장만위처럼 생겼어요." 샤오는 웃었다. "아무도 내가 그녀를 닮았다는 말은 하지 않던데요. 내 생각엔 당신이 장만위를 닮았는데요. 골격이 아주 비슷해요, 입술도요."

샤오는 금발소녀의 얼굴이 볼썽사납게 붉어지고 눈에는 정감이
어리는 것을 보았다. 엘리베이터가 19층에 도착했다. 샤오는 금발
소녀의 윗옷에 달린 나비 브로치를 살짝 두들기며 말했다. "맞아
요, 이걸 떼어내요. 그렇게 많이 달면 조잡스러워요." 다음 순간
샤오는 너무나 놀랐다. 소녀가 브로치를 이렇게 쉽게 주리라고는
생각지도 못했기 때문이다. 소녀가 말했다. "이 브로치 가지세요.
당신 옷에 달아요, 아주 예쁠 거예요." 샤오는 무의식적으로 소녀
의 손을 밀어냈지만 그녀의 힘은 소녀보다 못했다. 금발소녀는 조
금 발끈하면서 말했다. "싸구려 아니에요. 선양의 큰 상점에서 산
거라고요!"

샤오는 얼떨결에 금발소녀의 브로치를 받아들었다. 그녀의 친
구 중에는 아무도 이런 갑작스러운 선물을 한 이가 없었기 때문에
샤오는 어리둥절했다. 그녀는 브로치를 받긴 했지만 어떻게 해야
좋을지 몰랐다. 문득 그녀가 눈을 빛내면서 금발소녀에게 길을 가
르쳐주었다. "13층의 루터 회사에 가보세요." 샤오가 말했다. "그
회사에는 직원이 많긴 하지만 여직원은 한 명도 없어요. 여비서가
필요할지도 몰라요."

7월의 아주 무더운 아침, 금발소녀는 루터 회사를 찾아갔다.

금발소녀는 루터 회사 문 앞에 서서 사무실 안에서 피어오르는
담배연기를 보았고, 안에 있는 세 남자를 보았다. 한 명은 창에 기
대어 신문을 보고 있었고, 두 사람은 탁자에서 장기를 두고 있었
다. 장기를 두는 두 사람 중 한 명이 고개를 들어 그녀를 보았고,
금발소녀는 이곳이 다른 회사와는 다르다는 것을 분명히 알아차

렸다. 그들은 누구를 찾아왔습니까, 라고 묻지 않았다. 대신 고개
를 들어 창가에 서 있는 남자에게 말했다. "더췬, 아가씨가 찾아
왔어."

20. 루터 회사와 금발소녀

커위안은 금발소녀가 경망스럽게 회사 안으로 들어오는 것을 보았다. 그는 첫눈에 소녀가 낯익다는 것을 알아채고 싼싼에게 말했다. "이 여자, 어디서 봤더라?" 싼싼은 계속 실실거리면서 소녀의 다리를 훑어보고 있었다. 그가 낮은 목소리로 중얼거렸다. "어디서 보았을까? 고객은 분명 아닐 텐데, 분명 순펑 거리에서 봤을 거야." 그들은 금발소녀가 더췬이 순펑 거리에서 관계한 여자라고 생각했다. 비록 더췬이 진실하지 못한 사람이긴 해도 밖에서 함부로 나다니는 사람은 아니었다. 결과적으로 그들이 더췬을 잘못 보았다는 게 증명되었는데, 금발소녀는 열정적이고도 급박하게 더췬을 향해 달려왔지만 더췬은 그녀를 몰랐기에 경계의 빛을 띠었다. 이때 커위안은 그가 일부러 그러는 게 아니라는 걸 알아챘다. 그는 정말로 금발소녀를 모르는 것이 분명했다.

"난 당신을 모르는데요. 누가 보내서 왔어요?"

"누가 보내서 오다니요?" 금발소녀가 몸을 흔들며 말했다. "내 스스로 보내서 왔다면 될까요. 당신네 회사에서 사람을 구한다는 소리를 들었거든요."

"누가 우리 회사에서 사람을 구한대요?" 더췬이 말했다. "아가씨가 분명히 잘못 아신 겁니다. 우리는 사람이 필요하지 않아요. 여기 일은 다른 곳과는 정말 달라요. 음, 그러니까, 전문적인 인재가 필요한 거요. 아가씨는 필요 없어요."

"나도 전문적인 인재라고요. 왜 내가 전문적인 인재가 아니라고 생각하는 거예요?"

"그럼 어떤 전문성을 갖고 있죠?" 더췬이 웃으면서 수작을 걸었다. 그는 금발소녀를 위아래로 훑어보다가 곧 정색을 하고 신중하게 말했다. "내가 봤을 때 당신의 차림은……" 더췬은 말을 잠시 멈추고 자기의 판단을 부정했다. 꼭 그렇진 않을 수도 있다는 생각이 들었다. 요즘 여자아이들은 국제적인 유행을 좇는 경우도 많고 입는 것도 그러니까, 뭐라더라, 꼭 고리타분하게 판단할 필요는 없다, 라고. "아가씨 외국어 배웠어요? 영어나 프랑스어, 일어 할 수 있어요?"

"조금이요." 금발소녀는 창밖으로 얼굴을 돌리면서 말했다. "네, 조금씩 할 수 있어요."

더췬의 입에서 속사포처럼 이상한 음절의 말이 쏟아졌다. 일어였는데 대체적인 의미는 이랬다. 당신처럼 예쁜 소녀가 여기 와서 뭐 하는 거지요? 그렇고 그런 일을 하는 건 아닌가요? 하룻밤에 얼마면 되겠어요?

금발소녀는 어리둥절해져서 고개를 숙였다. 못 알아들었기 때문이다. "오빠, 저 외국어는 다 잊어버렸어요. 제 전공은 외국어가 아니에요. 전 춤을 췄어요. 춤을 추는 무용수예요."

"뭐 하는 사람이라고요? 무용수요?" 더친은 호기심으로 금발소녀를 바라보았다. "무용수라면 춤을 추러 가야죠, 왜 우리 회사에 온 거죠? 우리는 가무단이 아니에요. 당신이 근무하던 가무단이 망했나요?"

"네, 그래요. 망했어요." 금발소녀는 더친의 책상을 두드리고는 기차역 광장이 내다보이는 창문 앞으로 다가갔다. "여기는 전망이 아주 좋네요. 저 괘종시계도 볼 수 있구요!" 그녀는 재미있다는 듯이 소리를 질렀다. "뭐든 다 보이는데요. 꼭 산 정상에 올라온 것 같아요!"

"아가씨, 어디서 왔어요?" 더친은 일어나면서 열어놨던 서랍들을 잠갔다. "아가씨, 도쿄에 가봤어요? 안 가봤군요. 여기를 보고 산이라니, 도쿄의 긴자에 있는 백화점에 가면 기절하겠네요. 그건 달보다도 높아 보이거든요."

"도쿄에 갈 뻔했어요. 막판에 비자가 안 나와서 못 갔지만." 금발소녀는 거대한 건물이 있다는 도쿄에 대해서는 전혀 알지도 못하면서 자신이 그 이국의 도시에 대해 갖고 있는 견해를 말하기 시작했다. "도쿄 사람들의 헤어스타일은 정말 유행이 빠르죠. 그렇지만 체형이 못생겼어요. 여자애들은 전부 안짱다리구요."

"편견이에요. 당신이 일본 여자를 몇 명이나 봤다고." 더친이 가볍게 웃기 시작했다. 그는 뭐라고 말해줘야 할지 당황스러워서

190

싼싼과 커위안에게 눈짓을 보냈다. 그들은 재빨리 눈치를 채고 응대했다. "우리 사장님과 일본에 대한 이야기는 하지 말라구. 사장님은 일본에서 육 년이나 유학을 하셨으니까!" 싼싼이었다. "우리 사장님은 일본통이야. 일본 아가씨와 결혼할 기회도 있었지!" 뒤따라 다른 목소리가 사족처럼 덧붙었는데 커위안이었다.

"딱 육 년은 아니었어, 오 년 구 개월이었지." 더췬이 정정했다. "아가씨는 북쪽 사람인가? 발음을 들으니까 딱 둥베이 사람인데?"

"아니에요, 아니라구요." 금발소녀가 말했다. "난 베이징 사람이에요."

"베이징 어디? 어느 가무단에서 일하다 왔는데?" 더췬이 말했다. "베이징의 가무단은 내가 잘 알지. 국립 가무단이 어떻게 망할 수가 있지? 아가씨, 대체 어디서 온 거야?"

"이 아저씨가 무슨 말을 하는 거야? 내가 사기꾼이라도 된다는 거예요?" 금발소녀가 당황한 건지 화가 난 건지 알 수 없는 미묘한 태도로 더췬의 장기판 위에 앉았다. "도대체 나를 고용할 거예요, 말 거예요? 고용할 거면 다 말하겠지만, 고용하지 않을 거면 아무것도 말할 필요가 없잖아요, 말해봐야 헛수고인데."

더췬은 왠지 모르게 웃음이 나왔다. 그는 커위안과 싼싼에게 눈짓을 보냈다. 그것은 발사 신호와도 같았다. 즉시 그 뜻을 알아낸 싼싼은 어깨를 삐뚜름하게 올렸다. 커위안은 한 박자 늦었는데, 계속 싼싼 뒤쪽에서 금발소녀를 관찰하고 있었기 때문이다. 그가 말했다. "어디선가 봤는데, 본 사람이야."

"너 춤을 춘다고?" 싼싼의 눈빛이 수정처럼 빛나면서 금발소녀의 몸을 훑어보더니 말했다. "우리에게 춤을 좀 보여주겠어?"

"무대가 없는…… 무대가 없는데 어떻게 춤을 춰?" 금발소녀가 말했다. "당신들은 정식으로 사람을 초청하지도 않았잖아. 왜 내가 당신들을 위해 춤을 춰야 하는데? 게다가 나는 길거리에서 내키는 대로 앙가(秧歌)*를 추는 노파가 아니야."

"우리가 손님을 초청하지 않을지 어떻게 알아?" 싼싼이 말했다. "지금이라도 무대를 마련하면 되는 거 아닌가? 민요사설이라도 해보지그래? 면접을 하는 거야, 어때? 네가 춤을 추지 않으면 우리가 어떻게 네 실력을 알아?"

금발소녀는 여전히 더촨의 장기판 위에 앉아 있었지만, 긴장해서 몸을 떨고 있었다. 그녀는 두려운 눈으로 싼싼을 보다가 다시 더촨을 보았다. 그리고 말했다. "안 할래요. 난 저 사람 말은 듣지 않겠어. 당신이 사장이죠, 저쪽은 직원이고. 난 당신의 지시에 따르겠어요. 당신이 춤을 추라면 출게요."

더촨 역시 조금 곤란했다. 더촨의 미소에 매우 심란한 그의 심사가 드러났다. 그가 시키면 춤을 추겠다는데, 시킨다고 해서 무슨 손해를 보겠는가. 더촨은 목에 맨 넥타이를 매만지며 말했다. "당신, 모습은 참 개방적인 것처럼 보이는데, 엄청나게 보수적이군."

금발소녀는 잠시 생각하고 나서 더촨에게 물었다. "무슨 춤을 출까요? 당신과 맘보를 추면 어떨까요?"

---

* 징과 북 반주에 맞춰 춤과 노래를 하는 중국 북방 지역의 농촌 연회. 길거리나 공원에서 노인들이 모여 앙가를 즐기며 소일한다.

"맘보는 무슨." 더췬이 말했다. "난 그저 스텝밖에 못 밟는데. 싼싼, 맘보 출 줄 알아? 네가 이 아가씨랑 춰보는 게 어때?"

싼싼이라는 사람은 여성의 몸을 극도로 숭배하는 인물이라 이 좋은 기회를 절대 놓칠 리가 없었다. 그는 과감히 금발소녀를 사무실 가운데로 이끌었다. "내가 양보라는 춤을 알지는 못하지만 춤이란 춤은 다 한 번씩 춰봤지." 싼싼의 두 손이 금발소녀의 몸을 더듬었다. 그러나 소녀는 그의 손을 뿌리치지 않았다.

"양보도 아니고 만보도 아니에요. 잘못 들었군요. 맘보라구요." 금발소녀는 약간 화가 나 있었다. 그녀는 싼싼의 손을 새로 고쳐 잡고, 자신의 허리에 제대로 올려놓았다. 그러나 그녀는 막 고쳐 잡은 두 손을 뿌리쳐버렸다. "아휴, 이 오빠 미치겠네. 부탁인데, 좀 주무르지 말아줄래요? 난 맘대로 주물러도 되는 헝겊인형이 아니에요." 그녀는 고개를 들고 눈알을 굴렸는데, 싼싼의 경박한 행동거지에 대한 불만의 표시였다. 이렇게 서서 잠시 시간이 흐르자 모두 멋쩍어졌다. 금발소녀는 다들 멋쩍어하는 것을 깨닫고는 손으로 옷을 털어 매무새를 가다듬으며 고개를 숙였다. "여긴 음악이 없네요. 음악이 없으면 맘보를 출 수 없어요. 음악에 맞춰야만 하니까."

싼싼의 손이 무의식적으로 금발소녀의 허리를 향해 갔다. "어디서 이렇게 깐깐하게 굴어?" 싼싼이 긴 몸으로 금발소녀를 덮쳐안으며 말했다. "춤 한번 추자니까. 음악 없어도 춤은 출 수 있어." 싼싼의 머리가 열정적으로 금발소녀의 귀로 다가갔다. 그는 더췬을 향해 눈을 찔끔하고 다시 커위안을 향해 눈치를 보냈다. 커위안, 커위안, 눈 한번 찔끔 감고 날 그냥 놔둬. 내 재미를 방해하지 말라구.

금발소녀는 싼싼의 혼란스러운 스텝에 끌려 다녔다. 그녀는 무거운 짐을 짊어진 듯한 표정을 지으며 인내심을 발휘하여 열심히 스텝을 맞춰주었는데, 가난한 농촌에 봉사 나온 예술가가 서민과 어울리는 모습을 연상시켰다. 그러나 그녀는 금세 싼싼의 등에 댔던 손을 떼고, 손으로 입을 가렸다.

"왜 웃는 거야?" 더췬이 커위안에게 물었다.

"의기양양해하지 마, 널 보고 웃잖아." 커위안이 싼싼에게 말했다. "네가 춤추는 모습이 꼭 오리가 뒤뚱거리면서 걷는 거 같아. 제대로 할 줄 모르는 거야?"

"난 비웃은 게 아니에요." 금발소녀가 계속 입을 가린 채 말했다. "난 웃은 게 아니에요. 저 사람의 입 냄새 때문이에요. 난 입 냄새를 제일 싫어해요."

싼싼은 열정을 상실했다. 그는 천천히 금발소녀를 놓아주더니 그녀를 커위안 앞으로 밀어냈다. "내가 입 냄새가 난다고?" 싼싼은 커위안과 비교해서 자기를 변명하려는 듯했다. 싼싼이 말했다. "저 녀석 냄새를 맡아봐. 나보다 더 지독할걸."

커위안은 민망한 듯 금발소녀 앞에 서서 싼싼에게 욕을 했다. "네미 붙을 개새끼, 난 매일 두 번씩 이를 닦는다고. 입 냄새가 어디 난다고 그래?" 커위안은 싼싼에게 분노의 화살을 퍼부으러 다가가다가, 어떻게 벗겨졌는지 금발소녀의 하이힐을 밟을 뻔했다. 커위안이 그녀의 신발을 잡으려고 몸을 굽혔고, 금발소녀 역시 허리를 숙였다. 두 사람의 머리가 거의 부딪힐 뻔했지만, 금발소녀의 손이 좀더 빨랐다. 그녀는 강도라도 만난 듯이 두려워하며 구두를 잡았다. 커위안은 싼싼이 악의적으로 웃는 소리를 들었다. 그가 고개를 들자 더췬과 싼싼의 눈빛이 금발소녀의 짧은 치마에 집중되어 있는 것을 보았다. 그들은 빠르게 시선을 교환했고, 미친 듯이 웃기 시작했다. 커위안은 바보가 아니었기에 그들이 무엇을 보고 웃는지 알고 있었지만 자신은 웃지 않았다. 오히려 굉장히 엄숙한 표정을 지었다. 그는 아무것도 보지 못했다는 듯이 굴면서 눈으로 금발소녀의 치마에 눈치를 주었다. 치마라는 것은 길이가 어떻든 간에 입은 주인의 사생활을 보호해야 한다. 치마 역시 커위안의 눈치를 알아들은 듯이 소녀가 몸을 일으키는 것을 따라서 천천히 내려와 소녀의 엉덩이와 허벅지를 제대로 덮었다. 그러나 소녀는 커위안의 어물쩍거리는 눈빛을 보았다. 그녀는 갑자기 하이힐을 들어 커위안의 허리를 찍었다. "당신 뭘 보는 거야?" 그녀는 노기등등한 눈으로 커위안을 보며 말했다. "이제 알겠어, 여기 있는 당신들 중에 괜찮은 작자는 하나도 없어!"

커위안은 대표로 욕을 먹었지만 아무 짓도 하지 않았다는 것을 증명할 방법이 없었기에 그저 분노한 눈을 더췬과 싼싼에게 돌렸다. 그들 두 사람은 웃음을 참느라고 무척 고생하고 있었다. 사실 더췬은 일본에서 유학한 고상한 신분이 아니었다. 하늘이 굽어보고 땅이 올려다보며 웃을 일이었기에 몸을 숙인 채 허리가 끊어질 듯 웃었고, 너무 웃어서 기운이 없을 정도였다.

"당신들 어떻게 된 거야? 여기 정신병원이야?" 금발소녀는 노한 음성으로 더췬에게 퍼부었다. 그녀는 화가 나 신발을 신으며 말했다. "당신들은 대체 제대로 무대를 만들 생각이 있는 거야. 몇 마디 말로 나를 굽신거리게 만들다니! 말할 가치도 없는 인간들, 당신들을 상대하다니." 금발소녀의 기세는 아름다운 성의 사무소장에게 전쟁이라도 하러 갈 것처럼 노기등등했다. 그녀는 문을 향해 가면서 말했다. "당신들이 날 무시했다 이거지. 나도 당신들을 무시하면 되겠군. 사람 희롱하자는 거야?"

사람은 어느 순간 길을 가다가 멈칫하는 경우가 있는데, 이는 구직 경험이 있는 이들에겐 공통된 것이다. 그들의 한 다리는 문을 넘어서려고 앞으로 나서지만, 다른 한 다리는 문턱 안쪽에서 잠시 머물며 마지막 한 가닥 기대를 버리지 못한다. 커위안에게 물어본다 해도 이 상황에 대해 제대로 들을 수는 없겠지만 금발소녀가 당시에 이런 식으로 루터 회사의 문에 서 있었을 것임을 짐작할 수 있다. 그녀는 고개를 돌려 더췬을 보면서 자신의 치마를 끌어내렸고, 더췬은 잠시 우두커니 그녀를 바라보았다. 그의 눈에는 더러운 욕망의 불길이 치솟았다. 무자비하고, 음란하고, 강렬한. 그는 아무 말도 하지 않고 그저 싼싼을 바라보았다. 싼싼은 갑작스럽게 급히 일어섰다. "아가씨, 섹시한 춤은 못 추나?"

금발소녀는 자신이 당면한 이 가혹한 상황에 대해 진지하게 생각했다. 그녀는 망설였다. 그녀의 한쪽 다리는 뒤쪽으로 향하고, 하이힐은 문턱 위로 올라와 있어 자태가 약간 요염했다. 이런 모습은 그녀가 선택했음을 의미했다. 만일 우리가 그녀의 친숙부라거나 친구라면, 만약 우리가 그녀가 루터 회사에서 직업을 찾는 것이 아무 소용 없음을 미리 알 수 있다면, 우리는 이런 보람 없는 길에 들어서려는 소녀를 일깨워서 빨리 돌아가라고 재촉할 것이다. 그러나 금발소녀는 이미 독립할 나이가 넘은 성년이다. 남에게 잘 속고, 자신감이 지나친 사람일수록 들어야 할 격언을 함부로 무시하곤 한다. 얼떨결에 닥친 기회에 대한 욕망이 그녀에게 위험한 선택을 하도록 했다. "난 무슨 춤이든 다 잘 춰요." 그녀는 가볍게 손가락을 놀려 루터 회사의 문간을 훑었고, 담판을 짓듯이 들어섰다. "그렇지만 다시 헛고생을 시킬 생각은 하지 말아요." 그녀는 말했다. "나는 무대가 마련되었을 때만 춤을 춰요. 월급에 대해서 상의해보조. 난 최저임금을 받을 생각은 없어요."

"상의할 수 있지." 싼싼이 더촨을 보며 말했다. "네가 춤을 잘 추기만 한다면, 월급이야 생각해주지."

커위안은 반응이 좀 둔했다. 그가 말했다. "어디서 무대를 구해 그녀에게 춤을 추도록 할 거야? 탁자 위에서 춤추라고?"

더촨은 탁자 위의 물건을 정리하기 시작했다. "탁자 위에서 춤추면 돼. 내 탁자는 원목이니까 춤을 춘다고 망가지지 않아." 그는 말했다. "도쿄에 있을 때 클럽에 가봤는데 무용수가 탁자 위에서 춤을 추더군. 아주 훌륭했어."

"나는 쇼걸이 아니에요." 금발소녀가 문에서 소리 질렀다. "나는 정식 무용수예요. 말해두겠는데, 나는 베이징에서도 일했고 선양에서도 일했어요. 그때 모두들 나를 존중했어요. 탁자는 탁자일 뿐이라고요. 말해두겠는데, 나를 좀 존중해주시죠."

"존중해달라, 들었어?" 싼싼이 커위안에게 말했다. "보기만 하고 만지면 안 돼. 그게 섹시한 춤을 출 때의 규칙이지. 확실히 알아들었어?"

커위안이 싼싼을 걷어차며 말했다. "이딴 소리를 하다니, 내가 널 모를까봐. 네 손은 어디 가든 집적대잖아. 나한테 말할 게 아니라 네 스스로 규칙을 지키면 돼."

더췬은 주도면밀하게 상황을 살핀 다음 문으로 가서 바깥을 잠시 둘러보고는 조심스럽게 문을 닫았다. 또한 금발소녀의 시선에 공포감이 서려 있는 것을 놓치지 않았다. 그는 잠시 웃더니 소녀의 몸을 어루만지면서 말했다. "우리가 널 어떻게 하겠다는 게 아니야. 우리는 여기 명패를 걸고 있는 회사거든. 장사를 하는 사람이라구. 법에 어긋나는 일은 절대 하지 않아."

길거리와 복도의 왁자지껄한 배경음악이 순식간에 단절되었다. 방 안에는 침묵만이 흘렀다. 금발소녀는 더췬의 탁자 위로 올라가서 머리카락을 매만졌다. "음악이 없어." 그녀는 붉어진 얼굴로 좌우를 훑어보며 말했다. "음악 없이 춤을 추면 굉장히 흉할 거예요. 누구 워크맨 없나요?" "워크맨이 뭔데?" "들고 다니면서 음악을 듣는 기계요. 그것도 몰라요?"

"아가씨, 너무 전문적으로 깐깐하게 굴지 마. 음악이 필요하다면 우리가 노래를 불러주지." 싼싼이 손으로 탁자를 치면서 말했다. "커위안, 그녀에게 웅얼웅얼 노래 좀 해드려. 박자나 맞추면 되니까."

커위안은 싼싼을 밀어냈다. "누나랑 붙어먹을 놈, 넌 노래 못해?" 커위안은 싼싼이 아가씨 앞에서 일부러 저속하게 구는 데에 심한 반감을 가졌지만, 그 자신 역시 방금 욕을 했기 때문에 더췬에게 한 소리 들었다. "목구멍 위생에 신경 좀 쓰지!" 커위안은 더췬이 생트집을 잡는 말투에도 반감을 갖고 있었다. 목구멍 위생에 신경을 쓰면 교양이 올라가나? 다른 쪽 위생에는 아무도 주의를 기울이지 않잖아? 그러나 커위안은 요즘 더췬과의 관계가 껄끄럽다는 것을 느끼고 있었고, 개선할 필요가 있다는 것도 알았기에 이 소녀 앞에서는 더췬의 체면을 좀 살려줘야겠다고 생각했다. 그래서 암암리에 올라오는 화를 누르면서 더췬을 한쪽으로 밀어내고 말했다. "더췬, 뭐 하러 서 있는 거야. 좀 쉬라고. 앉아, 앉아."

루터 회사의 세 사람은 한 명은 앉고 두 명은 선 채로, 뭔가 괴상한 기분으로 탁자 위의 금발소녀를 바라보았다. 금발소녀는 이미 춤을 추기 시작했다. 딴딴, 딴딴…… 그녀는 스스로 박자를 맞추면서 탁자 위에서 허리와 엉덩이를 흔들었다. 혐오감으로 가득한 그녀의 얼굴에는 기계적인 미소가 어렸고, 매우 부자연스러워 보였다. 그녀의 몸짓은 단조롭고 딱딱했으며 요염한 느낌은 거의 없었다. 그녀는 왼손을 천천히 들어 올리면서 딴딴, 딴딴 박자를 맞췄고 다시 오른손을 들어 올려 왼손과 맞부딪쳤다. 두 손이 내는 소리는 그녀의 뱀 같은 부드러운 허리와 호응하며 울렸다. 금발소녀는 꽃처럼 탁자 위로 흐드러졌다. 그녀는 춤에 몰입했고, 취했다. 미소는 뜨거운 열정으로 변했고, 위화감과 멋쩍음은 사라졌다. 금발소녀의 춤은 광기가 서리고 섹시해지기 시작했다. 딴딴, 딴딴…… 그녀는 스스로 음악과 박자를 맞춰나갔으며 움직임도 더욱 다양하게 변했다. 세 관중 중 두 명이 박수를 치기 시작했는데, 커위안의 박수 소리는 박자를 제대로 맞췄지만, 더천은 기계적으로 박자를 맞추면서 농염함의 정도와 자태를 살폈다. 곧 죽어버릴 듯한 모습의 싼싼은 탁자 아래서 머리를 미친 듯이 젓고 있었다. "안 돼, 안 돼." 그가 말했다. "이게 무슨 섹시한 춤이야? 아가씨는 우리를 촌놈으로 아는 거야?"

"천천히 시작하는 거야, 천천히." 더천이 싼싼을 나무랐다. "아무 말 하지 마, 일본에서는 이런 춤을 출 때 손님은 절대 말해서는 안 돼."

"말을 안 하면 어떻게 해? 춤을 이렇게 엉망으로 추는데, 너무 보기 싫은데." 싼싼은 금발소녀에게 좀더 많은 것을 기대했는데 실망하고 말았다. "저 여자 손을 흔드는 게 틀려먹었어. 디스코를 추는 건가. 쳇, 너 손 내려. 틀렸다니까, 이렇게 내리면 안 돼. 움직여, 움직이라니까. 씨발, 하나도 재미없어! 손을 어떻게 놀려야 하는지 내가 가르쳐주마. 못하겠다고? 내려와, 내려와. 계속 그렇게 출 거면 당장 내려오라고."

탁자 위에서 춤을 추던 금발소녀가 갑자기 멈췄다. 그녀의 미소는 의혹으로 변했다. 분명히 싼싼의 항의를 들었음에도 그녀는 눈을 빛내며 더천에게 질문했다. "정말로 내가 추는 게 성에 안 차나요? 당신은 일본에 가봤으니까 내 수준에 대해 말해줄 수 있겠죠?" 더천은 바로 부정하지는 않았다. 그는 입에 시가를 물고 영화 속 보스처럼 냉정하게 금발소녀를 보았다. 그리고 손바닥으로 탁자를 두 번 쳤다. 커위안은 그 뜻을 알아들었다. 좀더 열렬하게, 좀더 열렬하게, 좀더 개방적으로, 좀더 개방적으로. 커위안이 입을 열었다. 그의 눈은 탁자 위의 소녀를 동정하고 있었지만, 입에서는 선택의 여지없이 더췬의 손짓을 설명하는 말이 나왔다. "좀더 개방적으로 해봐, 춤을 더 개방적으로 추라구." 커위안이 말했다. "우리 사장님은 일본에서 오신 분이야. 눈이 아주 높으시지. 넌 이분을 만족시켜야 해."

금발소녀는 그곳에 서 있었다. 얼굴은 붉어졌다 창백해졌으며, 눈에서는 그녀의 머릿속에서 벌어지고 있는 싸움이 그대로 드러났다. 좀더 개방적으로 할 것인가 말 것인가? 개방적으로 한다면 어느 정도까지? 그리고 머릿속의 싸움은 초보적인 결론을 얻었다. 그녀는 마치 완성 검사를 받기 전에 갑자기 고장을 일으킨 전자제품처럼, 반드시 재검사를 받아야 하는 고장을 일으킨 것처럼 보였다. 금발소녀는 옷을 벗고 싶지 않았다. 그녀는 가볍게 커위안과 싼싼을 일별했다. "당신들 말이야, 좋은 물건이 아니야. 내가 당신들이 뭘 보려는지 모를 거 같아? 난 알아." 기계는 다시 시동을 걸었고, 금발소녀는 조심스럽게 탁자 가운데를 향해 딴딴 딴 박자를 계속 만들어갔다. 이때 그녀의 손이 자신의 자주색 윗옷을 잡고, 천천히 조금씩 위로 올리기 시작했다. 소녀의 표정은 아주 긴장해 있었고, 루터 회사의 문에서 시선을 떼지 못했다. 그리고 문이 열리지 말아야 한다는 듯이, 누군가 갑자기 들어오면 어떻게 하냐는 듯이 더췬을 바라보았다. 더췬은 영리했기 때문에 고개를 돌려 문을 보고는 소녀를 향해 고개를 흔들었다. 뜻은 매우 분명했다. 염려 마, 누가 오진 않을 거야. 마음 놓고 벗어, 벗어, 벗으라니까.

실내의 공기는 순식간에 진지해졌고 커위안은 바보 같은 웃음을 참을 수가 없었다. 이때 웃으면 증오를 불러일으킬 것이 분명했기에 더췬은 그를 노려보며 무서운 목소리로 대수롭지 않은 듯 말했다. "너 웃으려면 나가서 웃어."

커위안은 다시는 웃지 않았다. 원래가 이런 식인데, 커위안이 다시 웃어서 뭘 어쩌겠는가. 그는 담담히 탁자 위의 소녀에게 집중했다. 그때 갑자기 기차 경적 소리가 들려왔다. 그는 기차가 루터 회사의 창을 지나쳐 가는 것을 보았다. 기차는 소녀의 등 뒤를 스쳐 지나갔다. 커위안은 자신의 비밀을 알고 있었고, 그 비밀로 인해 추태를 보이리라는 것도 알고 있었다. 커위안은 신음 소리를 내면서 무엇이든 박아버릴 것처럼 허리를 앞뒤로 흔들었고, 소파에 기대어 금발소녀의 백옥 같은 배가 조금씩 드러나는 것을 보았다. 또 금발소녀의 백옥 같은 풍만한 상반신에 묶여 있는 브래지어가 드러나는 것도 뜨겁게 바라보았다. 기차가 지나가고 커위안은 자신의 귀에 울리는 환청을 들었다. 벗지 마, 벗지 마. 그는 환청과 함께 욕망의 뒷골목으로 달리고 있었다. 벗지 마, 아가씨, 당신은 속아 넘어간 거야.

금발소녀 역시 그 환상의 기차를 보았을지 모른다. 커위안은 그녀가 몽롱하게 머리를 뒤로 젖혀 창을 본 것을 기억했고, 욕을 들은 것 같기도 했다. 소녀의 손이 등 뒤에서 멈추며 조금 흔들렸다. 마치 번개에 맞아 감전된 것 같아 보였다. 커위안은 소녀가 탁자 위에 서 있는 것을 보았다. 두 손으로 얼굴을 가린 채 소녀는 발로 신발을 찾았지만 찾지 못했다. 탁자 아래로 굴러 떨어졌기 때문이다. "안 해!" 소녀는 얼굴을 가린 채 소리를 질렀다. "나 안 해!" 그리고 그 자신이 탁자 위에 있음을 깨달았다. "안 해!" 그녀는 이렇게 소리를 지르며 탁자에서 뛰어내려왔고, 커위안은 벌떡 일어났으며, 더췬과 싼싼 역시 일어섰다. 그들은 금발소녀가 하이힐을 제대로 찾아 신지도 못한 채 온통 눈물 범벅으로 손에 신발을 들고 바람처럼 루터 회사를 빠져나가는 모습을 지켜보았다.

이것이 커위안과 금발소녀가 루터 회사에서 두번째로 우연히 마주쳤던 사건이었고, 굳이 어떤 의의를 부여하자면 그들이 공통적으로 함께한 성(性)적인 순간이었다. 어떤 상황에서도 냉정함을 잃지 않는 더췬은 가만히 있었지만, 커위안과 싼싼은 금발소녀를 쫓아 나갔다. 그들은 금발소녀가 복도에서 둥베이 사투리가 확연한 목소리로 그들을 욕하는 소리를 들었다. "날 가지고 놀았겠다, 짐승들, 너희 셋은 모두 사람이 아니야. 하나는 돼지고, 하나는 늑대고, 하나는 개야."

커위안에게 남겨진 금발소녀의 인상은 아주 깊었다. 그녀가 추다가 갑자기 그친 섹시한 춤 때문이 아니라, 바로 금발소녀의 울음과 욕이 매우 직설적이었기 때문이다. 그녀는 어째서 그들을 돼지, 늑대, 개로 나누었을까. 돼지는 더췬이라고 하면 더 말할 나위가 없었다. 그는 돼지처럼 살쪘으니까. 늑대라고 한 것은 싼싼이 분명하겠지, 싼싼은 언제나 늑대처럼 흉악하고 인정이 없으니까. 사람을 대할 때도 늑대의 발톱으로 어깨를 할퀴고 물어뜯을 수 있으면 물어뜯지. 그럼 누가 개인가? 지 숙부랑 붙어먹을 년. 내가 개야? 내가 더췬의 개야? 커위안은 부지불식간에 욕을 해댔다. 쌍

년, 인간이 덜 됐어. 옷을 벗으려는 걸 내가 멈추게 해줬는데, 나더러 개새끼라고 욕을 해!

"어디선가 그녀를 봤어." 나중에 루터 회사 사람이 금발소녀에 관해 물었을 때, 커위안은 계속 그렇게 말했다. 커위안에게 순평 거리에서 본 게 아니냐고 물었지만 그는 말했다. "아마 순평 거리가 아니었을 거야. 내가 놀러가는 곳은 많으니까. 어딘가에서 분명히 그녀를 보았는데. 기억이 불분명하지만 그녀를 전에 보았던 건 확실해." 커위안이 금발소녀의 이야기가 나올 때 열정을 담아 자연스럽게 말하자 다른 사람들이 추측을 하기 시작했다. 더췬은 커위안이 금발소녀에게 한눈에 반한 게 아닌가 하는 의문을 가졌지만 쌴쌴은 비웃었다. 그 개껍데기가 누구를 본들 사랑에 안 빠지겠어? 누구를 보든 바로 사랑에 빠지지. 비녀만 봐도 사랑을 느끼잖아. 걔는 밤일 능력이 망가져서 안 돼. 한눈에 사랑에 빠지든 세 눈에 사랑에 빠지든 소용이 없다고.

21. 전등과 기차가 커위안의
성적 능력에 끼친 영향

커위안은 정말 진정하기 어려웠다. 쏸쏸이 그의 개인적인 비밀을 조금씩 사람들에게 흘리기 시작하더니 이제는 피할 수 없는 물줄기를 뿌리듯 성적 능력에 대해서까지 떠벌렸기 때문이다. 오해를 피할 수 없는 상황이었다.

커위안의 비밀을 공개하는 것은 쉬운 일이 아니다. 그의 분노를 피할 수 없기 때문이다. 또한 그의 비밀을 알려면 먼저 그의 어린 시절 환경과 집에 대해, 그리고 전등에 대해 알아야만 한다.

옛 기차역의 지형에 익숙한 사람이라면 분명히 순평 거리 주변이 철도로 둘러싸여 있었다는 것을 기억할 것이다. 또한 커위안을 잘 아는 사람이라면 커위안 일가가 다 생존해 있을 때에 선(沈) 노인의 훈제육 가게 건물에서 삼대(三代)가 내내 살았다는 것도 기억할 것이다. 커위안의 가족은 하방(下放)*에서 돌아온 뒤 계속해서 훈제육 가게 건물에서 살았다. 사람들은 커위안의 집을 순평 거리의 전등 없는 집이라 불렀다. 어째서 전등이 없었을까? 이것은 역사적인 흔적과 관계가 있었다. 60년대 우리 지역에 전기가 들어오기 시작했을 때 훈제육 가게에는 전선을 설치하지 않았는데 그게 누구의 책임인지는 아무도 몰랐다. 나중에 많은 사람들이 화려한 네온사인을 설치했을 때에도 훈제육 가게에는 여전히 전등이 없었는데, 그 책임은 아마도 선 노인에게 있었을 것이다. 그러나 선 노인을 탓할 수만은 없었다. 그는 훈제육 가게에는 전기가 필요 없다고 주장했는데, 절인 돼지 발이나 절인 오리고기나 백주 대낮에 파는 물건이고, 절인 고기는 냉장할 필요도 없으니 전등도 냉장고도 필요 없다는 것이었다. 국가와 정부를 위해 전기를 절약해주는 것이 뭐가 나쁜가? 선 노인이 괴팍하다는 것은 모두가 알았지만, 또한 선량하고 먹고 쓰는 것을 합리적으로 절약했기 때문에 그의 괴팍함을 책망하기도 쉽지 않았다. 그러니 커위안 일가가 얼마나 어렵게 기름램프를 켜고 암흑을 인내했을지는 상상에 맡길 일이다. 만약 지금 이웃들을 방문하여 회고하게 한다면, 사람들은 커위안의 아버지와 전등 사이에서 일어난 일을 모두 기억해낼 것이다. 무슨 교육적 효과가 있는 이야기는 아니었지만, 커위안이 청소년 시기에 밤 생활을 제대로 하지 못한 것에 대한 설명은 되므로, 이야기하는 것도 무방하겠다.

커위안의 아버지는 전등 문제 때문에 한동안 골치 아픈 시간을 보냈는데, 간이 다 타들어갈 지경이 되어 전력공사에 달려가기를

---

* 농촌 지역으로 강제 파견되어 노역을 하는 일.

여러 차례 했지만, 그쪽에서는 절대 있을 수 없는 일이라면서 지금이 어떤 시대인데 전등도 없이 그동안 살아올 수가 있느냐고 반문했다. 커위안의 아버지는 바로 전력공사를 욕하면서 관료주의를 비난했다. 이는 일반적인 상황이 아니었다. 예전의 관료주의적 행태가 얼마나 많은 사람을 골치 아프게 했는지는 다들 잘 기억할 것이다. 커위안의 아버지 역시 하방 간부 경험이 있었기에 여러 상황을 겪어보았지만 이때만큼은 제대로 사태를 파악하지 못했다. 그는 당연히 사람들을 데리고 그의 집으로 가서 전등이 정말 없다는 것을 증명해 보이려 했다. 전력공사 사람은 그렇다면 자동차로 자신을 모셔가라고 요구했다. 커위안의 아버지는 화가 폭발했다. 그는 담당자가 그가 속한 기관의 위세와 권력을 믿고서 자기를 놀린다고 여겼고, 그건 사실이었다. 순펑 거리 사람들은 모두 개탄했다. 커위안의 아버지가 그저 고개를 숙이고 겸손하게 부탁했으면 되었을 것을 미친 사람처럼 국가를 상대로 대등하게 맞서려 하고 전력공사 사람과 짐승처럼 실랑이를 벌였으니, 그것도 여자 담당자를 상대로 고함을 지르며 밀치고 싸웠으니, 이게 불량배가 아니라면 과연 무엇이겠는가! 다른 사무실 동료가 뛰쳐나와 그를 몰아냈다. 상대는 사람이 많았고, 커위안의 아버지를 오해하기까지 했으니 결과는 뻔했다. 커위안의 아버지는 발로 차이고 욕을 먹으며 결국 파출소로 끌려갔다. 파출소에서는 이 사건을 어이없어했다. 불량배면 불량배라 치고, 사람을 쳤다면 사람을 쳤다 치자. 한데 여자는 왜 치는가? 어떻게 보아도 이건 말이 안 되는 일이었기에 파출소에서는 진술서에 '부녀자 폭행'이라고 적었다.

커위안의 아버지는 부녀자 폭행 사건을 겪고 좌절하여 다시는 문제를 제기할 엄두를 내지 못했고, 분노에 사로잡힌 추한 죄인 꼴이 되었다. 집안사람들이 전등 문제를 꺼내면 바로 욕을 퍼부으면서 말했다. "전등 필요 없어! 설치 안 해! 암흑이야! 암흑 속에서 세월을 보내는 거야! 그런다고 사람 안 죽어!" 이렇게 날뛰며 분노하는 모습은 이웃들 보기에도 참으로 딱한 지경이었지만 이를 누구에게 말해서 바로잡게 할 것인가? 전등 없는 암흑 속에서 세월을 보내고, 가족이 전등 없이 지낸다고 해서 사회주의 사회에 먹칠을 해도 되는 것인가? 부녀자 폭행범이 되는 것이 용서되겠는가!

커위안의 밤은 다른 이들의 밤보다 일찍 왔다. 당신은 커위안이 겪은 청소년 시기가 얼마나 길고 쓸쓸했을지 상상할 수 있을 것이다. 다른 이들은 전등 불빛 아래서 포커도 치고 집안일도 할 즈음 커위안의 집은 기름램프조차 이미 꺼진 뒤였다. 방이 둘뿐인 좁은 집 안은 완전한 암흑 속에 잠겼다. 커전과 샤오스(小施)와 그들의 두 아이가 한 방을 차지하고, 다른 세 명은 작은 방에서 공평하게 자리를 나누어 누웠다. 커위안과 그의 아버지가 한 칸을 차지했다. 이 역시 최선의 선택이었지만 커위안은 계단에서 자야 했다. 계단이라는 게 옛날부터 사람이 자기에 적합한 장소는 아니었지만 커위안의 아버지는 이 괴상한 자리를 아이에게 배정하고 용수철 침대를 그 자리에 놓았다. 커위안의 방은 마치 위조된 것처럼 보였고, 막에 가려진 무대처럼도 보였다. 이 방의 가장 재미있는 부분은 건물 위로 나 있는 창문이었다. 우리가 앞서 소개했던 기차역 여관의 창문과 비교하면, 철로와의 거리가 너무 가까워서 기네스북에 오를 만했다. 커위안은 다른 이에게 말했었다. 막 하방에서 돌아와서는 매일매일 창문에서 기차를 보았다고. 기차를 타고 여행 다니는 사람들에게 강렬한 질투를 느껴 옷걸이로 여행객들을 찌르려 했지만, 그 일격은 여행객에게 닿기도 전에 엄청나게 크고 무서운 폭죽 소리를 내는 기차 때문에 나동그라지곤 했다. 커위안은 그 창문의 매력에 홀딱 빠져들었지만, 아무것도 할 수가 없어 그저 창가에서 매일 기차를 볼 뿐이었다. 그러나 커위안의 아버지는 험악하게 그를 창가에서 밀어냈다. 고기를 훈제하는 열기 때문에 견디기 어려운 여름에 아이가 계속 창가에 서서 근성 있게 바람을 막아섰기 때문이다. 또한 어둡고 추운 겨울에는 창으로 들어오는 겨울 햇볕을 막아섰기 때문이다. 커위안의 아버지가 말했다. "할 일 없으면 나가. 하루 종일 나무토막처럼 창문에 서서 뭐 하는 거야!" 아버지가 아들을 야단치는 소리는 이웃들에게 다 들렸다. 결국 커위안은 하루는 이 친구네 집에서, 다른 하루는 저 친구네 집에서 계속 신세를 져야 했고, 길게는 반 년 동안 집에서 잠을 자지 않는 기록을 세웠다. 커위안의 아버지가 밖에서만 지내는 아들에게 부자관계를 끊겠다고 으름장을 놨지만 이웃들은 그의 말을 모두 들은 터였다. 여기 서 있지 마라, 저기 서 있지 마라, 하면서 계속 잔소리를 해대면, 그렇게 좁은 곳에서 어디에 서 있으라는 것인가? 커위안의 아버지가 커위안을 도망가게 한 게 아닌가!

커위안의 어머니에 대해서 살펴보면, 대다수 사람들이 그녀에 대한 인상이 매우 불분명했고 폐병을 앓았다는 것만을 기억했다. 그의 어머니는 결핵환자였지만 병원에 제대로 가보지도 못했다. 그녀는 의기소침한 마음을 가누지 못할 때면 가슴을 움켜쥔 채 순평 거리에서 아들의 족적을 쫓아 미친 사람처럼 이 집 저 집 문을 두드리며 커위안에게 집에 돌아와서 자라고 소리를 질러댔다. 커위안의 어머니는 쉴 새 없이 기침을 했고, 기침을 참지 못할 때는 다리를 동동 구르면서 통증으로 몸부림쳤다. 다른 아이의 부모들은 한편으로는 이 여인이 아들의 마음을 잃은 것을 동정하면서도, 다른 한편으로는 깊은 반감을 가졌다. 마치 우리가 당신을 해치기라도 한 것처럼 구니 우리도 방어할 수밖엔 없어. 그래서 다들 말했다. "우리 아이는 커위안과 놀지 않았어." 커위안의 어머니는 성격은 좋은 사람이었지만 말은 조리 있게 할 줄 몰랐다. "당신 아이가 커위안과 놀지 않았다고, 그 집 아이가 커위안과 놀지 않았다고?" 그녀는 손으로 아픈 가슴을 꽉 움켜쥐고 말했다. "그럼 우리 커위안이 귀신과 놀았어?" 이렇게 되자 거리의 이웃들 역시 냉정을 잃었다. 어떤 아이의 어머니가 정색하며 말했다. "그걸 누가 알아?" 문전박대를 당한 커위안의 어머니는 허리를 굽히며 쫓겨나다시피 했다. 그녀는 말했다. "당신네 집은 왜 이렇게 넓은 거야, 우리는 일곱 명이 이십 평방미터에서 살아!" 다른 아이의 어머니는 그녀의 말투에 반감을 느꼈고 그것은 그대로 표정에 드러났다. "우리 집이 넓든 말든 당신네와는 상관없어. 불만이 있으면 정부에 가서 따져. 우리에게 신경 끊으라고." 커위안의 어머니는 몸을 돌려 밤거리로 나가 그 집의 빛나는 불빛과 지붕을 올려다보았다. 그녀는 갑자기 염세적인 기분이 들었다. 그해 겨울 많은 사람들이 커위안의 어머니가 잡화점 계단에서 통곡하는 것을 볼 수 있었다. 그녀는 얇은 남자용 면옷을 입었는데, 그녀의 사위 샤오스가 강철을 다루는 작업을 할 때 입는 겨울용 작업복 같았다. 그녀가 샤오스의 작업복을 입고 주저앉아서 울 때 어떤 이가 쓸데없이 다가가서는, 그녀가 아들 때문에 운다는 걸 알면서도 왜 우는지 자꾸 캐물었다. 커위안의 어머니는 자기 일생을 통틀어 가장 격분하여 퍼부었다. "커위안이 집에 오는 것을 탓하지 않아." 그녀는 말했다. "내가 일찍 죽었어야 할 것을, 우리 늙은 부부는 벌써 죽었어야 했어. 커위안에게 자기 방 한 칸을 만들어주지 못하다니."

나중에 어떤 사람은 커위안의 어머니가 울다 죽으려고 작정했다고까지 비웃었다. 이런 식의 말은 다들 알다시피 '한 사람이 백 세까지 사는 것도 어려운 일이지만, 그보다 더 어려운 것은 울다가 죽는 것이다'라는 일종의 미신 같은 속설에서 나온 말이었다. 그녀는 자신을 저주하며 죽었지만, 본래 꾀했던 목적은 이루지 못했다. 커위안의 아버지는 사는 것을 매우 지겨워하면서도 계속 삶을 이어갔고, 부인이 죽고 나서도 몇 년 더 살다가 뇌출혈로 죽었다. 커위안은 그때서야 비로소 완전한 방을 갖게 되었다. 지금 우리 순펑 거리에는 커위안이 부모의 죽음을 어떻게 받아들였는지를 기억하는 사람들이 아직 있다. 커위안은 말했다. "그들은 아들 하나를 뒀지만 아들이 방이 없으니 어떻게 해? 죽어야지. 칼 마르크스를 보러 갈 수밖에. 빌어먹을, 두 줄기 늙은 목숨줄이 딸려 올라가고 나니, 나한테 방이 생겼네그려!"

　더췬과 싼싼은 그때 훈제육 가게 위층에 살던 커위안의 집에 가
본 적이 있었다. 커위안이 그들을 억지로 끌고 갔다. 건물 아래층
훈제육 가게에서 나는 냄새가 너무 역해서 말로 표현할 수 없을
정도였으며, 커위안의 몸에도 머리에도 그 냄새가 짙게 배어 있었
다. 더췬 일행은 커전을 대할 때 저도 모르게 고개를 숙이고 반감
을 표했다. 그녀는 매우 친절하게 말했다. "즐겁게 놀려무나, 물
마시겠니?" 그러나 그녀의 의혹이 담긴 시선은 상반된 말을 하고
있었다. 너희는 왜 우리 집에 와서 노는 거니? 여긴 좁아. 게다가
전등도 없어. 더췬, 너희 집은 아주 좋잖아. 싼싼네 집은 높은 천
장도 있잖아. 그러니까 너희 집에서 놀도록 해. 커전은 또한 갑자
기 커위안에게 물었다. "여덟시에 기차역으로 갈 거지?" 이 말은
커위안에게 여덟시가 되면 이 집에서는 모두 잠을 자야만 하고 아
침 일찍 직장에 나가야 한다는 사실을 일깨웠다. 커위안은 누나가
하는 말에 개의치 않고 눈을 부릅뜨며 외쳤다. "너 귀가 막혔어?
그런 일을 왜 나에게 물어봐?" 사실 누구도 커위안의 집에 초대
받아 오는 것을 원치 않았다. 커전 일가의 취침 시간이 되면 촛불
을 켜야 했기 때문이다. 더 큰 문제는 커위안의 죽은 부모의 영정
이 선반 위에 올려져 있다는 사실이었는데, 죽은 두 사람이 눈을
크게 뜨고 손님을 째려보는 듯한 모습이 마치 찾아온 이들을 심하
게 책망하는 것 같았다. 누가 너희더러 여기 와서 누우라고 한 거
야? 게다가 밖에서 기차가 지나갈 때면 훈제육 가게가 박자를 맞
춰 진동했는데 그때마다 커위안의 부모가 기적 소리에 맞춰 선반

위에서 춤을 추는 것처럼, 곧 뛰어내릴 것처럼 보였다. 너희들 빨리 비켜, 여기는 우리가 커위안에게 내준 방이야. 너희에게 내준 게 아니라고. 비켜, 비켜! 더촨 일행은 커위안에게 죽은 사람의 사진을 밖에 있는 계단 입구로 옮기라고 건의했지만, 커위안은 이 문제에 대해서는 완고한 견해를 갖고 있었다. "옮기지 않아, 너희는 그들이 두려운지 몰라도 난 두렵지 않아. 너희 부모가 죽으면 너희도 이해하게 될 거야. 정말 재수 없고 짜증나네. 너희도 죽으면 저렇게 되는 거야." 그러나 더촨과 싼싼의 부모는 모두 건재했고, 커위안과 같은 체험을 하려야 할 수가 없었다. 그들은 커위안에게 면목이 없었지만 여덟시 반이 되면 바로 일어났다. 커위안은 그들을 전송하러 나오면서 내내 저주했고, 뒤에 대고 엄청난 욕을 했다. "이렇게 일찍 가겠다는 거야, 나 혼자 어떻게 놀라는 거야? 나 혼자 침대 위에서 거시기나 만지작거리라는 거야?" 욕설은 끊임없이 이어졌다. 우리는 계속 이 문제에 골몰할 수만은 없는데, 커위안의 성적 능력에 대해 어려운 이야기를 해야 하기 때문이다. 후일 다시 커위안의 문제를 꺼내기는 어려울 것이다. 이 성적 문제는 원래 복잡하고 특수해서 일반인의 언어로 서술하기 힘드니, 이제 우리는 싼싼의 말투를 흉내 내야 한다. 커위안, 너 빌어먹을 놈아, 우리 앞에서 남자인 척하지 마. 네 문제를 폭로하지 않도록 조심하라구. 넌 안 돼. 아아, 아아, 삼십 초면 끝!

커위안이 왜 그런 문제를 갖게 되었는지 말해야 할 때가 왔다. 관련된 소문을 통해 우리는 커위안의 삼십 초에 대해 합리적인 추측을 할 수 있다. 당연히 이 같은 추측은 남성이 청춘기에 겪은 충격이나 혹은 성적 활동과 관계가 있다. 미혼의 여성 독자는 여기서 한 페이지쯤 읽지 말고 그냥 지나쳐주기 바란다. 이미 결혼한 여성이라도 커위안 같은 사람의 심리에 전혀 관심이 없다면, 육체적인 비밀에 대해서도 관심이 없다면, 앞으로 나올 이야기에 귀를 기울일 필요는 없을 것이다.

만일 우리가 커위안의 성적 능력에 얽힌 문제에 관해 여론을 조사해본다면, 아마도 객관적인 어떤 결론에 도달할 수 있을 것이다. 만일 순평 거리의 교양 있는 주민들이 모두 답안을 만들어낸다면 그 조사 결과는 일반적으로 짐작할 수 있는 범위를 넘어설 것이다.

첫째로, 커위안의 성적 능력에 관한 문제는 훈제육 가게의 위층이 방음이 안 되는 곳이라는 데에서 기인한다. 특히 기차는 커위안의 성적 능력 문제와 관련해 가장 먼저 연구해야 할 대상이다. (조사원이 아래에 이어질 묘사를 허락한다면, 여러분은 인류가 밤에 하는 일 중에서 가장 비밀스러운 그 부분을 상상하시기 바란다. 여러분은 커전과 샤오스가 훈제육 가게 위층에서 두 아이를 낳았다는 사실을 잊지 않기를 바란다. 여러분은 이들이 대로변에서 사람들이 보든 말든 입을 맞추는 개방적인 부부와는 다르다는 것에 주의하시기 바란다. 부부 외의 다른 세 사람이 여섯 개의 귀를 열고 듣는 가운데 두 아이를 낳았다는 것은 무엇을 의미하는가. 여러분은 기차에도 주의를 기울여주었으면 한다. 기차가 공공의 교통 수단으로서 기능하는 것 외에 그 거대한 소음으로 커위안의 누나와 매형 방의 방음기 역할을 했다는 것을 생각해보기 바란다. 샤오스에게 가서 물어보면 알 수 있겠지라고 말하는 독자도 있겠지만, 그런 태도는 협조적이지 못하다. 샤오스는 지금 커위안과 아무런 관계도 없으며, 비록 관계가 있다 하더라도 당신이 그때의 일을 물을 수는 없을 것이다. 사생활은 보호받아야 하고, 이 조사는 커위안을 둘러싼 여론을 조사하는 데에서 그쳐야 한다.)

둘째, 당신은 커위안이 청년기에 수음하는 나쁜 습관이 있었다고 보는가? (조사원이 부득이하게 주석을 달아야 하는 순간이니 설명을 하겠다. 수음은 바로 비행기를 타는 것이다!) 어떻게 안 탈 수가 있겠는가? 그때는 사회가 보수적이었고, 여러분은 모두 다른 방법이 없어서 비행기를 타봤을 것이다. 그러나 커위안은 비행기를 타기 매우 어려웠으리라. 그렇다면 당신은 커위안이 가진 거주 조건 아래서 어떻게 안전하게 비행기를 탔으리라고 생각하는가? (여기서 제시할 수 있는 조건은, 커위안이 철로 쪽에 자리를 잡았다는 것이다.) 그렇다면 간단하다. 기차가 지나가는 시간 동안 비행기를 탔을 것이고, 그뿐만 아니라 순평 거리에 살고 있는 많은 부부 역시 이 시간을 이용해서 일을 치렀을 것이다. 기차가 비행기 타기를 엄호해주는 가운데, 아이는 소리를 지르면서 말했다. 두려워하지 말고 비행기에 올라라, 기차가 온다, 이 기차는 아주 기니까. 조사원에 따르면 이때 답안의 의미는 매우 명백해진다. 분명히 말할 수 있다. 여러분은 모두 기차와 함께 쾌락을 즐겼다. 넓은 집에 사는 사람은 기차를 얼싸안지 않았지만 커위안처럼 기차를 껴안을 수밖에 없는 사람들은 좀더 빨리 끝내야만 했고 다른 사람이 비행기에 오를 때 그는 불화살 위에 올라야 했다.

저급한 흥미를 가지고 커위안의 문제를 추리하게 되면 과거 순평 거리의 주민 모두가 함께 구설수에 올라야 한다. 어려운 문제는 순평 거리의 주민 대부분이 그래왔다는 것을 여러분께 납득시킬 수 있는가 하는 것이다. 기차가 눈 깜짝할 새에 지나가는데, 그 짧은 시간에 어떻게 한 차례의 일을 치를 수가 있는가. 보통 사람이라면 불가능한 일이다. 절대로 이 사실에 대해서 멋대로 추측하지 말아야 하고, 절대로 당신 스스로 우리가 밝힌 사실을 시험해 보려고 하지 말아야 한다. 우리는 지금 커위안의 일을 말하는 것이지 당신들의 상황을 말하는 것이 아니다.

누가 커위안의 성적 능력에 문제가 있음을 증명할 수 있겠는가. 여러분은 철도 주변 순평 거리의 주민들이 모두 새로 건설된 지구로 옮겨갔다는 것을 알고 있으며, 훈제육 가게가 있던 옛 지역은 알아볼 수 없을 정도로 변했다는 것도 알고 있다. 여러분은 지금 안락한 거주 환경에서 살아가며, 성생활을 하고 싶은 곳에서 할 수 있다. 누가 이런 수치스러운 경험을 일부러 하겠는가? 설령 많은 돈을 준다고 해도 할 사람이 없을 것이다.

가장 좋은 방법은 사람을 찾아 이 일을 증명하는 것일 테지만 이는 조금 번거롭다. 첫째는 사람을 어떻게 골라야 할지가 문제이고, 둘째는 법률 도덕상의 어려움이며, 셋째는 민심이 지지하지 않는다는 것이다. 커위안은 지금 정부가 순평 거리를 개조해준 덕택에 방 두 개짜리 집을 얻었지만 그 방들에 머무는 시간은 매우 적고, 이런 욕망을 해결하기 위해 클럽을 드나들면서 매일 밤을 순평 거리에서 보내고 있다. 그러나 쌴쌴의 말에 따르면 커위안은 계속 무계획적으로 살고 있으며, 함께 식사한 계산서를 받아도 자신의 몫을 지불하는 법이 없었다. 만일 쌴쌴이 일부러 커위안의 이름에 먹칠하려는 것이 아니라면 커위안의 현재 상황에 대해 여러분은 결론을 내릴 수 있을 것이다. 커위안, 그의 삼십 초는 그 자신의 책임이고, 전등의 책임이며, 기차와 철로, 그의 부모, 누나와 매형, 그리고 당연하게도 역사와 사회의 책임인 것이다.

22. 렁옌은 왜 울었는가

6월의 뱀 난리는 지나갔지만 처리해야 할 일들은 계속 진행 중이었다. 사람들의 생활과 건강과 재산에는 큰 문제가 없었지만, 그 애완동물회사라는 곳은 마치 음습한 괴물처럼 그림자를 드리웠다. 조금이라도 비슷해 보이는 곳은 방역을 받았고, 경찰서와 철로회사의 조사를 받아야 했다. 조사팀의 몇몇 직원은 자신들의 직장으로 실망스럽게 돌아와서 암암리에 불평을 늘어놓았다. 윗사람들은 회의를 하는 내내 책임을 지지 않으려 했다는 것이다. 우리는 이미 무엇을 해야 하는지 알고 있는데 그들은 대책위원회를 해산시킬 생각뿐이고, 어떤 원인으로든 뱀에게 물린 사람이 늘어난다거나 하는 뜻밖의 재난이나 변고에 대한 대비라고는 전혀 없었다. 그것은 다 된 일을 그르치는 것뿐만 아니라 대책위원회의 성과마저 망치는 결과가 될 터였다. 또한 기차역 여관 사람들이 모두 알다시피, 렁옌은 뱀 재난에 맞서 여러 활동을 해왔는데 그녀의 노력이 상부에 보고되어야 할 때에 대책위원회가 해산되어 버렸다. 따라서 렁옌이 모아놓은 아름다운 성 7층의 대책위원회 위원들은 막 사무실을 정리하자마자 해산하게 되었다. 렁옌과 전부터 잘 아는 사이였던 대책위원회 위원장은 렁옌을 위로하며 말했다. "당신은 그동안 정말 훌륭한 일을 했지만 이제 조직이 해산하게 되었소. 다음 조직이 언제 다시 세워질지 모르겠지만 당신에게는 기회가 또 있을 거요." 렁옌은 한편으로는 운이 따라주지 않는 것에 분노를 느꼈고, 다른 한편으로는 뱀이 덮친 사건에 화가 났다. 그녀는 그곳에 서서 눈물을 훔치며 말했다. "기회가 언제 또 오겠어요? 뱀이 매년 와서 말썽을 일으키는 것도 아닌데. 죽일 놈들, 그것들이 얼마나 많은 사람을 물었는데요."

그러나 9월이 이미 다가왔고, 다들 뱀 재난 대책위원회가 사람들에게 어떻게 봉사했는지 잊어버렸다. 9월 이후의 도시는 전에 없는 경축 분위기로 술렁였다. 금융 기구, 전신 부문, 소매업, 보험업, 병원, 학교에서 양로원과 유아원에 이르기까지 백 년에 한번 오는 세기의 축제를 맞아 광란에 휩싸였다. 시장에는 폭죽과 붉은 천과 붉은 종이와 붉은 실로 만든 물건들이 동이 났고, 전등회사의 상품들은 비온 뒤의 봄 죽순이 자라듯이 큰길과 작은 골목을 모두 메우면서 팔려나갔다. 모든 상업광고와 공익광고의 네온등이 아름답고 화려한 빛을 뿜어냈고, 기차역을 비롯한 시내 중심가의 공터는 새롭게 복개되었다. 시장은 정리되었고 상가가 정비되었다. 이제 문명사회를 향해 달려가고 있으니, 문명도시를 함께 건설하고 새로운 새천년을 맞이하자는 의욕이 넘쳤다. 몇몇 위법적인, 혹은 위험이 의심되는 광고 역시 출현했으며, 사람들은 비밀스러운 상업지구나 거주 지역으로 마치 하수도를 따라 오물이 흐르듯 모여들었다. 세 자매 영양도시락은 전화로 음식을 주문받아 아가씨들까지 배달했고, 늙은 군의관은 매독과 임질을 치료했다! 누구나 작은 광고가 이 도시의 주류를 대표하지 못한다는 것은 알고 있었지만 사람들은 이런 영업이 난무하며 사람을 모으는 것에 분개했다. 탁한 물에서 노는 물고기는 잡아들일 수가 없었다. 그들은 맹목적인 열정에 휘말려 새천년의 전야를 기다렸으며 그날을 위해 시장에서 광란의 소비를 했고, 입에는 "새천년을 환영합니다!"라는 구호를 달고 다녔다.

9월 이후 렁옌은 돌연 기차역 여관을 그만두었다. 그녀는 지난 삼 년 동안 미소의 스타로 선발되어 사람들을 맞이해왔다. 동료들이 2층 엘리베이터에서 렁옌의 사진을 새로운 미소의 스타 사진으로 바꿀 때, 그녀는 3층 직원 목욕실에서 나오고 있었다. 동료 두 사람이 그녀의 얼굴 보기가 민망하여 새로운 미소의 스타 사진으로 바꾸는 동안 렁옌이 보지 못하도록 했다. 그러나 렁옌은 매우 대범한 사람이었다. 그녀는 머리를 빗으며 말했다. "편하게 바꿔요." 그리고 빗으로 사진판을 두드렸다. "난 신경 쓰지 않아요. 이렇게 오래 미소 짓기만 해서 뭐에 쓰겠어요? 그래봐야 연말 보너스까지 합해 일 년에 일만삼천 위안인 걸!" 동료들은 올해 새로 뽑힌 미소의 스타를 걸어놓았다. 3층 담당인 슈홍이 렁옌에게 웃어 보였다. 그러나 렁옌은 여관 사장이 슈홍을 미소의 스타로 선발한 것을 가소롭다고 여겼다. 그녀가 무슨 미소의 스타란 말인가? 링옌은 냉소와 경멸로 일관하며 말했다. "아주 걸맞아, 걸맞지. 이런 기차역 여관은 2성급이니까." 동료들은 그녀를 이해하면서도 계속 이죽거리는 모습은 못마땅해했다. 링옌은 이렇게도 말했다. "체면을 잃었어, 체면을 잃었지. 이런 못생긴 미소의 스타를 뽑다니 말이야. 기차역 여관은 영원히 2성급밖에 되지 못할 거야." 동료들은 슈훙의 모습이 기차역 여관의 간판스타가 되기에는 어울리지 않는다고 느끼면서도 겉으로는 링옌과 다른 반응을 보였다. "너 운이 트였구나, 연줄이 많은가보다. 우리 같은 평범한 직원들은 포기하고 그냥 일이나 해야지. 사장을 비판하는 것은 좋지 않으니까." 그러나 그들은 슈훙의 사진을 벽에 걸면서 말했다. "사실 누가 미소의 스타가 되든 달라지는 건 없어. 상장을 주는 것도 아닌데 말이야."

9월 이후 기차역 여관 사람들은 모두 링옌의 기분이 아주 좋지 않다는 것을 발견했다. 연합위원회는 모든 것을 사무적으로 처리했다. 그녀는 조직에 대한 실망감이 너무나 컸다. 사람들은 그녀에게 직업을 바꾸라고 했지만, 그녀가 어떤 직업으로 바꿀지는 아직 짐작할 수 없었다. 사람들은 여러모로 찜찜함을 느꼈지만 이미 벌어진 일은 되돌릴 수 없었다. 링옌에게 이 한 해는 새로운 길을 위해 떠돌아다니는 시기가 될 터였다. 사람들은 모두가 동정을 표했다. 링옌의 상처를 모두가 알고 있지만 그녀의 냉랭함은 타인들을 너무 몰아세웠다. 그러나 링옌의 몰락을 받아들이는 사람은 아무도 없었다.

9월의 어느 저녁, 링옌은 복권 판매소에서 황황히 뛰쳐나왔다.

그랬다가 판매소로 다시 돌아가는 행동을 반복했다. 사람들은 대부분 샤오천과 렁옌의 관계를 알고 있었다. 렁옌이 샤오천과 함께 천 명이 함께하는 21세기맞이 탱고 대축제에 참가하기 위해 연습하고 있다는 것은 잘 알려져 있었다. 사람들은 한창 달아오른 남녀가 함께 탱고를 연습한다면 어떤 결과가 올지 짐작했지만, 그것 역시 누가 개입할 수는 없는 일이었다. 그들은 함께 아무도 없는 곳에서 그들만의 탱고를 연습했다. 그러나 이날은 복권 판매소에서 샤오천의 화난 목소리가 터져 나왔다. 사람들이 놀라 달려왔다. 그들은 고상하고 우아한 샤오천이 독기를 품은 최악의 언사로 렁옌에게 처참하게 욕하는 것을 볼 수 있었다. "잡년, 냄새나는 작부, 몸을 팔겠다는 거야? 사랑하는 사이에 돈 이야기를 하다니 무슨 짓이야, 어? 혼외정사에서도 돈을 지불한다는 말을 난 들어본 적이 없어. 미쳐도 어떻게 이렇게 미칠 수가 있어? 그건 공금이란 말이야. 감히 공금을 가져가겠다고?"

문밖의 사람들은 렁옌이 분명히 반박할 것이라 기대했다. 렁옌의 입은 원래 지독하기 이를 데 없었으니까. 그러나 9월의 그날 밤에는 모든 것이 비정상적이었다. 복권 판매소 안에서는 렁옌의 처량한 울부짖음만이 들려왔다. 마치 그녀가 샤오천의 비난을 모두 긍정하는 것처럼. 렁옌, 네가 창녀야? 아니잖아! 왜 샤오천이 널 그렇게 욕하도록 내버려두는 거지? 문밖의 사람들은 렁옌이 상처를 심하게 받았으리라고 생각하며 그녀의 울음 섞인 한숨 소리를 들었다. "누가 널 이렇게 만들었어? 네가 나한테 증권거래소로 가라고 했잖아. 난 네 돈을 가져가지 않았어!"

증권거래소? 무슨 뚱딴지 같은 소리지. 듣고 있던 사람들은 머리를 한 대 얻어맞은 듯했고, 링옌의 마음과 상황을 절로 연상할 수 있었다. 모든 것이 분명했다. 링옌과 샤오천 사이에서 벌어진 일의 실마리가 잡혔다. 모두들 머리가 안 돌아가는 그 사환에게 생각이 미쳤다. 많은 사람들이 그 사환이 링옌에게 실현 불가능한 환상을 계속 심어주었다는 것을 알고 있었다. 사환은 갑자기 몸 둘 바를 모르더니 도망가려고 했다. "그게, 그게……" 사환은 머리를 흔들면서 로비를 향해 달아나며 말했다. "어떻게 된 거야, 난 제대로 했다구! 욕해도 싸! 저 여자는 창녀야, 창녀로 변했어!"

사람들은 링옌의 이미지가 모래산처럼 하루아침에 붕괴하는 것을 보았다. 그리고 사환은 그것을 극대화하는 역할을 했다. 창녀로 변했다는 말도 안 되는 모욕적인 낙인이 링옌에게 찍혔다. 얼마나 고약한 말인가. 그러나 기차역 일대 사람들은 다들 입이 걸었다. 게다가 링옌은 평소에 사람들에게 깐깐하게 굴어 밉보인 바가 많았고, 그녀가 잘 대해준 사람은 극히 적었다. 우물에 돌을 던지는 것이 습관이 된 사람들은 코를 실룩이고 입을 삐죽거리며 한마디씩 보탰다. 그들은 짐 보관소에서, 검표소에서, 아니면 공중화장실에서 링옌의 흉을 보았고, 바람막이 문에 기대어서도 이야기를 했다. 그녀가 창녀처럼 변했다는 이야기는 천천히 퍼져 나가 온갖 곳으로 흘러들었다.

23. 뱀의 문화가 거리에 전파되다

    뱀 식당이 이곳에서 성행하기 시작한 것은 무더운 8월이었다. 황니팡(黃泥坊) 미식(美食) 거리에 있는 식당 하나가 최초로 뱀으로 특별 주문 메뉴를 만들기 시작했다. 황니팡은 도시의 서남쪽이었는데 6월의 뱀 재난을 면한 행운을 누렸기 때문에 그곳 주민들은 뱀이 도시를 휩쓴 일에 대해서도 반신반의했다. 모험 정신이 풍부한 미식가들이 식당을 여러 차례 드나들었다. 한 사람은 이 개발품을 맛보고 나서 '투쟁하는 뱀 떼의 도가니'라는 신비로운 이름을 붙였고, 그 결과 식당에서는 이 메뉴를 주력 메뉴로 삼기로 했다. 열대의 이무기를 먹고, 아열대의 대왕뱀을 먹고, 온대의 안경뱀을 먹고, 한대의 금고리 살모사를 먹고, 독사든 독이 없는 뱀이든 가리지 않았다. 황니팡의 식당들은 모든 종류의 뱀고기로 끊임없이 신선한 냄새를 피웠으며, 건강과 정력에 신경 쓰는 사람일수록 자주 와서 먹었다. 모든 미식가들은 일찍부터 뱀을 먹으러

224

갔고, 음식점들은 건강과 정력에 도움이 된다는 일종의 미신을 덧붙여 선전했다. 식당에서는 이렇게 말했다. 우리 가게의 '투쟁하는 뱀 떼'를 먹으면 정신이 올곧아지고 진땀이 흐르면서 냉기가 가시며 황소처럼 튼튼해지고, 먹고 싶은 생각이 없던 사람도 한번 먹기만 하면 바로 효과를 볼 수 있고, 그 때문에 용감한 미식가는 열렬히 뱀탕을 먹고 마신다고. 그렇게 선전하는 한편 그들은 직원들에게 에어컨을 끄라고 잔소리하고 닦달했다.

음식과 문화는 서로 영향을 주고받는다. 황니팡의 뱀 식당은 뱀 문화의 첫발을 디딘 것이라 할 수 있었다. 그들은 새천년을 맞는 첫해가 음력으로 뱀의 해라는 사실을 이용했다. 이천한 마리의 뱀을 먹으면서 2001년을 맞이해야 한다, 뱀의 해에 뱀을 먹으면 크게 길(吉)하고 매우 이롭다, 뱀은 건강뿐만 아니라 미용에도 좋다고 선전했다. 도시의 젊은이들도 소비자가 되었다. 부유한 재산가에서부터 큰 사장 작은 사장 할 것 없이 건강에 도움이 된다면 무엇이라도 먹는 중장년층이 가장 열렬한 고객이 되었다. 미식과 미용에 관심이 많은 아가씨와 부인 들도 열심히 드나들었다. 뱀을 먹는 것이 일종의 문화로 자리 잡자 효과는 폭발적이었다. 황니팡의 첫번째 뱀 식당은 9월이 되자 사람들이 넘쳐 줄을 서야 했고, 이름을 붙이기 전의 뱀탕을 먹었던 미식가들도 당연히 매일 밖에서 줄을 서서 안에 자리가 나기를 기다렸다. 이것도 역시 막을 도리가 없는 유행이었다. 당신이 이곳에 뱀 식당을 열면 매일 금을 긁어모아 다른 이들의 부러움을 살 것이다. 미식 거리의 다른 식당들도 서둘러 식단을 갈아엎고 뱀 모양의 네온을 켰으며, 문에는 눈이 번쩍 뜨일 붉은색 뱀을 그려 넣고 뱀요리와 뱀탕을 큰 글자로 새겨 넣었다. 미식 거리는 금세 뱀거리로 바뀌어버렸고 소비자들은 어딜 가더라도 뱀을 먹을 수 있는 편의를 얻었다. 나중에 황니팡 일대에 다시 뱀 떼가 출현했을 때, 식당들은 말레이시아 풍 튀긴 뱀, 뱀 꼬치구이, 뱀 갈비구이, 마음대로 부자가 되게 해주는 백 가지 뱀탕 등등의 뱀요리를 내놨다. 토박이 손님들은 대부분 원조 식당에서 먹으려고 허(賀) 씨 형제의 가게를 들렀지만 외지에서 온 손님은 쉽게 바가지를 썼다. 거리에 서 있으면 왼쪽 오른쪽 앞쪽 뒤쪽에서 온통 손님을 잡아끌었고, 자기네 가게가 황니팡 일대에서 가장 원조라고 우겼다. 그러나 그런 가게 대부분은 원조가 아니었다.

원조 식당의 주인 허 씨 형제는 널리 알려진 인물인데, 예전에 성의 북쪽에서 자란 사람들이다. 형제는 둘 다 아주 영리했고 다른 사람에게 의지하지 않고 스스로의 힘으로 뱀 사업을 시작했다. 그들은 줄곧 새로운 시장을 개척했다. 뱀 식당을 만든 것도 그런 시도의 일환이었고, 여러 은행이 그들에게 엄청난 자본금을 빌려주었다. 9월 8일 허 씨 형제는 '투쟁하는 뱀 떼'의 본점을 옮기고, 황니팡의 가게는 분점으로 만들었다. 본점은 어디로 옮겼을까? 우리의 기차역 광장 근처로 옮겼다. 아름다운 성의 1층에, 또 2층에, 땅값이 곧 금값인 곳에. 허 씨 형제는 원래 규모를 넘어서는 시장을 개척한 것이다.

누구도 그 형제를 무시할 수 없었으며, 그들의 사업과 성공을 냉정하게 분석해야 했다. 아름다운 성에서 가장 부유한 가게의 주인은 말할 필요도 없이 성공한 허 씨 형제였다. 뱀 문화의 전파는 이토록 강력한 세력을 형성했고, 우리의 도시를 완전히 점령했다.

9월, 경영난에 시달리던 한 동물원은 여론을 요란하게 일으키면서 엄청난 규모의 뱀 우리를 만들기로 했다. 동물원 직원들은 희희낙락하는 손님들에게 말했다. "양력설이 오기 전에 뱀 우리를 개방할 것입니다. 우리는 여기를 새천년 뱀 우리라 부를 것이며 전 세계에 서식하는 수천 종의 뱀을 키울 예정입니다. 우리는 여기 적잖은 투자를 할 것이니 완공되면 누구나 오셔서 뱀을 보실 수 있습니다, 꼭 오십시오." 몇몇 아이들은 상황을 이해하지 못하고 낭랑하게 말했다. "난 호랑이를 보고 싶어, 뱀은 보기 싫어!" 동물원 직원은 아이들에게 설명할 수가 없어서 그저 어른들을 대상으로 말했다. "우리도 어쩔 수 없어요. 지금 호랑이는 유행이 지났어요. 뱀 문화가 유행이라고요."

동시에 시내 중심가에서는 새천년을 경축하는 뱀 전람회가 무수한 관람 인파를 끌어들였다. 뱀 전람회는 최신식의 고급 기술로 이루어졌는데, 장식이 매우 정교했고, 음성 조정 컴퓨터를 사용하는 현대식 장비를 동원했다. 사람들은 전람회장에서 세계 각지에서 온 수천 종의 뱀을 보았다. 그 가운데서도 미녀뱀이 사람들을 가장 놀라게 했는데, 과거에 사람들이 문학적인 수사로 표현하곤 했던 바로 그 뱀이었다. 누구도 그 뱀이 주인공의 자리에 설 것이라고는 상상하지 못했다. 미녀뱀 진품은 유리관에 담겨 화사한 불빛 아래 전시되었다. 미녀뱀의 산지는 인도네시아의 수마트라 섬이었다. 무늬가 화려하고 몸체 또한 아주 아름다워서 전람회 내내 전무후무한 인기를 끌었다. 아이들은 그저 호기심으로 왜 미녀뱀이 갑자기 나타났는지에 대해 탐구했지만 성인 남녀는 이 전시대 앞에서 끊임없이 솟구치는 상념에 잠겼다. 그들은 뱀이 연상시키는 어떤 여성에 대해서, 그리고 그 여성과 함께 있는 자신에 대해서 생각했다.

뜨거운 여름이 지나자, 뱀 문화는 더욱 기승을 부렸다. 사람들은 거리의 어디를 가도 새천년의 십이간지에 맞춰 장식한 각양각색의 뱀을 본뜬 조형물을 볼 수 있었다. 뱀 모양의 유리 장식품이 소년 소녀의 가슴에 달려 빛을 발했다. 뱀의 섬세한 무늬를 새긴 비단과 면직물도 등장했다. 색깔이 조금 어둡긴 했지만 선명한 새천년의 광채를 발했다. 완구점 진열대에는 뱀가죽 제품이 그득했다. 붉은 뱀, 푸른 뱀, 전동(電動) 뱀, 성공을 기원하는 뱀. 또한 작은 상점에서는 길가에 세워놓았던 춤추는 아이들 모양의 공예품 대신 대나무로 된 뱀을 늘어놓았는데, 당장이라도 물어뜯을 듯이 생동감 있는 모습이었다. 6월은 이미 지났지만 지금은 어딜 가나 사람을 무는 뱀이 대로변에 나타났고, 어떤 여성은 무의식중에 길을 걷다가 뱀과 맞닥뜨려 뱀을 죽이는 일도 있었다. 그때 그녀들은 뱀가죽 허리띠를 하고 뱀가죽 가방을 들고 있었다. 그녀들의 가방 안에는 뱀가죽 지갑이 있었으며 발에도 잊지 않고 뱀가죽 구두를 신고 있었다. 이것은 농담이 아니었다. 아가씨에서 부인까지 모두가 신중하게 뱀의 해인 새천년을 경사스럽게 맞이하고자 했다. 뱀은 모두에게 숭배와 존중을 받았다. 만일 내년에도 기차역에 뱀 떼가 몰려온다면 당신들은 조심해야 할 것이다.

우리는 다시 아름다운 성에 문을 연 뱀 식당으로 돌아가기로 하자. 9월 9일 중양절을 맞아 뱀 식당이 문을 열었다. 커위안과 더천과 쌴쌴은 건물 아래로 내려왔다. 커위안은 화환을 들고 있었는데 계단을 올라서면서 화환을 떨어트렸다. 화환이 땅에 구르자 그의 입에서는 욕설이 마구 튀어나왔다. 씨발, 씨발, 씨발. 커위안은 무엇을 욕하는 것일까? 그가 본 것은 렁옌이 입은 치파오였다. 손님을 맞는 입구에 아가씨 다섯 명이 서 있었다. 그중 네 명의 치파오에는 뱀이 한 마리씩 수놓여 있었다. 네 마리 뱀은 형상이 모두 달랐다. 그런데 렁옌의 치파오에는 뱀만 수놓여 있는 것이 아니었다. 그녀의 어깨에 홍색과 금색 글씨로 수가 놓여 있었는데, 렁옌이 이 뱀 식당의 종업원 중에서 우두머리임을 분명히 보여주는 것이었다.

살모사 아가씨

렁옌이 살모사 아가씨라고?
그랬다, 렁옌은 성공을 움켜쥐었다. 그녀는 이제 허 씨 형제 뱀 식당의 살모사 아가씨였다!

24. 슈훙이 우연히 맞딱뜨린 사건

한 사람의 직업여성이 당당하게 인정을 받으면 그녀에겐 어떤 영광이 주어지게 될까? 슈훙은 어떤 행운도 좋지 않았다. 열심히 점을 치고 복을 비는 이웃 여자들의 예언에 따르면 슈훙은 뱀의 해에 대운이 터진다고 했다. "슈훙은 재운이 터진대." 이 말에 슈훙은 말했다. "놀리지 마, 지금까지 그렇게 많은 복권을 샀지만 겨우 6등 상금을 탄 게 전부야. 많은 돈을 썼지만 기회가 온 적은 없다고. 아무리 생각해봐도 이놈의 나라는 짐승들 사는 곳과 다름없어!" 다들 슈훙이 정말 운이 좋다고 말했다. 그러자 슈훙은 말했다. "난 별로 운을 바라지 않아. 그냥 악운이 닥치지만 않으면 만족해." 그녀는 이웃 여자들이 말한 그녀의 운이 돈이 아니라 명예라는 것을 생각지도 못했다.

여관 복도에 앉아 그렇게 오랜 세월을 지내고서야 슈훙은 결국 결실을 맺었다. 이 해에 슈훙은 미소의 스타로 뽑혔다. 이 결실은 기차역 여관 직원들에겐 의외였는데, 왜냐하면 전통과 정의의 판단이 승리했기 때문이다. 그들은 슈훙에게 황급히 축하 인사를 건넸다. "슈훙 언니, 정말 좋은 사람이니까 결국은 이런 영광을 얻는군요." 슈훙은 밖에 사진이 걸린 것이 매우 쑥스러웠다. 그녀가 말했다. "내 사진을 어디 렁옌에게 댈 수 있겠어. 사진을 걸지 못하게 하고 싶었는데 꼭 걸어야 한다나봐. 어쩌면 좋아. 매일 그 사진 아래를 지나야 하는데 쑥스러워 죽을 것 같아. 직원들이 사진 찍어주던 날 화장도 안 했어!" 젊은 사람들은 슈훙이 그 사진이 걸리는 것 자체가 얼마나 중요한지를 모른다는 사실에 놀랐다. "미소의 스타로 선발된 거지 미녀 스타로 선발된 것이 아닌데 용모가 예쁘고 안 예쁘고가 무슨 상관이에요?" 슈훙은 그들의 말에 고개를 살짝 끄덕였다. 어떤 말이 슈훙의 마음을 울렸는지 그녀는 갑자기 흐르는 눈물을 손으로 훔쳤다. 사람들은 대체 왜 그러는지 알 수 없었다. 아무도 그녀의 가슴에 상처를 주는 말은 하지 않았기 때문이다. 마지막에서야 그들은 슈훙의 눈물이 청춘을 다 바쳐 일한 자신을 위해 흘리는 것임을 알았다. "내가 기차역 여관에 들어왔을 때는 너희보다 어렸어." 슈훙은 자신의 지갑에서 사진을 꺼내 모두에게 보여주었다. 옅은 80년대식 화장을 한 소녀들의 단체사진으로, 단발머리 혹은 커트 머리의 소녀들이 당시 기차역 여관 문 앞에 똑같은 옷을 입고 서서 어리둥절한 태도로 조금 긴장한 채 찍은 사진이었다. 오직 슈훙만이 얼굴에 미소가 가득했다. "이걸 봐, 난 이렇게 열심히 웃었어. 어렸을 때부터 그랬지. 즐겁게 웃는 것을 두려워하지 않았어. 다른 사람에게 얼굴을 보여줄 생각도 없었는데 말이야." 슈훙은 자신이 사진을 찍을 당시에 어떤 모습이었는지 설명했다. 아마도 지금 사진 속의 더 이상 어리지 않은 소녀들은 옛 기차역을 알고 있을 것이다. "이걸 봐, 그때 기차역 모습이 어땠는지. 우리 여관도 그저 그랬지. 아무것도 없었어. 어디 요즘에 비하겠어?" 옛 사진 속 수수한 차림의 소녀는 젊은 직원들의 흥미를 끌었다. 그녀들은 분분히 사진 속에서 자기 생각에 가장 예쁜 사람을 골랐다. 그리고 슈훙은 사진 속의 사람들을 품평했다. 그러나 어눌한 그녀의 품평은 무엇을 말하려는지 불분명했다. "이 아이는 아주 잘 나왔지만 사실은 못생겼어, 이가 너무 컸지. 이애는 성품이 안 좋았어. 손버릇이 나빴거든." 머리를 길게 땋은 소녀의 미모가 가장 별로였고, 슈훙 역시 그녀의 모습이 아름답지 않다는 데에 동의했다. 그러나 그녀가 전한 그 소녀의 소식은 사람들을 놀라게 했다. "이애는 이미 죽었어." 슈훙이 말했다. "위암으로. 나보다 한 살 어렸는데." 이 말을 들은 모든 이의 눈이 그 소녀에게로 집중되었다. 그들은 슈훙이 기차역 여관을 이렇게 오랫동안 지켜왔음을 깨달았고, 슈훙의 말을 귀담아 들었다. "그때 기차역 여관에 취직하기가 얼마나 어려웠는지 너희는 모를 거야. 이 사람들은 모두 배경이 있었지. 난 아무것도 없었어." 슈훙이 말했다. "배경이 있는 사람은 달라. 그들은 아주 쉽게 오고 쉽게 가거든. 지금은 다 가고 없어. 그들은 항상 날아올라서 가장 높은 가지에 앉지. 나 혼자서 낙하했지만, 배경이 없었으니까 만족하는 법을 배워야 했어." 슈훙은 그 사진을 지갑에 집어넣더니 갑자기 웃어젖히며 말했다. "내 청춘을 모두 기차역 여관에 바쳤구나. 지배인이 날 미소의 스타로 뽑은 건 당연해, 안 그래?"

새로운 미소의 스타는 지금 반으로 쪼개져 있었다. 하나는 2층 벽에 걸려 사람들을 향해 웃고 있었다. 그 웃는 모습에는 생동감이 없었다. "난 예쁘지 않아. 하지만 아주 성실해." 그 모습은 방긋방긋 웃는 얼굴로 꼭 이겨내리라 다짐하며, 기차역 여관을 대표하는 실용적인 일꾼이 되겠다던 열세 살 소녀의 현재였다. 다른 하나, 또 다른 절반인 실제의 슈홍은 복도에 앉아 반복되는 일상 속에 있음을 앞에서 소개했다. 슈홍은 복도의 탁자 뒤에 숨어 어둠 속에서 여행객들에게 미소를 보냈다. 밤 당번인 직원들은 대부분 몰래 잠을 잤지만 슈홍은 그런 식으로 규칙을 어기는 일이 거의 없었다. 그녀는 항상 복도 입구를 지키고 앉아서 한쪽 귀로는 반도체 라디오에서 나오는 심야 방송을 들었다. 종종 그녀는 부부 생활을 소개하는 프로그램을 듣기도 했다. 어떻게 해야 부부 사이의 정감 있는 생활을 유지할 수 있는지 소개하는 프로그램이었다. 성생활이 가정환경과 여러 부문에 어떻게 이로운지, 얼마나 윤택함을 가져다주는지에 대한 내용도 나왔다. 그런 프로그램은 듣는 이를 매우 흥겹게 하기도 했다. 심야의 최고 인기 방송인 〈자정의 마음과 마음〉 역시 자주 들었다. 쉐페이(雪飛)라는 진행자는 잘생긴 편은 아니었지만 라디오 방송을 진행하면서 청취자들에게 기쁨을 주었고, 많은 불면증 환자와 야간 근무자들의 마음을 사로잡았다. 그중에는 여성이 많았는데, 끊임없이 전화 연결을 시도하여 쉐페이에게 마음속의 비밀을 털어놓았고 자신의 고통에 대한 해답을 얻고자 했다. 슈홍은 쉐페이에게 사로잡힌 수많은 사람 가운데 이름 없는 한 사람이었다. 여러 해 동안 슈훙은 진행자 쉐페이에게 마음을 바쳐왔고 그를 믿었다. 그런 까닭에 냉정한 편이던 슈훙 역시 한 번은 여관 전화로 쉐페이에게 전화를 걸었다. 전화는 바로 연결되었다. 슈훙은 쉐페이에게 자신의 고통을 조심스럽게 털어놓았다. 고뇌의 원인은 두 가지였다. 내 남편은 내가 밖에 있을 때면 의심을 하는데, 정작 나는 보수적인 구식 여자라서 남편이 의심하는 것 같은 외도는 전혀 생각해보지도 않았다, 어떻게 하면 좋겠는가? 내 남편이 나한테 이런 식으로 이야기하는 것을 보면 나를 아주 사랑하는 것 같기는 하지만, 한편 변태 같기도 한데 내가 어떻게 해야 하나? 밤에는 전화교환원이 없기 때문에 슈훙은 여관 접수계에서 그 전화를 걸었는데, 그때 통화 내용을 몰래 훔쳐 들은 사람들이 있었다. "슈훙 언니에게 그런 힘든 일이 있었단 말이야?" 애석하게도 교환원은 슈훙의 이 고뇌를 훔쳐 듣지 못했다. 그저 쉐페이가 아름답고 친절한 목소리로 전화 대상자에게 충고해주는 내용을, 즉 용감하고 성실하게 자신의 길을 가고 다른 이가 간섭하지 못하도록 하는 게 좋겠다고 한 이야기만 들었을 뿐이다. 슈훙의 목소리는 라디오에서 금세 사라졌다. 그녀는 자신이 무엇을 하고 있는지 자각하고는 허둥지둥 전화를 끊었다. 그러나 종이봉투가 불을 견디지 못하듯 여관의 많은 젊은 직원들이 결국 슈훙의 비밀을 알게 되었다. 그들은 슈훙의 비밀, 슈훙 언니의 남편이 변태이며 슈훙 언니가 혼외정사를 하고 있다고 의심받는다는 것을 알게 되었다. 사람들의 눈은 저울질을 시작했다. 렁옌이 맞닥뜨렸던 상황과 슈훙의 상황을 비교해보면 동정심이 일었다. 그들은 뒤에서 말했다. "슈훙 언니가 가련해 죽을 지경이야. 그렇게 좋은 사람이 결혼을 잘못하다니, 그것도 변태와!"

가여운 슈훙은 미소의 스타라는 영예를 얻은 것 말고는 불운한 일들만 계속 겪게 되었다. 렁옌이 슈훙에게 모욕을 준 일도 사람들에게 슈훙에 대한 동정의 눈물을 흘리게 했다. "사람이 선량하면 무시당한다는 말이 하나도 틀린 게 없어. 렁옌과 슈훙을 봐. 슈훙이 렁옌에게 저리 무시를 당하잖아."

접수계 주 담당이던 렁옌이 퇴사하기 전에 공구 상자에 보관하던 물품을 정리할 때 슈훙과 퇴근하는 몇몇 소녀들은 공용 목욕탕에서 목욕을 하고 있었다. 렁옌은 궤짝을 쿵쿵쾅쾅 소리를 내며 옮겼다. 목욕탕 안의 사람들은 그녀가 성질을 부리는 시끄러운 소리를 들을 수 있었다. "내 바디클렌저 어디 갔지? 이상하네. 바디클렌저가 어디로 간 거야?" 그녀의 말투를 듣노라니 도난 사건이라도 일어난 것만 같았다. 목욕탕 안의 사람들은 모두 입을 삐죽거렸다. 한 소녀가 말했다. "저 여자는 왜 저 모양이야? 사람을 도둑 취급하다니." 다른 한 소녀가 말했다. "누가 감히 저 여자의 물건을 사용하겠어? 지난번에 저 여자한테 일 위안을 빌렸다가 돌려주는 것을 잊었는데, 눈을 뒤집고 달려들더라니까!" 슈훙은 처음엔 말없이 다른 사람이 흉보는 소리를 듣기만 하다가 마지막에 가서 의견을 밝혔는데, 그저 한마디만 했다. "맞아, 그런 사람이야. 돈만 밝히는 사람이라니까." 공교롭게도 렁옌이 딱 그 순간에 목욕탕으로 들어왔다. 렁옌은 귀가 아주 밝았고, 자기 얘기라는 것도 눈치 챘다. "누가 돈만 밝힌다고? 나한테 하는 말이야? 네가 감히 나한테 돈만 밝힌다는 말을 할 염치가 있어?" 화가 난 사람은 흔히 포악을 부리게 마련이다. 렁옌이 슈훙을 대하는 태도는 사람을 경악시켰다. "슈훙, 너 말이야. 가서 거울에 대고 오줌을 누는 게 어때?" 그녀는 말했다. "하루 종일 복권으로 대박 나기를 바라는 게 누구더라? 네 입으로 말했지. 복권 1등에 당첨되었는데 돈을 짊어지고 집으로 갈 수가 없어서 광장에 앉아서 마구 우는 꿈을 꿨다고. 그런데 내가 돈을 밝힌다고?"

기차역 여관의 여자들은 렁옌과 슈훙이 예전엔 언니 동생 하던 사이였다는 것을 알고 있었다. 가장 전형적인 예를 들자면 그 둘은 다이어트를 할 때 밥을 하나 받아서 한 입씩 나누어 먹을 정도로 사이가 좋았다. 한데 어떻게 하루아침에 원수 집안의 죽일 놈처럼 대할 수가 있는가? 슈훙을 향한 욕설은 계속되었다. 렁옌은 그래도 모자랐는지 슈훙의 봉투를 빼앗아 뒤집어 흔들었다. 그 안에 자신이 잃어버린 바디클렌저가 있다는 확신을 가진 듯했다. 옆에서 슈훙의 편을 들어주던 소녀들은 그녀의 얼굴이 하얗게 질린 것을 보았다. 렁옌은 바디클렌저 병을 슈훙의 짐 안에서 찾아내 손에 들었다. "네가 가져갔을 줄 알았어. 다른 사람의 물건을 함부로 쓰다니, 찔끔찔끔 훔쳐 썼지!" 렁옌의 승리였다. 그녀의 눈빛이 잔인해지기 시작했다. "내가 돈을 밝힌다고? 너 역시 똑같은 사람이야. 이렇게 오랫동안 내 것을 찔끔찔끔 훔쳐 썼지. 슈훙, 난 네 속을 다 꿰뚫어보고 있어."

렁옌이 문을 활짝 열고 목욕탕을 나가자, 사방이 조용해졌다. 소녀들은 어떻게 슈훙을 위로해야 할지 알 수 없었다. 그녀의 자존심을 지켜주기 위해서 소녀들은 일부러 바디클렌저 사건을 모른 척하고는 오로지 두 사람의 우정이 끝장나버린 일에 대해서만 질문했다. "언니들 대체 어떻게 된 거예요? 어쩌다가 저 여자의 성질을 돋운 거예요? 아까는 꼭 언니를 물어뜯을 것처럼 보였어요." 슈훙의 얼굴은 참담했다. 그녀는 고개를 흔들었다. "난 잘못한 게 없어. 나도 렁옌이 왜 저러는지 모르겠어." 슈훙은 갑자기 소리를 지르고는 눈물을 쏟았다. "난 미소의 스타를 맡을 수 없겠어. 렁옌은 자기 잘못으로 떨어졌으면서 왜 나를 탓하는 거야?" 슈훙은 억울하다는 듯 울었다. 소녀들이 슈훙을 위로했다. "저 여자하고 싸울 필요 없어요. 요즘 미친개처럼 변했잖아요. 마치 사람들이 자기 돈을 가져가서 안 돌려주기라도 한다는 듯이 설쳐요. 근본이 저런 종자를 어떻게 미소의 스타로 삼겠어요?" 슈훙은 아마도 양심에 거리낄 게 없었는지, 금세 울음을 그쳤다. "난 렁옌에게 미안해할 일이 아무것도 없어. 우린 성격이 아주 달랐어. 렁옌이 하늘만큼 높은 사람이라면 난 운명에 순응하는 사람이야. 그녀는 여관에서 일하는 것에 만족하지 않았어. 그녀는 예쁘게 생겼잖아, 돈도 있고. 난 돈도 없고 이 일에만 만족하고 있어." 슈훙의 말을 듣던 소녀들은 갑자기 약간의 의문을 느꼈지만 그녀의 말이 진실이라고 믿고 말했다. "그래요, 언니는 손님들의 투표로 미소의 스타가 된 거죠. 언니가 일을 열심히 했으니까 영광의 금상을 얻은 거예요. 한데 저 여자는 왜 질투를 하는 거죠?"

이윽고 소녀들은 모두 떠났다. 슈훙만 목욕탕에 남았다. 그녀들은 슈훙이 목욕을 매우 천천히 열심히 하는 것을 알고 있었다. 슈훙은 손님들과 마찬가지로 오래 공들여 목욕을 했다. 한 소녀가 슈훙이 바디클렌저가 없다는 것을 알고 자신의 것을 쓰라고 건넸다. 슈훙은 호의를 받아들이며 말했다. "사실 난 화장품 쓰는 걸 좋아하지 않아. 화장품을 많이 쓴다고 좋을 게 있나. 자연스러운 게 좋지."

슈훙 혼자 공용 목욕탕에 남아 목욕을 했다. 슈훙은 목욕할 때 엄밀하게 순서를 따지고 과학적 원리를 따랐다. 공용 목욕탕이 겉보기엔 청결해 보여도 세균이 있을지 없을지 누가 알겠는가? 그녀는 경험에 따라서 아주 섬세하게 물건을 배치했다. 우선 세 개의 비닐봉투를 열어서 두 개는 의자 위에 올려놓았다. 하나는 속옷이 들어 있었고 하나는 세면용품이 들어 있었다. 세면용품 비닐에는 비누, 샴푸, (그녀 자신의) 바디클렌저, 머리핀, 그리고 빗이 들어 있었다. 깨끗한 옷이 들어 있는 세번째 비닐봉투는 젖지 않도록 문밖에 박혀 있는 못에 걸었다. 2층에 있는 이 목욕탕은 철로를 향해 있었다. 여관의 여직원들은 모두 여기서 목욕을 했고, 소녀들은 목욕하러 올 때면 물에 불어 흐물흐물해진 창문을 잠가버렸지만 슈훙은 통풍을 위해 창문을 활짝 열었다. 슈훙은 창밖의 철로를 보면서 목욕을 했다. 기차가 오면 기차를 보면서 목욕을 했다. 아무도 슈훙에게 이런 비밀이 있다는 것을 몰랐다. 창문만이 슈훙의 비밀을 알고 있었고, 철로와 기차 역시 알고 있었지만 그것들은 침묵을 지키는 선의를 발휘했다. 슈훙이 여러 해 동안 이렇게 행동해왔으니 그간 기차에 오른 사람 중에 나체의 슈훙을 본 사람이 있을 법도 하지만, 기차에 탄 사람은 사방에서 오게 마련이고, 기차역 여관의 이 비밀을 알게 되었다 해도 그 비밀을 가지고 사방으로 흩어지게 마련이니 두려울 것이 있을까. 그들이 슈훙이 목욕하는 것을 흘낏 본다 하더라도 슈훙의 얼굴을 제대로 볼수는 없었다. 슈훙의 얼굴이 벽에 걸린 반쪽짜리 깨진 거울에 비쳤다. 그 얼굴은 너무나 평범했다. 거울에 비친 슈훙의 얼굴도 기억하기 어려운데 기차에서 스치며 한 번 본 것으로 어떻게 기억하겠는가? 슈훙의 몸은 따뜻한 물속에서 자유롭게 노래를 했다. 많은 여성들이 사람이 없는 장소에서는 노래를 부르는데 만일 독자가 성인이라면 아마도 몸의 노래가 무엇을 의미하는지 알 것이다. 내가 말하는 노래는 한 소녀가 섬세한 허리에 물줄기를 맞을 때 허리가 부르는 노래를 의미한다. 나는 버들가지야, 나는 버들가지야. 내 버들 허리를 꺾지 말아주세요. 풍만한 가슴이 물줄기에 부딪힐 때면 가슴은 부끄러운 듯 뒤로 물러섰다. 해치지 마세요, 해치지 말아요, 당신의 손으로 만져주세요. 슈훙의 결혼 생활은 매우 지루했다. 그녀의 몸이 부르는 노래는 위엄에 넘쳤고, 활달한 외침처럼 느껴지기도 했다. 청춘은 이미 갔고, 외모는 시들었으며, 몸매는 뚱뚱해졌으니 볼 것은 아무것도 없어, 볼 것은 아무것도 없지. 가서 다른 사람을 보라고, 나를 보지 말고!

기차 소리가 목욕탕 안을 울리는 물소리를 뚫고 들어왔다. 슈훙은 그 기차가 객차라는 걸 알 수 있었다. 그녀는 몸을 돌려 창문을 등진 채 고개를 돌려 기차를 바라보았다. 쾅쾅, 쾅. 두번째 열차칸의 창문이 열렸다. 검은 옷을 입은 한 남자가 창문을 통해 슈훙 쪽을 보고 있었다. 그 긴 얼굴은 웃는 것 같기도 했고 아닌 것 같기도 했다. 입에서는 경박한 말이 흘러나왔고, 눈을 크게 뜨고 눈알을 굴리면서 주변 사람들이 다 알아볼 수 있는 손짓을 보냈지만 슈훙은 이 상황에 너무 놀라 움직이지 못했다. 이게 무슨 운명의 장난인지 알 수 없었다. 쉐페이 씨, 당신이 왜 그 창가에 앉아서 나를 보는 거지? 쉐페이, 쉐페이, 당신은 나를 모르겠지만 나는 당신을 알아. 당신은 그날 기차역 광장에 왔어. 스타 진행자들이 모두 왔지. 나는 당신이 방명록에 사인하는 것을 보았어! 쉐페이, 당신은 이래선 안 돼. 다른 사람은 다 그럴 수 있어도 당신은 그러면 안 돼! 슈훙은 위험을 감지했다. 그녀는 손으로 상반신을 가리고 창문을 닫았지만, 이미 늦었다. 기차에서 흘러나오는 소란스러운 소리가 들려왔다. 그가 일행에게 이 위대한 발견을 떠벌리는 모양이었다. "여성 중에 노출광이 있다고 누가 말했지? 방금 내 눈으로 직접 봤다고!" 그 소리는 라디오에서 나오는 것과 같은 음성이었지만, 슈훙이 듣던 〈자정의 마음과 마음〉에서는 절대로 나오지 않던 저속한 단어들로 가득했다. 그녀는 기차에서 그가 하는 말을 분명히 들었다. "내가 찾았어(슈훙은 아주 분명히 들었다. 그는 자신이 찾았다고 했고 다른 욕은 하지 않았다), 저 중늙은이 여자, 가슴이 엄청 커. 가누지도 못하겠는데. 꼭 축구공 두 개 같아. 찾았어, 노출광이야!"

이것이 9월의 어느 저녁 무렵, 슈훙이 목욕탕에서 비밀을 갑자기 잃어버린 일이었다. 그 일은 저녁놀에 물든 철로 위로 꼬리에 꼬리를 물며 은밀히 퍼져 나갔고, 아마도 밤이 되면 전파를 타고 세상에 퍼질 것이었다.

그는 오늘 밤 라디오에서 노출광에 대한 심도 깊은 토론을 하겠지? 아마도 그럴 것이다. 슈훙은 괴로웠다. 그때서야 슈훙은 자신의 비밀이 얼마나 위험했는지를 깨달았다. 그녀의 눈에서 후회와 부끄러움의 눈물이 흘렀다. 노출광? 슈훙은 어떤 사람이 이렇게 자신을 욕할 수 있으리라고는 전혀 생각지 못했다. 노출광은 창녀보다도 더 흉한 말이었다. 어떤 이는 금발소녀를 창녀라고 욕했고, 어떤 이는 링옌을 창녀라고 욕했지만, 지금은 슈훙을 노출광이라고 욕하고 있다. 슈훙은 차라리 그가 자신을 창녀라고 욕해주길 바랐다. 노출광 취급은 받고 싶지 않았다.

9월의 어느 날, 운 좋은 노숙자가 철로에서 거의 새 것이나 다름없는 반도체 라디오를 손에 넣었다. 어떤 분노한 사람이 버린 것이 분명했다. 겉에는 상처가 많이 나 있었지만 작은 가전제품의 품질은 매우 좋았다. 주파수를 맞춰보니 소리가 아주 잘 들렸고, 쓰기도 편했다. 라디오에서 아주 친절한 한 남자의 목소리가 들려왔다. 화제에 오른 것은 아무도 들어본 적 없는 기묘한 이야기들이었다. 노출과 성적 심리의 관계가 어쩌고저쩌고, 여성의 노출이 위험과 압박의 반작용이 어쩌고저쩌고…… 이게 다 무슨 개소리인가? 노숙자는 이런 일은 그냥 사건만을 말할 것이 아니라 그런 광경을 볼 수 있는 명당이 어디인지 말해줘야 한다고 생각했다. 그래서 바로 채널을 바꾸었고 금세 기분이 좋아졌다. 황매희(黃梅戲)*가 나오고 있었다. 황매희가 들려오자 앞에 남자가 말한 내용

---

* 안훼이(安徽) 지방의 전통극.

은 전부 잊어버렸다. 이 전통극은 그의 고향 고유 극이었기에 그는 매우 기쁘게 들었다.

　내가 더 설명하지 않아도 여러분은 분명 알 것이다. 그 노숙자는 슈훙의 라디오를 주운 것이다.

25. 불공평한 교역

    커위안의 남자 구실에 관해 우리는 이미 오랜 시간 동안 거론한 바 있으니 또다시 서술한다면 여러분은 고개를 저을 것이다. 사람에겐 대부분 동정심이라는 것이 있으므로 커위안의 비밀은 일단 그만 말하기로 하겠다. 그에게서 어떤 의외의 도움을 받게 될지도 모르는 일이므로. 어떤 특수한 사업에 종사하는 사람이라면 대개 알고 있듯, 커위안은 몇 년 동안 계속 순평 거리에 헛돈을 엄청나게 뿌렸다. 그가 자신의 비밀을 밝히는 성명서라도 발표했더라면 정가대로 치를 필요 없이 몇 차례든 할인을 받을 수 있었을 것이다.

    그러나 커위안은 성명을 발표하지 않았고, 이곳 사람들이 자신의 비밀을 폭로했다는 것을 모를 수도 있었다. 이번 주말 밤에도 그는 전과 같이 예라이샹(夜來香) 이발소의 어두운 방 익숙한 가죽 의자에 앉아 어둠 속에 서 있는 아가씨들에게 말했다. "9호 오라고 해, 내가 왔다고!"

한 소녀가 들어와 의자 뒤에 서서 의자를 젖혔다. 의자는 빠른 속도로 내려앉았고 커위안은 몸을 뒤로 기댄 채 고개를 돌려 여자의 얼굴을 보았다. "이런 빌어먹을, 네가 9호야?" 커위안이 말했다. "빌어먹을, 지금 이게 병원 영안실의 침상인 줄 알아? 서툴기 짝이 없군." 소녀가 고개를 숙인 채 말했다. "당신이 9호를 찾았잖아요. 제가 9호예요. 당신이 내 손발이 둔해서 싫다면 다른 아가씨를 찾으면 돼요, 욕하지 말고." 소녀가 한마디 하자 커위안은 바로 상황을 알아차렸다. 커위안이 말했다. "개 같은 소리, 네가 무슨 9호야? 내려가. 가서 9호 불러와." 밖에 있던 여사장이 소란한 소리를 듣고 들어왔다. 그녀는 커위안에게 웃으면서 설명했다. "먼저 있던 9호가 고향으로 돌아갔어. 얘는 새로 온 9호야. 아직 일이 익숙하지는 않지만 정말 예쁘게 생겼어." 여사장은 손님을 응대하는 원칙을 깨고 전등을 켜서 새로 온 9호 아가씨의 얼굴을 커위안에게 보여주었다. "보라구, 얼마나 예쁘게 생겼어." 그 9호 아가씨는 갑자기 얼굴을 가리고 커위안에게 자신의 얼굴을 보여주지 않으려 했다. 커위안이 소리를 질렀다. "이런, 빌어먹을 계집. 지가 천연기념물이라도 되나, 얼굴도 못 보게 하다니. 이리 와. 내 쪽으로 얼굴을 돌려." 여사장도 화를 내며 9호 아가씨를 잡아당기면서 말했다. "왜 이리 못나게 구는 거야, 이리 와. 손님과 사장에게 얼굴을 보이라구, 어서 오지 못해!" 소녀는 완전히 기분이 상했다는 것을 강하게 표현하며 말을 듣지 않았다. 그녀는 계속 얼굴을 감싼 채 여사장에게 대들었다. "약속했잖아요, 전등을 켜지 않겠다고. 전등을 켜지 않기로 했으면 켜지 말아야죠! 나는 손을 팔지 몸은 팔지 않아요!" 여사장은 다급하기도 하고 화가 나기도 해서 소녀의 어깨를 잡고 흔들었다. "누가 너더러 몸을 팔랬어? 여긴 창녀촌이 아니야!" 그녀는 말했다. "날 화나게 하다니. 이분은 오랜 고객이야. 이분은 한 번도 아가씨에게 손발을 함부로 놀린 적이 없었어. 돈도 후하게 쓰시고. 얼굴 좀 돌려. 이분에게 보여드리라고!" 소녀는 여사장을 뿌리치려 했다. "자꾸 누르지 말아요." 그녀의 목소리는 날카로웠고 격노해 있었다. "불을 꺼요, 빨리 불을 끄라고요. 그러기로 했잖아요, 난 손을 파는 거지 얼굴을 파는 게 아니에요. 왜 얼굴을 보이라는 거죠? 난 안 보여줄 거예요."

전등을 껐어도 커위안은 금발소녀를 알아보았을 것이다. 커위안은 일어나 옆에 서서 웃었다. "좋아, 좋아." 커위안은 자신의 마음이 기쁜 것인지 놀란 것인지 알 수 없었다. 그가 말했다. "아주 좋아, 아주 좋아." 그리고 찢어지는 듯한 소리를 들었다. 여사장이 화가 머리끝까지 올라 금발소녀의 귀싸대기를 치며 말했다. "너같이 몸 사리는 애가 순평 거리에 와서 진흙에 뒹굴겠다는 거야? 나가, 당장 나가!"

금발소녀는 이제 자신의 얼굴을 숨길 방법이 없었다. 그녀의 붉어진 얼굴은 가면처럼 보였다. 따귀를 얻어맞고도 그녀는 어떻게 해야 할지 몰랐다. 한 손으로는 얼굴을 가리고 다른 한 손으로는 벽을 짚은 채 전등을 끄려고 시도했다. 그러나 커위안은 이미 금발소녀를 알아보고는 소녀의 얼굴을 한참 쳐다보다가 말했다. "네 자신을 봐. 백치 같군." 그는 소녀의 처량하고 절망에 찬 시선을 보았다. 소녀는 눈물을 그렁거리며 벽을 더듬던 손으로 얼굴을 다시 가렸다. 그녀는 울면서 말했다. "못하면 못하는 거야. 누가 이런 하류층의 일을 하고 싶겠어."

커위안은 이 밤에 있을 기연(奇緣)을 예측하지 못했다. 금발소녀가 흰 배낭을 메고 한 줄기 바람처럼 이발소에서 달아났을 때, 그는 하마터면 체면을 돌보지 않고 뛰쳐나갈 뻔했다. 이발소 사람들은 이 훌륭한 고객을 내보내려 하지 않았다. 여주인은 2호 소녀와 6호 소녀를 불러 커위안에게 안마를 하게 했다. 그는 말했다. "아주 좋아, 아주 좋아." 커위안은 그녀들이 무슨 말을 하는지 제대로 듣지 못했다. 안마를 마친 뒤 그는 금발소녀를 찾아 밤의 순펑 거리로 나갔다. 바람이 차고 네온 빛이 어지럽게 거리를 비추는 가운데 금발소녀의 그림자가 인파 속을 떠돌며 멀리 혹은 가까이로 떠밀려 다녔다. 커위안은 갑자기 최근 몇 년 사이에 여자에게 신경 쓰는 게 처음이라는 사실을 깨달았다. 그는 얼굴이 달아오르고, 몸에서 어떤 반응이 일어나는 것을 느꼈다. 그때 금발소녀가 한 상가 앞에서 걸음을 멈추었다. 그녀는 쇼윈도를 잠시 바라보다가 다시 거리를 바라보고는 그래도 상가로 들어가는 쪽이 좋다고 생각한 듯 안으로 들어갔다. 커위안은 조금 놀랐다. 방금 그렇게 울었는데, 바로 눈을 돌려 상가로 갈 수 있다니.

소녀는 옷 매장 앞에서 한참 머물며 이 물건 저 물건을 살펴보고 만져보았고, 그중 하나가 마음에 든 모양이지만 사지는 않았다. 커위안은 그녀가 방금 전에 이발소에서 수치심을 느끼고 상처받았다는 것을 믿기 어려웠다. 그녀의 금발은 어지러운 불빛 아래

밝게 빛났다. 커위안이 중얼거렸다. 아주 좋아. 소녀는 장갑 매장 앞으로 걸음을 옮겨 장갑 하나를 살펴보았다. 흰 장갑을 하나 집어 들었다가, 눈을 돌려 커위안을 보았다. 커위안은 그녀를 향해 어색하게 웃어 보이고는 불필요하게 눈을 깜빡이며 좋은 의도를 표하려 애썼다. 그녀는 당장 욕을 하기 시작했다. "후레자식. 뻔뻔한 놈! 도대체 뭘 원하는 거야!" 커위안은 무의식적으로 한발 물러났다. "뭘 하겠다는 게 아니야, 정말 아니야." 그는 말했다. "난 당신을 알아. 우리 회사에 왔었잖아." 금발소녀가 말했다. "무슨 얼어죽을 회사 타령이야. 나는 당신을 몰라. 대체 뭐 하자는 거야?" 커위안은 뭐라 말해야 할지 알 수 없었다. "나를 기억 못하는군. 우린 만난 적이 있어." 그가 말했다. "시끄럽게 소리 지르지 말고 나가서 이야기하는 게 어때?" 소녀가 대답했다. "무슨 이야기를 해? 값을 말해? 당신 누나하고나 수작하지그래." 커위안이 말했다. "난 당신이 그런 여자가 아니라는 거 알아. 그저 당신과 이야기를 좀 하고 싶어. 잠깐이면 돼. 만약 안심이 안 된다면 그냥 문밖에서 잠깐 이야기를 나누자구." 소녀는 장갑을 내려놓고 냉랭한 시선으로 커위안을 보며 말했다. "내가 왜 당신과 이야기를 해야 해? 당신을 알지도 못하는데, 이야기를 하면 이야기 값이라도 줄 거야?" 커위안이 조금 놀라서 말했다. "돈이 필요해? 줄 수 있어. 가격을 말해봐." 소녀는 커위안이 이런 식으로 대답할 줄 몰랐기 때문에 당황해서 커위안에게 정신병자라고 욕했다. 커위안이 말했다. "난 정신병자가 아니야. 정말 당신과 이야기를 나누고 싶단 말이야." 소녀는 마침내 웃기 시작했다. "정신병자네, 정신병자야!" 주위 사람들이 호기심 어린 눈으로 그들을 바라보았다. 그러자 화가 난 커위안이 한 남자를 찍어 욕을 해댔다. "빌어먹을, 보기는 뭘 보는 거야. 누가 당신을 위해 자리 펴고 공연이라도 할까봐?" 그는 붉어진 얼굴로 조금 뒷걸음치더니 몸을 돌려 상가를 빠져나갔다.

커위안은 이런 황당한 일을 벌인 적이 없었다. 그는 자신이 왜 그 소녀와 함께 있고 싶은지 알 수 없었다. 같이 있어서 뭘 하자는 건가? 그저 이야기를 하고 싶어. 무슨 이야기를? 사실 커위안도 무슨 이야기를 나누고 싶은지 몰랐다. 커위안은 상가 문밖에 서서 자신이 지금 우스꽝스럽고 말도 안 되는 짓을 하고 있다고 생각했다. 이야기를 해? 네 에미랑 붙어먹는 이야기나 하지! 그는 자신에게 욕을 퍼부었다. 그리고 황황히 순펑 거리로 달려갔다. 그때 누군가 그의 뒤를 따라오는 것 같았다. 그는 뭔가가 그의 허리를 치는 것을 느꼈다. 욕설을 지껄이며 눈을 부릅뜨고 돌아보았다. 금발소녀가 뒤에서 배낭으로 그의 허리를 때린 것이었다. "오빠, 오빠, 잠깐 기다려요!" 금발소녀가 말했다. "이야기하자구요. 그냥 여기서 해요. 돈을 준다고 한 건 당신이에요." 커위안이 말했다. "돈이 있으니 줄 수 있지. 얼마가 필요한지 말해봐." 그는 금발소녀가 몸을 돌리고 웃는 것을 보았다. 그녀는 말했다. "이십 위안만 주세요. 삼십 분 동안 이야기를 들어드리죠. 삼십 분이 넘으면 바로 오십 위안을 주셔야 해요. 그리고 때린 건 미안해요."

커위안과 금발소녀가 거리에서 나눈 대화는 이상하게 간단했으므로 우리는 쉽게 기록을 완성할 수 있었다.

커위안이 물었다. "아가씨는 어디서 왔어요?"

금발소녀가 대답했다. "선양. 선양에 가봤어요? 당신네 도시보다 훨씬 커요."

커위안이 물었다. "아가씨 이름은 뭐예요?"

금발소녀가 대답했다. "장, 장만위, 당신이 믿을지 모르겠지만 장만위예요."

커위안이 말했다. "장만위라면 가수인가?"

금발소녀가 말했다. "무슨 소리를. 그녀는 홍콩의 영화 스타예요."

커위안이 말했다. "영화 스타가 뭐 대단한가. 얼굴 뜯어먹고 사는 사람이겠지."

금발소녀가 말했다. "사람들은 나보고 장만위를 닮았다고 했어요. 하지만 닮으면 뭐 하겠어요, 그녀처럼 좋은 팔자를 타고나지 못했는데."

(여기에서 잠시 기록을 멈춰야겠다. 대화가 팔자 이야기에 이르렀을 때 금발소녀는 갑자기 기가 꺾이고 눈에는 핏발이 섰다. 커위안은 그녀의 기분이 바뀌었다는 것을 알았다. 그는 대화를 심도 있게 이끌어야겠다고 생각하고는 본격적인 용건을 꺼내려 했다.)

커위안이 물었다. "아가씨는 새천년을 뭘 하면서 맞을 생각이에요?"

금발소녀는 이 문제에 대해 생각해보지 않은 것이 분명했다. 그녀가 말했다. "아무 계획도 없어요. 그저, 그저……" 그녀는 더 말을 잇지 못했다. 두 사람은 동시에, 샌들을 신고 반바지를 입은 남자가 반대편에서 자신들 쪽으로 가로질러 오는 것을 보았다. 그 남자는 무슨 기기한 괴물을 보듯이 커위안에게 시선을 고정한 채 다가왔다. 금발소녀는 무의식적으로 커위안에게서 거리를 두려 했다. 커위안은 절망적으로 소녀와의 대화를 끝맺을 수밖에 없었다.

펑다린이었다. 펑다린이 말했다. "커위안, 팔자 늘어졌구나. 집에는 붙어 있지도 않고 거리에서 아가씨나 낚다니!" 펑다린이 오자 금발소녀는 돈도 필요 없다는 듯이 바로 달아났고, 잡으려야 잡을 수도 없었다. 커위안은 금발소녀가 놀란 토끼처럼 도망치는 것을 속수무책으로 바라보았다. 건너편 길로 달아난 그녀는 광고판 뒤에서 커위안을 향해 손짓을 했는데, 그곳에서 그를 기다리겠다는 의미였다.

"내가 여자랑 수작을 하다니?" 커위안이 말했다. 펑다린이 눈을 돌려 여자가 그곳에서 바라보는 것을 보았다. "딱 보니까 창녀던데, 순펑 거리에서 낚은 건가?"

커위안은 다급하게 말했다. "펑다린, 후레자식 같으니라구. 지금 무슨 소리를 하는 거야?" "네미 붙어먹을 놈, 내가 부탁한 일을 왜 처리해주지 않는 거야? 길에서 여자나 낚고 말이지. 여자를 낚는 게 네 실력이지, 창녀를 말이야!" 펑다린이 커위안의 머리를 쳤다. "색(色)만 중요하고 우정은 중요하지 않지? 또 어딜 보는 거야? 네 똥구멍을 찾나, 아니면 창녀가 안 보여서 그래? 그 여자 도망갔군, 가버렸어. 그년 잘 갔네. 창녀에게 시간은 금이니까. 가버리지 않으면 돈을 못 벌겠지? 잘 갔어, 가버려야 네가 제대로 일을 기억해내겠지. 난 널 보름이나 찾았어. 더촨이 있는 쪽에도 가봤어. 대체 내 부탁을 하긴 한 거야?" 길 건너편의 금발소녀는 조급해 보였다. 그녀는 커위안과 펑다린이 싸우는 것을 기다릴 수 없었기에 결국 화를 내면서 가버렸다. 커위안은 그녀에게 기다리라고 하고 싶었지만 버티고 있는 펑다린 앞에서 체면을 잃을 수는 없었다. 그는 분노로 떨고 있는 펑다린에게 가로막혀 아무것도 할 수 없었다. "빌어먹을 새끼, 술 취한 거야?" 커위안이 말했다. "난 네가 이미 술에 취해서 죽었는 줄 알았는데."

커위안은 기억력이 아주 좋았다. 그는 병원에서 펑다린 부부가 한 이야기를 기억하고 있었다. 하지만 커위안 사전에 후회 따윈 없었다. 약속한 내용을 무시해버리면 그만이었다. 그러나 다들 생각해보라. 쏟은 물을 어떻게 주워 담겠는가? 그가 말했다. "펑다린, 미안하게 되었어. 내 한 몸 직장에서 버티기도 몹시 어려운 마당에 어떻게 널 도와주겠어? 펑다린, 그날 한 말은 다 허풍이야. 난 널 도울 힘이 없어." 커위안은 나중에 금발소녀에게 하려던 말을 펑다린에게 할 수밖에 없었다. 그는 말했다. "가자. 어디 들어가 앉아서 말하자구."

커위안은 펑다린을 끌고 기차역 광장에 가서 앉았다. 펑다린이 말했다. "난 여기 앉지 않겠어. 여기 앉으면 21세기맞이 괘종시계가 보여. 그 시계를 보면 량젠이 생각나서 기분이 안 좋아." 커위안이 말했다. "그럼 찻집이라도 갈까? 네가 그럴 여유나 되나? 넌 내 여자 친구를 도망가게 했어, 내 여자 친구라고. 그녀는 창녀가 아냐. 딱 한 번만 말하겠는데, 앞으로 다시는 그따위 무례한 소리 하지 마!" 펑다린은 커위안의 얼굴을 보고 그가 진심이라는 것을 알았다. "좋아, 창녀가 아니니까 아니라고 하는 거겠지. 넌 창녀가 널 어떻게 망치고 행운을 빼앗아가는지 절대로 모를 테니까." 펑다린이 말했다. "내가 너네 이웃집에 술을 맡기고 너한테 전해달라고 했는데 받았어?" 커위안이 말했다. "그게 무슨 술이야? 빌어먹을, 촌에서 잡부들이나 마시는 거겠지. 잊어버리고 있었네. 나는 그녀를 찾아가야 해, 해물요리를 먹으러 가야 한다구." 펑다린이 말했다. "그 여자는 사람이고 나는 사람이 아니란 말이야? 야오구가 말했어. 제대로 된 직업을 찾아야 한다고, 안 그러면 집을 나가겠대. 아니, 야오구는 나더러 차라리 량젠처럼 21세기맞이 괘종시계에서 뛰어내리래." 커위안이 말했다. "농담이겠지. 그녀가 그렇게 말했다고 해서 때리지는 않았겠지?" 펑다린이 웃으며 말했다. "넌 정말 어쩔 수 없는 놈이군. 요즘 부부가 어떻게 사는지 몰라. 누가 누굴 때려? 뭐, 욕을 좀 한 건 사실이야. 집사람과 같이 있기가 힘들어. 세상살이가 너무 힘든데, 만일 우리 부부가 함께 뛰어내린다면 량젠이 뛰어내렸을 때와는 다르게 부부가 함께 시계를 울리게 되겠지, 두 배로. 그것도 어쩌면 능력일 거야." 커위안이 말했다. "너 지금 좀 비정상인 것 같아. 미친 거야?" 펑다린이 대답했다. "그래 나 미쳤어. 무슨 일로 내가 미쳤는지 모르겠어? 네가 날 완전히 미치게 만들었다고." 커위안은 잠시 침묵했다. 그리고 주머니에서 지갑을 꺼내 백 위안짜리 지폐를 하나 꺼냈다. 그는 펑다린의 표정이 변하는 것을 보았지만, 잘못 본 것이라 생각하고 지폐를 건넸다. 펑다린은 욕을 하기 시작했다. "커위안, 난 네 집안 십팔대 조상까지 붙어먹을 테다. 난 네놈 집안의 삼십대 조상까지 붙어먹을 테다." 커위안은 어찌할 바를 모르고 펑다린의 몸을 흔들었다. "빌어먹을, 야 이 미친놈아, 내가 좋은 뜻으로 돈을 주려는데 욕을 해?" 펑다린은 검게 변한 얼굴로 커위안의 손을 밀어냈다. "넌 욕먹어 싸. 내가 무슨 물건인 줄 알아? 나 펑다린은 일자리가 없어. 한데 일자리가 없다고 해서 거지인 줄 알아? 인민폐를 그렇게 많이 갖고 있어 좋겠구나. 달러는 안 갖고 있나? 영국 돈은 왜 안 꺼내는 거야?"

펑다린은 미친 듯이 화를 냈고 그의 병든 몸은 분노로 새우처럼 굽어졌다. 갑자기 아무것도 필요 없다는 듯이 그는 반바지를 추어 올리고 얼굴에 고귀한 표정을 띠며 말했다. "그만두자, 그만둬. 내가 네 도움을 받느니 차라리 거주위원회를 찾아가는 게 낫겠다." 커위안은 그가 이렇게 마지막 체면을 지키고자 하는 것을 보고는 그의 등 뒤에 대고 말했다. "그래, 가서 도움을 청해봐."

사실 커위안은 이때 기회를 잃었다. 커위안이 만약 금발소녀를 찾아 그때라도 나갔다면, 펑다린의 악몽을 바로 털어낼 수 있었을 것이다. 그러나 커위안은 그렇게 생각 있는 사람이 아니었다. 그는 더친에게 전화를 걸면서 펑다린을 흘깃거렸다. 펑다린이 바로 거기 서 있는 것이 보였다. 그가 고개를 돌려 커위안을 보았다. 두 사람이 광장에 서서 광기와 분노 어린 시선을 교환하는 것을 본 사람들은 이 두 사람이 대체 어떤 관계이기에 이러고 있는가 하는 의문을 가졌다. 대강 일 분쯤 지났을 때 커위안이 몸을 돌려 아름다운 성 쪽으로 걸어갔다. 펑다린이 그의 뒤를 따랐다. 펑다린은 우리가 전혀 상상치도 못한 행동을 했다. 그는 커위안이 가는 길을 따라가더니, 갑자기 무릎을 꿇었다. 펑다린의 무릎이 땅에 닿았을 때, 그의 목소리에는 어떤 자존심도 없는 듯했다.

"커위안, 내가 이렇게 무릎 꿇고 빌게. 날 돕든 안 돕든, 이 꼴을 봐줘." 펑다린이 말했다. "제발 봐달라구."

26. 렁옌의 새 출발

아름다운 것을 먹는 것, 사람들의 입 안에 숨겨진 무한한 욕망. 머리가 돌아가는 사람이라면 분명 이해할 것이다. 머리가 돌아가고 게다가 자본력까지 있는 사람이라면 당연히 사람들의 입을 장악할 수 있다. 그런 이들은 새천년을 앞두고 잇달아 자금을 끌어들여 먹는 사업을 시작했다. 사람들의 입은 간사한 법. 비밀을 공유하는 친밀한 관계일수록 함께 먹는 걸 즐기게 된다. 기운을 돋우기 위해 이것도 먹고 저것도 먹고 무엇이든 이것저것 다 한 입씩 맛본다. 우리 도시는 음식에 있어서는 사해에 명성을 날리는 수준이다. 명성도 보통 명성이 아니라 신문에 대서특필될 정도이며, 우리 도시 사람들의 식비는 국내에서는 2위, 아시아에서는 7위, 세계적으로는 50위 안에 든다.

허 씨 형제가 아름다운 성에 차린 뱀 식당은 국제적인 수준의 식당을 지향했고, 미식가들에게 전문적으로 봉사하고자 했다. 관리 면에서는 홍콩과 대만의 5성급 호텔에서 통용되는 방식을 모방했고, 일체의 표준화와 투명화를 통해 경영을 주도했고, 들여오는 모든 독사와 독 없는 뱀을 유리 상자에 진열해두었으며, 고객이 뱀을 고르면 바로 잡아서 들여간 다음 고객이 원하면 직접 요리사가 조리하는 과정을 볼 수 있게 했다. 뱀을 잡아 배를 가르고 피를 빼고 살을 저며 익히는 모든 과정이 개방되었다. 종합적으로 말해서, 모든 서비스가 뱀 식당의 엄격한 관리 감독 아래 보증되었다. 우리 가게의 뱀을 드십시오. 철저히 관리되고 있으니 안심하세요.

과거에 직원이 독사에 물려 다치는 사고가 처음 발생했을 때 식당은 적잖은 손실을 보았다. 허 씨 형제는 변호사의 조언에 따라 모든 직원들의 고용계약서를 바꾸었다. 계약 조건이 매우 독특했는데, 이것은 모든 뱀 식당에 채택되었고, 계약서에는 세 가지 항목을 담은 직원 훈련 내용을 임금 문제와 함께 명시하게 되었다.

뱀 식당 측이 계약서에 적어놓은 직원 훈련 내용은 이렇다. 모든 식당의 신입 직원은 반드시 한 달 안에 '뱀을 사랑하는 훈련과 모니터링 프로그램'을 통과해야 한다. 만약 통과하지 못하면 즉시 식당에서 해고한다. 렁옌은 처음에 이런 규정을 알지 못했다. 절박한 마음에 직업을 바꾸면서도 고용계약서를 제대로 보지 않았고, 그 위에 어떤 글자가 써 있는지도 신경 쓰지 않았다. 뱀 식당에 들어간 뒤에야 렁옌은 모든 직원이 뱀과 관련된 예명을 하나씩 갖고 있는 것을 알았고, 듣기에 별로 낭만적이지 않았지만 뱀 식당의 분위기를 띄우는 무형의 작용을 하고 있다는 것도 알게 되었다. 그녀는 살모사 아가씨가 되었다. 그리고 구렁이 아가씨, 안경뱀 아가씨, 방울뱀 아가씨와 한 조가 되었다. 그들은 뱀 식당의 상징인 검은색, 홍색, 금색, 은색 치파오를 입었다. 치파오에는 그들의 예명에 해당하는 뱀 무늬가 수놓여 있었다. 렁옌의 치파오에는 당연히 살모사가 수놓였다. 며칠 동안 렁옌은 치파오를 계속 벗어버리고 싶은 강렬한 욕구에 시달렸다. 그녀는 방울뱀 아가씨의 은색 치파오와 자신의 살모사 치파오를 바꾸고 싶었다. 살모사든 방울뱀이든 렁옌이 선택할 수 있는 것은 아니었지만, 그녀는 자신이 좋아하는 은색 옷이 입고 싶었다. 그녀는 그 은색 치파오를 입었을 때 자신의 몸매가 더욱 아름답게 돋보이리라는 충분한 자신감이 있었다. 그래서 방울뱀 아가씨와 이야기를 해보았는데 방울뱀 아가씨는 대학까지 다녀서인지 어떤 상황이든 제대로 파악했다. 그녀는 렁옌에게 한 가지 충고를 해주었다. 치파오를 바꾸는 것에 조급해하지 마라. 나중에 누가 어떤 치파오를 입을지는 알 수 없는 일이며, 우리는 아직 '뱀사랑' 과정도 통과하지 못했다. 방울뱀 아가씨는 이 복잡한 훈련 계획을 줄여서 '뱀사랑'이라고 불렀다. 렁옌은 자신이 처한 상황을 알고 큰 충격을 받았다. 방울뱀 아가씨의 도움으로 훈련의 첫 과제를 알았을 때 충격은 더욱 커졌다.

방울뱀 아가씨는 말했다. "첫번째 과제는 비교적 통과하기 쉬우니 기본 실력에 의지해. 일단 스무 마리쯤 되는 한 바구니의 뱀을 풀어놓고, 그 뱀들을 다시 바구니에 담는 일인데 이건 별로 어려운 일이 아니지. 드렁허리는 죽여봤겠지? 뱀이 드렁허리라고 생각하면 괜찮을 거야." 링옌은 소리를 질렀다. "난 드렁허리도 죽여본 적이 없어. 난 못 죽여, 드렁허리도 무서워서 손으로 못 잡는다고. 그런데 뱀을 집어야 한다고?" 방울뱀 아가씨는 사람을 달래는 능력이 있었다. 그녀가 말했다. "뱀을 무서워하나봐? 그렇다면 왜 여기 와서 일하려고 해?" 링옌은 방울뱀 아가씨가 자신의 마음을 꿰뚫어보자 부끄러워졌다. "솔직하게 말해봐. 여기처럼 돈을 많이 주는 곳이 없어서 온 거야?" 링옌은 하얗게 질린 얼굴로 말했다. "난 통과하지 못할 거야. 죽을지도 몰라. 여기 사람들은 대체 무슨 생각인 거야? 누가 이런 죽기 좋은 방법을 생각해낸 거야!" 방울뱀 아가씨는 링옌보다 젊고 생각도 개방적이었다. "직원을 교육하는 경영 정신이지." 그녀가 말했다. "지금은 다들 이런 관리 방식을 따르고 있어. 방법이 없지. 이런 시험을 견딜 수 없다면 그만두는 게 좋아. 시험을 통과하지 못하면 여기서 지내는 한 달은 그냥 시간 낭비야. 그들은 당신에게 오백 위안을 지불하겠지. 대신 당신은 이천 위안을 받을 수 없게 돼." 방울뱀 아가씨가 '뱀사랑' 과정이 직원에게 손해가 될 수 있음을 지적하자, 링옌의 표정이 흔들렸다. 링옌이 말했다. "나는 이천 위안을 받기 위해 온 게 아냐. 내가 근무하던 기차역 여관에서는 발전이 없었어. 식당은 지금 가장 빠르게 발전하는 분야고, 일도 쉽게 배울 수 있고, 은행보다 더 안전해. 사람의 입은 말하는 것 말고는 먹으라고 있는 거니까."

방울뱀 아가씨는 뱀 식당의 앞날에 대한 링옌의 분석에 동의했지만, 그녀가 '뱀사랑' 과정을 통과해야 한다는 사실을 제대로 파악하지 못했음을 다시 지적했다. 그녀는 다른 두 가지 시험에 대해서도 계속 이야기했다. 두번째 시험 과목에서도 사람들이 많이 실패하는데, 직접 독사를 죽이는 것이었다. 이것은 직원에게 자신을 지킬 능력을 기르게 하기 위한 것이었다. "나는 식당 경영진의 속내를 알고 있어. 독사와 대적할 수 있다면 절대 뱀에게 물리지 않겠지. 식당 측에서는 어떤 경우에도 배상금을 지불하지 않을 생각이니까." 방울뱀 아가씨는 학식이 있어서 합리적으로 생각할 줄 알았다. 그녀는 말했다. "우리 선생님이 수업하실 때 말씀하시기를, 상업은 근본적으로 이윤을 추구하는 것이 목적이라고 했어. 이윤을 위해서는 죽은 사람의 다리도 팔 수 있는 거야. 당신 역시 그것을 알아야 해." 렁옌이 말했다. "이윤은 결국 돈이겠지. 당신은 내게 스승이 되어주었어. 난 평소에 항상 우리 오빠와 남동생에게 말했어. 법을 어기지만 말라고. 어떤 돈이든 분쟁이 따르게 마련이고, 어떤 돈이든 싸움을 부르게 된다고."

두 아가씨는 이야기를 이어갔고, 대화의 마지막엔 가장 기괴한 세번째 시험에 이르렀다. 이 역시 기묘하기 짝이 없었는데, 뱀과 함께 춤을 추는 것으로, 인재를 선발하기 위한 일종의 시합이었다. 뱀 식당이 앞으로 대형 클럽으로 변모하면 밤에 연회를 주도할 인재를 찾아야 하는데, 태국에서 뱀 공연을 하는 여성들에게 영감을 얻어 착안한 시험이었다. 뱀과 함께 춤을 추는 어려운 과제를 통과한다면 뱀에 대한 공포심을 없앨 수 있을 뿐만 아니라 뱀을 일종의 특이한 소품처럼 쓸 수 있고, 그것을 어깨나 등, 허리, 다리에 감아 무용수의 미모를 더욱 돋보이게 할 수도 있으며, 뱀과 무용수가 함께 손님들에게 춤을 보여줄 수도 있을 것이다. 뱀과 춤추는 것은 부가적인 과제였으므로 통과하지 못해도 일자리를 유지하는 데에는 상관이 없었다. 방울뱀 아가씨가 말했다. "사실 나는 이곳에서 계속 발전을 꾀하게 될 지 알 수 없기 때문에 뱀과 춤추는 것은 하지 않을 생각이야. 당신은 어떻게 할 거야?"

렁옌은 방울뱀 아가씨의 물음에 대답하지 않았다. 네 명의 아가씨들 간에는 은근한 경쟁의식이 생기고 있었으니 누가 누구의 방해물이 될지 알 수 없지 않은가? 많은 일에서 당신은 속내를 밝힐 수 없을 것이다. 렁옌은 대답하지 않고 물었다. "약을 먹어두지 않은 게 후회가 되네. 극단적인 상황에 처하면 도리어 물어뜯을 수도 있을 거야. 그럼 뭐가 무섭겠어?"

방울뱀 아가씨는 관찰력이 뛰어났다. 그날 그녀는 살모사 아가씨의 짙은 화장에서 그녀가 황망한 상태라는 것을 읽어냈다. 살모사 아가씨의 눈에는 어쩔 수 없는 비애와 상처가 담겨 있었지만, 그런 감정은 곧 사라졌다. 사람에게 깊은 인상을 남기는 아름다운 눈에는 강렬한 자신감이 넘쳤다. 자신과 싸워 뱀과 함께 춤을 추겠다. 자신과 싸워, 뱀과 함께 춤을 추고 말겠다!

우리는 렁옌이 열흘 뒤에 순조롭게 뱀과 춤을 추는 단계까지 포함하여 '뱀사랑' 과정의 모든 시험 과목을 통과했다는 것을 이미 알고 있다. 뱀 식당의 모든 목격자들은 렁옌이 시험을 통과하면서 보여준 풍부한 감정 표현에 놀라움을 금치 못했다. 그녀는 뱀을 죽일 때 굉장히 독특하고 간단한 방식을 사용했다. 자신의 하이힐로 독사를 찍어 죽인 것이다. 그녀는 매우 정확하게 일을 해치웠다. 그녀가 뱀을 해치우는 모습은 모질고 잔인했다. 마치 상처받은 여성이 악당의 더러운 심장을 찌르는 것만 같았다. 그리고 뱀과 함께 춤을 추는 고난도의 시험에서 사람들은 렁옌의 춤을 보고 감탄했다. 몸에 감은 독 없는 살모사가 마치 용기를 돋우는 갑옷이라도 되는 듯이 렁옌은 열정적이고 흥겹게 탱고 스텝을 밟았다. 그 모습은 렁옌의 아름다움과 완벽하게 부합했다. 렁옌이 갑자기 고개를 돌려 포즈를 잡을 때면 뱀의 머리 역시 고개를 들었는데, 마치 충실한 남자 무용수가 함께하는 것처럼 렁옌과 짝을 이루어 낭만적이고 열정적인 라틴 풍의 장면을 만들어냈다. 뱀 식당의 모든 사람들, 허 씨 형제와 식당 투자자들까지도 모두 열렬히 박수를 쳤다.

렁옌은 최고 점수로 '뱀사랑' 과정을 통과한 다음 탈의실에 숨어 울었다. 다른 몇몇 뱀 아가씨들의 결과는 렁옌이 받은 만큼 만족스럽지 않았다. 안경뱀 아가씨는 뱀을 바구니에 되돌려놓는 일조차 통과하지 못해서 짐을 챙겨 식당을 떠날 처지에 놓였다. 그녀들은 곤혹스럽게 렁옌을 바라보면서 그 비범한 용기를 어디서 얻었는지 물었다. 렁옌은 계속 눈물을 흘리면서 대답했다. "당신들은 아직 젊어, 당신들은 내 마음을 몰라." 열심히 노력해서 필수 시험 두 가지를 통과한 방울뱀 아가씨는 렁옌을 매우 이상하게 바라보다가 물었다. "당신은 뱀을 그토록 미워하고 또 사랑하는 것처럼 보였는데, 무슨 사연이라도 있는 건가?" 렁옌은 잠시 침묵하다가 말했다. "맞아, 난 뱀을 어떤 사람으로 생각했어."

뱀 아가씨들은 그 사람이 누구인지 다시 묻지 않았다. 그러나 렁옌이 이렇게 말한 것을 보면, 그 사람이 렁옌의 남편이었던 량젠이라는 것을 짐작할 수 있을 것이다. 어떤 비밀도 일단 흘러나오면 비밀이 아니게 된다. 사실 량젠에 대한 렁옌의 사랑과 미움의 비밀에 대해서 우리는 이렇게도 말할 수 있을 것이다. 렁옌이 하이힐로 뱀을 때려잡을 때 눈앞에 나타난 것은 방탕한 량젠의 그림자였다고. 량젠이 혼외정사를 들켰을 때 렁옌은 하이힐로 그의 관자놀이를 찍어 마치 형벌의 낙인을 찍듯이 원형의 상처를 남겼다. 이것은 량젠의 가족이 증언한 내용이었다. 그러나 렁옌이 뱀과 함께 춤을 추면서 보여준 친숙하고 열렬한 감정은 또 어디서 온 것이었을까? 생각을 거듭하게 만드는 일이었는데, 어떤 사람은 복권 판매소 샤오친과의 감정을 표출한 것이라고도 했다. 그러나 모든 사람이 알고 있듯 그들의 관계는 전형적인 사랑의 감정은 아니었다. 남자는 스쳐 지나가는 장난처럼 접근한 것이었고 여자는 이익을 추구한 관계였으니 그 사람은 절대로 샤오친이 아니었다. 그럼 누구인가? 누구? 어떤 인물을 빌려와서 뱀을 빗대어 렁옌과 함께 한 곡 추게 할 수 있을 것인가. 역시 죽은 량젠이다. 사람들은 저도 모르게 렁옌이 미남자 량젠과 열렬한 사랑에 빠졌을 때를 기억해냈다. 그들은 정말 사랑했다. 당시 사회 분위기는 요즘처럼 개방적이지 않았다. 천성이 개방적인 량젠도 아무 곳에서나 놀아나진 않았지만 매일 은밀히 렁옌과 춤추러 갔고, 그 사실을 우리는 들어 알고 있다. 그들은 털이 곱슬거리는 귀여운 강아지를 데리고 다녔다. 부부는 둘 다 그 강아지를 매우 귀여워했다. 그 녀석은 주인이 춤을 출 때면 곁에서 재롱을 떨었다.

이 사실을 떠올리면 자연히 그 귀여운 강아지가 어디론가 사라졌다는 것을 깨닫게 될 것이다. 렁옌에게 물어보면 당신에게 대답해줄 것이다. 량젠이 팔았지, 사백 위안의 돈을 받고. 가장 좋은 것은 렁옌의 숨은 아픔을 들추지 않는 것이고, 가장 좋은 것은 여러분이 렁옌이 벌인 모든 분쟁을 용서해주는 것이다. 그녀가 벌인 좋은 일, 나쁜 일, 타인을 비난한 일, 혹은 다른 사람의 이익을 해친 일, 그 모든 것을. 여러분은 모두 렁옌이 예전에 성의 북쪽 지구에서 4대 미녀로 꼽힌 처녀 가운데 하나였다는 것을 기억하리라. 다른 미녀들이 누린 행운을 살펴보면 우리는 렁옌을 이해할 수 있을 것이다. 주주(珠珠)는 최고의 미모로 꼽혔고, 뉴욕의 차이나타운에 중국 음식점을 차린 사장에게 시집을 가서 지금은 부유한 화상(華商)이 되어 있다. 우샤오친(巫小琴)의 아름다움은 전통극 분야에 적합하여 명성을 날렸다. 지금은 비록 무대에 서지 않지만 국가 일급 예술인의 영예를 얻었다. 세번째 미녀인 뉴리쥔(牛麗君)은 사생활이 내내 복잡했지만 이혼과 결혼을 거듭하면서 적잖은 돈을 모아 부유한 여인이 되었다. 그녀는 신식 아파트를 두 채나 마련하여 하나는 여름 궁전, 하나는 겨울 궁전으로 삼았다. 렁옌은 뉴리쥔의 여름 궁전에 가본 적이 있었다. 뉴리쥔은 렁옌에게 아파트의 인테리어를 어떻게 할 것인지 자랑삼아 말했다. 그때 렁옌은 묵묵히 듣기만 하다가 갑자기 말했다. 난 누굴 죽이고 싶어! 사람은 모두 숨은 마음을 갖고 있는 법이다. 운명이 렁옌에게는 매우 불공평했지만, 그렇다고 렁옌이 그 세 사람을 죽인다 해도 렁옌이 품은 운명에 대한 원한이 없어질 것이라고 장담할 수는 없다.

27. 커위안이 보충수업을 나가다

더췬은 뱀 식당의 VIP 카드를 갖고 있었다. 그는 뱀술의 약효와 가치를 완전히 신봉했다. 언제든 기회만 되면 아래층의 뱀 식당에 가서 뱀술을 마셨고, 안주로도 뱀 한 마리를 먹어치웠다. 어떤 때는 사업상의 약속을 위해 뱀 식당을 예약하고 커위안을 데려가기도 했다. 커위안은 일단 더췬이 그렇게 말하면 분명 빚을 진 사람이 그들을 초대한 것이라는 것과 반드시 그의 망치를 가지고 보충수업을 나가야 한다는 것을 알고 있었다. 망치를 품고 엘리베이터를 타고 내려가 뱀 식당에 가서 자리에 앉으면 상황은 예상한 대로였다. 그들은 뱀 식당 문 앞에서 뱀 아가씨 렁옌을 만났다. 렁옌은 얼굴에 봄바람을 가득 담은 채 세 명의 뱀 아가씨와 함께 로비 양쪽에 나누어 서 있었다. 그녀는 서비스 규정에 따라 방문하는 손님을 응대하면서 허리를 굽혔다. "안녕하세요, 어서 오세요." 더췬은 아가씨들에게 전혀 주의를 기울이지 않고 그 사이를 지나갔지만, 뒤따라오는 커위안은 주머니에 한 손을 집어넣고 렁옌 앞을 지나가면서 그녀의 치파오에 있는 뱀에서 시선을 떼지 못했다. "살모사 아가씨." 그는 렁옌을 향해 수작을 걸었다. "우리 중에 누굴 따라올 거지? 내가 어떤 상태인지 아직도 알아모시지를 못하나? 난 상태가 안 좋아, 아주 안 좋아."

살모사 아가씨 렁옌은 더췬과 커위안을 자리로 안내하지 않았다. 뱀 아가씨가 그녀 한 사람은 아니었으니까. 그들이 지나갈 때 렁옌은 가볍게 웃으며 말했다. "이 사람들, 하나는 벼락부자고 하나는 방구벌레야. 자기들이 무슨 인물이나 된 줄 알고 있다니까. 자주 와서 먹으라고 해. 와서 먹고 먹다가, 먹는 데 돈을 다 없애면 돈을 훔치다가 잡혀서 감옥에 갈 거야."

렁옌이 접객일을 하면서 커위안을 방구벌레라고 부르는 것은 심한 처사였다. 그렇게 교만한 태도로 사람을 무시해서는 안 되었다. 벼락부자와 방구벌레가 탁자 앞에 왔을 때, 다른 직원들은 그들을 엄숙한 예절로 극진히 대접했다. 한 사람은 더췬의 담배에 불을 붙여주었고 한 사람은 커위안에게 의자를 빼주었다. 렁옌은 보지 못했을까? 더췬과 커위안이 함께 뱀 식당에 올 때면 그들이 직접 음식 값을 지불하는 일은 절대 없었다. 그들은 보충수업을 위해 온 것이기 때문에 자연히 다른 이가 그들의 밥값을 계산했다. 계산한 사람이 누구인지 렁옌이 알기는 어려웠는데, 빚을 진 불운한 사람들이 줄줄이 밀려 있어서 접대를 하는 사람이 항상 바뀌었기 때문이다.

불운한 사람은 마지막까지 체면을 유지하려 최선을 다했다. 양복을 차려입고 서류 가방을 겨드랑이에 낀 채, 때로는 최후까지 남아 있는 충실한 부하를 곁에 두기도 했다. 그러나 커위안은 이 역할을 몇 달 동안 해왔고, 안목도 눈치도 발전에 발전을 거듭했으므로 상대방이 이 양복과 구두 외에는 백 위안 정도 하는 유행지난 핸드폰을 갖고 있을 뿐이라는 것을 알아보았다. 커위안은 더 친에게 첫눈에 다른 사람의 재산 상태를 알아낼 수 있다고 장담하곤 했다. 십만 위안짜리 사람은 가장 거만하며 핸드폰을 권총처럼 허리에 매달고, 오십만 위안짜리 사람은 옷에 굉장히 신경을 쓰지만 살이 찌기 시작한 티가 나며 곁에는 뭘 하는지 불분명한 미녀가 있다. 재산이 백만 위안 이상 되는 사람은 조금 다른데, 그들은 자가용을 몰고 건강을 돌보는 데에 열을 올리지만 옷은 오히려 대충 입고, 먹는 것은 고급이지만 살찌지 않는 것으로 신경 써서 골라 먹고, 차에 태우는 여자는 한 명이 아니라 여러 명인데, 어떤 때는 그의 부인, 어떤 때는 애인이나 비서, 어떤 때는 이도저도 아닌 그저 한때의 유희 상대이기도 하다. 더친은 커위안이 분석하는 내용에 바로 반감을 보였고, 냉담한 태도로 한마디 던졌다. "억만금의 부자는 어떤 모습인지 한번 말해볼래?" 커위안은 불발된 총알처럼 잠시 멈칫하면서 황황히 기억을 더듬어 마침내 리지아청이 텔레비전에 나왔을 때의 모습을 기억해내고는 달갑잖은 듯이 말했다. "왜 모르겠어? 그들은 아주 검고 말랐어. 나보다 검고, 나보다 말랐어."

사실 더친은 그 정도의 부자를 만나러 갈 때는 언제나 싼싼을 데리고 갔다. 그는 사람을 용도에 따라 달리 취급했고, 어떤 상황에 누가 걸맞은지를 항상 마음속으로 계산했다. 커위안은 뱀 식당에서 채무자를 만날 때만 데리고 다녔다. 이것은 이미 루터 회사의 기본적인 운용 방식이 되어 있었는데, 출발할 때 더췬은 커위안에게 주머니 속에 작은 망치를 챙겼는지 주의시키는 것을 잊지 않았다.

커위안은 망치를 식탁 위에 올려놓았다. 더췬의 역할 배분에 따라 그는 변제 기일이나 변제 방식에는 전혀 관여하지 않았고, 뱀을 생으로 먹는 연기에만 몰두했다. 그는 커위안에게 날뱀을 먹게 했다. 그가 가지고 나가는 망치는 다양한 기능을 수행했는데, 뱀을 때려잡는 것 외에도 탁자 맞은편에 앉은 채무자를 떨게 하고 입을 막아버리는 역할도 했다. 커위안은 처음엔 그 역할을 하고 싶지 않았다. 생선회도 아니고 날뱀을 먹는 것도 괴로웠다. 뱃속에 날뱀을 넣는 것이 싫어서 더췬에게 뱀고기를 그렇게 좋아하니 직접 먹는 것이 어떻겠느냐고 슬며시 말해보았지만, 커위안은 더췬의 눈에서 불쾌감만을 감지했을 뿐이다. 그는 더췬의 눈에 떠오른 최후통첩을 받아들였다. 커위안, 나는 지금 너에게 칼을 쓰라거나 사람의 피를 보라고 하는 게 아니야. 그저 뱀을 좀 먹으라고 하는데도 이렇게 반항을 한다면 우리 회사에서 한 푼도 받아갈 수 없을 거야. 감히 뱀을 먹지 않겠다는 거야? 못하겠다면 널 해고할 수밖에 없어, 해고야! 커위안은 결국 백기를 들었고 말을 바꾸어야 했다. 먹으면 되잖아. 날것이든 익힌 것이든 뱀은 그냥 뱀이니까, 똑같이 먹으면 되지. 더췬, 네가 나보고 사람고기를 날로 먹으라고 해도 맛있게 먹겠어, 네가 두목이니까.

그들은 뱀 식당의 지배인 허 씨 형제의 둘째와 매우 친했다. 허 씨네 둘째는 커위안의 연기에 편의를 제공했다. 그는 육질이 좋고 섬세한 큰 청사(靑蛇) 종류를 수배하여 날것으로 먹어도 맛이 독특하고 좋은 것으로 준비했다. 날뱀을 먹으면서 커위안은 혐오와 적응의 과정을 거쳐야 했지만 결국엔 큰 청사의 맛에 길들여지게 되었다. 이런 결과에는 당연히 허 씨네 둘째 사장의 공로가 컸다. 커위안의 입이 새로운 뱀 맛에 잘 적응하도록 그는 조미료와 소스를 연구했다. 그래서 조미료에 겨자, 찧은 마늘, 발효콩장, 산초가루 등 십여 종의 양념을 배합하여 커위안이 가장 좋아하는 맛을 만들어냈다. 커위안은 자극적인 맛을 좋아하는 편이라서 이 모든 양념이 합해졌을 때 더 맛있게 먹었다. 이런 과정을 통해 식당의 경영 능력은 더욱 빛을 발했지만 허 씨네 둘째는 별로 기뻐하지 않았고, 오히려 불쾌해했다. 더췬에게 당신 부하의 식탐이 대단하다고 빈정거리기까지 했다. 더췬은 절대 뱀고기의 맛을 비평하지 않았고 술을 마시되 취하지 않았다. 커위안은 바보가 아니었다. 그는 더췬이 자신을 잘 먹이려고 데려온 것이 아니라 일종의 핵무기처럼 곁에 두려고 데려온 것이라는 사실을 잘 알고 있었다. 핵무기는 함부로 사용할 수 없다. 더췬은 항상 법을 지켰고, 법을 어기거나 다른 사람을 때려눕힐 생각은 전혀 하지 않았다. 다만 천재적인 생각을 해냈을 뿐이다. 커위안과 망치를 짝 지어서, 무협 영화에 나오는 악당 자객처럼 꾸며 과시하는 용도로 쓰는 것이었다. "당신, 커위안이 무섭지 않으면 망치는 두렵겠지? 망치가 두렵지 않다면 커위안은 두렵겠지?" 더췬은 절대로 사람을 상하게

하거나 불합리한 요구를 하지 않았고, 그냥 커위안과 망치를 함께
데리고 다니면서 빚을 진 사람에게 분명히 보여줄 뿐이었다. "돈
을 돌려줄 수 없다니 안 되지. 이건 그냥 놀이를 하자는 게 아니니
까"라는 의사표시였다. 커위안의 근무 방식은 이랬다. 보통 뱀의
머리는 먹지 않아서 식탁에 올리지 않았지만, 특수한 목적을 위해
커위안의 식탁에는 뱀의 머리가 함께 올라왔다. 커위안은 먼저 더
췬의 돈을 빌린 사람의 얼굴 앞에 피가 줄줄 흐르는 뱀 토막을 보
여준 다음 망치로 아주 예리하게 한 번 내려쳐서 상대방을 안절부
절못하도록 만들었다. 더췬은 커위안에게 뱀고기를 입 안에 넣고
씹을 때 반드시 상대방에게 보여주도록 시켰고, 입에 물고 씩 웃
게 했다. 커위안은 홍콩 영화를 적잖게 보았기에 어떻게 웃어야
상대를 겁줄 수 있는지 잘 알았다. 처음 시작할 때는 조금 부자연
스러웠지만, 금세 자연스럽게 해냈다. 씩 웃으면서 대하는 것이
곧이곧대로 겁을 주는 것보다 더 공포감을 주었다. 커위안은 회사
밥을 먹는 사람이고, 일을 할 때는 조금 바보스러울 때도 없잖았
지만, 대개는 제대로 해냈다. 더췬은 오래지 않아 커위안을 부릴
때 눈짓을 하지 않아도 되었고, 커위안은 총알처럼 무엇이든 해냈
다. 심지어 창조력을 발휘하기도 했다. 예를 들어 뱀고기를 먹을
때 그는 사람들을 놀라게 하는 기괴한 소리를 내기도 했는데 듣는
사람이 오싹할 정도로 끔찍한 괴성이었다. "무서워, 안 무서워?"
다른 사람이 황망하게 커위안을 주시하면 그의 임무는 대부분 완
성된 것이었고, 끝맺을 때 역시 괴상한 소리를 냈다. 이때는 더췬
이 이미 귀찮아졌다는 표정을 지을 때쯤이었고, 더췬은 이렇게 말

270

했다. "커위안, 이제 그만 먹지. 우리 가야겠다." 그러면 커위안이 말했다. "가긴 어딜 가, 머리가 아직 남았는데." 커위안은 뱀의 머리를 이리저리 겨눈 다음 망치를 들어 퍽 내려쳤고, 큰 청사의 머리는 끔찍한 소리를 내며 깨졌다. "무섭나, 안 무섭나? 머리가 깨져서 피꽃이 피는군, 피꽃이 피었어!" 커위안이 뱀의 머리를 상대방의 접시 위에 던져놓으면 뱀의 용도는 마무리되었고, 그걸로 보충수업도 완료되었다. 커위안은 더췬을 따라다니면서 눈초리에 빛을 내며 채무자의 창백해진 얼굴을 노려보았다. 이렇게 사람을 괴롭히고 겁주는 그를 무서워하지 않으면 이상한 일이다! 커위안은 한편으로는 득의만만했고, 다른 한편으로는 보충수업의 효과를 제대로 파악하지 못하고 돈을 갚지 않으려는 사람에게 돈을 가져와야 할 날짜를 인식시키기 위해 몇 마디 말을 보탰다. 올해 연말, 연말에는 꼭 가져와. 채무자는 연말이 영원히 오지 않기를, 새천년이 오지 않기를 바랐다. 커위안은 새천년을 일종의 경의를 가지고 대했는데, 이유는 대부분의 채무자가 돈을 갚아야 하는 날짜가 그때에 맞춰져 있었기 때문이다. "새천년이 오는 날에는 돈을 갚아야겠지?" 커위안은 걸어가면서 욕을 했다. "새천년은 너를 구하지 못해. 새천년이 오는 날엔 빚을 갚아야 하고, 네가 가진 것을 모두 내게 가져와야 해! 다른 사람이 불꽃놀이를 보기 위해 건물 위로 올라갈 때, 너는 투신자살을 하기 위해 건물을 올라가야 해!"

커위안은 뱀 아가씨 렁옌 앞을 지나갈 때, 렁옌이 그에게 와주셔서 감사합니다, 하고 말하는 것을 들었다. 커위안은 말했다. "고맙기는 뭐가 고마워. 돈 벌려고 입바른 소리 하기는." 그는 렁옌이 혐오로 가득한 눈으로 자신을 뚫어져라 보는 것을 알았다. 렁옌은 가볍게 한마디 내뱉었다. "정신병자. 방구벌레." 커위안은 렁옌이 쏟아내는 악의에 개의치 않았다. 그는 렁옌의 치파오에 수놓인 검은색 살모사에 시선을 고정했고, 갑자기 정신이 나간 사람처럼 아무 생각 없이 말했다. "영화 보러 갈까?"

렁옌은 계속 미소를 지으며 손으로 입을 가렸다. 그녀가 가볍게 말했다. "당신 마누라나 데려가."

커위안은 아무 말도 하지 않았다. 앞에 있던 더췬이 히히히 웃었다. 커위안은 더췬이 왜 웃는지 짐작했다. 순평 거리의 모든 친구들이 커위안과 렁옌이 이십 년 전에 영화 보러 가기로 약속했지만 결국 가지 못했다는 것을 알고 있었기 때문이다. 예전엔 성공하지 못했지. 그는 예전에 약속을 지키지 못했고, 이젠 량젠이 죽었으니 다시 약속을 잡지도 못할 것이다.

보기 싫으면 안 보면 되지. 커위안은 렁옌 같은 여자를 다룰 줄 몰랐다. 그러나 더췬이 커위안에게 폭로한 사건은 그에게 갑자기 위가 꼬이는 불편함을 주었다. 커위안은 주차장의 큰 휴지통에 토하기 시작했다. 더럽게도, 먹은 뱀고기를 거의 다 토해냈다. 더췬이 말한 사건은 사실 커위안의 위통과는 아무 관계가 없었고, 커위안이 이렇게 토할 만한 일도 아니었다. 더췬은 렁옌 같은 여자는 자기의 목적을 이루기 위해서라면 무슨 일이든 할 사람이라고 말했을 뿐이다. 그는 렁옌이 뱀 식당에 들어오기 전에 허 씨 형제 중 맏이와 침대에 올라갔을 것이라고 단정했다. 커위안은 믿지 않았다. "허 씨네 첫째는 나보다 더 추해. 추남 뽑기 국제대회에 나갈 정도로 추한데, 렁옌이 어떻게 그렇게 했겠어." 더췬은 커위안의 이런 뒤떨어진 관념에 냉소를 보내며 말했다. "머리가 어떻게 된 거야? 너랑 여자에 관해 이야기하려면 골치가 아프다니까. 알려주지. 이건 허 씨네 둘째가 직접 말해준 거야." 커위안은 반신반의했다. 더췬은 우습다는 듯이 히죽거렸다. "넌 안 돼. 그 여자랑 영화 보는 거 말이야. 네가 만약 그러고 싶다면, 어떤 증권회사의 매니저라도 되어야 해. 그러면 그녀는 영화를 보러 가는 건 물론이고 어떤 요구라도 다 들어줄 거야."

결국 커위안은 토하기 시작했다. 머릿속은 온통 텅 빈 상태였고, 그의 입에서는 다른 사람이 렁옌에게 퍼부었던 욕이 쉬지 않고 쏟아져 나왔다. "창녀처럼 변했어, 창녀처럼 변했어!"

28. 11월의 기차역 광장

　　11월의 기차역 광장은 이미 축제의 열기로 가득했다. 관계 기관에서는 자매결연을 맺은 도시들이 행사를 치른 경험을 참고하여 기차역의 불을 밝혀 환하게 꾸미도록 했다. 2001-L11로 불리는 건축물이 빛을 밝힐 준비를 마치고 모습을 드러냈고, 광장 전체가 네온으로 치장되었다. 아직 화려하게 장식하지 못한 업체와 상가에서는 급히 네온등을 덧장식하기 위해 부산했고, 가수들이 새천년맞이 순회공연을 할 수 있도록 하룻밤 만에 21세기맞이 괘종시계 아래에 노천 무대가 세워졌다. 국제적인 브랜드인 리바이스진, 외국과의 합작으로 생산된 소라고동 영양제, 현지 기업이 생산한 냉장고 광고판이 광장에 홍색으로 세워졌다. 이 세 광고판은 멀리서 보면 세 개의 웅장한 기둥처럼 보였는데, 높기가 이를 데 없어 광장을 왕래하는 사람들이 모두 그 광고 기둥을 통과해 지나갔다. 또한 디자이너의 독보적인 설계로 광고판은 사람들의 마음에 메시지를 전달하는 효과를 발휘했다…… 20세기를 떠나보내고 21세기를 향해 간다.

광장은 하루하루 광란의 도가니로 변해갔다. 어디서 이렇게 많은 이들이 왔는지 알 수 없었다. 몰려온 사람들은 들뜬 정신 상태로 광장에 서 있거나 앉아 있었다. 어떤 이들은 삼삼오오 모여서 오고, 어떤 이들은 혼자, 혹은 여행단을 따라서 오고, 또 어떤 이들은 아예 대규모로 무리를 지어 왔다. 그들은 광장에 도착하여 20세기의 마지막 가을 햇빛을 즐겼다. 그들의 눈에는 경이와 존경이 담겼으며, 마음에는 고별의 인사를 간직했다. 어떤 이는 갑자기 일어나 당신의 소매를 잡아끌며 말하기도 했다. "사장님, 어디 사세요?" 당신을 잡아끈 사람은 얼굴이 뻔뻔한 직업여성일 수도 있지만 절대로 그녀를 오해해서는 안 된다. 그저 그녀가 자신의 고뇌를 푸는 가장 좋은 방법이라고 생각해서 중년 남성을 끌어당긴 거라고 설명하면 될 뿐이다. 절대로 그녀의 직업을 미루어 짐작해서는 안 될 것이다. 또 어떤 이는 누군가를 쫓는 것처럼 달려와 드라마 비디오가 필요하지 않느냐고 물으며, 이 드라마가 제대로 홍보되지 않아 알려지지는 않았지만 정말 재미있는 작품이라고 설명할 것이다. 당신이 그들을 멀리한다면, 그들은 한 걸음 물러설 것이다. 당신이 만약 그것을 산다면, 결국 사기를 당할 것이다. 그들이 파는 것은 대부분 공(空) 시디이기 때문이다. 돈을 낭비하는 것은 물론이며 범법자까지 되는 것이다. 준법정신만 따져 생각해도 당신은 절대 그들과 상대해서는 안 된다! 여러분의 주의를 끄는 한 무리는 귀가 안 들리고 말을 못하는 소년 소녀들인데,

11월 이래 그들은 계속 길에서 뛰어다니며 혼이 달아난 사람처럼 기차역 출구 근처와 공중 화장실에서 갑자기 나타났다 사라지곤 했다. 어디서 그렇게 많은 농아들이 나타났는지 모를 일이지만, 그들이 밝은 눈으로 짐과 지갑을 보고 있으니 자신의 물건에 항상 주의를 기울여야 한다. 지나친 긴장은 당연히 불필요하겠지만, 기차역의 믿을 수 없는 사람들이 기차역의 문명과 영광을 훼손시키고 있으니 기본적인 주의는 필요하다. 여기서 여러분에게 좋은 소식 한 가지를 전하겠다. 바로 기차역 파출소에서 비밀스럽게 이 사람들의 동태를 감시하고 있고, 어둠 속에서 그들의 과거를 조사하고 있으며, 또 일의 효율을 높이기 위해 기차역 파출소에 임시로 수화가 가능한 경관 세 명을 보충했다는 사실이다.

대중 가수들은 이 도시에 오지 않았다. 그러나 광장의 노천 무대는 계속 존재했다. 마치 아무도 인수하지 않는 황금 같았다. 여러 기관에서 이 노천 무대를 탐내 높은 가격에 빌리려고 했지만, 적합하게 사용할 줄 몰랐기에 어떤 선전도 제대로 되지 않았고, 교육 효과도 전혀 없었다. 어떤 이는 노천 무대에 파라솔을 몇 개 펴놓고 음악다방처럼 경영하려고 했는데, 기차역 광장의 보배가 괴물처럼 변하는 것에 반발할 사람이 많았고, 가격 또한 만만찮아 성사되지 않았다. 광장 관리위원회는 어떤 상업적인 임대 계획도 거절했다. 그들은 사회적 이익을 고려하여, 마지막에는 복권 판매소와 상의했다. 11월 11일, 새천년맞이 복권이 도시의 네 군데 판매소에서 동시에 판매되었고, 기차역 광장의 경품교환소는 노천 무대가 되었다. 모든 상품은 아주 고가의 물품으로 책정했고, 차량도 스무 대나 동원하여 20세기의 가장 화려한 상품을 모두에게 풍부하게 선보였다. 진정한 재록신(財祿神)이 내린 듯했다. 상품 차량은 모두 붉은색과 푸른색으로 단장하여 무대 위에 꽃과 같은 형상으로 늘어놓았다. 마치 스무 명의 가수가 무대 위에서 한 세기를 보내는 노래를 부르는 것 같은 모습이었다. 또한 함께 배치한 1등부터 5등 상품은 무대 아래를 굽어보는 듯했다. 그곳에는 오토바이, 냉장고, 스물아홉 대의 컬러텔레비전, 순양모 양탄자, 면직 양탄자, 코팅 프라이팬, 자기 그릇, 기념상품인 칫솔, 타올, 비누, 냅킨 등이 넓게 진열되어 11월을 맞은 사람들이 눈을 빛내도록 만들었다. 모든 상품은 공통의 이익을 위해 존재했다. 스무 대의 자동차는 유쾌한 소리를 냈다. 복권 사세요, 복권 사세요, 복권 사세요!

기차역 광장은 들끓는 열기로 가득했다. 군중이 밀집된 광장의 공기는 열띠게 달아올랐고, 극적인 효과가 계속 더해졌다. 너무나 많은 사람들이 노천 무대로 급히 달려가는 통에 공기 중의 악취는 더욱 심해졌다. 누가 이렇게 비열하고, 누가 이렇게 몰염치할 것인가? 사실 어느 한 사람이 몰염치한 것은 아니었다. 모여든 많은 사람들이 모두 똑같았다. 그들은 모두 난장판을 만드는 데 일조했다. 싫으면 참여하지 않으면 되고, 아니면 슈홍처럼 손수건으로 코를 싸쥐면 그만이었다.

슈홍은 손수건으로 코를 막은 채 사람들 사이를 뚫고 지나갔다. 슈홍의 두 손에는 복권 스무 장이 쥐어 있었다. 왼손에 쥔 열일곱 장의 복권에는 두 줄의 글자가 화려하게 찍혀 있었다. '새천년, 행복하세요. 참여에 감사드립니다.' 모든 사람들이 복권을 잔뜩 쥐고 있었다. 슈흥은 왼손에 든 복권을 내려놓고 싶었다. 꽝이 된 복권으로는 상품을 얻을 수 없다. 그녀의 오른손에 든 복권 세 장 가운데 하나에는 뱀과 별이 그려져 있었고, 다른 두 장에는 붉은 뱀만 있었다. 그녀는 8등 상품 하나와 기념상품 두 개를 얻었다. 8등 상품은 코팅 프라이팬이었고, 기념품은 칫솔이었다. 슈흥은 만족했다. 원래 뱀 여덟 마리에 별 여덟 개가 인쇄된 1등 상에는 관심이 없었기 때문이다. 멋진 자동차를 얻는 행운이 쉽게 오는 것도 아니었다. 슈흥은 만일 승용차를 얻는다면 정말 귀찮은 문제가 생길 거라고 생각했다. 운전을 하지 못하는 데다 대중의 질투와 지배인의 잔소리까지 얻게 될 테니 말이다. 그녀는 출근 시간을 이용해 상품을 받으러 온 것이었다. 좋아, 나는 미소의 스타잖아. 미소의 스타는 절대로 출근이 늦어서는 안 돼. 출근 전에 상품을 찾는 거야! 슈흥은 손에 든 수건으로 코를 막은 채 사람들을 헤치면서 한편으로는 악취를 막고, 다른 한편으로는 필요한 것들을 계산했다. 누가 밀고 밀리는 사람들 사이에 직장 동료가 있다고 생각하겠는가? 사람이 파도처럼 밀려들었고, 슈흥은 8등 상품을 받아 갈 생각에 마음이 급했다. 그러나 그녀는 다가갈 수가 없었다. 사방이 사람으로 가득 차서 움직일 수가 없었다. 슈흥 맞은편에 있던 사람이 말했다. "좀 지나갑시다, 상품을 받아야 해요." 앞쪽 사람이 그 앞쪽 사람에게 말했다. "저쪽에서 지나가게 하지 않는데 내가 어떻게 비켜주겠어요?" 그들은 모두 8등 상을 탄 이들이었다. 뒤쪽의 어떤 사람이 슈흥의 다리를 찼다. 슈흥이 말했다. "다리 좀 차지 말아요." 뒤쪽 사람이 면목이 없는지 퉁명스럽게 말했다. "이렇게 사람이 많은데 어떻게 해요? 내 신발이 다른 사람을 자꾸 차게 되는 걸. 보라구요. 이것 좀 봐요." 슈홍은 다툼을 좋아하는 여자가 아니었기 때문에 그저 인내하면서 그 자리에 서 있었는데, 결국 다른 사람이 밀치는 바람에 균형을 잃었다. 슈홍은 손목시계를 보았고, 마음속으로 불안이 엄습해왔다. 이 상품을 얻기 위해 이미 이십여 분이나 늦었는데, 정오에는 출근 카드를 찍어야 한다. 오랫동안 슈홍은 출근 카드 찍는 시간을 어긴 적이 없었고, 코팅 프라이팬 때문에 자신의 경력에 오점을 남길 생각은 없었다. 이미 이십 분이 늦었고 코팅 프라이팬과 칫솔은 그곳에 있었으나, 그녀는 그곳으로 다가갈 수가 없었다. 슈홍은 다급한 마음에 진행 요원에게 손에 든 복권을 흔들며 말했다. "이봐요, 줄을 하나 더 세워요. 이렇게 복잡한데 어떻게 하자는 겁니까, 우리 모두 출근해야 하는 사람들이라구요!" 그러나 슈홍은 자신의 목소리가 광장을 메운 거대한 소음에 묻혀버리는 것을 느꼈다. 마치 물고기가 토해내는 작은 물거품처럼. "안 받고 말겠어. 안 받겠다고!" 슈홍은 홧김에 마구 소리를 질렀지만 진행 요원에게는 미치지 못했다. 앞에 있던 사람이 고개를 돌려 말했다. "왜 안 받겠다는 거예요? 코팅 프라이팬이 얼마나 좋은 건데. 시장에서 사려면 몇십 위안은 내야 해요." 뒤쪽 사람도 의견을 보탰다. "이렇게 긴 시간 줄을 섰는데 포기하다니요, 당신이 팬을 가져가지 않으면 진행 요원들이 그냥 가져갈 거예요."

　슈홍은 사실 프라이팬을 포기할 생각이 없었다. 그러다보니 진

퇴양난에 빠져 다시 손목시계를 보고 말했다. "오 분만 더 기다려보고, 못 받으면 가야겠어요. 진행 요원이 가져갈 테면 가져가라지요." 슈홍은 가까이에 있는 2등 상품 진열대를 볼 수 있었는데, 뱀 여섯 마리와 별 여섯 개가 그려진 복권이 그것이었다. 2등은 당첨 확률이 아주 희박했기 때문에 줄이 매우 한산했다. 갑자기 안경을 쓴 엘리트 같은 사람이 다가왔다. 그는 대용량의 신형 냉장고를 얻었다. 8등 상 쪽에 줄을 선 사람들은 그의 행운을 부러워하며 술렁였다. 슈홍 역시 입을 다물지 못했다. "저 사람은 운이 참 좋네." 슈홍은 정말이지 그 냉장고를 원했다. 슈홍의 집에 있는 냉장고에서는 소음이 끊이지 않았고, 너무 오래되어 냉동실의 온도와 냉장실의 온도가 거의 같았다. 슈홍은 원망스럽게 냉장고를 바라보았지만 그녀가 얻을 수 있는 것은 코팅 프라이팬이었다. 저 사람은 어려운 살림도 아니겠는데. 슈홍은 발돋움하여 그 사람의 뒷모습을 바라보았다. 돈 있는 사람이 운도 좋구나. 이렇게 망연히 그 사람의 행운을 바라보면서 슈홍은 자신을 굽어보지 않는 하늘에 대한 원망이 솟구치는 것을 느꼈다. "저 사람의 행운은 저 사람의 행운일 뿐이지. 눈에 불을 켜봐야 뭐 하겠어." 그녀는 백색 냉장고가 잡역부에 의해 옮겨지는 것을 바라보았다. 8등 상 줄을 선 사람들은 각자 그 냉장고에 대해 한마디씩 하기 시작했다. 어떤 사람이 말했다. "색깔이 참 좋네." 또 다른 사람은 냉장고의 성능을 알고 있었는지 이렇게 말했다. "전력 낭비가 없는 절전형이지. 큰 냉동실이 딸려 있고 냉장실은 작지!" 슈홍은 그 사람의 손짓을 보았다. 뜻은 명백했다. 냉장고 문을 열어 안의 구조를 보려는 것이었다. 안경 쓴 사람이 막아서면서 말했다. "당신 뭐 하는 거야?" 손의 주인이 말했다. "좀 보자고, 보자니까." 냉장고 주인이 말했다. "보긴 뭘 봐? 볼 게 뭐 있다고?" 이렇게 슈훙은 두 사람의 손이 공중에서 서로 싸우는 것을 보았고, 냉장고를 둘러싸고 몇몇 사람들이 합창하듯 말하는 것을 들었다. "싸우지 말아요, 싸우지 마. 냉장고가 떨어지겠어요." 슈훙은 어떤 예감을 느끼고 소리를 질렀다. "너무 혼란스러워 사고가 날 것 같아." 슈훙이 기차역 여관을 향해 고개를 돌렸을 때, 사람들 위쪽으로 기차역 여관의 꼭대기에 있는 네온이 한 줄 보였다. 그 네온은 낮에는 제대로 보이지 않았지만 밤이 되면 '2001'이라는 글자가 빛을 냈다. 슈훙은 갑자기 황망함을 느꼈다. 출근 카드를 찍어야 할 시간은 이미 다 되었고 기차역 여관은 지척에 있는데, 되돌아갈 수가 없었다. 슈훙은 이런 황망한 풍경을 꿈속에서 본 듯한 느낌을 받았다. 눈앞에 우물이 있는데 목이 말라붙은 그녀는 아무리 걸어도 우물에 닿지 못하는. 어떤 사람이 뒤에서 당신을 잡아당겼다. 당신 남편은 대문 앞에서 바둑을 두고 있는데, 당신이 아무리 불러도 그는 듣지 못했다. 슈훙은 지금 그 잊었던 꿈이 다시 떠오르는 것을 느꼈다. 그녀는 꿈을 많이 꾸는 편이었다. 11월의 어느 날, 슈훙은 불분명한 꿈이 현실이 되는 것을 느꼈다. 그녀는 어서 빨리 여관으로 돌아가 카드를 찍어야 했다. 그러나 너무 많은 사람들이 좌우 앞뒤로 그녀를 밀고 있어서 덜컥 겁이 나기 시작했다. 그녀는 많은 이들이 미친 듯이 지르는 소리를 들었다. "냉장고가 떨어졌다! 냉장고가 떨어졌다! 사람이 맞았다! 사람이 죽었어, 맞은 사

11월의 기차역 광장 281

람이 죽었어!"

슈훙은 경악해서 소리를 질렀다. 그러나 그녀는 자신의 목소리를 듣지 못했다. 광장은 공포로 젖어들었고, 정신 나간 여자가 악을 써댔다. 악을 쓰는 소리는 비바람이 몰아치는 곳에서 떨어지는 가장 작은 빗방울 같다가 곧 아주 거대한 괴성으로 변했다. 이름 없던 공포감이 이제 구체적인 형체를 갖췄다. 앞에 사람이 맞아 죽었다. 사람이 죽었다! 슈훙은 행동이 좀 굼뜬 여자였지만 몇 년 동안 여관에서 대피훈련을 맡아왔기에 다리가 빨랐다. 그녀는 미친 듯이 뒤쪽으로 달아났다. 모든 사람들이 그녀를 피해 자리를 비켰고 뒤쪽에서도 사람이 쓰러졌다. 슈훙은 그 여자를 의식했지만 그대로 쓰러진 여자의 몸을 밟고 지나갔고, 여자는 미친 듯이 소리를 질렀다. "밟지 마! 사람 살려!" 슈훙은 미안하다는 말만 했지 그 불운한 여인을 도와주지는 않고 계속 달렸다. 슈훙이 도망가는 것을 보고 몇몇 사람들이 달리기 시작했는데 그들은 그녀보다 더 급해 보였고, 때로는 그녀를 밀쳤으며, 자기가 넘어지지 않기 위해 슈훙을 마치 저울추처럼 이용하며 잡아당겼다. 슈훙은 자신의 붉은 제복이 그 사람의 손에 잡혀 뜯어지는 것을 느꼈다. 그리고 가슴 위의 주머니가 뜯어지는 소리를 들었고, 그녀의 배와 가슴이 다른 이에 의해 여러 번 쥐어뜯기는 것을 느꼈다. 모든 체면이 사라지는 사건이 발생했다. 슈훙은 이런 것들을 돌볼 여유도 없이 기차역 여관 쪽을 향해 미친 듯이 달렸다. 맨 뒤의 늙은 부인 앞에 도착해서야 그녀의 눈에 갑자기 암홍색 광장 벽돌이 들어왔고, 자신을 지탱하던 힘이 사라지는 것을 느꼈다. 슈훙의 다리에

힘이 풀렸다. 그녀는 광장의 태양과 군중을 보았다. 많은 사람들이 사건이 일어난 쪽을 보기 위해 시선을 던졌다. 이것은 그들이 안전지대에 있다는 것을 의미했다. 순식간에 긴장이 풀린 슈훙은 머리에서 땀을 줄줄 흘리면서 관망하는 사람들 속으로 뛰어들었다. 누군가 묻는 말이 들렸다. "사람이 죽었어요? 몇이나 죽었어요?" 슈훙이 말했다. "미쳤어, 사람들이 전부 미쳤어!" 슈훙은 혼이 빠져나간 모습이었다. 문득 그녀는 다른 사람의 시선을 통해 엉망이 된 자신의 모습을 깨달았다. 붉은 제복은 소매가 뜯어지고 단추는 모두 떨어져나갔으며, 옷이 뜯겨진 부분들은 그대로 드러난 채였다. 슈훙은 수치심에 다급해졌다. 그때 한 남자의 손에 들린 비옷을 발견하고 달려가서 물었다. "보세요, 비옷 좀 빌려주시겠어요?" 그 남자가 야박하게 대꾸했다. "당신에게 비옷을 빌려주었다가 비가 오면 어떻게 하라는 거야?" 그 작은 구조 요청을 거절당한 슈훙은 다른 방법이 떠오르지 않아 말했다. "꼭 돌려드릴게요. 전 기차역 여관에서 일해요." 그 남자는 꿈쩍도 하지 않았고, 기차역 여관을 가리키며 말했다. "거기 가서 비옷을 사면 되겠구만. 당신이 직접 가서 사면 되잖아?" 슈훙은 기가 막혀 그 남자의 두꺼운 얼굴을 바라보았다. 그녀가 말했다. "당신 같은 사람이 있다니, 어떻게 이럴 수 있지?" 슈훙은 그곳에서 몸을 돌려 두 팔로 자신을 감싸 안았다. 주변의 많은 사람들이 호기심에 가득한 시선을 그 쩨쩨한 남자가 아니라 슈훙에게 보내면서 쑥덕거렸다. "저 여자는 안쪽에서 달려 나왔어. 손에 있는 복권을 보라구. 얼마나 위험해, 상품이 사람의 목숨을 좌우할 수 있다니!" 슈훙은 그

제야 자신의 손에 몇 장의 복권이 있는 것을 깨닫고는 그 복권들을 바닥에 던져버렸다. 그러고는 크나큰 굴욕감을 견디지 못해 흑흑 흐느꼈다.

슈홍은 사람들에게 둘러싸여 울었다. 맞은편의 기차역 여관으로 눈을 돌렸을 때, 그녀의 직장 동료들이 문 앞 로비에서 노천 무대 쪽을 보기 위해 목을 빼는 것이 보였다. 여관에는 광장을 향해 창문이 열려 있는 방이 많았는데, 각 창문마다 한두 명의 얼굴이 내다보고 있었다. 그들은 마치 극장 특별석에 자리를 잡고 앉아서 생생하고 스릴 있는 영화를 관람하는 듯한 모습이었다. 슈홍은 부끄러워 쥐구멍에라도 숨고 싶었다. 그녀는 울면서 21세기맞이 괘종시계가 재난 발생을 알리는 경고음을 울리는 첫 경보 소리를 들었다. 슈홍은 울면서 말했다. "경고를 알리는 게 아니야, 초상난 걸 알리는 거지. 초상이 났어!" 구급차 여러 대가 날카로운 사이렌을 울리면서 광장을 향해 달려오고 있었다. 슈홍은 울면서 말했다. "와서 뭐 하려는 거야. 모두 죽는 게 나아, 깔려 죽는 게 나아."

미친 듯이 울부짖는 붉은 제복의 여인에게 아무도 관심을 기울이지 않았다. 그러나 지나치게 놀란 여인은 자신이 어찌해야 하는지 완전히 잊어버렸다. 우리는 그에 대해 경악하거나 이상하게 여길 이유가 없다. 무거운 충격은 한 여인의 정신을 흩트렸고, 그녀의 건강한 몸을 병자처럼 절망적으로 쇠약해지게 했다. 우리는 그 같은 사정에 놀랄 필요가 없다. 과도한 충격이 마침내 여성 특유의 분노를 자아냈고, 이 분노는 광기로 이어져 화산과 같은 힘을 분출했다. 우리의 슈홍 여사는 결국 화산처럼 폭발했고, 화산이

284

뿜는 마그마가 흘러내리듯 그녀의 분노는 어떤 목표 지점을 향해 흘러가기 시작했다. 우리는 슈훙이 눈물 범벅이 된 채 비옷을 가지고 있던 남자에게 달려가는 것을 보았다. 마치 상처 입은 암사자가 사냥물을 향해 돌진하는 것처럼.

여러분은 슈훙이 그에게 뭐라 했을지 알겠는가? 결코 알아채지 못할 것이다. 정숙하던 슈훙의 인품과 태도를 아는 사람이라면 영원히 알 수 없을 것이다. 슈훙은 입을 열어 그에게 이렇게 말했다. "썅, 네미 씹할 놈아!"

29. 커위안의 기억 중 가장
아름다웠던 어느 밤

겨울 내내 커위안은 두 가지 고민에 계속 불안하기만 했다. 첫 번째 고민은 펑다린의 일이었다. 커위안은 여러 차례 용기를 내어 더췬에게 이 문제를 꺼내려 했지만 목까지 올라온 말을 다시 삼키기 일쑤였다. 그는 더췬에게 사람을 더 쓰는 게 어떻겠냐고 말해보려 했지만, 말하지 않는 편이 낫다는 것을 이미 알고 있었다. 왜 말을 해야 하는가? 커위안은 되도록 펑다린에게 약속한 일을 생각하지 않으려 했다. 세상의 약속 중 많은 것이 실현될 수 없고, 그런 일은 그에게만 벌어지는 것이 아니었다. 커위안은 자기를 용서했지만, 기묘한 일은 기차역 광장의 21세기맞이 괘종시계를 바라볼 때마다 펑다린이 시계 위에 서 있는 모습이 떠오른다는 사실이었다. 량젠의 그림자가 아니었다. 량젠이 죽은 뒤에 모든 것을 잊었는데 지금은 펑다린이 문제였다. 커위안은 어느 날 참지 못하고 펑다린이 21세기맞이 괘종시계에서 뛰어내리려 한다고 더췬에게 말했다. 더췬은 그저 이렇게 말했다. "거기서 뛰어내려 뭐 하려고? 그가 너에게 알려주면, 나한테도 알려줘. 사진기를 들고 달려갈 테니. 빌어먹을, 그 사진은 아주 진귀할 거야."

다른 하나의 고민은 커위안의 몸과 관계가 있었다. 커위안은 자기 몸 상태에 대해 잘 알고 있었는데, 자기 몸에서 언제 꽃이 피고 언제 과일이 열리는지 아는 나무와 같았다. 커위안은 밤이면 손에 문제가 생긴다는 것을 공포스럽게 발견했다. 마치 훈제육 가게 위층에 살 때처럼, 그의 손은 자꾸만 부지불식간에 위험한 곳으로 가려 했다. 밤에 잠을 자다가 깜짝 놀라서 깨어나 보면 손이 어느새 그곳에 가 있었다. 커위안은 아주 오랫동안 그런 일이 없었기 때문에 자신의 손이 수치스러웠다. 이 손이 왜 이 지랄이야? 그러나 꿈에서 그 손은 자신의 것이 아니었다. 그러니 커위안이 완전히 책임을 질 수는 없었다.

그러면 누가 그 책임을 져야 하겠는가? 꿈에서 나타난 손은 그 소녀의 것이었다. 그것은 아주 재미있는 현상이었다. 어떤 부끄러움도 없이 금발소녀의 손이 그곳에서 움직였던 것이다.

커위안은 이렇게 절박하게 한 여자를 원한 적이 없었다. 그는 예라이샹에 가서 금발소녀의 종적을 물어봤다가 이런 대답을 들었다. "커위안, 넌 그녀를 사랑하게 된 거야. 사기당하지 않도록 조심해야 해." 커위안이 말했다. "얼어죽을, 무슨 사랑이람! 그녀가 어디 갔는지 좀 찾는다고 해서 그녀를 사랑하는 게 되는 건가? 당신은 머릿속이 비었어?" 질문을 받은 사람은 머릿속이 비었고, 금발소녀의 주소지도 몰랐다. 6호 아가씨가 호의를 보였다. 새로

연 놀이공원에서 금발소녀를 본 적이 있는데, 제트코스터 근처 매점에서 생수를 팔고 있다고 했다.

12월의 어느 날, 커위안은 시에서 멀리 떨어진 놀이공원에서 금발소녀를 발견했다. 그는 금발소녀의 얼굴이 매점의 작은 창에서 나와 옆의 제트코스터를 타는 손님들을 향해 소리 지르는 것을 보았다. 그녀는 웃고 있었는데, 약간 바보스러워 보였다. 그는 매점 창에 가까이 갔다가 푸대접을 받았다. 소녀는 그를 손으로 밀어내면서 말했다. "방해하지 말아요, 안 보이잖아요."

커위안은 이십 위안의 돈을 줄 게 있다고 말했다. 그러자 금발소녀의 눈에 화색이 돌았다. 커위안은 그녀가 그날의 일을 기억해냈다는 것을 알 수 있었다. 그녀는 갑작스레 웃었다. "못 알아봤네요. 당신은 아주 약속을 잘 지키는 사람이군요. 이상해요, 당신은 정말 이상해요!" 그녀는 웃으면서 커위안을 평가했다. "하지만 당신은 정말 엉뚱한 사람이네요. 여자를 찾아서 이야기를 나누고 이십 위안을 주다니. 당신을 기억하고말고요. 당신처럼 이상한 사람을 본 적이 없으니까요."

그녀는 입을 열 때마다 커위안을 이상한 사람이라고 했다. 커위안은 받아들이기 어려웠다. "난 이상한 사람이 아니야, 빌어먹을, 당신이야말로 이상한 사람이지." 커위안은 화가 나서 소녀의 머리를 주먹으로 칠 뻔했다. "단단한 머리로군. 모양이 돌덩이 같아. 당신이 이상한 사람이지?"

소녀는 소리를 질렀다. "나쁜 놈, 말하는 게 정말 못됐어!"

"당신이 먼저 나를 푸대접했잖아. 난 돈을 주러 왔는데, 빌어먹을, 당신은 날 함부로 대했어." 커위안은 이십 위안을 꺼내 소녀의 코앞에서 흔들었다. "날 푸대접했지만, 당신에게 줄 돈은 주겠어. 난 약속을 지키는 사람이라구."

소녀는 돈을 받고 조금 곤란한 표정을 지으며 말했다. "당신이 약속한 거예요. 날 탓하지 말아요. 아니라면 십 위안만 받을까요? 그날 몇 마디도 제대로 나누지 못했잖아요, 당신이 친구를 만나는 바람에."

"당신이 다시 나와 한 시간을 이야기한다면 삼십 위안을 주지." 커위안이 말했다. "당신이 만약 나와 밤새 이야기를 한다면 이백 위안을 줄 수 있어. 난 한다면 하는 사람이고, 농담 따위는 하지 않아."

"하룻밤에 이백이라고요?" 소녀는 놀라서 제트코스터를 타고 있는 손님들을 바라보았다. 그녀의 입가에는 바람 같은 미소가 머물렀다. "그건 너무 많아요." 그녀가 말했다. "하룻밤에 이백이라. 일반적인 시세를 알고 있는데, 당신은 모르나보군요."

"무슨 시세 타령을 하고 있어, 당신이 말해봐. 삼백, 사백?" 커위안이 말했다. "당신이 가격을 정해."

"당신 개똥구멍이나 열어요!" 소녀는 갑자기 얼굴이 변하더니 코카콜라 병을 들어 커위안을 때렸다. "난 너를 알아, 늑대 꼬리를 드러내려고? 내가 가격을 말해봤자 당신은 내지도 못해."

"난 당신이 그런 직업을 가진 여자가 아니란 걸 알아." 커위안이 말했다. "그런 끔찍한 말 좀 쓰지 않을 수 없어? 내 말을 못 믿겠다면, 당신이 만약…… 난 그러니까……"

"만약 뭘 어쩌려고? 말해봐." 그녀는 눈을 들어 커위안을 바라보았고, 커위안 역시 그녀를 바라보았다. 그녀의 시선은 흔들림이 없었다. 커위안은 그녀가 코카콜라 병으로 계산대를 탕탕 두드리는 것을 보았다. 소녀의 표정은 기쁜 것인지 노한 것인지 불분명했다. 갑자기 소녀가 웃음을 터트리면서 사람을 헷갈리게 하는 말을 던졌다. "꼭 안 된다고는 할 수 없겠지. 하지만 지금은 안 돼, 나중에, 아마 나중일 거야."

"뭐라는 거야?" 커위안은 자신의 귀를 의심하면서 바보처럼 물었다. 그는 금발소녀가 그렇게 대담하리라고는 생각하지 못했다. 그녀는 봉황 같은 둥근 눈을 크게 뜨고 이를 살짝 벌렸다. 마치 노래하는 것처럼, 아름다운 음절을 노래하는 것처럼……

"창녀질……"

커위안은 자기의 귀를 믿을 수 없었다. 그는 놀라서 창문 옆으로 몸을 돌렸다. 커위안은 금발소녀가 자신이 그녀의 몸을 원한다고 착각했으며, 그 착각으로 인해 즐거워하고 있다는 것을 명백히 깨닫고 놀랐다. 그녀는 잠시 깔깔 웃었다. 커위안이 다시 창문으로 돌아왔을 때 그녀는 코카콜라 병을 들어 자신의 얼굴을 이상하게 겨누며 더는 웃지 않았다. 그녀는 다시 웃으려다 갑자기 울기 시작했다.

"왜 또 우는 거야?" 커위안이 어쩔 줄 몰라 말했다. "빌어먹을, 너 정말 이상한 사람이야. 웃었다가 울었다가, 연기자도 그렇게는 못하겠어."

"당신, 사람을 비꼬지 마." 소녀는 코카콜라 병 뒤에서 울면서 말했다. "누가 연기자가 된다고? 나는 연기자가 될 수 없어, 창녀 밖에 될 수 없어. 당신들은 그렇게 생각하겠지! 연기자가 되기는 너무 어렵지만 창녀가 되기는 아주 쉽지. 안 그래? 다들 나를 창녀로 만들려고 해. 너도 마찬가지야. 너도 나한테 창녀질을 한 번 해달라는 거 아냐? 나는 네 목적을 알아!"

커위안이 말했다. "이런 농담은 그만두지. 뭐 하러 이런 농담을 해?"

"농담이 아냐." 금발소녀가 말했다. "당신에게 창녀질을 한번 해주지, 해주면 될 거 아냐, 무슨 대단한 거라고."

"당신은 오해하고 있어. 당신을 찾아온 이유가 따로 있다구." 커위안이 말했다. "내가 그런 뜻으로 찾아왔다면 짐승이야, 사람이 기른 새끼가 아니라고."

"어째서 그런 생각이 없다는 거야? 내가 아름답지 않아?" 금발소녀는 코카콜라 병을 내려놓고 눈을 깜빡여 눈물을 떨어뜨렸다. "내가 섹시하지 않아? 내 가슴이 안 커? 왜 나를 상대할 생각이 없다는 거야?"

"가슴이 크니 안 크니, 그게 무슨 망측한 소리야. 그런 말 하지 마." 커위안은 눈썹을 꿈틀거렸다. "대체 어디서 그런 소릴 배운 거야, 나도 그런 말은 안 한다고."

"더한 말도 난 할 수 있어." 금발소녀는 자신의 머리카락을 움켜쥐고는 커위안을 바라보면서 광둥 지역 사투리를 흉내 내며 말했다. "아저씨, 가죽대포 한 번 쏠 테야?"

커위안은 웃고 싶었지만 웃음이 나오지 않았다. 그는 소녀의 머리를 가볍게 때렸다. 마치 큰오빠가 말 안 듣는 여동생을 꾸짖는 듯한 태도였다. 그는 금발소녀가 그의 손을 잡고 있다는 것을 깨달았다. 금발소녀는 그의 손을 잡은 채 뭔가 결정하는 듯한 동작으로, 번개처럼 빠르게 커위안의 팔에 붉은 리본을 묶어주었다.

금발소녀가 말했다. "오빠 운수대통이야. 오늘 오빠를 따라가겠어. 내가 이렇게 됐으니 얼마나 통쾌하겠어. 나를 창녀 취급하지 않겠다고? 나는 네 구멍이 되어주고 싶은데!"

커위안은 어떻게 자신이 금발소녀에게 끌려 환한 곳까지 나왔는지 기억할 수 없었고, 그저 금발소녀가 택시를 타야 한다고 말한 것만 기억했다. 그녀는 이곳에 와서 오랫동안 지내면서 한 번도 택시를 탄 적이 없다고 말했다. 커위안은 택시를 잡긴 했지만 어디로 가야 하는지도 몰랐다. 소녀가 말했다. "당신 집으로 가지." 그와 소녀가 함께 택시 뒷좌석에 앉았을 때, 소녀의 손이 그의 허벅지를 쓰다듬었다. 이 장면은 커위안이 꿈에서 보았던 환상과 같았다. 한 소녀의 부드럽고 온기 있는 손이 그의 허벅지를 만지고 있었다. 그러나 모든 것이 갑작스러워서 막을 수가 없었다. 커위안은 소녀의 팔이 무겁게 느껴졌고, 커위안의 마음 역시 너무나 무거웠다. 그는 택시에 앉아 팔에 둘러진 붉은 리본을 훔쳐보았다. 그는 바보가 아니었기에 자기 옆에 앉은 소녀의 붕괴가 임박했음을 알았다. 불난 곳에서 도둑질하는 꼴이 아닌가. 조금은 그런 기분이었다. 커위안은 자신의 숨은 욕망에 저항할 수 없었다. 택시는 화려한 등이 밝혀진 도시를 통과했고, 커위안은 감히 소녀를 볼 수 없었다. 그는 소녀의 눈가에 매달린 반짝이는 눈물을 보게 될까봐 두려웠다. 그는 오른쪽 차창 밖으로 도시의 야경과 인파를 보고 있었고, 금발소녀는 왼쪽을 보고 있었다. 그들은 같이 있었지만 말을 하지 않았고, 너무나 다른 모습이었다. 마치 각각 다른 길로 도시의 야경을 보러 가는 것 같았다.

커위안은 어떻게 자신의 어지러운 방을 치웠는지 기억할 수 없었다. 그는 물건을 아무 데나 집어넣고 아주 짧은 시간에 침대와 소파를 정리했다. 그가 물건을 정리하는 동안 소녀는 텔레비전을 켜고 대중 가수의 허스키하면서도 감동적인 노래를 들었다. 그는 소녀가 계속 노래를 들을 것이라고 생각했지만 소녀는 텔레비전을 끄고 그에게로 다가왔다. 그녀는 그의 뒤에 서서 말했다. "스위치는 어디 있지? 등을 꺼." 커위안이 말했다. "불을 끌 필요는 없어. 난 그저 얘기를 할 거야. 그냥 얘기할 거니까, 얘기만 할 거니까, 아무것도 안 할 거니까." 소녀가 말했다. "불을 꺼, 아무것도 안 할 거라도 불을 꺼. 우리는 서로를 볼 필요가 없어."

금발소녀는 암흑 속에서 침대에 앉았다. 이것은 커위안에게 조금 의외였다. 커위안은 암흑 속에 서서 말했다. "침대에 안 앉아도 돼. 소파에 앉아서 이야기하면 돼." 그리고 금발소녀가 하는 말을 들었다. "오빠, 난 당신이 뭐라고 하는지 안 들려. 내 심장 뛰는 소리만 들려. 마치 큰 북을 울리는 것 같은데, 두렵진 않아. 그냥 심장이 너무 무섭게 뛰어. 당신은 잠시 뒤면 알게 될 거야, 내가 이런 일을 해본 적이 없다는 것을."

커위안은 어둠 속에 서서 말했다. "네가 해본 적 없다는 거 알아." 커위안은 자신이 떨고 있는 것을 알아차렸다. 그는 자신의 몸에서 일어나고 있는 현상을 느꼈다. 그것은 흥분으로 인한 떨림이었고, 공포감보다도 더욱 강렬하게 다가오는 감정이었다.

그는 자신의 무거운 탄식을 들을 수 있었다. 크디큰 탄식이었다. 창은 신문지로 막혀 있었고, 밖에는 겨울의 어둠이 내려 있었다. 그러나 이 순간 커위안은 창으로 밝은 빛이 들어오는 것을 보았고, 그것은 몇 년 전 훈제육 가게 밖으로 기차가 지나갈 때 비추던 그 빛과 같았다. 커위안은 심하게 떨었다. 그는 금발소녀가 옆으로 앉은 채 스웨터 단추를 푸는 것을 보았다. 소녀는 그의 옷을 반쯤 젖혀 열었다. 아마도 그에게 파고든 뒤에 다시 옷을 벗으려는 것 같았다. 커위안이 말했다. "그러지 마." 그는 자신의 목소리가 숨소리도 없이 울리는 것을 들었다. 창밖은 조용하기 이를 데 없었고 기차도 사라졌다. 커위안은 마치 광풍에 흔들리는 나무처럼 허리를 굽혔다가 몸을 일으켰다. 커위안은 자신의 상태를 잘 알고 있었다. 지금 그는 어떤 것도 할 수 없었다. 생리적 현상이 사라지자 수치심이 커위안을 덮쳤다. 커위안은 그저 선 채로, 두 손으로 얼굴을 덮은 채 침대 위의 금발소녀에게 말했다. "그러지 마. 옷을 벗지 마. 난 병이 있어."

커위안이 말했다. "난 병이 있어."

30. 기차역 광장의 설경

눈이 내렸다.

회백색 눈이었다. 눈은 아주 부드럽고 포근했으며, 서리가 조금 섞여 있었다. 기차역 광장은 빠르게 진흙탕으로 변해버렸다. 우리 도시에서 설경을 보기가 얼마나 어려운지 다들 알 것이다. 지구 온난화로 인해 우리가 사는 이곳의 기후는 자연히 더 따뜻해졌고, 환경오염 문제가 점점 심해져 많은 도시들에 검은 눈이 내렸다. 우리가 사는 이곳의 눈은 엄격하게 말하자면 회백색인데, 그래도 이 정도면 괜찮은 편이다. 이렇게 아쉽게 그치는 눈이지만 여전히 이곳 사람들에게 기쁨을 줘서, 기차역 광장에 먼저 와 있던 사람들은 눈을 맞으면서 황량한 화단에 귀여운 눈사람을 몇 개 만들어 올렸다. 이름 모를 아마추어 건축가들은 눈사람을 만들기에는 적설량이 턱없이 부족했기에 육십 센티미터쯤 되는 작은 눈사람을 만들었다. 크기는 비슷했지만 모양은 제각각이었다. 어떤 것은 신식 여성을 닮았는데 사이다 병을 모자처럼 꽂아 놓았고, 입에는 연지를 발라 붉은색이 선연히 드러났다. 그 위에 글자를 한 줄 새겼는데, '파리의 꿈 미용실, 어서 오세요'라는 글귀였다. 아래에는 전화번호도 적어놓았는데 네 개 숫자로 되어 있었고, 뒷면의 숫자는 누군가 지워버린 듯했다. 리(李) 씨 아줌마네 국수 가게에서 만든 뚱뚱한 눈사람은 부서져 있었다. 그 뚱뚱이 눈사람의 활짝 벌린 큰 입에 누군가가 비닐봉투를 박아넣었는데, 그 비닐봉투를 먹을 수 있다고 선전하는 듯한 착각을 일으켰다. 뚱뚱한 눈사람의 가슴에 걸린 음식 포장지에는 금색 글자가 쓰여 있었다. '새천년을 맞아 새천년 국수를 드시러 오세요!'

금발소녀는 눈 내리는 기차역 광장에 앉아 있었다. 그녀는 의자 위에서 아주 오랜 시간을 보냈다. 날씨는 아주 추웠다. 광장에 있는 사람들은 곳곳에서 느릿느릿하게 혹은 빠르게 운동을 하고, 어떤 사람은 광장을 가로질러 기차역으로 가고, 어떤 사람은 우산 위에 쌓인 눈을 털고, 열예닐곱 살쯤 된 몇몇 남자아이들은 새로 산 스케이트를 신고 얼음을 지쳤다. 또 어떤 사람은 목적이 없는 듯 광장을 이리저리 오가며 동쪽과 서쪽을 분주히 바라보았는데 뭘 해야 할지 몰라 두리번거리는 것 같았다. 그들은 계속 긴 의자에 앉아 있는 금발소녀를 묵묵히 주시했는데 다들 어색하게 얼버무리며 그녀의 곁을 스쳐 지나갔다.

첫번째 사람은 마치 여우귀신 같은 모습으로 기차역 일대를 돌아다니다가 화장실로 뛰어갔는데 얼굴이 누리퉤퉤하고 제복을 입은 청년이었다. 그는 금발소녀의 옆을 지나가면서 말했다.

"아가씨 혹시 물건 있어요?" 금발소녀는 그녀의 여행 가방을 손으로 꼭 잡고 놀란 눈으로 그를 바라보며 물었다. "무슨 물건? 당신 지금 뭐라는 거예요?" 그가 말했다. "모르면 관둡시다." 금발소녀는 이해할 수 없겠지만 우리는 알고 있다. 그가 찾는 물건은 광장에 없었으니, 차라리 버마의 삼각지대로 가는 것이 좋았으리라.

두번째 사람은 여행객 같았다. 뚱뚱한 몸에 걸친 양복이 어울리지 않았다. 그는 21세기맞이 괘종시계 앞에서 아주 오랫동안 관찰한 다음, 정말 물어볼 급한 일이 있다는 듯이 금발소녀 앞에 와서 멈춰 섰다. 그는 신발 끈을 고쳐 매면서 그녀에게 암호를 대듯이 낮게 말했다. "아가씨, 얼마면 팝니까? 바로 기차를 타야 하니까 얼른 가격을 말해요." 금발소녀는 자신의 고민으로 정신이 없었기 때문에 처음에는 그 남자가 자신에게 말을 건 것조차 몰랐다. "지금 나한테 말한 거예요?" 그녀가 말했다. "난 당신을 모르는데요." 그 남자는 조금 화가 난 듯 말했다. "난 기차를 빨리 타야 해. 문을 열면 산을 봐야지. 얼마에 팔 건데?" 금발소녀는 이제야 이해하고는 차갑게 그 남자의 신발을 보면서 말했다. "당신 엄마한테 가서 얼마면 팔 건지 물어보지그래?" 이 여행객은 대답을 듣자마자 자신이 크게 잘못 알았다는 것을 깨닫고 바로 일어섰다. 소녀는 뒤에서 계속 소리를 질렀다. "당신 부인은 얼마에 팔 건데? 당신 딸은 얼마면 팔 거야?" 그의 그림자가 점점 사라져 티끌처럼 작아질 때까지 그녀는 그치지 않고 욕을 퍼부었다. 소녀는 말했다. "저렇게 쪄가지고 양복은 왜 입어? 추리닝이나 걸

칠 것이지, 돼지가 양복을 입어도 너보단 낫겠다. 세상에, 구역질
나 죽겠네!"

세번째 사람은 여자였다. 우리가 알고 있는 여자. 그녀는 성의
북쪽 지구에서 가장 솜씨 좋은 여자였고, 미모는 서시(西施)와는
비교할 수 없는 보통 수준이었지만, 사람들은 그녀의 기분을 생
각하여 그녀를 서시라고 불렀다. 서시는 기차역에서 중형 버스의
차장으로 일했는데, 중형 버스가 운행을 중단한 뒤 오랫동안 실
직 상태에 있었다. 최근에 다시 광장에 나타난 그녀는 예전보다
살이 많이 쪘고 화장도 짙어졌다. 서시는 금발소녀를 향해 가슴
과 등을 비틀면서 당당히 걸어왔다. 그녀가 입은 검은 바지는 이
미 유행이 지난 운동복으로 서시처럼 뚱뚱한 중년 여인이 입으면
더욱 흉해 보이는 스타일이었다. 옷은 그의 주인과 마치 대적하
는 듯했고, 뒷부분은 옷감이 마치 주인을 내팽개칠 준비를 하고
있는 것 같았다. 너 엉덩이가 너무 커, 아주 커. 솔기가 터져도 난
상관 안 해! 우리는 앞에서 이미 금발소녀가 옷에 대해서 어떤 견
해와 미학적 감각을 갖고 있는지 보았다. 서시의 이런 졸렬한 옷
차림은 무관심하게 볼 수 없는 정도였고, 금발소녀는 자기 쪽으
로 오는 서시를 보자 웃음을 참지 못해 손으로 입을 가린 채 입속
으로만 몰래 비평을 했다. 아주 미치겠군. 정말 눈 뜨고는 못 봐
주겠네. 여러분은 여성이 외모와 옷에 굉장히 민감하다는 것을
알 것이다. 금발소녀는 서시가 걸친 운동복 바지가 촌스럽다고
생각했고, 서시 또한 소녀가 남자용 야구 모자를 쓰고 있는 게 매
우 괴상하다고 생각했다. 이 소녀 정말 괴상하네. 어째서 야구 모

298

자를 그렇게 깊이 눌러 쓰고 있는 거지. 얼굴도 못 알아보겠군. 넌 누구야? 대스타가 아니라면 나쁜 사람이겠지. 오직 그 두 종류의 사람만이 이런 모자를 쓰니까. 날씨가 이렇게 추운데 감기도 안 무서워?

금발소녀가 모자를 위로 들어 올리며 말했다. "당신은 또 뭐야? 자선단체 사람이야? 날씨가 춥다고 나한테 면옷이라도 선물할 건가?"

서시가 말했다. "아가씨는 어디 사람인데? 억양을 보니 둥베이 사람이군?"

금발소녀가 말했다. "북쪽은 넓어. 산시, 산동, 허난, 허베이, 모두 북쪽이야. 난 베이징에서 왔어. 나한테 뭘 물어보려는 거야? 당신은 어디 사람인데?"

서시가 말했다. "난 여기 사람이야. 그렇지만 나는 거지가 아니라 일꾼을 찾고 있어."

금발소녀는 고개를 들고 잠시 서시를 살펴본 뒤에 말했다. "어떤 일꾼을 원하는데?"

"어떤 것이든 전부. 주로 서비스 업종이지." 서시는 자신의 노란 스키복 주머니에서 명함을 꺼내며 말했다. "일할 곳은 많아. 양말 가게, 완구점, 플라스틱 제품 가게. 모두 외지에서 온 소녀들이 일을 하고 있지."

서시는 명함을 금발소녀에게 내밀었고, 금발소녀는 냉소를 띠며 말했다. "사람 보는 눈이 개만도 못하군. 누가 당신에게 내가 일을 찾아 가출한 소녀랬어? 누가 당신에게 내가 일자리 찾는다고 했어?"

"그럼 여기서 뭐 하는 건데?" 서시는 잠시 화가 났다. 그녀는 땅에 떨어진 몇 장의 명함을 집어 들면서 말했다. "일을 찾는 공순이도 아니면서 여기 앉아서 뭐 하는 거야?"

"여기가 당신 집이야, 앉지도 못하게?" 금발소녀 역시 화가 난 듯했다. 그녀는 몸을 돌려 여행 가방에서 무언가를 꺼냈다. "내가 뭘 하는지 내 사진을 보면 바로 알 거야." 그녀는 재빨리 사진을 꺼냈는데, 흰 예복을 입은 소녀가 마이크를 들고 노래하는 사진이었다. 황금색 광선이 선녀 같은 소녀를 아름답게 비추고 있었다. 가볍게 벌어진 앵두 같은 입술이 우아하고 아름다운 노래를 부르고 있는 듯했다. "이게 내 사진이야. 보라고, 내가 어디가 공순이처럼 생겼는지." 금발소녀는 긴 의자에서 일어나 팔짱을 낀 채 말했다. "당신에게 말해봐야 아무 상관도 없지만, 난 가수야, 난 대중가요를 부른다고."

이때 서시는 금발소녀와 사진을 보고는 질투를 느꼈다. 창백해진 서시는 금발소녀의 사진을 돌려주면서 그녀의 말을 절대 믿지 않는다는 듯 의혹을 담은 눈으로 소녀의 모자를 보았다. "네가 가수라고? 네가 대중가요를 부른단 말이야?" 서시는 자신의 말투에 경악과 의혹이 담겼다는 사실을 깨닫지 못했다. "난 사람 보는 눈이 정확해. 네가 가수라니, 무슨 귀신 씻나락 까먹는 소리야." 서시는 몇 년 동안 최신 유행이라는 것에도 관심을 기울여왔고 교양 있는 예절도 차릴 줄 알았다. 그러나 우리는 성의 북쪽에 사는 여자가 흥분했을 때 어떤 식으로 반응하는지 잘 알고 있다. 서시는 손을 뻗어 소녀의 모자를 벗겨버렸다. "네가 정말 이 가수처럼 생겼는지 봐야겠는걸……" 서시는 소녀의 얼굴이 공포에 질린 것을 보았다. 얼굴은 전체적으로 아주 예쁜 편이었지만 코 부분은 괴상하기 이를 데 없었다. 콧잔등에 붉은 종창이 가득 나 있었다. 서시는 크게 놀라면서도 소녀의 눈에 떠오른 경악을 읽을 수 있었다. 서시는 저도 모르게 질문이 튀어나오려 했다. 아가씨, 코가 왜 이래? 누가 때렸어? 그러나 서시는 천성적으로 사람을 무시하는 고약한 성격이었기에 경멸을 담아 말했다. "흥, 가수라고?" 그녀의 손이 모기처럼 공중을 한 바퀴 돌았다. "흥, 흥, 날 속이려고? 어디 너같이 추한 코를 가진 가수가 있단 말이야?" 서시가 간 뒤에 금발소녀는 울기 시작했다. 그녀는 기차역 광장에 앉아 내리는 눈을 맞으며 울었다. 기차역 광장에는 얼음을 지치는 소년들이 오갔는데, 입이 걸기로는 어른들 못지않았다. 한 명이 말했다. "아가씨, 왜 그렇게 서럽게 울어요, 실연당했나?" 다른 한 명이 말했다. "실연했건 말건 우리랑 무슨 상관있어. 나도 지금까지 애인 한번 가져보지 못했는데." 금발소녀는 호기심으로 지분거리는 소년들에게 상관하지 않았다. 소년들은 금발소녀가 필시 좋지 않은 사람과 정분이 나서 우는 거라고 생각했고, 그런 문제에 대해서는 그들도 이미 알 만한 나이였다. 소년들은 잠시 금발소녀가 앉은 의자 주위를 돌면서 얼음을 지치다가, 이내 다른 곳으로 가서 신나게 스케이트를 탔다.

눈이 조금씩 내리고 있었다. 광장 위에 내리는 눈은 점점 드세졌다. 사람들은 별 준비 없이 나왔기 때문에, 아이를 데리고 나온

부모는 큰 소리로 외쳤다. "눈이 많이 온다, 눈이 많이 와." 그러고
는 우산을 펼친 다음 아이를 데리고 근처 건물로 뛰어갔다. 광장
을 둘러싼 건물들은 금세 사람들로 가득 찼고, 기뻐하는 목소리로
시끄러웠다. "눈이 엄청 온다, 엄청나게 와!" 광장을 조금 덮었던
눈은 금방 백조의 깃털처럼 풍성하게 내려앉았고, 21세기맞이 괘
종시계는 오전 열시 오분이 되었을 때 열 번 울렸다. 오 분의 착오
가 있었지만 사람들의 마음과 마찬가지로 시계 역시 최대한 힘을
다해 큰 눈이 내리는 기쁨을 표현했다.

사람들은 광장을 둘러싼 건물의 처마 아래서 갑작스레 쏟아지
는 엄청난 눈을 바라보았다. 놀라움과 기쁨으로 설경을 바라보았
다. 말로는 하지 않았지만, 이것은 세기말에 맞이하는 마지막 눈
이 분명했다! 쏟아지는 눈은 기차역 광장을 하얗게 덮었고, 화려
한 현대풍의 21세기맞이 괘종시계도 한 꺼풀 덮어 마치 은색 꽃으
로 치장한 것처럼 보이게 했다. 광장에는 떨어지는 눈꽃 외에 한
사람이 있었는데, 시력이 아주 좋은 사람이나 겨우 알아볼 수 있
는 먼 거리에 있었다. 야구 모자를 쓰고 은색 스키복을 입은 사람
이 긴 의자에 혼자 앉아 있었다. 사람들은 그 사람이 소녀인지 소
년인지 구분할 수 없었다. 나중에 그 사람의 그림자가 기차역 여
관 쪽으로 움직일 때 걷는 자태를 본 다음에야 긴 머리의 젊은 아
가씨라는 것을 알았다. 소녀는 왜 모자로 얼굴을 가렸을까? 사람
들은 조그만 소리로 토론을 했는데, 결론은 두 가지로 나뉘었다.
하나는 그녀가 잘 알려진 연예인 스타라 여러 사람 앞에 얼굴과
이름을 드러내지 않으려고 얼굴을 가린 것이라는 의견이었다. 다

른 하나의 의견은 좀더 간단했다. 앞의 의견에 반대하는 사람이
말했다. "분명히 추녀일 거야. 모자로 못생긴 얼굴을 가리고 있는
거라고."

31. 금발소녀의 귀환

　큰 눈이 내리던 이날 금발소녀는 기차역 여관으로 돌아왔다. 로비의 사람들은 그녀가 모자 위에 눈송이를 가득 올린 채 여행 가방을 들고 들어오는 것을 보았다. 이렇듯 눈보라가 몰아치는 날씨에는 따뜻한 온풍기가 돌아가는 여관으로 가는 것이 외지에서 온 방문객이 할 수 있는 가장 좋은 선택이었다. 접수계 사람은 금발소녀가 몸에 붙은 눈을 털어내는 것을 보고 말했다. "객실이 모두 꽉 찼습니다. 스위트룸만 남았는데 일박에 삼백오십 위안이고 딱 하나 남았습니다." 그러나 금발소녀는 모자도 벗지 않고 말도 하지 않은 채 서 있었다. 접수계 사람은 그녀의 얼굴을 볼 수 없었고 스위트룸에 묵을 의사가 있는지 없는지도 알 수 없었다. 접수계 사람은 그녀가 너무 비싸서 그런다고 짐작하고는 조언을 했다. "그렇다면 다른 작은 여관으로 가시는 게 어때요. 앞으로 삼백 미터만 가면 또 다른 여관이 있습니다." 이때 금발소녀가 갑자기 모자를 벗으면서 다른 손으로는 자신의 코를 감쌌다. 그러고는 입을 열었다. "나는 묵으려는 게 아니에요. 기차를 타고 갈 건데 사람을 찾고 있어요. 3층에서 일하던 슈 언니요, 일이 좀 있어서요. 꼭 그분을 찾아야 해요."

"어떤 슈 언니요? 슈훙을 말하는 건가요? 일이 공교롭게 되었군요." 접수계의 두 아가씨는 몹시 난처한 듯 서로의 얼굴을 잠깐 바라보았고, 그중 한 명이 말했다. "그녀는 없어요." 다른 한 명이 조금 무례하게 질문했다. "어디서 온 사람이죠? 그녀를 찾아서 뭐 하려고요?"

금발소녀는 두 손으로 코를 가리며 말했다. "그녀를 찾아서 뭐 하려고 하냐니, 무슨 소리예요? 당신은 접수계 담당이 되기 전에 교육도 안 받았어요? 예절이라곤 전혀 없으니!"

접수계 아가씨들은 보통 손님의 비판을 두려워하는 편이었다. 또한 찾아온 사람이 비록 손님은 아니지만 그렇게 몰아세우는 듯한 모습을 보이는 것도 좋지 않다고 여겼다. 그중 한 명이 다시 말했다. "슈훙은 아주 오랫동안 출근하지 않았어요. 일이 좀 생겨서 지금은 병원에 있어요." 다른 한 아가씨 역시 금발소녀에게 기가 죽은 채 말했다. "당신에게 혼나느니 사실을 말하는 게 좋겠네요." 그러고 나서 고개를 숙이고 말했다. "그녀는 정신병에 걸렸어요! 정신병원에 가야 그녀를 찾을 수 있을 거예요! 3번 버스를 타고 종점에서 내려요. 그녀는 2병동 19호 병실에 입원해 있어요!"

어디든 여관 접수계 아가씨들은 용모가 빼어나고 목소리도 부드러워서, 그녀들이 상황을 말해주는 모습은 보통의 경우에 비해 매우 조심스럽고 엄숙했다. 금발소녀는 눈을 크게 뜨고 접수계 아가씨들을 보았다. 이 이야기가 무슨 악의를 가진 농담처럼 느껴졌지만, 곧 이런 악의에 찬 농담을 할 리 없다는 걸 깨달았다. 게다가 누가 슈 언니의 일을 가지고 이런 무서운 농담을 하겠는가? 금발소녀는 얼굴을 돌려 로비에 있는 사람들을 보았다. 복권을 팔던 사환도 없었고, 지도를 팔던 뚱보 류 역시 없었다. 기차역 여관에는 2성급이라는 표지가 걸려 있었고 내부 관리는 점점 더 국제화되어 잡상인이라고는 한 명도 보이지 않았다. 금발소녀가 아는 이도 없었고, 금발소녀를 아는 이도 없었다. 땅이 꺼진 것처럼 소녀를 놀라게 한 슈훙의 근황이 진짜인지 확인하고 증명할 사람이 아무도 없었다. 그녀의 눈은 절망으로 가득했다.

"슈 언니가 정신병에 걸렸다고요?"

금발소녀는 접수계에 기댔다. 금방이라도 슈훙의 그림자가 로비에 나타날 것만 같았다. "여기서 근무하던 슈 언니는 정말로 좋은 사람이었는데, 정신병에 걸렸다고요?" 소녀가 말했다. "이건 정말이겠죠. 정신병은 감기 걸리듯 걸리는 게 아니니까요. 걸렸다고 하면 걸린 것이겠죠. 음, 도대체 누가 그녀를 괴롭힌 거죠?"

"아무도 그녀를 괴롭히지 않았어요!" 접수계의 젊은 아가씨가 펄쩍 뛰었다. 그녀는 매우 직설적이었다. "누가 그녀를 괴롭히겠어요?" 그리고 다른 아가씨가 아주 담담하고 이성적인 어조로 뜻밖의 내막을 들려주었다. "슈훙 언니는 뭐든 다 좋았지요, 복권에 미쳐 있는 것만 빼고. 출근 시간에 복권 당첨 상품을 받으러 갔다가 사람 잡을 뻔했어요. 얼마나 큰 사고를 당했는지……"

금발소녀는 기차역 광장에서 복권 때문에 어떤 일이 벌어졌는지 이미 알고 있었다. 그녀는 코를 감쳤던 손으로 눈을 훔치다가 갑자기 소스라치고는 다른 손으로 얼른 코를 가렸다. 그녀는 다른 사람 앞에 코를 드러내 문제를 일으키고 싶지는 않았다. "좋은 사람이었는데 정신병에 걸리다니, 좋은 사람에게 그런 일이 생기다니." 소녀가 말했다. "사람이 망가지다니, 사람이 망가지는 일이 갈수록 많아지네요. 정신도 갈수록 약해지고!" 이 화제는 근무 범위를 넘어선 것이었기에 두 직원은 그녀의 관점에 대해 어떤 비평도 하지 않았다. 금발소녀는 그곳에 서서 잠시 기다렸다. 사람들에게 말하지 않으면 누가 너를 도와주겠는가? 그저 귀신을 욕하고 자신을 욕하면서 빈정대봤자 스스로 망가지기만 할 뿐 도움될 것이 없다. 금발소녀는 한숨을 내쉬고는 잠시 진정한 다음에 말했다. "나는 여기 묵으러 온 게 아니에요. 그녀를 꼭 찾아야 해요." 그리고 내려놓았던 여행 가방을 들고 앞에 있는 직원들에게 가장 기괴한 마지막 질문을 던졌다. "근처에 마스크를 파는 곳이 있나요?"

두 직원은 그녀의 용건이 마스크를 사는 데 있다는 걸 알게 된 뒤 고개를 저으며 말했다. "여기는 마스크가 없어요. 날이 추워도 마스크를 하는 사람이 없답니다. 전염병에 걸린 사람이나 마스크를 쓰지요. 정말로 몰라요, 어디서 마스크를 파는지." 금발소녀의 눈에 한 점 불꽃이 튀는 듯하더니, 혹시 상대가 오해했을까봐 이렇게 말했다. "나는 전염병엔 걸리지 않았어요. 이 고장에서 돌림

병이 돈다고 하기에, 공기도 너무 안 좋고요. 사람들이 위생엔 신경도 안 쓰더군요. 게다가 뱀 소동까지 있었잖아요. 뱀은 이 고장 사람들이 가장 좋아하는 거라면서요?" 그녀는 조롱하듯 요설을 늘어놓으며 접수계 직원들의 얼굴에 공포와 경악의 표정이 떠오르는 것을 보았다. 그녀들의 시선은 그녀의 코에 집중되었다. 금발소녀가 엄격하게 지키려 했던 비밀인 그녀의 코가 드러났다. 그녀가 말했다. "내 코에 수포가 생겼어요. 그냥 수포예요, 당신들 무슨 생각을 하는 거예요!"

큰 눈이 내리던 그날 금발소녀는 급히 여관에 들어왔고, 십 분 정도 지나 기차역 여관의 회전문을 통과하여 바깥의 희한한 설경 속으로 사라져버렸다.

금발소녀가 우리 도시의 기차역 광장에 모습을 드러냈던 마지막 순간이었다. 그녀의 은색 스키복은 광장의 설경과 하나가 되었고 머리에 쓰고 있던 붉은 야구 모자만이 멀어지면서 잔영을 남겼다. 마치 축제일에 야구 팬이 잃어버린 모자가 길 위에 날아와 누군가 주워 가기를 기다리는 것처럼 보였다. 많은 상점의 직원들이 이 소녀를 보았다. 그녀가 몸에 눈송이를 덮어쓴 채 가게로 들어와 급히 물었기 때문이다. "마스크가 있나요?" "없어요, 없어. 우리는 마스크를 팔지 않습니다. 지금이 어떤 때인데 그런 옛날 물건을 팔겠어요?" 구두 밑창부터 실 바늘까지 온갖 잡화를 취급하는 가게에도 마스크는 없었다. 이 가게의 점원 역시 그런 물건을 찾는 금발소녀를 이상한 눈으로 보았다. 모든 돌아가는 형편이 일부러 금발소녀와 대치하는 듯이 보였다.

32. 렁옌과 금발소녀의 이별

　금발소녀가 아름다운 성에 왔을 때는 대략 정오였고, 아름다운 성의 1층에 있는 뱀 식당은 점심 손님을 맞기 위해 분주했다. 살모사 아가씨 렁옌과 다른 세 아가씨는 네 가지 색깔의 치파오를 입고서 층계에 내려앉은 눈을 쓸고 있었다. 눈을 쓰는 것은 쓰레기를 치우는 것과는 달라서 아름다운 성에 입주한 가게들이 노동력을 제공해 치워야 했다. 뱀 아가씨 네 명은 매우 즐겁게 눈을 쓸었다. 그때 그녀들은 야구 모자를 쓴 소녀가 화단 옆에 서 있는 것을 발견했고, 소녀가 자신들이 입은 치파오를 보고 있다고 오해했다. 네 벌의 치파오 위에 그려진 각각의 뱀은 어딜 가든 사람의 주의를 끌기에 충분했던 것이다. 그러나 그 소녀는 갑자기 그녀들의 앞으로 다가오더니 살모사 아가씨 렁옌의 팔을 잡아끌며 말했다. "저…… 언니, 마스크를 빌려주실 수 있나요?"

　렁옌은 잠시 금발소녀가 누구인지 알아보지 못했다. 그녀는 빗자루를 내려놓고 말했다. "아가씬 누구세요? 난 당신을 알지 못하는데. 얼굴을 가리지 말아요. 얼굴을 가리면 내가 어떻게 알아보겠어요. 나보고 뭐라고 했어요? 저 언니라고요? 난 성이 저 씨가 아닌데, 당신 언니도 아니고요."

"미안해요, 내가 당신 성을 잊었어요. 하지만 언니는 날 알 거예요. 나는 기차역 여관에서 묵었으니까! 언니가 내 숙박계를 썼잖아요! 그때 나는 머리를 금발로 염색하고 있었어요. 날 기억하지 못할 리 없어요. 곧 생각이 날 거예요. 내가 베이징에서 왔다고 했지만 신분증에 적힌 지역은 와팡뎬이었죠, 와팡뎬. 이제 기억나세요?"

"무슨 와팡뎬이라고요?" 렁옌이 말했다. "난 기차역 여관에서 여러 해 일했고, 북에서 와서 남으로 가는 손님들은 아주 많았어요. 어떻게 와팡뎬 같은 작은 지명을 기억하겠어요? 미안해요, 정말로 당신을 모르겠어요."

"당신은 알 거예요!" 금발소녀는 급히 매달리다시피 하며 말했다. "나는 그때 뱀에게 물렸던…… 아니, 아니죠, 물리지는 않았어요. 하지만 뱀이 내가 목욕하고 있는 목욕탕에 들어와서 내가 뛰쳐나왔어요. 기억나지 않나요?"

"당신이 말하는 그 일이라면 6월경인데, 그때 기차역에서 뱀 난리가 났었죠. 누가 그 뱀 소동을 잊겠어요? 하지만 벌써 반년이 흘렀는데 내가 어떻게 기억할 수 있겠어요?" 렁옌이 입은 치파오는 밖에서 오래 견딜 수 있는 것이 아니었다. 그녀는 귀찮다는 시선으로 소녀를 보았다. 소녀는 맑고 큰 눈을 더욱 크게 뜬 채 절망적으로 그녀를 바라보았다. 그 시선에는 필사적인 말이 담겨 있었다. 기억해줘요, 기억해줘요. 당신은 날 알 거예요, 날 알 거라구요. 바로 그 성형수술을 한 눈이 렁옌의 잠들었던 기억을 일깨웠다. 이제야 기억이 난 렁옌은 놀라며 말했다. "당신은 그 성형수술을 했던……" 원래 얼굴하고 아주 달랐던이라는 뒷말은 삼켜버렸다. "무슨 광고를 찍으러 왔다고 들었는데, 잘 찍었나요?" "몇 편 찍었지만 전부 망쳤어요." 금발소녀는 렁옌에게 거짓말을 했다. 그녀의 목소리는 곧 울 것같이 들렸다. "언니, 내 코에 수포가 생겼어요. 마스크를 좀 빌려주세요. 지금 바로 기차를 타야 해요. 기차가 곧 출발해요."

렁옌은 사람을 관찰해본 경험이 풍부한 여인이었다. 그녀는 곧 본능적으로 소녀의 코에 생긴 큰 문제를 발견해냈다. 수포 하나가 생긴 그런 작은 문제가 아니었다. "당신 코가 도대체 어떻게 된 거죠? 감추지 말아요, 나한테 보여줘요." 렁옌은 그녀의 손을 치우려고 애썼지만 소녀의 손힘이 너무나 세서 떼어낼 수가 없었다. 렁옌이 말했다. "당신은 사람이 왜 이래요? 내 마스크를 빌리려면 나한테 무슨 일인지 보여줘야죠!"

이 말을 듣고서야 코를 가렸던 금발소녀의 손이 내려갔다. 크게 부풀어 오르고 괴상하게 무너진 소녀의 콧방울이 렁옌의 눈앞에, 그리고 다른 뱀 아가씨들의 시선 앞에 드러났다. 네 명의 뱀 아가씨는 소스라치게 놀라 비명을 질렀다. 그와 동시에 금발소녀는 뱀 식당의 계단에 앉아 엉엉 통곡을 하기 시작했다. "그들이 내 코를 망쳐놨어요." 금발소녀의 울음은 예리한 칼처럼 뱀 아가씨들의 심장을 도려냈다. "나는 있는 대로 빚을 졌고, 집안의 돈까지 훔쳐서 수술을 했어요. 그런데 그들은 내 코를 망쳐놨어요. 그들이 망쳐 놓았다고요!"

"성형수술은 함부로 하면 안 되는 거예요." 큰 구렁이 아가씨가 말했다. "내 사촌 언니도 쌍꺼풀 수술을 했는데 아주 이상하게 됐어요. 옛날보다 흉해졌죠. 그래서 다시 했는데, 역시 더 나빠졌어요. 돈만 엄청 많이 날리고요."

"코를 높이는 데에는 실리콘을 써야 해요. 함부로 화학물질을 사람 코에 넣다니." 안경뱀 아가씨의 목소리에는 한 점의 동정도 없었고 그저 금발소녀의 무지를 탓하는 듯 들렸다.

"가엽기도 하지. 일단 아가씨를 안으로 데려가 몸을 좀 녹이게 합시다. 마침 지금은 손님도 없으니까." 렁옌은 이렇게 말하고는 세 아가씨에게 금발소녀를 뱀 식당으로 데리고 들어가도록 했다. 그녀들은 소녀를 부축해 현관 로비의 소파에 앉혔다. 금발소녀에 대한 동정과 연민의 정이 뱀 아가씨들을 바쁘게 움직이도록 만들었다. 구렁이 아가씨가 뜨거운 차를 한 잔 내왔고, 안경뱀 아가씨는 주방에서 뜨거운 물수건을 만들어 왔다. 그리고 렁옌은 식당 안을 뒤지고 다니면서 급하게 소리를 질렀다. "누구 마스크 갖고 있어? 있으면 하나만 줘, 빨리 좀 줘!"

다행히도 뱀을 잡는 요리사에게 마스크가 하나 있었다. 그러나 그것은 뱀을 잡을 때 쓰는 작업용 마스크라서 뱀이 그려져 있었다. 또한 작은 청사 위에는 '허 씨 뱀 식당'이라는 글자까지 붉은 글씨로 써 있었다. 렁옌은 손 안에 있는 마스크를 살펴보고 약간 분노를 느끼며 말했다. "그런 예쁜 아가씨가 이런 마스크를 쓰려고 하겠어?"

렁옌이 현관 로비로 나왔을 때 금발소녀는 평정을 되찾은 상태였다. 소녀는 안경뱀 아가씨가 가져온 수건으로 코를 누르고 있었고, 뜨거운 차를 한 잔 마셔서인지 정숙하고 아름다운 소녀처럼 어여뻐 보였다. 그녀의 얼굴에는 붉은 윤기가 돌았고 시선은 렁옌이 들고 있는 마스크에 꽂혀 있었다. 렁옌은 마스크를 꺼내면서 말했다. "별 수가 없군요, 이건 일할 때 쓰는 거라서 뱀이 그려져 있어요. 이거 무섭지 않겠어요?" 뱀 아가씨들은 소녀의 어깨가 흔들리는 것을 알 수 있었다. 그녀가 몹시 두려워하고 있다는 뜻이었다. "모든 마스크에 다 뱀이 있나요?" 그녀가 조그맣게 물었다. 렁옌이 말했다. "방법이 없어요. 모든 마스크에 뱀이 그려져 있어요. 우리가 근무하는 곳이 뱀 식당이라서요."

여러분은 예로부터 전해오는, 화산(華山)에는 한 줄기 길밖에 없다*는 이야기를 들어보았을 것이다. 금발소녀가 지금 직면한 상황이 그와 같았고, 그녀는 단 하나뿐인 그 길을 가야 했다. 네 명의 뱀 아가씨는 연민과 고통 속에서 그녀의 선택을 기다렸다. 그녀들은 소녀가 뱀을 무서워하지 않도록 설득하려고 렁옌이 뱀춤을 추며 공연하는 것을 예로 들어 설명하면서 여성과 뱀은 평화적으로 공존할 수 있다고 주장했다. 그녀들의 노력은 결국 보답을 받았다. 금발소녀가 마침내 용기를 내 자신의 코와 얼굴을 용감하

---

* 다른 선택의 여지가 없는 막다른 상황을 일컫는다.

게 드러냈던 것이다. "죄송하지만 마스크를 씌워주세요." 그녀가 갑자기 웃었다. 그 웃는 모습은 조금 어색해 보였다. "나는 그것을 볼 필요가 없겠죠. 다른 사람들이 볼 거니까, 나는 상관하지 않을래요."

렁옌이 금발소녀에게 마스크를 씌울 때 금발소녀는 눈을 감았다. 옆에 있던 뱀 아가씨들은 이것이 어떤 신성한 의식이라도 되는 듯한 기분을 느꼈다. 그녀들은 그 마스크가 예쁜 두 눈만 드러낸 채 소녀의 얼굴을 아름답게 장식했다고 여기고는, 참지 못하고 박수를 치며 말했다. "좋아, 이거 아주 좋아, 아주 좋아!"

이제 점심을 준비할 시각이었고, 날씨가 갑자기 변하기 시작했다. 뱀 식당은 이제 오늘의 첫 손님을 맞이해야 했다. 뱀 아가씨들은 금발소녀를 유리문 앞에 남겨놓고 손님을 맞기 시작했다. 안녕하십니까, 안녕하십니까! 환영합니다, 환영합니다! 그녀들은 손님을 맞이하면서 금발소녀가 화장실에 들어갔다가 급하게 도로 나오는 것을 보았다. 여자가 여자를 관찰하는 힘은 매우 섬세하기 때문에 네 명의 뱀 아가씨는 은밀한 눈빛을 교환하고는 말했다. "그녀는 괜찮을 거야, 아무 일 없어. 조금 지나면 그녀도 익숙해질 거야."

금발소녀는 야구 모자를 벗고 렁옌에게 이별을 고했다. "언니에게 드릴게요, 기념 삼아 가지세요." 그녀는 야구 모자를 렁옌의 손 위에 얹었다. 렁옌이 말했다. "당신은 눈을 맞으면서 가야 해요. 난 필요 없어요, 모자를 써본 적도 없는 걸요." 그러나 금발소녀는 다시 렁옌의 손 위에 모자를 올려놓으며 말했다. "받으셔야 해요. 이건 내 친구가 외국에 다녀와서 내게 선물한 거예요. 명품 브랜드예요. 당신이 쓰면 아주 예쁠 거예요." 렁옌은 계속 거절하며 말했다. "안 예쁠 거예요. 난 모자를 쓰면 안 예뻐요. 한 번도 모자를 쓴 적이 없어요." 금발소녀는 조금 기분이 상한 듯했다. 그녀는 직접 붉은색 야구 모자를 렁옌의 머리에 얹어주었다. "한번 쓰고 보세요, 어디가 안 예뻐요? 아주 예뻐요." 소녀가 말했다. "언니, 여자가 소년 모자를 쓰는 게 밖에서는 아주 유행이에요."

금발소녀가 한 걸음 한 걸음 계단을 내려갈 때 렁옌은 갑자기 그녀를 돌아오게 해야겠다는 생각에 사로잡혔다. 렁옌은 소녀에게 외쳤다. "아가씨, 며칠 더 머물지 않을래요? 곧 21세기예요. 여기서 21세기맞이 괘종시계 소리를 듣지 않을래요? 이천한 번을 친다고요!"

금발소녀가 고개를 돌려 렁옌을 바라보았다. "난 안 들을 거예요. 그건 당신들의 21세기맞이 괘종시계잖아요. 당신들이 들어요, 내 대신 들어주세요."

렁옌을 위시한 식당의 뱀 아가씨들은 금발소녀가 광장을 가로질러 눈비를 맞으면서 기차역으로 걸어가는 것을 눈으로 전송했다. 렁옌은 머리에 놓인 야구 모자를 벗었다. 그녀는 상품에 대해서는 천부적인 판단력을 갖고 있었는데, 모자를 한번 만져보고 안쪽을 들여다보고 상표를 보고는 모자의 가격을 마음속으로 계산해보았다. 가짜야, 모방품인데. 십 몇 위안이면 사겠어. 렁옌은 모자에 대해 내린 판단을 다른 세 아가씨에게는 말하지 않았다. 그녀는 금발소녀의 뒷모습이 21세기맞이 괘종시계 너머로 서서히 사라져가는 모습을 오랫동안 바라보다가 말했다. "저 소녀는 정말 귀여워."

33. 20세기를 고별하는 제야의 종소리

2000년 12월 31일.

세기말의 도시는 비등점을 향해 끓어오르고 있었다.

오후 다섯시경 기차역에는 계엄이 시작되었다. 사람들은 복권
의 비극을 끔찍하게 떠올리면서 정부의 계엄령 선포를 이해했다.
그러나 기차역 광장으로 가서 직접 귀로 21세기맞이 괘종시계 소
리를 듣겠다는 다짐 역시 흔들리지 않았다. 어떻게 할 것인가? 다
섯 시에 통제가 시작되기 전에 기차역으로 가자! 걸어서도 가고
자전거를 타고도 가고 버스를 타고도 가고 삼륜 인력거를 타고도
가고 택시를 타고도 가고 자신의 자가용을 몰아서도 간다! 이 방
법은 대부분이 스스로의 경험과 지혜로 결정한 것이었고, 사람들
은 오후 다섯시 전에 반드시 기차역에 도달해야 한다는 사실을 단
단히 기억했다. 기회를 놓쳐서는 안 된다. 시간은 두 번 다시 오지
않는다. 기차역에 최고 이만 명이 넘는 사람들이 몰려들어 직접

시계 소리를 들을 경우 벌어질 수 있는 안전사고에 관해 따져볼 때, 만일 당신이 그 이만 명 가운데 하나라고 해도, 방법은 역시 오후가 되기 전에 기차역 광장에 가는 길뿐이었다. 집단을 이루어 조를 짜서 종소리를 들으러 달려온 근교의 노인들처럼 접는 의자와 점심과 생수를 챙겨서 21세기맞이 괘종시계 앞에서 먹으면 될 터였다.

오후 다섯시, 광장은 이미 인산인해를 이루었다. 시의 방송국에서는 현장 상황을 방송하기 위해 아름다운 성의 옥상에 카메라를 설치했는데, 얇은 안경을 낀 젊은 촬영기사는 놀라서 말했다. "이렇게 사람이 많다니. 인기 가수 왕페이(王菲)가 노래를 해도 이렇게는 모이지 않을 거야." 이 21세기맞이 괘종시계의 종소리를 들으러 온 사람들이 스타 왕페이에 대한 애정보다 더 뜨거운 열기를 보여주는 것은 사람들의 수준이 더욱 높아졌다는 것을 반영하기 때문에 더욱 놀라운 일이었다.

우리의 주인공은 세기말의 마지막 날에도 밤늦게까지 일하고 있었는데, 모두 기차역 광장에서 일을 하고 있었다. 렁옌은 뱀 식당에서 성대한 축제일을 위해 특별히 남미에서 공수해온 듣도 보도 못한 아마존의 여왕 뱀과 에티오피아에서 가져온 사막의 왕 살모사를 손님들에게 대접하고 있었다. 반액 세일, 밤새 영업. 열시 이후 들어오신 손님에게는 사람과 뱀이 함께 춤추는 흥겨운 무대를 보여드립니다. 공연은 누가 할까요? 당연히 뱀 아가씨 렁옌이지요. 렁옌은 본래 복권 판매소의 샤오친과 함께 천 명이 함께하는 21세기맞이 탱고 대축제에 참가할 계획이었으나 복권 사고가 있은 뒤로는 어떤 형태든 집회의 성격을 가진 경축 무대는 꺼리게 되었고, 기차역 광장에서 있을 군중을 위한 공연 계획을 보고도 내켜 하지 않았다. 그저 21세기맞이 괘종시계 소리를 듣는 것으로 만족하기로 했다. 링옌은 어리석은 사람이 아니었고 자신의 의견을 내세울 줄 알았다. "나 역시 그와 함께 탱고 대회에 참여해서 즐거움을 누리고 싶었지만, 지금은 너무나 귀찮고 복잡해. 어떻게 그와 춤을 출 수 있겠어? 그와 춤추느니 차라리 뱀과 추는 게 낫겠다."

21세기를 맞는 밤에 링옌은 화장실 안에서 리허설을 했다. 리허설에는 진짜 뱀을 쓸 필요가 없었다. 여자 손님이 들어오다가 놀라지 않도록 링옌은 쉬지 않고 그녀의 손을 뱀의 입에 가져가면서 말했다. "놀라지 말아요, 이건 모형 뱀이에요. 지금은 연습 중이에요. 열시에 여러분께 보여드릴 겁니다. 진짜로 사람과 뱀이 함께 추는 춤을!" 여자 손님은 모두 링옌을 경외하는 눈으로 바라보며 말했다. "이 여자분은 정말 대담하기도 하네. 안 무서워요?" 링옌이 말했다. "뱀이 뭐가 무서워요, 사람이 제일 겁나죠." 링옌은 그녀의 말장난이 오해를 줄 수 있다는 것을 깨닫고, 곧 제대로 설명했다. "사실 나도 무섭긴 하지만 방법이 없어요, 그냥 하는 수밖에."

링옌은 너무 바빠서 기차역 광장을 바라볼 틈도 없었다. 다른 사람과 달리 그녀는 21세기가 열리는 2001년 0시를 기다리지 않았다. 그녀는 열시에 시작되는 사람과 뱀의 춤 공연 시간을 기다리고 있었다. 이 기다림의 의의는 그리 크지 않으므로 이 문제는 잠시 보류해두도록 하자.

지금은 커위안이 어떻게 0시를 기다리고 있는가를 봐야 할 시간이다. 다섯시 이후부터 커위안은 혼자 사무실에 앉아 루터 회사의 창문 앞에서 광장을 바라보고 있었다. 더췬은 합작 파트너와 함께 21세기맞이 행사를 구경하러 밖으로 나갔고, 싼싼은 새 애인에게 전화로 불려 나갔다. 그들이 가버린 뒤에 커위안은 혼자 아름다운 성의 16층 창가에 남겨졌다. 그는 더췬이 두고 간 망원경을 들고 광장에서 인산인해를 이루고 있는 사람들의 얼굴을 하나하나 보았다. 광장의 사람들은 그를 볼 수 없었다. 커위안의 손은 계속 초점을 맞추었다. 그가 찾으려는 사람은 두 종류였다. 하나는 최신 유행의 헤어스타일을 한 아름다운 아가씨였고, 다른 하나는 자신이 아는 사람이었다. 그러나 어느 얼굴이든 모두 커위안의 망원경을 통해 확대되어 보이기를 원치 않는지 사람들 속으로 숨어들었고 잠시 보이는 듯하다가 곧 사라졌다. 커위안은 한참 동안 바쁘게 노력했지만 사라지는 사람들의 뒤통수를 쫓을 뿐이었다. 그는 21세기맞이 괘종시계에 초점을 맞춰 그 풍경을 계속 따라갔다. 그러다보니 시계가 더 커지고 커져서 괘종시계 앞면이 기괴하게 보였다. 시침 분침 초침이 마치 화살처럼 아주 크게 보였고, 시계 꼭대기의 돔은 은색으로 반짝이며 빛을 뿌렸다. 커위안은 갑자기 어지러움을 느꼈다. 꼭 흰색 남자 가죽 구두가 21세기맞이 괘종시계 위에 놓인 것을 본 것만 같았고, 심장이 급격하게 뛰기 시작했다. 21세기맞이 괘종시계가 울리면, 그는 죽은 량젠의 흰색 가죽 구두를 다시 보게 될 것이다. 6월 이후 21세기맞이 괘종시계로부터 도피해왔는데, 이런 식으로 흰색 남자 가죽 구두를 보게 된 것이다. 커위안은 욕을 했다. "죽어서 무슨 21세기맞이 괘종시계 소리를 듣겠다는 거야?" 그러고는 망원경을 내려놓았다. 커위안은 미신을 믿었는데, 귀신이 21세기를 맞이하는 쾌락을 누리도록 허락하고 싶은 마음은 절대 없었다.

커위안은 소파에 앉아서 도시락을 먹다가 유쾌했던 기분이 갑자기 흐려지는 것을 느꼈다. 이렇게 성대한 축제일에 어느 누가 그처럼 공허한 사무실에 앉아서 도시락을 먹겠는가? 돈이 없는 것도 아니고 친구가 없는 것도 아닌데! 커위안은 먹던 도시락을 밀어놓고 전화를 몇 통 걸었다. 처음에는 장쥔에게 걸어서 일단 광장에 나와 있는지를 물었다. 장쥔은 광장에 나와 있다고 했다. 커위안이 그에게 한잔하자고 했지만 장쥔은 이미 마셨으며 옆에 아내와 아이가 있기 때문에 함께 마실 수 없다고 했다. 커위안은 전화기에 대고 욕을 해댔다. "밤이 늦도록 아내와 아이를 달고 살다니 네가 무슨 병신이냐. 사람을 무시하려거든 이유를 똑바로 대. 밖에서 어떻게 놀고 있는 거야?" 두번째 전화는 똥구멍에게 걸었다. 똥구멍이 말했다. 지금 광장에 있지 않으며, 그런 소동에 참가하고 싶지 않노라고. 커위안이 말했다. "이천한 번이나 종을 울리는데, 네 인생에서 딱 한 번뿐인데, 그래도 안 듣고 싶다고? 너 지랄하냐?" 똥구멍은 커위안을 상대하고 싶지 않았지만 그래도 대답해주었다. "지랄은 종소리 들으러 기어 나가는 게 지랄이다. 시계야 끽해야 시계인데 뭔 소리야. 지금 아가씨 노래를 듣고 있는데 종소리 따위보다 몇 배 낫다." 똥구멍의 교양 수준이 이 모양이라는 것을 확인하니 커위안 역시 그에게 넌더리가 났다. 그는 다시 개구리에게 전화를 했는데 어떤 여자가 아주 불친절하게 받았다. 개구리가 출장을 갔다는 것이었다. 커위안은 웃고 말았다. "담배 파는 놈이 출장은 무슨 출장, 해변에 가서 몰래 담배를 파나? 그놈 시간을 잘못 골랐어, 사람들이 21세기를 맞을 때 휴가를 얻어서 밀월이라도 가는 줄 아나보지? 개방귀 같은 소리, 사람들은 전부 일을 하고 있다고." 전화기 너머의 여인이 소리를 질러댔다. "너 대체 뭐 하는 놈이야? 정신병자야?" 커위안은 전화를 내려놓으면서 한숨을 쉬었다. "돈이 있어서 밥 좀 사려고 했더니 안 먹겠다니, 씨발, 내가 돌아버리겠다."

0시를 알리는 종소리가 울리려면 아직 몇 시간 남았고, 고적한 실내에서 멍하니 기다리는 것은 재미없는 일이었다. 커위안은 아름다운 성을 벗어나기로 결정하고 임시로 계획을 세워보았다. 먼저 먹어야지, 어디 가서 먹을까? 백합꽃, 아니면 푸하오(富豪)도 좋지. 그러나 뱀 식당은 싫었다. 그는 뱀은 먹고 싶지 않았다. 게다가 렁옌이 매춘부나 다름없는 얼굴로 서 있을 테니까. 그는 지금 렁옌을 만나고 싶지 않았고, 렁옌도 그를 보고 싶어하지 않을 것이다. 뭘 먹지? 해산물? 양고기? 전부 좋지. 하지만 뱀은 안 먹어. 뱀은 일할 때나 먹는 거지, 평상시에는 안 먹어. 혼자 마시면 많이 못 마시니까 두 병이면 되겠지. 다 먹으면 한 시간은 가겠고. 시간을 때우기엔 괜찮겠군. 먼저 순펑 거리로 가서 머리를 감고, 환락의 성에 가서 목욕을 하는 거지. 그 뒤에 깔끔한 모습으로 광장에서 종소리를 듣는 거야. 그때쯤 되면 세기말에 아주 가까워질

322

거야.

커위안은 2000년의 마지막을 보내는 시간을 매우 치밀하게 계산한 뒤에 엘리베이터를 탔다. 아름다운 성은 기괴할 정도로 고요했다. 마치 엄청난 거인 같은 이 건물과 광장 사이에 방음벽이라도 세워진 듯했다. 건물을 사이에 두고 한쪽에는 음탕한 음악이 배경음악으로 흐르고 있는데 다른 쪽에는 21세기를 맞이하는 분방하고 열정적인 소란이 가득했다. 커위안은 엘리베이터에서 나와 자신의 귀를 의심했다. 그는 목을 가다듬고, 기침을 한 번 했다. 자신의 기침 소리는 분명히 아름다운 성의 빈 벽에 부딪혔다가 자신의 귀로 되돌아오는데, 광장의 사람들이 내는 소리는 커위안의 귀에 전혀 들리지 않았다.

절대적인 고요함이 도리어 사람을 당혹하게 했다. 커위안은 황망히 아름다운 성을 벗어났다. 그때 갑자기 사람들의 온갖 소음이 귀로 밀려 들어왔다. 그의 마음속에는 허다한 생각들이 오락가락했다. 그는 계단에 서서 주머니에서 담배와 라이터를 꺼냈다. 순간 그는 가장 보고 싶지 않은 사람을 보았다. 돌아가기도 늦었다. 펑다린이 그를 대신하여 그의 담배에 불을 붙여주었다.

"네가 올라오지 못하게 했지만 난 올라왔어." 펑다린이 말했다. "다섯시에 도착했지. 여기서 정말 오랫동안 널 기다렸어."

커위안이 말했다. "대체 몇 번이나 쫓아오는 거야. 세어주랴? 날 찾아오지 마. 소식이 있다면 내가 전해줄 거야. 넌 귀가 멋으로 뚫렸냐? 못 들었어?"

"내 귀는 멀쩡해." 펑다린이 말했다. "네가 기억력이 나쁜 거야. 내 일을 말끔하게 다 해결해주겠다고 큰소리쳤잖아. 그런데 오늘이 며칠이야? 세기말의 마지막 날이라구. 내일이 바로 2001년이라고."

"내일이 2001년이라고?" 커위안은 평다린의 수탉 같은 목소리를 흉내 내며 말했다. "나를 일깨워줘서 고마워. 난 정말 하나도 몰랐거든."

"넌 분명 큰소리쳤어. 틀림없이 취직시켜준다고 했고, 그래서 난 사람들에게 알렸어." 평다린이 말했다. "이웃들은 매일매일 내게 언제 출근하느냐고 물어봐. 언제부터 아름다운 성에서 근무하느냐고. 내가 뭐라고 대답해야 할까? 커위안, 넌 날 대신해서 방법을 생각해내야 해."

"그럼 좋아." 커위안이 말했다. "더이상 건물 아래층에서 어슬렁대지 말고 여기 있으면 돼. 기차역은 넓고 커. 사람도 많고. 네가 누구인지 사람들은 모를 거야. 다른 사람이 퇴근하면 너도 퇴근해서 집으로 돌아가. 네가 뭘 하고 다니는지 누가 알겠어? 아무도 몰라. 너도 장쿼을 알고 있겠지? 장쿼도 회사에서 잘렸을 때 그렇게 했어."

"사기꾼." 평다린이 말했다. "난 널, 커위안을 믿었어. 그런데 큰소리만 치고 아무것도 지키지 않았어. 야오구가 말하더군, 네가 날 희롱하고 있다고. 나는 말했어. 커위안이 날 희롱하고 있다고? 나도 바보는 아냐, 남들이 놀려먹으라고 있는 게 아니야. 커위안, 넌 날 갖고 논 게 아니겠지?"

"내가 널 갖고 놀긴 뭘 놀아? 네미 씹할 추남 같으니라구. 널 데리고 놀아?" 커위안이 말했다. "펑다린, 너 같은 빌어먹을 종자는 루터 회사에 들어올 수 없어. 일이 너무 힘들어. 매일 나를 볶아대고 나를 따라다니고 귀찮게 할래? 번거롭지도 않아? 나 커위안이 네게 언제 빚이라도 졌어?"

"넌 내게 돈을 빚지지 않았지만 일을 빚졌어." 펑다린이 말했다. "나한테 일을 주겠다고 했잖아. 그래놓고 아랑곳하지 않았지. 내 아들이 학교 친구들에게 내가 아름다운 성에 출근할 거라고 말했는데, 넌 속수무책이었어. 내 얼굴에 이렇게 먹칠을 해? 내가 널 쫓아다니지 않으면 누굴 쫓아다녀? 잊지 마, 나 펑다린은 네게 분명히 한 방 먹일 거야. 내가 반평생 살면서 한 번도 사람 앞에 무릎을 꿇어본 적이 없는데, 네게는 무릎을 꿇었다고!"

"내가 그렇게 하라고 시킨 것도 아니잖아. 너 스스로 무릎 꿇은 거야. 내가 무슨 방법이 있겠어? 씨발, 네가 아무리 내 앞에 무릎을 꿇어봤자야. 만약 다음에 한 상자의 돈이라도 가져온다면 모를까, 나도 무릎을 꿇도록 하지, 누가 못하겠어?"

"나는 그렇게 많은 사람들 앞에서 네게 무릎을 꿇기까지 했어. 나를 가지고 놀다니, 나더러 어디 가서 죽으라는 거야? 앞으로 누가 나 펑다린을 사람 취급하겠어?"

"무릎을 꿇으면 사람이 아닌 거야? 거지는 매일매일 그러는데 사람이 아닌가? 누가 날 시장 자리에 앉혀만 준다면 난 바로 삼백만 시민 앞에서 무릎을 꿇을 거야. 못 믿겠어?" 커위안이 말했다. "좀 참고 있어. 지금은 어떤 일도 하기가 힘들어. 더췬도 어려움이 있고 사업도 불경기야. 사람을 쓰려면 아주 많은 돈이 들어가는데, 그도 지금은 은행에서 돈을 빌릴 수가 없어."

"불경기라면서 어떻게 매일 뱀을 먹으러 가는 거야?" 펑다린이
말했다. "커위안, 너 나한테 정말 너무했어. 물어보고 싶어. 내 일
을 더췬에게 말해보긴 한 거야? 도대체 말해보긴 했냐구? 야오구
가 말했어. 넌 분명 더췬에게 말도 꺼내지 않았을 거라고. 매형도
더췬을 알고 있어. 매형이 네가 내 일을 꺼낸 적도 없다고 했어.
도대체 나를 위해 말을 하긴 한 거야? 말해봐, 커위안, 도대체 말
한 거야 안 한 거야?"

"음, 음, 너 누구랑 이야기한 거야?" 커위안은 담뱃불을 펑다린
의 코에 들이댔다. "누구랑 이야기한 거냐고? 우리 아버지가 살아
있을 때 넌 감히 내게 이렇게 말하지 못했어. 더췬은 내 사장이야.
난 그에게 감히 함부로 말하지 못해. 기차역의 파출소 소장도 나
한테 감히 이렇게 말하지 못해. 너 대체 뭐하는 물건이야? 응? 감
히 내게 대드는 거야?"

"내가 급해서 그래." 펑다린은 조금 굽신거리면서 커위안을 보
았다. "커위안, 우리는 어떻게 보면 불알친구라고도 할 수 있어.
대인은 소인배의 잘못을 기억하지 않는댔어. 날 좀 도와줘, 더췬
에게 내 이야기를 해봤어?"

커위안은 펑다린이 핵심에 접근하자 조금 괴로워졌다. 그래서
동쪽을 보다가 다시 서쪽을 보다가 계단에 침을 뱉고 나서 말했
다. "말해야 소용없어. 너 펑다린을 누가 모르겠어? 첫째 학력이
없고 둘째 경력도 없어. 게다가 까막눈이고. 더췬이 너에게 뭘 시
키겠어? 더췬이 네게 무슨 일을 맡기겠느냐고?"

커위안은 갑자기 인내심을 잃었고, 얼어붙은 눈은 그나마 펑다린에게 가졌던 마지막 의리마저 버렸음을 드러냈다. 어려운 말을 끝낸 커위안은 이제 펑다린을 상대할 필요가 없음을 느꼈다. 그는 다시 담배를 한 대 꺼내 들고 광장을 향해 걸어갔다. "네 누나랑 붙어먹을 놈, 호의를 베풀었는데 나를 몰아세우려 들어?" 커위안이 말했다. "난 지금까지 밥도 못 먹고 굶었어." 그는 펑다린이 뒤에서 헉헉거리면서 숨을 토하는 소리를 들었다. 그 급박한 숨소리는 펑다린이 그의 뒤를 쫓아오고 있음을 알려주었다. 커위안은 아름다운 성의 동쪽에 있는 식당으로 가며 말했다. "날 쫓아와서 뭐하게? 같이 먹으려고? 너하고 나눠 먹을 음식은 없어, 그냥 입 다물어. 날 따라와서 자꾸 굽신거리며 일 부탁하지 마. 난 광둥식 새우요리를 먹을 거야. 광둥식 새우요리 먹어봤어?" 커위안은 펑다린의 대답을 듣진 못했지만 뒤에서 부는 차가운 바람은 느꼈다. 그는 고개를 돌려 뒤를 보았다. 펑다린이 미친 사람처럼 그의 뒤를 따르고 있었다. "네 엄마 거시기나 먹어!" 펑다린이 미친 듯이 외쳤다. "날 가지고 놀다니, 네가 날 가지고 놀아. 날 가지고 놀았어!" 이렇게 질러대는 소리는 마치 불을 뿜어내는 듯했다. 커위안과 펑다린은 아름다운 성 1층 서쪽에서 광태를 부리기 시작했다. 21세기 밤을 맞는 기차역 광장은 정결하게 가꿔져 있었다. 펑다린과 커위안이 이곳을 선택한 것이기도 했지만, 운명이 그들을 이 황금 같은 자리로 불러들였다고도 할 수 있었다.

광장의 사람들은 그때 0시를 기다리면서 열정적인 시간을 보내고 있었고, 허 씨 뱀 식당의 사람들도 사람과 뱀의 춤을 보면서 박수를 치고 함성을 지르고 있었다. 만약 커위안과 펑다린의 격투에 한 번이라도 쉬는 시간이 있었다면, 그들은 고개를 들어 뱀 식당 안의 독특한 풍경을 볼 수 있었을 것이다. 링옌은 살모사 한 마리를 등에 지고 열정적이면서도 환락적인 탱고 음악에 맞춰 화려한 춤을 선보였다. 이렇게 좋은 기회는 커위안에게나 펑다린에게나 다시 없을 터였다. 그들은 싸우고 있었다. 눈이 벌게지도록 싸웠고, 무슨 21세기니 무슨 21세기맞이 괘종시계니 하는 것들은 뇌리에서 전부 지워버린 채였다.

청춘을 떠나보낸 중년 남자들이 주먹다짐을 하는 장면은 조잡하기 그지없다. 아름다움도 없고, 헐떡이는 소리는 크지만 동작은 작다. 작은 동작은 그들의 무능을 드러낸다. 또한 체력을 제대로 분배할 수 없어 쓰러지고 넘어지면서 상대의 주먹에 그대로 맞는다. 죽어, 너 죽어! 커위안은 상대의 항복을 받아내려던 순간에 치명적인 반격을 받았다. 그는 이미 펑다린의 주먹에 나가떨어졌다. 규칙대로 말하자면 모든 게 끝났다. 그러나 펑다린의 광기는 이미 통제 불가능한 상태였다. 아마 그는 자신이 위대하고 정의로운 투쟁을 하고 있다고 생각했을 것이다. 아마도 그의 정신력은 순간적으로 무적에 이르렀을 것이다. 커위안은 펑다린이 어떻게 이토록 온 힘을 다 실은 발길질로 그의 가장 민감한 부위를 때릴 수 있는지 알 수 없었다. 커위안의 눈앞에는 황금색 별똥별이 날아다녔고, 그의 몸은 순식간에 땅으로 굴렀다. 그리고 그는 자신의 얼굴이 주먹에 맞아 으스러지는 소리를 들었다. 펑다린은 고수가 북을 치듯이 주먹을 날려 커위안의 몸에 박았다. 펑다린은 커위안의 몸

을 북으로 삼아 이천한 번 울리는 21세기맞이 괘종시계의 소리라
도 낼 것처럼 보였다. 커위안의 머릿속은 아주 맑았지만 그의 사지
는 주인의 의지를 따르지 않았다. 펑다린이 때리는 대로 움직이는
종놈과도 같았다. 그는 펑다린이 그의 허리를 꺾고 그의 무릎을
누르는 것을 느꼈다. 그리고 펑다린의 말을 들었다. "넌 나를 쓸
데없이 무릎 꿇렸어. 네미 씹할 놈, 그대로 돌려주마, 돌려주마!"
커위안은 자신의 무릎이 얼어붙은 지면에 부딪히는 것을 느끼며
말했다. "펑다린, 너 조심해. 네놈의 개 같은 명줄 따위." 그러나
펑다린이 그의 위협을 들었는지 못 들었는지 알 수 없었다. 그는
그저 펑다린의 명령 소리만 들을 수 있었다. "꿇어, 꿇어, 꿇어!"

    커위안은 구부러지고 꼬꾸라졌다. 그는 광장에서 들려오는 소
리로 도시의 지도자들이 이제 막 현장에 도착했다는 것을 알았다.
그들은 서민과 함께 21세기맞이 괘종시계 소리를 들을 것이라고
했다. 커위안은 시험 삼아 일어나 보았다. 그러나 펑다린은 미쳐
있었고, 그가 일어나도록 허락하지 않았다. 반드시 꿇어, 꿇어, 꿇
으란 말이야! 이런 미친 펑다린을 어떻게 상대해야 하나? 반드시
그보다 더 미쳐버려야만 승리할 수 있을 것이다. 커위안은 절망
속에서 자신의 주머니를 만지작거렸다. 그것은 무의식적인 동작
이었지만 기적은 갑자기 일어났다. 커위안은 그가 뱀 식당에서 썼
던 작은 망치가 아직 주머니에 있다는 것을 깨달았다. 그가 지금
입은 옷은 그가 가진 가장 좋은 양복이었고, 더췬을 따라 수업하
러 갈 때면 언제나 입던 옷이었다. 그는 어떻게 그 사실을 잊을 수
있었는지 의아했다. 주머니에 수업할 때의 물건을 넣어두었다는

것을 어떻게 잊을 수가 있었을까? 커위안은 아픈 얼굴 위로 잔인한 미소를 흘리며 말했다. "좋아, 펑다린, 네게 수업을 해주지."

펑다린이 말했다. "너 아직도 제대로 못해? 내가 지금 꿇는 법을 가르치고 있잖아. 너를 자정이 될 때까지 꿇리고 말 거야. 꿇고서 2001년을 맞아!"

커위안이 말했다. "펑다린, 너 감히 나를 꿇렸겠다? 네가 감히 나를 꿇려? 넌 남의 돈을 빌리진 않았지만, 너도 가련한 사람이지만, 난 네게 결코 수업을 하고 싶진 않지만, 네가 날 핍박했으니 나도 방법이 없어."

"내가 너를 핍박해?" 펑다린이 말했다. "이러고도 네가 사람을 탓하는 소리가 나와? 도대체 누가 누굴 핍박해. 꿇고 있어, 일어나지 마!"

"넌 내게 결정을 하도록 핍박했어, 펑다린. 나 커위안은 몇 년 동안 많은 방법을 익혔지. 펑다린, 오늘이 네가 나를 괴물로 만든 날이야."

펑다린이 말했다. "무슨 소리를 하는 거야, 항복 안 해? 꿇으라고 했어. 꿇지 않으면…… 너 감히 일어나려고, 네가 감히 일어나려고…… 손에 든 게 뭐야?"

대략 밤 열시 반 무렵, 뱀 식당 안의 사람들은 창밖에서 들려오는 한 남자의 처참한 비명소리를 듣고 무슨 일인지 보러 달려 나왔다. 면옷을 입은 남자가 가로등 불빛을 받으며 담벼락에 쓰러져 있는 것이 보였다. 얼굴이 피범벅이 된 채로. 사람들은 순식간에 번잡스럽게 주위를 둘러싸며 말했다. "오늘밤에 어떻게 이런 일이 일어날 수 있지? 빨리 경찰에 알려." 그 남자는 이상한 소리를 지르고 있었는데 무슨 말인지 잘 들리지 않았다. 사람들은 좀더 바짝 붙어서 그에게 말했다. "경찰을 부르러 갔어요." 펑다린은 피에 젖은 손을 흔들면서 말했다. "경찰 부르지 마." 사람들은 그의 이런 태도를 보고 모종의 불법적인 일들을 떠올렸고, 그런 경우엔 당사자가 경찰을 부르길 원치 않는다는 사실을 상기했다. 그들은 말했다. "그럼 구급차를 불러야겠네. 당신 머리에 구멍이 몇 개가 났는지 몰라." 전혀 예상하지 못한 일이지만 그 남자는 또다시 손을 내저으며 말했다. "구급차도 부르지 마, 죽는 게 나아. 당신들 돈이 있으면 즐겁게 살아. 당신들은 돈이 있어서 죽음을 두려워하지만 난 안 두려워. 난 죽는 게 안 두려워! 당신들은 먹던 거나 계속 먹어, 날 여기 있게 해줘. 우린 우물을 마시지 강물을 마실 자격이 없어!"

아무도 이렇게 불가해한 사람을 일찍이 만나본 적이 없었고, 다른 이의 도움을 거절하면서 이런 괴상한 격언을 늘어놓는 자 역시 본 적이 없었다. 뱀 식당에서 뛰어나왔던 사람들은 몹시 당황해하면서 삼삼오오 따뜻한 식당으로 다시 돌아갔다. 그들은 21세기를 맞는 밤에 본 이 피해자에 대해 일치된 견해를 갖게 되었다. 이 사람은 분명 비정상이다. 분명히 비정상이다.

뱀 식당의 사장 허 씨네 둘째는 손전등으로 펑다린의 얼굴을 비춰 보았다. 잘 알고 있는 얼굴인 듯했으나 누구인지 통 기억이 나지 않았다. 그전에 분명히 기차역 세 거리 열여덟 골목 쪽에 살던 사람이라는 것만 알 수 있었다. 허 씨네 둘째는 상황을 자세히 살펴본 다음, 손님들에게 밖에서 일이 수습될 때까지 기다리지 말고 돌아가 있으면 자신이 알아서 처리하겠다고 했다. 허 씨네 둘째는 경찰차가 출동하게 되면 그 사이렌 소리에 사람들이 긴장할 것이고, 그러면 식당 손님들이 마음껏 축제를 즐기며 탐식하기 어려울 거라고 판단했다. 구급차의 경적 역시 사람의 폐부까지 놀라 튀어오르게 할 것이다. 식당의 좋은 분위기가 그 때문에 모두 망쳐질 수 있다. 두 차량 모두 와서는 안 된다. 허 씨네 둘째는 기차역 파출소에 전화를 걸었다.

우리는 모두 알고 있다, 기차역 파출소의 경찰이 자전거를 타고 달려와서 이 문제를 해결할 것임을.

34. 기차에 오른 커위안

우리는 커위안이 고독한 한 마리 물고기처럼 광장의 인파를 헤치고 길을 걸어 헤매고 헤매다 새천년을 경축하러 나온 사람들 무리에서 벗어나는 것을 보았다. 우리가 마지막으로 본 것은 커위안의 뒷모습이다. 그는 휴게실 문 앞에서 가죽 모자의 귀마개를 내려썼다. 귀마개는 그의 귀를 완전히 가려주었고, 완전히 보호된 그의 귓바퀴는 참으로 편안해서 한파가 몰아치는 북극에 가도 괜찮을 것만 같았다.

넓은 휴게실은 적막하기 그지없었다. 다른 성대한 축제일과 마찬가지로, 여행 오는 사람들은 일반적으로 시간을 앞당겨 출발하여 축제일이 오기 전에 각자의 목적지로 떠난다. 생각해보면 알수 있다. 새천년을 맞는 밤에 기차역 휴게실에 나타난 여행객이란 의외의 일이 발생하여 계획이 어그러진 사람들이다. 그들이 비록일반 여행객과 같은 모습으로 앉아 휴게실에서 편안한 시간을 보내는 듯 보이더라도, 축제일을 잃어버린 유감과 감정적인 상처는 그들의 얼굴 어딘가에 종종 흔적을 남긴다. 이런 여행객의 정신 상태는 고통스럽고 비참하다.

21세기의 밤, 기차가 역에 들어와야 할 시각, 기차역과 이별해야 할 시각, 여러분은 기차가 기차일 뿐이라는 사실을 알고 있고, 철로가 철로일 뿐이라는 사실을 알고 있고, 열차 시간표는 식당의 차림표와는 달라서 마음대로 바꿀 수 없다는 것을 알고 있다. 밤 열한시 오십칠분에 베이징으로 출발하는 7786번 열차는 여행객이 21세기를 맞는 괘종 소리를 들을 기회를 잃고 얼마나 애틋하게 이 자리를 떠나는가와 전혀 관계없이 출발한다. 기차는 늦는 법이 없고, 당신이 기차를 놓친다 해도 상관하지 않는다.

커위안이 마침내 휴게실에 나타났다. 가죽 점퍼를 입고 가죽 모자를 쓰고 작은 가죽 트렁크를 든 그는 마치 북방의 성공한 유명 인사처럼 보였지만, 기차역의 여러 직원들은 그가 원래 기차역 일대에서 회사원 생활을 하던 커위안임을 한눈에 알아보았다. 그들은 상당히 놀랐다. "커위안, 어딜 가려는 거야? 이런 날에 여행을 하다니. 네가 기차를 타는 것은 한 번도 못 봤는데."

커위안이 말했다. "내가 너한테 허락받고 기차를 타야 하나? 난 기차 타는 걸 싫어해. 항상 비행기를 탔다고."

그들은 커위안이 허장성세가 심하다는 걸 아는 터라 내친김에 장단을 맞춰주기로 했다. "넌 비행기도 탄 적이 없잖아. 네가 길을 나설 때면 우주선이 와서 태운다고 들었는데?"

커위안이 말했다. "우주선이 무슨 대단한 거라고. 돈만 있으면 뭐든지 할 수 있어."

그들이 말했다. "이런 날에 왜 기차를 타러 온 거야? 베이징에
가나? 베이징에 가서 뭐하려고?"

커위안이 말했다. "당연히 베이징에 가지. 베이징에 안 가고
톈진(天津)에 갈 거 같아? 가서 뭐 하냐고? 너 지금 베이징 가서
뭐 하냐고 물었어? 국무원(國務院)*에서 말할 게 있어서 간다."

사람들은 순식간에 웃음을 터트렸다. 베이징으로 가는 기차는
이미 승강장에 도착해 있었다. 그들은 그 열차를 보고 다시 커위
안을 보며, 커위안이 이런 때에 길을 나서다니 참으로 기이한 일
이라고 생각했다. 어떤 여자가 웃으면서 말했다. "커위안, 너 무슨
죄를 범했다면서. 죄짓고 도망가는 거야?"

"죄짓고 도망을 가?" 커위안의 입이 웃었다. 그는 그 여자에게
대답했다. "내가 죄를 짓고 도망가는 거면 널 데리고 함께 갈 거
야. 무슨 뜻이게? 무슨 뜻인지 알아들어?"

그러나 휴게실에 앉은 커위안은 한 점의 영혼도 남지 않은 듯한
모습이었다. 그의 눈은 시종일관 휴게실 안의 기다란 벤치를 넘어
서 21세기맞이 괘종시계 아래의 거뭇거뭇한 군중을 보고 있었다.
그는 검표원 쓰바오(四寶)에게 물었다. "쓰바오, 오늘 시계가 울
릴 거 같아?" 쓰바오가 대답했다. "당연히 울리겠지. 그렇게 여러
번 고쳤는데, 또다시 울리지 않는다면 시장까지 남아나지 않고 전
부 해직될걸." 커위안이 말했다. "그럼 정말 곤란하겠군. 난 도저

---

* 중국의 최고 행정기관.

히 믿을 수가 없어, 저 시계가 한 번에 쉬지 않고 이천한 번을 울리게 된다니. 넌 믿을 수 있어? 한 번에 이천한 번을 친다는 걸 말이야." 쓰바오는 반문했다. "그게 이천한 번을 울리지 않는다면 뭐 하러 지었겠어?"

커위안은 쓰바오를 향해 눈을 부릅떴는데, 그가 더 영리해 보이는 것이 왠지 억울한 모습이었다. 커위안은 앉은 것도 선 것도 아닌 엉거주춤한 자세로 휴게실 밖을 바라보았다. 사람 외에는 아무것도 보이지 않았는데, 모두들 고개를 숙여 손목시계를 보고 있었다. 커위안이 말했다. "쓰바오, 오늘 21세기맞이 괘종시계가 미리 울리지는 않을까? 지금 십 분 전 0시인데, 만약 지난달이었다면 저건 이미 울리기 시작했을 거야." 쓰바오가 말했다. "그걸 내가 어떻게 알아. 난 그저 베이징에 가는 기차역의 발차 준비원일 뿐인데. 너도 기차표를 점검하는 게 좋겠어. 만일 잘못 보고 엉뚱한 걸 타도 내 책임은 아니야."

21세기맞이 괘종시계가 울리기 전 마지막 순간, 커위안은 베이징으로 가는 기차에 올랐다. 커위안은 창가 자리에 앉았고, 옆에는 교양 있는 지성인처럼 보이는 중년 부인이 앉았다. 커위안이 그녀에게 물었다. "베이징에 가세요?" 그 부인은 고개를 끄덕이며 말했다. "베이징에 갑니다." 커위안이 말했다. "다행이네요. 내가 당신의 짐을 봐줄 수 있고, 당신도 내 짐을 봐주실 수 있을 테니까요. 협조하면 좋겠네요." 그리고 커위안은 급히 창문을 열려고 했다. 그의 손이 바쁘게 한참을 노력했지만 창문은 열리지 않았다. 그 부인이 그를 일깨워주었다. "이 기차에는 에어컨이 있어서 창문을 열 수 없게 되어 있어요." 커위안이 말했다. "씨발, 왜 못 열게 해놓은 거야? 이런 창문 따위 다 나가 죽으라고 해. 21세기맞이 괘종시계 소리도 못 듣게 만들다니, 씨발!" 교양 있는 부인은 옆 자리에 앉은 사람을 유심히 관찰하더니 이 사람이 더러운 소리를 잔뜩 내뱉는 것을 듣자마자 바로 일어나서 짐을 챙겨 맞은편으로 옮겨 갔다. 커위안은 그 여인이 들릴락 말락 한 낮은 음성으로 중얼거리는 것을 들었다. "21세기맞이 괘종시계 소리가 듣고 싶었다면 기차에 타지 말았어야지. 탔으면 종소리는 포기해야 하고. 물고기와 곰발바닥은 함께할 수 없는 거야."

기차가 움직이기 시작했다. 기차는 승강장을 먼저 빠져나가 순평 거리를 섬광처럼 스쳐 지났다. 커위안이 순평 거리를 지나는 것을 의식하고 차창 앞에 와서 순평 거리의 집과 창문을 바라보았을 때는 이미 지나친 뒤였다. 이때 그는 처음으로 기차를 타고 그가 익숙하게 느껴왔던 그 거리들을 보았다. 예전에 여관 손님들이 기차에 올라 그의 얼굴을 보았듯이 그는 훈제육 가게의 창문을 보았고, 거리를 오가는 남녀들을 보았다. 그러나 기차는 아주 빨랐기 때문에 어떤 것도 제대로 볼 수는 없었다. 커위안의 머릿속은 순간적으로 텅 비어버렸다. 그저 자신의 검은 가죽 트렁크가 선반 위에서 가볍게 요동치는 것만이 보였다. 기차는 점점 빨리 달렸다. 커위안은 이제 21세기맞이 괘종시계를 완전히 잊어버렸다. 차창 밖의 도시가 품은 불빛은 일시에 사라졌고, 겨울의 전답과 흐르는 강, 나무와 집 들이 보였다. 그는 기차 바퀴가 철로를 흔들면서 나는 덜컹거리는 소리 외에는 아무것도 들을 수 없었고, 당연히 21세기맞이 괘종시계가 울리는 종소리도 들을 수 없었다. 모두 이천한 번 울린다는 종소리를 그는 한 번도 듣지 못했다. 커위안의 머리는 텅 비었고, 그는 스스로가 선반 위의 트렁크처럼 느껴졌다. 트렁크는 베이징으로 갈 것이고, 그는 방법이 없었다. 그저 트렁크를 따라서 그 역시 베이징으로 가는 수밖에.

창밖에는 바람이 부는 듯했다. 커위안은 밧줄 같은 물건이 갑자기 휙 하고 스치는 것을 보았다. 그것은 아주 빨리 날아와 창을 가볍게 치고 지나갔다. 커위안은 벌떡 일어나 눈으로 그것을 쫓았다. 왜 그랬는지도 모르면서. 그가 생각하기에 그것은 밧줄이 아니라 뱀 같았다. 커위안은 생각했다. 어떻게 된 일이지? 뱀이 어떻게 날 수 있지?

잠시 후에 커위안은 자리에서 일어나 앞쪽에 앉은 그 부인에게 물었다. "화장실이 어디죠?" 물어본 체면도 세워주지 않고 부인은 그와 말하기 싫다는 기색을 역력히 드러내면서 손으로 기차의 꼬리 부분을 가리켰다. 커위안은 기차의 꼬리 부분을 향해 걸었다. 화장실 두 개가 모두 열려 있었는데, 문 앞엔 아무것도 쓰여 있지 않았다. 커위안은 머리를 숙여 안을 들여다보았지만, 감히 들어갈 엄두가 나지 않았다. 마침 여승무원이 지나가기에 커위안은 그녀를 향해 흠, 흠, 하고 헛기침 소리를 냈다. "잠시만요, 이 두 화장실 중에서 어떤 것이 남자용이죠?"

여승무원은 무슨 이상한 물건이라도 발견한 듯이 커위안을 훑어보더니 말했다. "이 양반이 대체 어디 사람이야. 기차를 처음 타 봤나?"

커위안이 말했다. "어디 사람이냐니? 이중에서 남자 화장실이 어느 것이냐고 물었을 뿐이잖아. 당신 귀 먹었어?"

여승무원은 그가 흉악하게 굴자 한마디 던지고는 그냥 지나쳐 갔다. "남녀 구분 없어!"

커위안은 눈을 크게 뜬 채 멀어지는 여승무원을 바라보았다. 그러고는 조금은 반신반의하면서 왼쪽 화장실 문을 밀고 안으로 들어가서 이리저리 살폈다. 안은 매우 더러웠다. 다른 문을 열고 들여다보니 왼쪽보다는 약간 깨끗했지만 냄새가 좋지 않았다. 커위안은 고민하다가 오른쪽 화장실을 선택하여 몸을 안으로 밀어 넣었다.

화장실 문이 꽝꽝 소리를 몇 번 내면서 부딪쳤다. 문의 잠금쇠는 쿵쾅 소리를 내면서 곧 잠겼다. 커위안은 마침내 마음 놓고 쭈그려 앉았다.

작가의 말

만일 다양한 시각으로 권투 시합을 보게 된다면 당신은 이전까지 느꼈던 것과는 다른 관점의 감각을 얻게 될 것이다. 대부분의 시합에서 권투선수 중 한 명은 또 다른 권투선수의 맹렬한 주먹질에 다쳐 눈초리가 찢어지고 코에서는 피가 난다. 강대한 육체, 태산 같던 신체는 나약하고 아무 도움이 되지 않는 무력한 짐덩이가 된다. 옹골지고 탄탄했던 육체, 관객에게 신뢰를 주었던 강인한 육체가 곤죽이 되어 우둔한 자벌레처럼 링의 로프에 매달리는 것을 보는 순간, 당신은 권투의 쓴맛을 경험하게 될 것이다. 이때 인지하게 되는 잔혹함은 단순히 육체가 망가진다는 표면적 사실에서 비롯되는 것이 아니라, 근본적으로 반드시 승패를 갈라 누군가는 승자가 되어야 한다는 규칙 때문에 빚어지는 것임을 알 수 있으리라.

그러나 기묘하게도, 우리는 이런 경기를 관람하면서 권투선수들이 이렇게 고통을 자처하며 싸우는 형태의 스포츠가 우아한 아름다움을 표출하는 경지에 도달한다는 사실을 발견하게 된다. 이 같은 깨달음은 벼락에 맞은 듯한 전율과 함께 온다. 라운드의 막을 알리는 종소리를 듣는 순간, 초반에서 끝까지, 우리는 시선을 떼지 못하고 지켜봐야 한다. 크로스 카운터, 스트레이트, 훅. 완만함 혹은 격렬함을 담은 주먹질의 비행. 권투선수의 검은색 혹은 붉은색의 글러브가 춤추며 날개를 펼쳐 거대하고 화려한 음악을 만들어내는 모습. 권투선수가 기세를 올려 경쾌하고 완만한 스텝으로 사각의 링을 돌 때면, 사람을 실신시킬 듯이 격한 리듬 안에서 권투선수가 온몸을 던져 링 위에서 뿜어내는 흉내 낼 수 없는 아름다움을 맛볼 수 있다.

매우 불행히도, 나는 텔레비전에서 처음으로 권투 시합을 관람하다가 문득 한 작가와 현실의 관계가 권투와 매우 흡사함을 인식했다. 유일한 차이는 판결이 없다는 것이다. 판결이 없다는 것은 거짓이나 눈속임이 없다는 면에서는 좋은 것이다. 그러나 누구도 이기는 자가 없다는 것, 설령 이기는 자라도 점수가 없다는 것은 나쁜 점이라 할 만하다. 더욱 불행한 것은 우리가 휴식도 없고 규칙도 없는 저울질에 잠복해 있는 결과를 명료하게 의식할 수 있다는 사실이다. 먼저 나가떨어지는 것은 평범한 육신을 갖고 있는 작가가 될 것이 분명하다. 우리 눈에 비치는 현실은 모든 것을 초월하여 범람하는 물처럼 차분하고 유유히, 멀리 흘러가고 있다.

현실에서 역사상 가장 강했던 권투선수는 흉악하고 늑대 같으며, 동시에 우아하고 아름답다. 각 시대마다 위대한 작가들은 고

된 훈련을 거쳐 알리나 타이슨 선수와 같이 의기 충만하게 링 위에 올라섰다. 이것이 바로 작가의 비극이며, 비극은 작가가 현실을 비판하는 존재라는 점에서 기인한다. 작가란 현실 생활에 화살 같은 언어를 날리고, 현실 생활에 층층이 쌓인 미로를 뚫고 나아가야 하며, 제 손이 무력해지고 방향감각을 잃는다 할지라도 포기할 수 없고, 어떤 고난의 경계에서도 꺾일 수 없다. 작가는 현실을 겪어내고 루쉰(魯迅)이 우리에게 가르쳐주었던 "참혹함에 직면한 인생"을 그려내야 한다. 우리가 뇌를 어떻게 소진시키는가를 막론하고 이 같은 작가의 의무를 더욱 훌륭히 수행하고, 현실에 끊임없이 대항하기 위한 어떤 책략도 없이, 동시에 약자의 체면을 보호하면서!

아주 오래전부터 나는 기차역에 관한 이야기를 하고 싶었다. 21세기 전야, 설을 쇠기 위해 기차를 타고 고향으로 돌아가는 길에 나는 기차역 광장에서 갑자기 내가 사람들로 이루어진 늪에 빠져들었다는 사실을 깨달았다. 수천을 헤아리는 외부 유입 노동자들이 찬바람 속에 광장에 집결해 있었다. 그들은 새로운 일자리를 찾기 위해서인지 아니면 집으로 돌아가기 위해서인지 기차역을 배회하며 기차를 기다리고 있었다. 여행을 온 것처럼 보이기는 하지만 기차역에 있는 이유가 분명치는 않은, 이질적인 몇몇 남녀들이 노동자들의 주위에 있었다. 나는 사람들의 몸으로 가득한 공간이 만들어낸 굽이굽이 휘어 도는 통로에서 생계로 찌들어 풍상에 절은 무수한 민초들의 표정을 보았다. 우애나 선량함이나 적의조차 없이 마비된 눈빛들을 보았다. 그런 차가운 바람 속에서도 안

락하다는 듯 잠들어 내뿜는 숨결을 들었다. 바닥에 신문지를 깔고 포커를 치는 사람들도 눈에 띄었다. 주저앉은 채 기차역 사방을 두리번거리며 일 없이 21세기맞이 괘종시계탑의 네온을 멀거니 바라보는 사람들도 보였다. 어떤 이는 자기 손톱을 물끄러미 바라보다 손톱깎이를 가져오지 않았다는 것을 깨닫고 이빨로 물어뜯어 끝을 다듬고 있었다. 어떤 이들은 나와 같이 인파 속을 헤매면서 그들의 귀신 같은 표정과 낮고 거친 음성을 손에 닿으면 큰일 날 더러운 물건처럼 피해 갔다. 그런 풍경을 보면서 나는 대단히 예리하게 스스로에게 암시를 보냈다. 너, 비참한 인생 한가운데를 걷고 있는 거야.

광장과 인파뿐 아니라, 세기말의 마지막 순간이라는 특수한 상황 역시 내게 무언가를 암시해주는 듯했다. 내 기억으로는 그날 밤 기차역 광장에 닿아 기차에 오르기까지 대략 이십여 분의 시간을 보냈는데, 이 이십 분은 내게 '인생을 직면'하는 경험을 주기에는 충분치 않았지만 이 소설을 관통하는 분위기를 각인하기에는 충분한 시간이었다.

나로서는 커위안이 그 같은 군중 가운데 한 사람인지 아닌지, 금발소녀가 그런 무리들 중 하나가 맞는지, 링옌과 슈훙이 그들 사이에 머무는 사람 중 하나인지 아닌지 확언할 수 없다. 그러나 지금 그들이 링 아래에서 내가 현실과 어떤 전쟁을 치르고 있는지 지켜볼 것이라고 생각한다. 그들은 내 승리가 가망 없는 것인지 모르는 채로 내게 응원을 보내거나 혹은 내 뒷걸음질을 흉보고 있을 것이다. 그들은 내 상상보다 훨씬 더 선하거나 혹은 훨씬 더 악할 수 있다. 그들은 모른다. 작가란 소설이라는 세계를 통해 대리 살인을 지시하기나 하면서 근근이 살아가는 비참한 족속에 지나지 않는다는 사실을. 내가 그들을 위해 무엇을 할 수 있을까? 나는 이미 그들을 링 위로 끌어들여 강행군을 하게 했다. 그들로 하여금 하루하루 반복하여 생활의 격투를 치르게 했다. 그들의 적수 중 일부는 소설 속에 나오는 인물들이었고, 일부는 소설 밖에서 문을 부수고 들어왔다. 누군가와는 제대로 싸워보지도 못했고, 또 누군가와는 호쾌한 전투를 벌이기도 했다. 기차에 앉은 채 홀홀히 와서 이렇게 엄청난 상황을 창조하고, 그들에게 이렇게 많은 적수를 만들어주는 것이 내게 어떤 이득이 있는가? 이 소설을 완성하고 나자 달아나고 싶은 충동이 더욱 강해졌다. 링 아래의 충실한 관중 속으로 숨어들고 싶었다. 내가 비록 커위안 혹은 금발소녀의 참담한 인생과 직면하긴 했지만 말이다.

20세기 마지막 밤, 최후의 열차는 이미 커위안을 태우고 멀리 떠났다. 뱀 떼가 어디로 갔는지는 불분명하다. 한 시대는 그 시대에 소리를 남긴다. 와르르 무너져 궤멸하는 것이 있는가 하면 반드시 솟아오르는 것이 있고, 조용히 가라앉는 것이 있는가 하면 날개를 펼치고 비상하는 것이 있다. 그것이 비록 땅 위에서 꿈틀거리게끔 길들여진 뱀이라 할지라도.

뱀은 왜 날 수 없는 것일까?

옮긴이의 말

어떤 소설 작품을 이해한다는 것은, 그 소설을 창조해낸 작가의 세계관과 삶을 이해함과 동시에 그 작가를 둘러싼 시대와 환경을 온전히 이해한다는 것이기도 하다. 그러나 과연 처음부터 다른 생명체로 태어나 다른 환경 속에서 살아가는 이들이 찰나의 순간일지언정 상대방을 제대로 알고 이해한다는 것이 가능한가. 사람들은 평생 상대방에게 자신의 혼잣말을 건네고, 상대방의 말을 오해하면서 살아간다. 어쩌면 이해라는 단어는, 실은 상대방이 나를 오해하는 것을 양해해주기 위해 쓰는 말일지도 모른다.

쑤퉁의 『뱀이 어떻게 날 수 있지』는 이 같은 소통의 단절을 적나라하게 표현한 작품이다. 급격한 현대화가 가져온 아픔은 아시아의 모든 나라에 공통적으로 적용되는 것이지만, 특히나 현대를 살아가는 중국인들의 고독과 인성의 상실은 뼈아픈 수준에 이르고 있다. 과거의 유산이 급속히 파괴되고, 모든 가치는 돈으로 환산되며, 추억이 서려 있는 모든 거리는 문명의 이름으로 재개발되고 있다. 돈이 곧 힘이고 삶이다. 내면 깊은 곳에 숨겨둔 인간적인 신뢰와 꿈과 희망과 사랑의 기억들은 20세기의 마지막 밤기차에 실어 종착지 없이 떠나보내야 한다.

천 년을 아시아의 중심이자 세계의 중심으로 자부하며 살아온 중국은, 지난 백 년간 타국의 이해관계에 의해 자신들의 운명이 뒤바뀌는 상황에 처음으로 직면하면서, 한국이나 일본이나 베트남 같은 다른 아시아 국가와는 비교할 수 없는 정신적 충격을 겪었다. 추락의 아픔은 높이와 정비례한다. 세계 최고를 자부했던 만큼 중국의 혼란과 공황은 깊고 길었다. 중화(中華)로서의 자부심을 되찾으려는 중국의 몸부림은 결국 공산화와 중국적 사회주의라는 독특한 이념으로 변형되었고, 죽(竹)의 장막을 치고 "우리 중국만으로도 잘 살 수 있다"는 것을 한번 보여주겠노라 대약진운동과 문화대혁명을 일으켰다. 그러나 결과는 참담했다. 수십만이 굶어 죽은 대약진운동과 역사를 이십 년 퇴보시켰다는 평가를 받은 문화대혁명 이후, 중국은 항복을 선언하며 국가의 문호를 개방했다. 중국은 국제사회에 발맞춰 강국으로 거듭나야 한다는 강박관념 아래 끝없이 내달렸다. 중국의 이런 강박증은 홍콩 반환을 기점으로 극에 달했고, 새천년을 여는 2000년 올림픽을 개최하고자 했던 노력이 무산되자 반미, 반호주 감정으로 나라가 온통 들끓기도 했다. 다시금 과거의 영광, 세계의 최고이자 세계의 중심이라는 타이틀을 거머쥐고자 하는 중국 정부의 몸부림은 중국 전체를 국제규범에 어울리는 나라로 단시간 내에 개조해야 한다는 무리수를 두게 되었고, 중국 국민들은 그 개발과 변화에 떠밀려가다 무너지고 상처를 입고 있다. 무리한 성형수술로 얼굴을 망친 금발소녀, 복권에 꿈을 걸다가 미쳐버린 슈훙, 아름다운 성에서 근무하려다 살해당한 펑다린, 허세와 체면을 위해 하루하루를 낭비하다가 살인자가 되어버린 커위안이 바로 그런 중국 하층민들의 모습이다. 더욱 슬픈 것은, 그렇게 떠밀려 살아가는 하층민들끼리 서로를 보듬어 안기는커녕 서로를 경계하고 의심하고 폄하하며, 마음을 나누지 못하고 진심을 고백하지 못하며, 결국은 소통을 거부하고 스스로 몰락의 길을 재촉하고 있다는 점이다.

쑤퉁은 『뱀이 어떻게 날 수 있지』를 통해 이러한 현대 중국의 실상과, 중국 하층민의 서글픈 일상을 낱낱이 해부하고 있다. 쑤퉁은 소설 속의 인물들에게 어떤 연민도 보이지 않고, 도리어 비아냥거리며 냉소적인 응원을 보낼 뿐이다. 쑤퉁은 마치 이렇게 말하는 듯하다. '격투장 위에 올라섰으면 승자가 날 때까지 피투성이가 되어 싸워야 한다. 그게 인생이다. 링 위에서 부서지고 망가지도록 하라. 그 과정을 내가 끝까지 지켜보고 서술해주겠다' 라고.

쑤퉁의 소설에 드러난 이 같은 섬뜩함은, 어쩌면 현대의 사회와 삶이 그만큼 섬뜩하고 위압적인 데에서 오는 것일지도 모른다. 소설 작품은 작가의 내면을 반영함과 동시에 사회상과 시대상의 거울임은 다시 부언할 필요도 없이 당연한 것이기 때문이다. 쑤퉁은 중국 현지에서의 인터뷰에서 "수술대에 누워 나 자신을 골격부터 부러트리고 스스로에게 칼질을 하여 완벽하게 새롭게 태어나 기존의 자신과 다른 나로 거듭나고 싶었다" 라고 이 소설의 창작 동기를 밝힌 바 있는데, 어쩌면 그가 부러트리고 칼질을 하고 싶었던 대상은 그 자신이 아니라 각박하고 살벌한 세상, 자신들의 파티를 방해받지 않기 위해 구급차를 부르지 않는 비정한 세상인지도 모른다.

작가의 각오가 비장한 만큼 작품의 문장 역시 날이 서 있고 피곤에 찌들어 있다. 원문의 독특한 느낌을 백 퍼센트 옮겨놓지 못한 것이 안타까우나, 번역가는 작가의 나라와 독자의 나라 중간에 서서 소통의 꼬투리를 열어주는 존재인 만큼 일정 부분은 한국 독자의 이해를 돕기 위해 손질하여 쉽게 이해할 수 있도록 고칠 수밖에 없었다. 이 점에 대해서는 독자의 너그러운 해량을 바란다.

어려운 작품에 도전하여 번역가로서 크게 성장할 기회를 주신 문학동네에 깊은 감사를 드린다. 문장을 다듬는 동안 많은 충고와 아이디어를 주었던 박세연, 권광현, 김효진 세 친구에게도 짤막한 감사의 인사를 남기고 싶다. 마지막으로 이 책을 선택하고 읽어준 독자에게, 부디 이 소설 속의 인물들을 연민하면서 보아주기를 당부드린다. 날 수 없는 뱀, 용이 되지 못한 뱀이 땅을 기면서도 삶을 찾아 도망치듯, 어느 낯선 이국의 도시에서 피투성이가 되어 기어가고 있는 주인공들의 모습은 외면할 수 없는 현대인의 초상일지도 모르기 때문이다.

2008년 여름
김지연

옮긴이 **김지연**
중앙대 문예창작학과를 졸업하고 동대학원 연극과 박사과정과 중국희곡학원 경극연출과 단
기 과정을 수료했다. 현재 극작가이자 번역가로 활동하고 있다. 저서로 『김지연 희곡집』 등
이 있고, 번역서로는 『비』 『그림 그리기가 정말 좋아』 등이 있다.

문학동네 세계문학
뱀이 어떻게 날 수 있지

초판인쇄 2008년 9월 5일 | 초판발행 2008년 9월 16일

지은이 쑤퉁 | 옮긴이 김지연 | 펴낸이 강병선

책임편집 오영나 류현영 고혜숙 | 디자인 엄혜리 이원경
마케팅 장으뜸 방미연 정민호 신정민 | 제작 안정숙 차동현 김정후

펴낸곳 (주)문학동네 | 출판등록 1993년 10월 22일 제406-2003-000045호
주소 413-756 경기도 파주시 교하읍 문발리 파주출판도시 513-8
전자우편 editor@munhak.com | 전화번호 031) 955-8888 | 팩스 031) 955-8855

ISBN 978-89-546-0648-6 03820

www.munhak.com